KNAUR✶

Über die Autorin:
Angelika Svensson wurde 1954 in Hamburg geboren und lebt heute in Schleswig-Holstein. Nach der Ausbildung zur Fremdsprachenkorrespondentin begann sie 1972 ihre berufliche Tätigkeit beim Norddeutschen Rundfunk in Hamburg, wo sie seitdem arbeitet. Ihre Stationen innerhalb des NDR führten sie in unterschiedliche Bereiche, so auch in die Abteilung Unterhaltung/Fernsehspiel, wo sie auf Produktionsseite an der Entstehung vieler Shows und mehrerer Krimis mitgewirkt hat.
Angelika Svensson ist Mitglied im »Syndikat« und bei den »Mörderischen Schwestern«.
Weitere Informationen können Sie der Homepage der Autorin entnehmen: www.angelika-svensson.de

Angelika Svensson

Kiellinie

Kriminalroman

Besuchen Sie uns im Internet:
www.knaur.de

Originalausgabe April 2014
Copyright © 2014 by Knaur Taschenbuch.
Ein Unternehmen der Droemerschen Verlagsanstalt
Th. Knaur Nachf. GmbH & Co. KG, München
Redaktion: Dr. Gisela Menza
Alle Rechte vorbehalten. Das Werk darf – auch teilweise –
nur mit Genehmigung des Verlags wiedergegeben werden.
Umschlaggestaltung: ZERO Werbeagentur, München
Umschlagabbildung: © Matthias Aigner / Gettyimages;
FinePic®, München
Satz: Adobe InDesign im Verlag
Druck und Bindung: CPI books GmbH, Leck
ISBN 978-3-426-51401-6

2 4 5 3 1

Zum Gedenken an meine Eltern
Danke für alles

Prolog

Das Schloss klemmte noch immer.
Sie hockte in ihrem Kinderzimmer und versuchte, die Tür zu dem kleinen Abstellraum zu öffnen, die eine alte Kommode vor den Blicken Neugieriger verbarg. Als die Scharniere schließlich mit einem quietschenden Protestgeräusch nachgaben, holte sie tief Luft und betrat nach einem kurzen Zögern den Raum. Der abgewetzte Koffer lag im untersten Regal. Nachdem sie ihn geöffnet hatte, stieß sie einen Seufzer der Erleichterung aus. Das Tagebuch lag noch dort, wo sie es vor elf Jahren versteckt hatte.
Das grüne Wildleder des Einbands war an den meisten Stellen abgegriffen und blank. Behutsam fuhr sie mit den Fingern darüber und spürte der Kühle des Materials einen Augenblick lang nach. Der Verschluss des Buchs war schon damals kaputt gewesen. Der Schlüssel, den sie stets an einer Kette um den Hals getragen hatte, war verlorengegangen. Sie konnte sich nicht mehr erinnern, wann.
Es dauerte einige Zeit, bis sie den Mut aufbrachte, das Buch zu öffnen. Die noch unentwickelte Schrift des halbwüchsigen Teenagers sprang ihr entgegen. Ihr Blick streifte einzelne Wörter, vermied es, sich an ganzen Sätzen festzusaugen. Nur auf dem letzten Satz, der in Druckbuchstaben über die ganze Seite geschrieben stand, ließ sie ihre Augen verweilen.
»Ich werde zurückkommen!«
Als sie die Tränen aufsteigen spürte, schloss sie das Buch und wog es in den Händen. Dann packte sie es in den bereitgelegten Umschlag.
Sie hatte sich entschlossen, es ihm zu zeigen. Er musste es

lesen, weil er ihr sonst nicht glauben würde. Danach würde sie das Buch wieder an seinen gewohnten Platz zurücklegen. Erst wenn ihr Plan vollendet war, würde sie das Buch zu Lisa bringen und ihr alles gestehen. Lisa würde sich von ihr abwenden, aber sie musste erfahren, warum sie sich für diesen Weg entschieden hatte.
Es war die einzige Möglichkeit, Rache zu nehmen.

Sonntag, 15. Juni 2008

Der Anruf vom Kriminaldauerdienst in Kiel erreichte Kriminalhauptkommissarin Lisa Sanders um acht Uhr morgens in ihrem Hotelzimmer auf Sylt. Er holte sie aus einem kurzen, von Alpträumen geplagten Schlaf.
Ein Tötungsdelikt. Zwei Segler hatten auf ihrer morgendlichen Joggingrunde gegen sechs Uhr eine leblose Person zwischen Müllcontainern auf der Blücherbrücke gefunden. Weiblich, Mitte bis Ende zwanzig, keine Papiere. Der Notarzt hatte nur noch den Tod feststellen können.
Völlig mitgenommen schlug Lisa die Bettdecke zurück und richtete sich auf. Ihr Herz raste, ihre Gedanken liefen Amok in dem Bemühen, das Gehörte zu erfassen und sich gleichzeitig aus den Fängen des letzten Traums zu befreien. Am Morgen, in diesem langsamen Taumeln zwischen den Welten, waren sie immer am schlimmsten.
Es ist nicht Britt! Sie kann es nicht sein. Lieber Gott, bitte, sie darf es nicht sein!
Lisa zuckte zusammen, als ihr Handy ein zweites Mal zu klingeln begann. Als sie die Nummer auf dem Display erkannte, krallte sich ihre linke Hand in die Bettdecke.
»Thorsten?« Der Hals war wie zugeschnürt, mehr als ein Krächzen brachte sie nicht hervor. Ein Dröhnen erfüllte ihren Kopf, während sie den Worten ihres Kollegen Thorsten Brenner von der Schutzpolizei lauschte und vernahm, dass er einer der Ersten am Leichenfundort gewesen war. Nachdem er geendet hatte, spürte sie, wie eine Welle der Erleichterung ihren Körper durchflutete, so stark, dass ihr fast

schwindlig wurde. »Und du bist dir ganz sicher, dass es nicht Britt ist?«
»Ja, das bin ich«, hörte sie Brenner ruhig sagen. »Schließlich hängt ihr Foto auch in unserer Dienststelle.« Im Hintergrund waren Stimmen zu hören. »Wann kannst du hier sein?«
Der Pulsschlag begann sich wieder zu normalisieren, der Kopf wurde klar. »Das hat mich gerade schon der Kollege vom KDD gefragt. Ich kann nicht kommen, Thorsten. Ich bin dienstlich auf Sylt und habe gestern meinen Bereitschaftsdienst mit Luca getauscht.«
»Davon steht nichts im Dienstplan.«
»Das habe ich auch schon mitbekommen.« Lisa erhob sich vom Bett. »Ruf Luca an. Bitte! Ich kann hier noch nicht weg.«
»Das habe ich schon versucht, aber ich habe nur Mailbox und AB erreicht. Keine Ahnung, wo dein Kollege steckt. Also sieh zu, dass du herkommst.« Bevor sie einen erneuten Widerspruch anbringen konnte, hatte Brenner aufgelegt.
Stirnrunzelnd starrte Lisa auf das Handy in ihrer Hand. Sie spürte, wie sich ihr Unbehagen verstärkte. Luca war ein äußerst zuverlässiger Kollege. Dass er etwas so Wichtiges vergaß, passte nicht zu ihm. Sie drückte seine eingespeicherten Nummern. Mailbox und AB, wie Brenner gesagt hatte. Also versuchte sie Carsten Gerlach zu erreichen, der diensthabender Staatsanwalt an diesem Wochenende war. Ebenfalls ohne Erfolg. Anscheinend hatte sich heute alles gegen sie verschworen. Sie überlegte, wen sie sonst noch anrufen könnte. Ihren Vorgesetzten wollte sie nicht behelligen, schließlich wusste sie, wie sehr er sich auf das lange geplante Segelwochenende gefreut hatte. Blieb also nur Uwe Grothmann. Zwar umfasste die Kieler Mordkommission neun Beamte, doch aufgrund von Urlaubszeit, dem Mutterschutz einer Kollegin

sowie zweier dezernatsübergreifender Einsätze hatte sich diese Zahl gerade kräftig dezimiert. Uwe gehörte erst seit einem halben Jahr zur Truppe. Ihr Verhältnis war nicht das beste, und Lisa hatte auch keine große Hoffnung, dass sich das ändern würde. Uwe war nicht im mindesten teamfähig und hatte Probleme damit, Anweisungen zu befolgen. Alleingänge von ihm waren keine Seltenheit. Außerdem hatte er denselben Dienstrang wie sie, was schon mehrfach dazu geführt hatte, dass er so auftrat, als hätte er das Sagen.

Aber auch Uwe wusste nichts von der Dienstplanänderung. Mit Luca hatte er das letzte Mal am Freitagnachmittag gesprochen.

Lisa wurde klar, dass sie keine andere Wahl hatte, als sofort nach Kiel zurückzukehren. Eilends informierte sie die Sylter Kollegen und machte sich dann auf den Weg. Uwe hatte ihr zugesichert, sofort zur Blücherbrücke zu fahren und mit der Aufnahme der Ermittlungen zu beginnen. Lisa konnte sich lebhaft vorstellen, mit welcher Schadenfreude ihn diese Situation erfüllte. Schließlich hatte er in der Vergangenheit schon häufiger versucht, sie auszubooten. Auf der Rückfahrt probierte sie weiterhin, Luca und Gerlach zu erreichen, aber vergebens. Irgendetwas war offensichtlich gewaltig schiefgelaufen. Sie hatte das mulmige Gefühl, dass eine Menge Ärger auf sie zukommen würde.

Als sie gegen Mittag an der Blücherbrücke eintraf, war die Tatortsicherung noch immer in vollem Gange. Der Bereich um die Brücke war weiträumig abgesperrt. Im Bernhard-Harms-Weg standen mehrere Einsatzfahrzeuge, ebenso auf dem benachbarten Gelände der Staatskanzlei. Überall liefen die Mitarbeiter der Spurensicherung und Kriminaltechnik herum, die in ihren weißen Schutzanzügen wie Fremdkörper an diesem sonst so friedlichen Ort wirkten.

»Was ist denn eigentlich passiert?« Ein unförmiger Mann am Absperrungsband starrte Lisa sensationsgierig an. Er war nicht allein, Neugierige aller Altersstufen umgaben ihn. Wortlos wandte Lisa sich ab und schlüpfte unter dem rot-weißen Band hindurch. Sie fand es immer wieder erschreckend, welche Anziehungskraft der Schauplatz eines Verbrechens auf die Menschen hatte.

Thorsten Brenner stand einige Meter hinter der Absperrung neben der geöffneten Heckklappe eines dunklen Kastenwagens. Ein erleichtertes Lächeln überzog sein Gesicht, als er sie herankommen sah. »Da bist du ja.« Er zog Mundschutz, Handschuhe und einen Schutzanzug samt Schuhüberziehern aus den entsprechenden Vorrichtungen im Innern des Wagens und drückte ihr die Gegenstände in die Hand. »Hier … Mit schönen Grüßen der Kollegen vom K6.«

Lisa ergriff die Sachen und sah sich suchend um. »Hast du 'ne Ahnung, wo Uwe steckt?«

»Der ist vorhin mit so 'nem Lackaffen von Staatsanwalt an mir vorbeigegangen. Ich wollte ihm noch sagen, warum du später kommst, aber er hat mich abgewürgt und gesagt, er wisse Bescheid. Wirklich ein nettes Kerlchen, dein neuer Kollege.« Brenners Mund verzog sich zu einem sarkastischen Grinsen. Er deutete auf eine Gruppe von Menschen, die am Anfang der Brücke stand. »Da drüben sind sie.«

Lisa beobachtete, wie sich zwei aus der angesprochenen Personengruppe aus ihren Tyvek-Anzügen schälten und in ihre Richtung kamen. Sie erkannte Uwe Grothmanns hagere Gestalt. Als sie den schlanken, hochgewachsenen Mann neben ihm sah, schwante ihr nichts Gutes. Sie hatte die Bekanntmachung und das Foto gesehen, das die Staatsanwaltschaft über Dr. Thomas Freiherr von Fehrbach herausgegeben hatte. Persönlich hatte sie den neuen Oberstaatsanwalt noch nicht kennengelernt. Wieso war er statt Gerlach hier, noch vor seinem offiziellen Dienstantritt am Montag?

Uwe schien auf sie aufmerksam geworden zu sein, auch wenn er das mit keiner Geste zu erkennen gab. Er wechselte nur einige Worte mit Fehrbach, der daraufhin zu ihr herüberschaute und dann mit schnellen Schritten auf sie zukam.

Lisa musterte ihn neugierig. Ein Dreitagebart umrahmte das gutgeschnittene Gesicht. Wie sie gelesen hatte, war Fehrbach achtundvierzig Jahre alt. Er hatte kurzgeschnittenes graumeliertes Haar und dunkelbraune, fast schwarze Augen, die im Moment wütend auf sie hinunterschauten.

»Frau Sanders? Thomas Fehrbach von der Staatsanwaltschaft.« Er verschwendete keine Zeit für einen Händedruck. Unauffällig sah Lisa sich nach Gerlach um, aber sie konnte ihn nirgends entdecken. »Können Sie mir bitte erklären, wieso Sie erst jetzt hier erscheinen? Soweit ich weiß, wurden Sie vor über fünf Stunden informiert.« Bevor Lisa etwas erwidern konnte, sprach Fehrbach schon weiter. »Oder sollte ich mich bedanken, dass Sie überhaupt erreichbar waren?« Er musterte sie aus zusammengekniffenen Augen. »Der Kollege Gerlach hat es nämlich nicht einmal für nötig befunden, sein Handy einzuschalten.«

Also hatte Uwe den Oberstaatsanwalt nicht darüber informiert, dass sie den Dienst getauscht hatte. Über die Gründe dafür konnte Lisa nur spekulieren. Ihr wurde klar, dass sie in einem Dilemma steckte. Die Wahrheit wollte sie Fehrbach nicht sagen, erst musste sie mit Luca sprechen.

»Diese unglaubliche Schlamperei wird ein Nachspiel haben«, fuhr Fehrbach mit wütender Stimme fort, offensichtlich irritiert, dass sie nicht reagierte.

Es reichte. »Wenn Sie nichts dagegen haben, würde ich jetzt gerne meiner Arbeit nachgehen und mir die Tote ansehen.« Lisa ließ Fehrbach stehen und warf im Vorübergehen einen kurzen Blick auf Uwe. Er wirkte vollkommen unbeteiligt und hatte diesen stoischen Gesichtsausdruck aufgesetzt, der sie jedes Mal aufs Neue reizte.
»Den Weg können Sie sich sparen. Ich habe die Leiche bereits in die Rechtsmedizin bringen lassen.«
Abrupt drehte Lisa sich zu Fehrbach zurück. »Sie haben was? Wie kommen Sie dazu?«
»Wie ich dazu komme? Frau Sanders, muss ich Sie wirklich über die Befugnisse eines Staatsanwalts aufklären?«
Mein Gott, war der Kerl arrogant.
»Also gut, wenn das jetzt geklärt ist, würde ich vorschlagen, dass Sie endlich Ihre Arbeit aufnehmen.« Fehrbachs Stimme war zunehmend lauter geworden.
Lisa zwang sich zur Ruhe, denn sie wollte kein Schauspiel für die anderen bieten. Die ersten Kollegen schauten schon herüber.
»Entschuldigung, ich suche Herrn Dr. von Fehrbach.« Ein junger Beamter der Schutzpolizei war zu ihnen getreten.
»Was wollen Sie?«
»Sind Sie Herr Dr. von Fehrbach?« Unsicher sah der Polizist Fehrbach an, offensichtlich völlig verschüchtert von dessen Ton.
»Ja«, sagte Fehrbach gereizt. »Was gibt es denn?«
»Da will Sie jemand sprechen.« Der Beamte deutete zur Absperrung hinüber.
»Ich habe jetzt keine Zeit, das sehen Sie doch.« Fehrbach wandte sich erneut an Lisa. »Frau Sanders …« Weiter kam er nicht, denn der Polizist ergriff seinen Arm.

»Entschuldigung, Herr Dr. von Fehrbach. Das ist sehr wichtig, hat er gesagt.«

Mit einer ruckartigen Bewegung schüttelte Fehrbach die Hand des Beamten ab. »Was soll das? Wer ist *er*?«

»Thomas!« Ein mittelgroßer, kräftig gebauter Mann stand neben Thorsten Brenner und hob den Arm. Trotz des sommerlichen Wetters trug er einen dunklen Anzug und eine Krawatte. Auf seiner Halbglatze begann sich ein Sonnenbrand abzuzeichnen.

Der Anflug eines Lächelns glitt über Fehrbachs Gesicht, ganz kurz nur und auch schon wieder weggewischt, als er Lisa ansah. »Sie entschuldigen mich einen Augenblick!«

Während Fehrbach zur Absperrung ging, blickten Lisa und Uwe ihm hinterher. »Wer ist das?«, fragte Uwe, als er sah, wie sich die beiden Männer herzlich begrüßten.

»Dr. Norbert Sievers.« Uwe erwiderte nichts, und Lisa fiel ein, dass er Sievers noch nicht kennengelernt hatte. »Unser Leitender Oberstaatsanwalt. Man munkelt, er hätte Fehrbach nach Kiel geholt.« Stirnrunzelnd beobachtete sie die beiden Männer. Fehrbach war völlig verwandelt. Keine Spur mehr von der noch bis eben gezeigten Überheblichkeit und Anmaßung. Ganz im Gegenteil. Das Gespräch der beiden Männer wirkte freundschaftlich, mehrere Male überzog sogar so etwas wie ein Lächeln Fehrbachs vorher so steinerne Züge.

»Zwei echte Buddys also«, sagte Uwe mit verächtlichem Blick. Er kaute auf seinem Daumennagel herum. »Ich hab läuten hören, dass Fehrbachs Familie ein großes Pferdegestüt in der Nähe von Hohwacht gehört. Da ist er als Jurist ja ein bisschen aus der Art geschlagen.«

Lisa erwiderte nichts darauf. Während sie den Mundschutz umlegte, Handschuhe und Schuhüberzieher anzog und als

Letztes in den Schutzanzug schlüpfte, ließ sie sich von ihm Bericht erstatten. Die nächste Stunde verbrachte sie damit, sich den Leichenfundort anzusehen. Sie erfuhr, dass die Identität der Toten noch immer nicht geklärt war. Bis jetzt hatte man weder eine Handtasche noch etwas anderes gefunden, was einen Hinweis hätte geben können. Schließlich ging Lisa zu Uwe zurück, der an einem Streifenwagen stand und gerade ein Funkgespräch beendete. Während sie den Schutzanzug auszog, der bei jeder Bewegung leise raschelte, fragte sie ihren Kollegen nach den beiden Männern, die die Tote gefunden hatten.
Sebastian Connert und Dietmar Baudin. Connert war Teilnehmer an der kurz bevorstehenden Kieler Woche, Baudin sein Trainer. Die Namen sagten Lisa nichts, aber sie war auch keine Expertin in Sachen Segelsport. Die beiden Männer hatten nicht viel sagen können. Sie waren am Morgen gegen Viertel vor sechs von ihrem Quartier im Hotel Kieler Yacht Club zum Joggen aufgebrochen und hatten einen Abstecher zu Baudins Schiff gemacht, das an der Blücherbrücke vor Anker lag. Baudin hatte an den ehemaligen Liegeplatz der Gorch Fock ausweichen müssen, da der Sporthafen Düsternbrook, der sich unmittelbar vor dem Hotel befand, belegt gewesen war. Wenn ihr Hund nicht so anhaltend gebellt hätte, wären sie nie auf die Idee gekommen, zwischen die Müllcontainer zu sehen.
»Ich hoffe, Sie haben sich einen Überblick verschaffen können.« Wie aus dem Boden gewachsen stand Fehrbach plötzlich wieder neben Lisa. »Ich möchte noch einmal auf unser Gespräch zurückkommen. Mich würde nämlich sehr interessieren, ob dieser fahrlässige Umgang mit dem Bereitschaftsdienst hier in Kiel die übliche Vorgehensweise ist. Erscheint

die Kripo generell immer erst dann, wenn sie Lust dazu hat? Oder passiert das nur am Sonntag, weil man erst einmal in Ruhe das Frühstück mit der Familie beenden will?« Der Sarkasmus in seiner Stimme verstärkte sich. »Oder tue ich Ihren Kollegen damit unrecht? Das läge mir natürlich fern. Vielleicht gehören ja nur Sie zu der Sorte Kripobeamter, die immer erst dann am Tatort erscheint, wenn die anderen bereits die Arbeit erledigt haben.«

Lisa erstarrte. Das hatte nichts mehr mit Zynismus zu tun. Eine solche Beleidigung hatte ihr in fünfundzwanzig Dienstjahren noch niemand an den Kopf geworfen. Fehrbachs Worte machten sie sprachlos und beraubten sie ihrer Schlagfertigkeit, die normalerweise sofort zu einer bissigen Antwort geführt hätte.

Was hatte sie diesem Mann eigentlich getan, dass er sie so angriff?

Die Ankunft des Leiters der Kriminaltechnik beendete die Konfrontation. Fürs Erste, denn Lisa hatte nicht die Absicht, Fehrbachs Bemerkungen einfach so stehenzulassen.

»Das haben wir auf der Brücke gefunden«, sagte Alexander Behring und trat zu ihnen. Er hielt Lisa zwei Beweismittelbeutel hin.

In einem befand sich ein Armband, und Lisa sah sofort, dass es aus der Trollbeads-Kollektion stammte, mit der sie selbst seit einiger Zeit liebäugelte. Das Armband war aus Silber, mehrere Figuren hingen daran. Eine Seite des Verschlusses war intakt, die andere war aufgerissen.

»Das Armband lag in der Mitte der Brücke. Sieben Anhänger waren noch dran. Diese vier allerdings«, Behring deutete auf den zweiten Beutel, »lagen in einiger Entfernung um das Armband herum.«

»Kann man davon ausgehen, dass das Armband der Toten gehört hat?«, fragte Lisa.
»Ja. An ihrem linken Handgelenk waren Druckspuren, hauptsächlich im oberen Bereich des Gelenks. Es muss einen Kampf gegeben haben, bei dem das Armband kaputtgegangen ist.«
Eisbären und Seehunde.
»Wir haben vorhin die restlichen vier Anhänger mal probehalber aufgezogen. Da blieb eine kleine Lücke. Es scheint also einer zu fehlen«, fuhr Behring fort.
»Nicht zwangsläufig. Am Anfang kauft man sich häufig erst einige Beads. Nach und nach ergänzt man dann seine Sammlung. Das ist im Grunde nichts anderes als das Bettelarmband von früher.«
Behring zog nachdenklich die Brauen zusammen, als einer seiner Mitarbeiter zu ihnen trat. Der Mann reichte Lisa einen weiteren Beutel. »Das lag in einer kleinen Vertiefung am Ende der Brücke, nur wenige Zentimeter vom Kopf der Toten entfernt.«
Lisa hob den Beutel gegen das Licht und begutachtete das kleine, goldene Gebilde mit dem eingearbeiteten Buchstaben. »Das ist ein K-Bead.«
»Ein was?«, fragte Behring verständnislos.
»Ein K-Bead«, sagte Lisa. »Jeder der Beads hat einen Namen. Innerhalb der Kollektion gibt es auch eine Serie von Buchstaben-Beads.«
»Dann wollen wir mal was probieren.« Behring hockte sich mit den drei Beuteln auf den Boden und öffnete sie. Seine Gummihandschuhe quietschten leise, als er die Anhänger aufzog. »Passt. Dann war das also derjenige, der gefehlt hat.«
Als Lisa nichts erwiderte, erhob Behring sich und sah sie aufmerksam an. »Irgendwas passt dir nicht an meiner Theorie, oder?«

Gedankenverloren schüttelte Lisa den Kopf. »Ich wundere mich nur, dass dieser Bead direkt bei der Toten gefunden wurde. Außerdem passt er so gar nicht in die Sammlung.«
»Das K könnte doch vielleicht der Anfangsbuchstabe ihres Namens sein«, schlug Behring vor. »Und was das andere angeht ... Wir gehen davon aus, dass der Angriff dort erfolgt ist, wo wir das Armband gefunden haben. Wie es aussieht, wurde die Tote anschließend zu den Müllcontainern geschleift. Auf der Rückseite ihres Kleides waren Schleifspuren und Risse. Außerdem wiesen beide Unterarme erhebliche Druckspuren auf. Als das Armband kaputtging, könnte sich der Bead in ihrer Kleidung verhakt haben, und erst als sie bei den Containern abgelegt wurde, ist er abgefallen.«
»Haben Sie noch mehr gefunden?«, unterbrach Fehrbach ungeduldig.
Behring schüttelte den Kopf. »Bis jetzt nichts Verwertbares. Heute Nacht hat es mehrere Stunden lang heftig geregnet. Wir haben mit dem Wetterdienst gesprochen. Der Regen begann gegen zweiundzwanzig Uhr gestern Abend und ging bis circa vier Uhr heute Morgen. Wenn es also Spuren gegeben hat, dürften kaum noch welche vorhanden sein.«
»Das heißt also, dass die Tote schon in der Nacht hier abgelegt wurde«, stellte Lisa fest.
»Davon können wir ausgehen. Du weißt ja, dass Hesse vor der Obduktion nicht viel sagt, aber zumindest hat er nach den Messungen der Umgebungs- und Körperkerntemperatur schon mal was von Mitternacht gemurmelt. Außerdem waren ihre Kleidung und die Haare noch nass.«
»War sie vollständig angezogen?«, fragte Lisa.
»Ja«, antwortete Behring. »Unter dem Kleid trug sie einen Slip und einen BH.«

»Gibt es Anzeichen für ein Sexualdelikt?«
»Dem ersten Anschein nach nicht.«
»Gibt es mittlerweile irgendwelche Anhaltspunkte bezüglich ihrer Identität?«, mischte Fehrbach sich wieder ein.
»Leider noch nicht.«
»Was ist mit den Containern und den Müllsäcken? Haben Sie die durchsucht?«
»Wir sind noch dabei.«
»Lassen Sie auch im Wasser suchen. Fordern Sie Taucher an. Wir müssen die Mordwaffe finden.«
»Wenn es überhaupt eine gibt«, sagte Behring. »Das Opfer hatte Druckspuren am Hals, und der Kopf wies einige große Hämatome auf. Für mich sieht das so aus, als wäre sie totgetreten worden.«
»Verfügen Sie auch über eine rechtsmedizinische Ausbildung, Herr Behring?«
Irritiert sah Behring Fehrbach an. »Nein, natürlich nicht. Was ...«
»Dann würde ich Ihnen raten, hier keine Mutmaßungen anzustellen, sondern das Ergebnis der Obduktion abzuwarten. In der Zwischenzeit sollten Sie Ihrer Arbeit nachgehen und nach der Mordwaffe suchen. Ich hoffe, ich habe mich klar ausgedrückt.«
»Oh, das haben Sie zweifelsohne, Herr Dr. von Fehrbach. Bei dieser Gelegenheit sollten wir gleich etwas klarstellen. Auch wir in Kiel wissen, wie wir unseren Job zu machen haben.«
Im Weggehen warf Behring Lisa einen verschwörerischen Blick zu, den sie mit einem gequälten Gesichtsausdruck erwiderte. Sie beneidete ihn um die Gelassenheit, mit der er selbst die unangenehmsten Zeitgenossen in ihre Schranken wies.
Sie setzte sich ebenfalls in Bewegung und gab Uwe ein Zei-

chen. »Ich fahre in die Rechtsmedizin. Mach du hier weiter.«
Als sie an Fehrbach vorbeiging, würdigte sie ihn keines Blickes. Sollte er doch sehen, wie er in die Uni-Klinik kam.

Das rotgeklinkerte Gebäude des Instituts für Rechtsmedizin in der Arnold-Heller-Straße war mit Planen verhängt. In der letzten Woche hatte die seit langem überfällige Dachsanierung begonnen. Es sah aus, als hätten Christo und Jeanne-Claude Hand angelegt.
Lisas Wunsch, dass Fehrbach sich hoffnungslos verfahren würde, erfüllte sich nicht. Er wartete bereits neben einem metallicgrauen BMW X5 auf sie, der ihr schon am Hindenburgufer aufgefallen war. Schweigend gingen sie auf das Gebäude zu. Immerhin besaß Fehrbach so viel Anstand, Lisa die Tür aufzuhalten und ihr den Vortritt zu lassen. Im langen, durch grelle Deckenlampen beleuchteten Flur hing ein schwacher Geruch nach Desinfektionsmittel, der sich verstärkte, als sie die Treppe in den Keller hinabstiegen. Vor dem Eingang zu den Sektionsräumen blieben sie stehen. Lisa klingelte, und einen Augenblick später wurde die schwere Milchglastür von einem Sektionsassistenten geöffnet.
Der hellgrün gekachelte Raum wirkte antiseptisch. Von den vier Edelstahltischen war zu Lisas großer Erleichterung nur einer belegt. Als sie zu Michael Hesse hinüberblickte, der an einem kleinen Schreibtisch stand, sah sie, dass er gerade den Telefonhörer auflegte. Er winkte sie zu sich herüber.
»Schau dir das bitte mal an.« Hesse deutete auf die Fenster, die sich über die ganze Länge des Raums zogen. Ein großes Baugerüst und dicke Planen aus Plastik versperrten die Sicht und verdunkelten den Raum. »Das soll hier jetzt wochenlang hängen bleiben. Man kann nicht mal mehr lüften. Die veran-

stalten einen Höllenlärm da draußen, es ist nicht zum Aushalten.« Seine ganze, nur knapp einen Meter siebzig große Gestalt drückte Entrüstung aus.

»Hallo, Michael, ich freue mich auch, dich zu sehen«, sagte Lisa und lächelte ihn an. Sie mochte den kleinen, quirligen Rechtsmediziner, der trotz seiner bald fünfundsechzig Jahre eine unerschöpfliche Energie aufwies und so herrlich normal war. Ihr graute vor dem Tag, an dem Hesse in Pension gehen würde und sie sich mit seinem Nachfolger herumschlagen musste. Dr. Martin Karstens war zweifelsohne ein ebenso brillanter Mediziner wie Hesse, aber menschlich lag er ihr überhaupt nicht. Dazu hatte er in der Vergangenheit zu häufig einige seinem Berufsstand von der Kriminalliteratur zugeschriebenen Eigenschaften gezeigt. Düster, mundfaul, mehr an Toten als an Lebenden interessiert, waren nur einige davon. Wenigstens musste man dankbar sein, dass er während der Obduktionen keine Arien spielte oder dozierende Vorträge hielt.

»Hallo, meine Schöne. Da bist du ja mal wieder.« Anerkennend ließ Hesse seinen Blick über Lisas schlanke Gestalt in der hellen Jeans und dem buntbedruckten Shirt gleiten und drückte sie dann kurz an sich. »Findest du nicht auch, dass es höchste Zeit wird, dass wir uns auch mal außerhalb dieser Räume treffen?« Er grinste und hielt Lisa auf Armeslänge von sich entfernt. »Gut siehst du aus. Was hast du mit deinen Haaren gemacht?« Er strich leicht über ihr dunkelbraunes, kinnlanges Haar, das im Licht der Deckenbeleuchtung schimmerte. »Sie sind kürzer als bei unserer letzten Begegnung.«

Dr. Michael Hesse liebte die Frauen. Vielleicht hatte er deshalb nie geheiratet. Er hatte sich einfach nicht entscheiden können.

Lisa machte die beiden Männer miteinander bekannt und bemerkte, dass Hesse Fehrbach voller Interesse musterte.
»Hab schon gehört, dass die Staatsanwaltschaft einen adligen Neuzugang bekommen hat. Sehr nett, dass Sie mir gleich die Ehre geben. Das bringt doch endlich mal ein bisschen Glanz in meine alte Hütte.« Hesse grinste über das ganze Gesicht und sah aus, als ob er Fehrbach im nächsten Moment auf die Schulter klopfen wollte. »Schon eingelebt in Kiel?«
Auf einmal wirkte Fehrbach seltsam angespannt. Er ging mit keinem Wort auf Hesses Bemerkungen ein, sondern wandte sich mit einer abrupten Bewegung zum Sektionstisch. »Ich denke, wir sollten anfangen.«
Hesses Brille rutschte auf die Nase, als er die Augenbrauen hob und irritiert zu Lisa hinüberschaute, die nur mit den Schultern zuckte.
»Natürlich, wenn Sie das wünschen, Herr Oberstaatsanwalt.« Hesse betonte jedes einzelne Wort.
Mit einem unbehaglichen Gefühl kam Lisa näher und versuchte die Beklemmung abzuschütteln, die sie ergriffen hatte. Sie rief sich Brenners Worte vom Morgen ins Gedächtnis und starrte trotzdem voller Furcht auf die Umrisse des menschlichen Körpers unter dem weißen Tuch und Hesses Hände, als er begann, das Laken zurückzuziehen. Im nächsten Moment wich sie zur Seite, taumelte gegen Fehrbach und krallte sich an seinem Arm fest.
»Was ist mit Ihnen?« Fehrbach hatte nach ihren Händen gegriffen.
»Das ist Kerstin.« Lisas Stimme war nur mehr ein Flüstern.
»Sie kennen die Tote?«
»Das ist Kerstin Wiesner.«
Die Konturen des Raums begannen sich aufzulösen, alle Ge-

räusche wirkten auf einmal gedämpft, das Surren der Klimaanlage, das Hämmern der Arbeiter vor dem Fenster. Lisa spürte, wie ihre Beine nachgaben, befreite sich aber dennoch aus Fehrbachs Griff. Augenblicke später brach sie in unkontrolliertes Zittern aus.

Hesse fackelte nicht lange. Kurzerhand brachte er Lisa in den Nebenraum und sorgte dafür, dass sie sich setzte und ein Glas Wasser trank. Er beobachtete, wie sie das Glas in hastigen Zügen leerte.

»Soll ich dir nachschenken?«

»Nein danke, es geht schon.« Lisas Gesicht war weiß wie die Wand. Vergeblich bemühte sie sich, das Zittern ihrer Hände unter Kontrolle zu bekommen.

»Hier, trink das!« Hesse hatte eine Cognacflasche aus dem Schrank geholt und das Glas zur Hälfte gefüllt. Als er sah, dass Lisa widerwillig den Kopf schüttelte, drückte er ihr das Glas in die Hand. »Runter damit! Das ist eine ärztliche Anordnung.«

Es dauerte einen Augenblick, bis Lisa seiner Aufforderung nachkam. Hesse nickte befriedigt, als er sah, dass wieder Farbe in ihre Wangen zurückkehrte.

»Frau Sanders, was können Sie mir zu der Toten sagen?«

Aufgebracht knallte Hesse die Schranktür zu, als er Fehrbachs Stimme vernahm. »Hat das nicht Zeit? Sie sehen doch, dass es Frau Sanders schlechtgeht.«

Ungerührt erwiderte Fehrbach Hesses Blick. »Ich denke, Sie wissen sehr gut, dass die ersten Stunden nach einem Tötungsdelikt die entscheidenden sind. Also halten Sie mich bitte nicht von meiner Arbeit ab.«

»Sie sind doch ...«

»Herr von Fehrbach hat recht«, fiel Lisa Hesse ins Wort. Sie

atmete tief durch und zwang sich zur Konzentration. »Kerstin ist die Tochter von Horst und Susanne Wiesner. Horst ist ein bekannter Wissenschaftler, der im Institut für Meeresforschung arbeitet. Wir sind auf Sylt in dieselbe Schule gegangen.« Mit einer mechanischen Bewegung strich sie eine Haarsträhne hinter ihr Ohr. »Als Horst mit dem Studium anfing, ist unser Kontakt abgebrochen. Wir haben uns erst Jahre später zufällig hier in Kiel wieder getroffen. Die Wiesners wohnen in derselben Straße wie meine Mutter.«
»Dann sind Sie also auch mit Wiesners Frau bekannt?«
Lisa nickte und versuchte, ihren rasenden Pulsschlag zu ignorieren.
»Und wie gut kannten Sie Kerstin Wiesner?«
»So gut, wie man die Kinder von Bekannten eben kennt. Ich hatte Kerstin allerdings seit vielen Jahren nicht mehr gesehen. Sie ist erst vor fünf Monaten nach Kiel zurückgekehrt.« Ein wehmütiges Lächeln trat in Lisas Gesicht. »Sie hatte eine Anstellung bei GEOMAR bekommen. Das war immer ihr größter Traum, dort einmal mit ihrem Vater zusammenzuarbeiten.«
»Wo hat Kerstin Wiesner vorher gelebt?«
»Bei ihrer Tante Jana Williams und deren Mann in Seattle. Kerstin ist vor elf Jahren zu ihnen gezogen. Sie wollte in den Staaten ihre Schule beenden und anschließend ein Studium beginnen.«
»Vor elf Jahren?« Fehrbach runzelte die Stirn. »Da war sie doch noch ein Kind.«
»Sie war zwölf Jahre alt.«
»Warum wollte sie ihre Ausbildung in den Staaten machen? Das wäre doch ebenso gut in Deutschland möglich gewesen.«
»Sie wollte Biologische Ozeanographie an der University of

Washington in Seattle studieren«, antwortete Lisa mit gepresster Stimme. »Kerstin hat immer gesagt, dass diese Uni die beste ist.«
»Aber Sie sagten eben, dass Kerstin damals erst zwölf Jahre alt war. In dem Alter war an ein Studium doch noch gar nicht zu denken.«
»Es war geplant, dass Kerstin mit vierzehn in die Staaten gehen sollte. Sie wollte dort ihre Schule beenden, weil sie die Hoffnung hatte, mit einem amerikanischen Schulabschluss eher an den Studienplatz zu kommen.«
»Und warum ist sie dann zwei Jahre früher übergesiedelt?«, hakte Fehrbach nach.
»Soweit ich mich erinnere, gab es einige Probleme in der hiesigen Schule.«
»Probleme in der Schule?«, wiederholte Fehrbach gedehnt. »Die hat doch jeder irgendwann mal. Sind Sie sicher, dass das der einzige Grund war?«
»Mir ist kein anderer Grund bekannt«, sagte Lisa. »Ich war zu der Zeit gerade auf einer mehrwöchigen Fortbildung in München. Ich habe nur ein paarmal mit Horst Wiesner telefoniert, und da hat er es mir erzählt.«
»Wann hat Kerstin Wiesner Kiel verlassen?«
»Im September 1996.«
»Und was genau hat Horst Wiesner Ihnen damals erzählt?«, fragte Fehrbach ungeduldig.
»Kerstin hatte große Schwierigkeiten in der Schule, das sagte ich doch schon. Deshalb wollte sie zwei Jahre früher in die Staaten.«
»Dann ist die Initiative also von Kerstin ausgegangen?«
»Ja.«
»Wissen Sie, welcher Art diese Schwierigkeiten waren?«

»Nein.«
»Und Kerstins Eltern haben dem einfach so zugestimmt?« Der Argwohn in Fehrbachs Stimme war jetzt unüberhörbar.
Lisa nickte angespannt.
»Gab es damals irgendwelche Probleme bei den Wiesners?«
»Was meinen Sie?« Lisa bemühte sich, ihrer Stimme Festigkeit zu verleihen, während sie Fehrbachs abschätzendem Blick standhielt.
»Nun, ich versuche mir ein Bild von der Familie zu machen. Als Wissenschaftler ist Horst Wiesner vermutlich häufig auf Reisen. Was war damals mit seiner Frau? Hat sie gearbeitet?«
»Nein. Susanne war schon seit Jahren sehr krank. Sie hatte Brustkrebs und war oft im Krankenhaus oder zur Reha.«
»Auch zur damaligen Zeit?«
»Sie hatte damals gerade eine OP hinter sich. Es ging ihr sehr schlecht.«
»Was war mit Wiesner? War er zu Hause und hat sich um seine Frau und seine Tochter gekümmert?«
Hilflosigkeit stieg in Lisa auf. Sie konnte die damaligen Geschehnisse nicht vor Fehrbach ausbreiten, denn sie würden kein gutes Licht auf Horst werfen.
»Frau Sanders, ich habe Sie etwas gefragt.«
»Ich kann mich nicht mehr so genau erinnern. Ich war damals beruflich sehr eingespannt. Außerdem war ich …«
»… auf einer beruflichen Fortbildung in München, ich weiß«, unterbrach Fehrbach sie brüsk. »Wissen Sie, was mir auffällt? Sie können sich sehr genau daran erinnern, was mit Susanne Wiesner war. Aber wenn ich Sie nach Horst Wiesner befrage, dann versagt Ihr Gedächtnis plötzlich. Können Sie mir erklären, woran das liegt?«
»Horst Wiesner hat einen verantwortungsvollen Beruf.« Lisa

stockte und merkte voller Schreck, dass es Fehrbach gelungen war, sie in die Ecke zu drängen.

»Das erwähnten Sie bereits. Aber der Zusammenhang mit meiner Frage erschließt sich mir nicht.«

Ein Blick in Fehrbachs Gesicht ließ Lisa das Gegenteil vermuten. »Was ich damit sagen will …« Sie suchte nach den richtigen Worten. »Horst Wiesner konnte nicht einfach mal so für ein paar Wochen zu Hause bleiben.«

»Was heißt das jetzt konkret?«

»Er war damals auf einer Forschungsreise.« Sie kam sich vor wie eine Verräterin.

»Das ist ja interessant«, sagte Fehrbach mit einem süffisanten Unterton. »Wiesners Frau ist schwer krank, aber anstatt zu Hause zu bleiben und sich um sie und seine minderjährige Tochter zu kümmern, geht der Mann auf Reisen. Also ich muss sagen, das zeugt schon von einer ziemlichen Gefühllosigkeit.«

Genau dasselbe hatte sie damals auch gedacht.

»Kann es sein, dass Kerstin deshalb vorzeitig in die Staaten wollte? Weil sie sich von ihren Eltern vernachlässigt fühlte?«

»Horst und Susanne haben Kerstin nicht vernachlässigt«, sagte Lisa empört. »Sie haben sie abgöttisch geliebt.«

»Aber offensichtlich nicht viel Zeit für sie gehabt.«

Wütend fuhr Lisa auf. »Wollen Sie Horst Wiesner vorwerfen, dass er einen Beruf hat, der ihm nicht viel freie Zeit lässt? Und seiner Frau, dass sie krank ist?«

»Ihre Unterstellungen sind lächerlich«, sagte Fehrbach unbeeindruckt. »Ich möchte nur herausfinden, warum ein zwölfjähriges Mädchen von zu Hause wegwollte. Und warum dessen Eltern ihre Zustimmung gegeben haben.« Mit einer schnellen Bewegung stemmte Fehrbach sich von der Wand ab

und trat auf Lisa zu. »Ich warne Sie, Frau Sanders. Wenn ich herausbekommen sollte, dass Sie mir Informationen vorenthalten, werden Sie ziemlichen Ärger bekommen.«
»Ich habe Ihnen alles gesagt, was ich weiß.«
»Was war in den Jahren nach Kerstin Wiesners Abreise?«
»Was meinen Sie damit?«
»Ich denke, das liegt auf der Hand. Kerstin Wiesner hat sich laut Ihrer Aussage elf Jahre lang in den USA aufgehalten. War sie in diesen Jahren einmal wieder in Kiel? Oder haben ihre Eltern sie drüben besucht?«
»Horst und Susanne sind einige Male rübergeflogen.«
»Wie oft genau?«
»Das weiß ich nicht mehr.«
»Hat Kerstin ihre Eltern auch besucht?«
»Nein.«
»Fanden Sie das nicht ungewöhnlich?« Als Lisa schwieg, bohrte Fehrbach weiter. »Was haben Kerstins Eltern dazu gesagt? Haben sie ihre Tochter nicht vermisst?«
»Wir haben nicht oft darüber gesprochen.« Lisa gewahrte Fehrbachs ungläubigen Blick. Auch für sie war es damals schwer zu verstehen gewesen. Wann immer sie Horst auf Kerstin angesprochen hatte, war er ihr ausgewichen. Bis er ihr schließlich gestand, dass er seine Tochter unendlich vermisse und der Gedanke an sie ihm weh tue. Von da an hatte Lisa das Thema vermieden, um nicht noch mehr Salz in die Wunde zu streuen.
»Sie haben nicht oft darüber gesprochen?« Fehrbach stieß ein verächtliches Lachen aus. »Wenigstens erinnern Sie sich noch daran.« Er schwieg eine Zeitlang und forschte in ihrem Gesicht. »Kehren wir in die Gegenwart zurück. Haben Sie Kerstin Wiesner seit ihrer Rückkehr gesehen?«

»Ja, einmal.«
»Bei welcher Gelegenheit war das?«
»Ich hatte meine Mutter besucht, und beim Weggehen habe ich Kerstin auf der Straße getroffen.«
»Woher wussten Sie, dass sie es war? Immerhin haben Sie sie als Zwölfjährige das letzte Mal gesehen.«
Wieso zog er alles in Zweifel? Lisa merkte, wie Wut in ihr aufstieg.
»Schon mal was von der Erfindung des Fotoapparats gehört? Oder von dem Begriff E-Mail?« Michael Hesse hatte das Gespräch bisher schweigend verfolgt, doch jetzt mischte er sich aufgebracht ein. »Hören Sie auf, auf Frau Sanders rumzuhacken. Sehen Sie denn nicht, wie ihr die ganze Sache zu schaffen macht?«
Aber Fehrbach ließ nicht locker. »Wann war das?«
»Vor drei Monaten etwa.«
»Worüber haben Sie sich unterhalten?«
»Kerstin war in ziemlicher Eile. Sie hat mir nur kurz erzählt, dass sie zurückgekommen ist, weil sie eine Stelle bei GEOMAR bekommen hat.«
»Das war alles?«
»Das war alles.«
»Wussten Sie, dass sie nach Kiel zurückgekehrt war?«
»Nein.«
»Ich denke, Sie sind mit ihren Eltern befreundet.«
Erschöpft lehnte Lisa sich auf dem Stuhl zurück. Warum ließ er sie nicht endlich in Ruhe?
Auch Michael Hesse hatte genug. »Schluss jetzt. Ich werde nicht zulassen, dass Sie Frau Sanders länger quälen. Das ist hier ja wie bei einer Inquisition. Ein wenig Mitgefühl wäre wohl angebracht, Herr Oberstaatsanwalt.«

Du bist doch gar kein Mensch, Thomas. Du bist ein gefühlloses Monster. Was andere empfinden, schert dich einen Dreck. Fehrbach stand regungslos da. In einer Geste der Abwehr verschränkte er die Arme vor der Brust und vermied jeden Blickkontakt mit Lisa und Hesse. Eine beängstigende Atemnot hatte sich eingestellt, die Enge im Brustkorb verstärkte sich mit jeder Sekunde.
Mein Gott ... er hatte gedacht, es wäre vorbei.

Nach der Rückkehr in den Sektionsraum fasste Hesse das Ergebnis der äußeren Leichenschau zusammen, die er vor Lisas und Fehrbachs Ankunft mit Dr. Karstens durchgeführt hatte. Es ließ noch keine eindeutige Todesursache zu. Kerstins Hals und Kehlkopf wiesen Druckstellen auf, am Körper, vor allen Dingen aber am Kopf waren unterschiedlich große Hämatome zu sehen, die auf heftige Gewalteinwirkung in Form von Faustschlägen oder Fußtritten schließen ließen. Abwehrverletzungen gab es keine. Das konnte bedeuten, dass der Angriff sie überrascht hatte oder sie sehr schnell bewusstlos geworden war. Des Weiteren waren die Innenseiten der Oberschenkel sowie die Haut um den Bauchnabel herum mit Brandwunden bedeckt, die von ausgedrückten Zigaretten zu stammen schienen.
»Das Entstehungsdatum dieser Wunden liegt schon länger zurück. Wir müssen das noch genauer untersuchen, aber Dr. Karsten und ich sind uns sicher, dass sie über einen Zeitraum von mehreren Jahren entstanden sind«, sagte Hesse. Sein Kollege war in der Zwischenzeit dazugekommen und begrüßte Lisa und Fehrbach mit einem kurzen Nicken. »Wir haben überlegt, woher diese Wunden stammen könnten«, fuhr Hesse fort. »Ich habe so etwas bisher nur bei Prostituier-

ten gesehen, die von ihren Freiern gefoltert wurden. Die Tote kann sich die Verletzungen allerdings auch selbst zugefügt haben. Hast du eine Ahnung, ob sie zu autoaggressiven Verhaltensweisen geneigt hat?«
Bestürzt schüttelte Lisa den Kopf. »Nein, ganz bestimmt nicht. Wieso auch?«
»Dafür kann es viele Gründe geben. Falls Herr von Fehrbach mit seiner Vermutung recht gehabt und Kerstin sich tatsächlich vernachlässigt gefühlt hat, kann sie sich diese Verletzungen unter Umständen selbst zugefügt haben.«
Lisa schluckte. Was Hesse da andeutete, erschreckte sie zutiefst. Auf ihre Frage, ob es zu einer Vergewaltigung gekommen war, zuckte der Mediziner mit den Schultern. »Das kann ich noch nicht ausschließen.« Er griff nach der Schutzbrille, die auf dem kleinen Metalltisch oberhalb des Sektionstisches lag. Hier würden die bei der inneren Leichenschau entnommenen Organe abgelegt werden. Hesse winkte einem Sektionsassistenten, der mit einer Oszillationssäge herantrat, um damit die Schädeldecke der Toten zu öffnen. Dann schaltete er das Aufnahmegerät an und zog das über dem Tisch hängende Mikro etwas herunter.
Lisa wandte sich ab. Für einen kurzen Moment wäre sie fast der Versuchung erlegen, den Raum zu verlassen und nicht an der Obduktion teilzunehmen, aber sie wollte sich keine Blöße vor Fehrbach geben. Also trat sie zum Schreibtisch hinüber und versuchte Hesses Stimme, die in nüchternen Worten die Befunde ins Mikro sprach, so gut es ging auszublenden.
Die Obduktion dauerte knapp zweieinhalb Stunden. Am Ende stand fest, dass Kerstin totgetreten worden war. Die heftige Gewalteinwirkung gegen ihren Kopf hatte eine Gehirnblutung verursacht, die schließlich zum Tod geführt hat-

te. Eine Vergewaltigung hatte nicht stattgefunden. Den Todeszeitpunkt legten die beiden Mediziner auf vierundzwanzig Uhr fest, plus minus einer Stunde.
Als Lisa ihr Büro betrat, stieß sie einen Seufzer der Erleichterung aus. Die letzten Stunden hatten sie an ihre Grenzen geführt. Auf dem Rückweg in die Blume, wie die Bezirkskriminalinspektion in der Blumenstraße genannt wurde, war sie so unkonzentriert gewesen, dass sie fast einen Unfall verursacht hätte.
Die Verabschiedung von Fehrbach war kurz ausgefallen. Vor dem Institut hatten sich ihre Wege getrennt, ein kurzes »Ich melde mich bei Ihnen« war alles gewesen, was er gesagt hatte.
Im Büro wurde Lisa von Uwe erwartet. »Wissen wir mittlerweile, wer die Tote ist?«
»Sie heißt Kerstin Wiesner«, sagte Lisa tonlos. Dass sie Kerstin kannte, erwähnte sie nicht. Im Moment zählte nur eines – sie musste eine Distanz zwischen dem Tötungsdelikt und ihrer persönlichen Bekanntschaft zum Opfer herstellen, denn andernfalls würde sie den Fall nicht emotionslos und mit der nötigen Objektivität bearbeiten können. Außerdem musste sie verhindern, dass im Anfangsstadium der Ermittlungen zu viele Personen von ihrer Bekanntschaft erfuhren, sonst wäre sie den Fall nämlich ganz schnell wieder los. Wenn die Ermittlungen erst einmal liefen, standen ihre Chancen besser, ihn zu behalten.
Uwe hatte inzwischen Luca erreicht. Das Gespräch hatte die Dinge geklärt.
»Anja hat kurz nach deinem Anruf am Freitag starke Wehen bekommen. Luca musste sie ins Krankenhaus bringen.«
Anja war Lucas Frau. In vier Monaten sollte ihr erstes Kind zur Welt kommen.

»Sag jetzt nicht, dass sie das Kind verloren hat.«
»Es hat wohl eine Zeitlang so ausgesehen. Aber Luca hat gesagt, dass die Ärzte vorhin Entwarnung gegeben haben.«
»Gott sei Dank.«
»Es tut ihm wahnsinnig leid, dass er über der ganzen Aufregung vergessen hat, die Dienstplanänderung weiterzugeben. Er wird morgen früh sofort zu Fehrbach gehen und die Sache richtigstellen.«
»Fehrbach ist doch jetzt nicht mehr wichtig«, sagte Lisa erleichtert. »Hauptsache, mit Anja ist alles in Ordnung.«
Lisa kannte Lucas Frau, ebenso wie den Rest seiner Familie. Die Farinellis waren das Klischee der typisch italienischen Großfamilie. Herzlich und laut, drückten sie jeden, den Luca mochte, auch sofort an ihr eigenes Herz. So auch Lisa, nachdem Luca sie kurz nach seinem Dienstantritt in Kiel vor acht Jahren ins Restaurant seiner Familie mitgenommen und allen vorgestellt hatte.

Seit einer Stunde saß Fehrbach in seinem Wagen und starrte auf die Einfahrt zum Gestüt. Das große schmiedeeiserne Tor stand einladend offen, die dahinter beginnende breite Auffahrt führte direkt zum Herrenhaus. Er kniff die Augen zusammen und versuchte einen Blick auf die weiße Fassade zu erlangen, aber das Laub der alten Bäume versperrte ihm die Sicht.
Lankenau, so hatte auch das Gut seiner Großeltern in Ostpreußen geheißen. Ihre Flucht zum Ende des Zweiten Weltkriegs hatte sie schließlich nach Schleswig-Holstein geführt, in der Hoffnung, dass ein dort lebender Onkel ihnen Unterschlupf gewähren würde. Und genauso war es dann auch gekommen. Carl-Wilhelm von Fehrbach nahm die Flüchtlinge

mit offenen Armen auf, denn seit dem Tod seiner Frau und seines einzigen Kindes hatte er in den letzten Jahren allein auf dem fast dreihundertfünfzig Jahre alten Familiensitz gelebt. Mit drei Trakehnern, die den endlosen Treck über das Haff überlebt hatten, wurde eine neue Zucht begründet. Als Carl-Wilhelm zehn Jahre später gestorben war, hatten sein Neffe und dessen Frau den Besitz, der inzwischen in Trakehnergestüt Lankenau umbenannt worden war, geerbt.

An seine Großmutter Martha konnte Fehrbach sich kaum noch erinnern. Sie war bei einem Reitunfall ums Leben gekommen, als er drei Jahre alt gewesen war. Aber seinen Großvater, den sah er auf einmal wieder ganz deutlich vor sich. Heinrich Baron von Fehrbach – ein stattlicher und eindrucksvoller Mann, mit einer lauten und durchdringenden Stimme, die es gewohnt war, Befehle zu erteilen. Seine Angestellten hatten ihn gefürchtet, Fehrbach hatte ihn geliebt. Sein Großvater war ein harter Mann gewesen, der viel in seinem Leben durchgemacht hatte, aber sein erster Enkel war sein Ein und Alles. Er verwöhnte ihn, so wie er es mit seinem einzigen Sohn Johannes niemals tat. Dieser war von klein auf dazu erzogen worden, einmal den Besitz zu übernehmen und weiterzuführen. Da war für Sentimentalitäten bei der Erziehung kein Platz.

Aber seinem Enkel zeigte Heinrich seine andere Seite, die weiche und liebevolle. Zwischen den beiden entstand eine Beziehung, wie sie Fehrbach zu seinem Vater niemals gehabt hatte.

Als Fehrbach sechzehn Jahre alt war, erkrankte Heinrich an Krebs. Sein qualvolles Sterben dauerte zwei Jahre. Ein Jahr nach seinem Tod hatte Fehrbach Lankenau endgültig den Rücken gekehrt.

Er hatte lange nicht mehr an seinen Großvater gedacht. Er hatte die Erinnerung verdrängt, wie so viele andere auch. Aber seitdem er zurückgekehrt war, tauchten sie wie Gespenster aus der Vergangenheit wieder auf.

Ich muss es Horst sagen. Ich muss es Horst sagen.
Gebetsmühlenartig rotierten die Worte in Lisas Kopf. Sie versuchte die aufsteigende Angst zu unterdrücken, als sie in die kleine Sackgasse einbog, in der das Haus der Wiesners lag. Auf ihr Läuten hin erfolgte keine Reaktion. Sie versuchte es erneut, doch auch diesmal öffnete niemand. Sie spähte durch das Glasfenster, das die obere Hälfte der schwarzen Eingangstür verzierte, aber sie konnte keine Bewegung im Innern des Hauses ausmachen. Als sie in den Garten ging, sah sie, dass die Außenjalousien an allen Fenstern des zweigeschossigen Baus heruntergelassen waren. Ihr Blick fiel auf die Beete, die das Haus umgaben, auf verwelkte Blumen und vertrocknetes Buschwerk. Zwischen den rechteckigen Granitsteinen auf der Terrasse wucherte das Unkraut. Irritiert sah sie sich um, verwundert darüber, wie verwahrlost alles wirkte. Sie versuchte sich zu erinnern, wann sie das Grundstück das letzte Mal betreten hatte. Es musste Jahre zurückliegen, denn noch immer scheute sie eine Begegnung mit Susanne.
Nachdem Lisa wieder auf der Straße stand, wählte sie die Nummer von Horst Wiesners Handy. Kein Empfang, nicht einmal die Mailbox sprang an. Einen Augenblick war sie unschlüssig, dann versuchte sie es in seinem Büro bei GEOMAR. Auch dort erreichte sie niemanden, und der eingeschaltete Anrufbeantworter in der Zentrale gab nur die Öffnungszeiten des Instituts preis.
Für einen Moment übermannte sie die Verzweiflung. Wenn

sie seit der letzten Begegnung mit Horst nicht so stur gewesen wäre, dann wüsste sie, was in der Zwischenzeit geschehen war. So aber herrschte jetzt seit einigen Monaten Funkstille zwischen ihnen.

Lisa beschloss, mit ihrer Mutter zu sprechen, die im gegenüberliegenden Mietshaus wohnte. Sie wusste, dass Gerda hin und wieder einem kleinen Nachbarschaftsplausch nachging. Vielleicht hatte sie bei diesen Gelegenheiten etwas aufgeschnappt. Lisa ging zwar davon aus, dass ihre Mutter es ihr erzählt hätte, aber ganz sicher war sie sich nicht. Das Thema Horst Wiesner war für Gerda tabu. Und im Gegensatz zu Lisa hatte sie auch nicht die Absicht, Wiesner jemals zu verzeihen.

Gerda Sanders sah sofort, dass etwas nicht stimmte. »Was ist los, Kind?«

Als Lisa die Anteilnahme in Gerdas Stimme vernahm, war es mit ihrer Selbstbeherrschung vorbei, und sie weinte hemmungslos. Ihre Mutter wartete geduldig, bis sie sich beruhigt hatte und zu erzählen begann.

»Wie soll ich es Horst sagen?«, fragte Lisa verzweifelt. »Ich kann das nicht.«

»Lisa!« Ihre Mutter hatte sich rasch gefasst und setzte sich neben sie auf das Sofa. »Lisa! Sieh mich an!« Ihre Stimme hatte einen energischen Ton angenommen. Sie ergriff die Hand ihrer Tochter. »Nur du kannst es ihm sagen. Verstehst du? Nur du! Seine Tochter ist ermordet worden. Wie würdest du dich fühlen, wenn dir eine wildfremde Person eine solche Nachricht überbringt?«

»Ich kann das nicht«, sagte Lisa und wischte sich die Tränen vom Gesicht.

»Doch, Lisa, du kannst das. Ich weiß, dass du es kannst.«

Lisa putzte sich die Nase und knetete das Tuch in ihren Händen. Woher nahm ihre Mutter bloß diese unerschütterliche Zuversicht? Nachdem sie sich wieder etwas beruhigt hatte, fragte sie sie, ob sie etwas von den Veränderungen im Haus der Wiesners mitbekommen habe.
Zu Lisas großer Enttäuschung schüttelte ihre Mutter den Kopf. Sie riet ihr eindringlich, den Fall sofort abzugeben, aber Lisa dachte nicht daran, den gutgemeinten Ratschlag zu befolgen. »Das werde ich nicht tun!«, sagte sie, und bevor ihre Mutter weiter in sie dringen konnte, drückte sie ihr einen Kuss auf die Wange und verließ hastig die Wohnung.
Vielleicht wussten die unmittelbaren Nachbarn der Wiesners mehr. Lisa klingelte an Türen und musste sehr schnell erfahren, dass es niemanden zu geben schien, der näheren Kontakt zu der Familie hatte. Während sie grübelnd zu ihrem Wagen zurückging, erblickte sie eine Frau, die ihr Fahrrad vor einem der Grundstücke abbremste, bevor sie abstieg und es die Auffahrt hinaufschob. Schnell lief Lisa auf sie zu.
»Entschuldigung, haben Sie einen Augenblick Zeit für mich?«
»Ja?« Hellblaue Augen musterten sie neugierig.
»Können Sie mir sagen, wo ich die Wiesners finde?«
»Kann sein, dass er wieder auf einer seiner Forschungsreisen ist. Genau weiß ich das aber nicht. Und seine Frau …« Die Nachbarin dehnte die Pause genussvoll aus. Um ihre Lippen hatte sich ein hämischer Zug geschlichen. »Die hat das Weite gesucht.«
»Susanne Wiesner wohnt nicht mehr hier?«
»Die ist vor einigen Monaten zu ihrem Freund gezogen.« Die Frau beugte sich vertraulich zu Lisa hinüber. »Ist ja auch kein Wunder, dass die sich 'nen anderen gesucht hat. Der Wiesner ist doch sowieso nie zu Hause.«

»Wissen Sie, wo sie jetzt wohnt?«
»Woher soll ich das denn wissen?«
»Na ja, Sie scheinen so einiges zu hören.«
Die Nachbarin schaute sie scharf an. »Was soll das denn heißen, junge Frau? Glauben Sie vielleicht, dass ich eine von diesen Tratschen bin?«
»Nein, natürlich nicht«, erwiderte Lisa beschwichtigend.
»Sagen Sie mal, wer sind Sie überhaupt? Warum wollen Sie das eigentlich alles wissen?«
»Danke für die Auskunft.« Lisa hatte nicht die Absicht, Erklärungen abzuliefern. Sie wandte sich ab, als sie den melodischen Signalton ihres Handys vernahm, der das Eintreffen einer SMS verkündete.
Uwe hatte die Adresse von Kerstin herausgefunden. Lisa stieg in ihren Wagen und startete den Motor.

Am liebsten hätte Fehrbach einen Rückzieher gemacht und wäre zurückgekehrt. Aber wohin? Eva war tot, sein altes Leben gab es nicht mehr.
Er öffnete die Wagentür und stieg aus. Seitdem er die Rechtsmedizin verlassen hatte, war die Anspannung immer stärker geworden. Er hoffte, dass Lisa und die beiden Ärzte nichts mitbekommen hatten. Erbittert schlug er mit den Fäusten aufs Dach, bis er endlich den Schmerz spürte. In der Therapie hatten sie Sport getrieben, wenn der Druck zu groß geworden war.
Plötzlich vernahm er ein Geräusch und sah, wie ein großer Geländewagen mit einem Pferdetransporter dahinter die Einfahrt heruntergefahren kam. Schnell stieg er in den Wagen zurück und duckte sich. Erst als das Motorengeräusch leiser wurde, kam er langsam wieder hoch und schaute in den

Rückspiegel. Der Geländewagen bog auf die Hauptstraße in Richtung Ostsee und entschwand seinen Blicken.
Fehrbach straffte die Schultern. So konnte es nicht weitergehen. Er war gekommen, um seinen Vater und seinen Bruder zu sehen und sich endlich mit ihnen auszusprechen. Am Vortag hatte er seiner Feigheit noch nachgegeben, weil ihn der Gedanke an die vielen Menschen, denen er auf der Geburtstagsfeier seines Vaters womöglich Rede und Antwort stehen müsste, plötzlich erschreckt hatte. Aber heute würde er nicht mehr kneifen. Entschlossen startete er den Wagen, passierte das Tor und fuhr die Einfahrt hinauf.
Die breite Allee aus Kastanien und Linden war vor vierzig Jahren angelegt worden, als die Fehrbachs begonnen hatten das Terrain aufzuforsten. Zu beiden Seiten erstreckten sich Pferdekoppeln, die von weißen Holzgattern mit dahinterliegenden Elektrozäunen umgeben waren.
Nach einigen Metern parkte Fehrbach den Wagen am rechten Seitenstreifen und stieg aus. Langsam ging er auf eine der Koppeln zu. Die Lindenblätter hinterließen eine klebrige Spur an seinen Fingern, als er die tief herabhängenden Zweige ergriff und sich unter ihnen hindurchbeugte. Zwei Pferde kamen ihm entgegen. Neugierig beschnupperten sie ihn, als er an den Zaun herantrat. Er streckte die Hand aus und strich über die warmen, feuchten Nüstern.
Als Kind hatte er immer Äpfel und Möhren in den Taschen gehabt. Stundenlang hatte er sich bei den Koppeln herumgetrieben und seinem Vater bei der Ausbildung der Pferde zugesehen. Mit sechs Jahren hatte er reiten gelernt. Wenn es nach seinem Vater gegangen wäre, hätten die Unterrichtsstunden schon früher begonnen, aber seine Mutter Katharina hatte ein Machtwort gesprochen. Es war eines der wenigen Male gewe-

sen, bei denen sie gegen ihren Mann aufbegehrt hatte. Im Laufe der nachfolgenden Jahre hatte sie sich immer tiefer in ihre eigene Welt zurückgezogen, in die ihr zum Schluss niemand mehr folgen konnte.
Nach einiger Zeit ging Fehrbach weiter. Er näherte sich dem Herrenhaus und erblickte zwei Männer, die von den Ställen herüberkamen. Beide trugen Reitkleidung, klein und schmächtig der eine, mit der Figur eines Jockeys, groß der andere, durchtrainiert, kurze blonde Haare, die immer noch strubblig in alle Richtungen abstanden. Die beiden Männer sprachen miteinander. Plötzlich schaute der blonde Mann hoch und entdeckte ihn. Er wandte sich an seinen Begleiter und schien diesem eine Anweisung zu geben. Der andere nickte und ging dann zu den Koppeln hinüber.
Nach kurzem Zögern kam Andreas von Fehrbach auf seinen Bruder zu. Er sagte kein Wort, sondern sah ihn nur mit versteinertem Gesicht an.
»Wie geht es dir, Andreas?«
»Was willst du hier? Falls du Vater zu seinem achtzigsten Geburtstag gratulieren willst, kommst du einen Tag zu spät.«
Fehrbach hatte mit keinem freundlichen Empfang gerechnet, aber die Wut in der Stimme seines Bruders überraschte ihn. Er setzte zu einer Erwiderung an, doch Andreas fuhr ihm über den Mund.
»Hast du eigentlich eine Ahnung, was du Vater damit angetan hast? Er hat den ganzen Tag auf dich gewartet. Dauernd hat er gefragt, warum du nicht kommst. Warum tust du das? Warum kündigst du deinen Besuch an, wenn du doch nicht vorhast zu kommen? Das ist so eine miese Art, ich könnte kotzen.«
Andreas' Wut lähmte ihn. »Es ist sehr schwer für mich, es dir zu erklären.«

»Ich würde mir deine Erklärungen auch gar nicht mehr anhören. Immer wieder hast du uns Ausreden aufgetischt, warum du nicht kommen konntest. Alles war wichtiger als deine Familie. Weißt du, dass es mittlerweile über zehn Jahre her ist, seit du das letzte Mal hier warst?«
»Hört bitte auf, euch zu streiten.«
Von beiden Männern unbemerkt war eine Frau aus dem Haus getreten. Als Fehrbach die vertraute Stimme vernahm, fuhr er herum. Sie hatte sich überhaupt nicht verändert. Er starrte sie an und hatte das Gefühl, ein Déjà-vu zu erleben.
Trotz ihrer vierundfünfzig Jahre besaß Barbara von Fehrbach noch immer ihre mädchenhafte, zierliche Figur. Die braungelockten Haare waren schulterlang und bis jetzt nur von wenigen grauen Strähnen durchzogen.
»Hallo, Thomas, ich freue mich ja so, dich zu sehen.« Barbara streckte ihrem Stiefsohn die Hand entgegen und lächelte ihn aus warmen braunen Augen an. »Komm doch rein.«
»Ich weiß nicht, ich denke, ich sollte besser gehen.«
»Ja, das denke ich auch«, herrschte Andreas ihn an.
»Nein! Ich möchte, dass Thomas bleibt«, sagte Barbara bestimmt.
Andreas starrte die beiden einen Augenblick lang finster an, dann machte er auf dem Absatz kehrt und eilte in Richtung der Ställe.
Barbara bat Fehrbach in den Salon. »Was möchtest du trinken, Thomas? Tee oder wie früher lieber Kaffee?«
Er bat um Kaffee.
»Ich gehe in die Küche und kümmere mich darum. Mach es dir bitte bequem.«
»Wo ist Vater?«

»Johannes hat sich hingelegt«, antwortete Barbara. »Die Feier gestern hat ihn sehr angestrengt.«

Sie verließ den Salon, und Fehrbach setzte sich in einen dunkelbraunen Ledersessel, der als Einziger von der ursprünglichen Möblierung übrig geblieben schien. Seine Blicke schweiften durch den fast drei Meter hohen Raum, über pastellgrün gestrichene Wände und weißlackierte Holztüren. Der Salon wirkte vertraut und fremd zugleich. Die dunklen und schweren Ledermöbel, die immer eine gewisse Düsternis ausgestrahlt hatten, waren durch helle italienische Leinensofas ersetzt worden. Die dazu passenden Sessel standen im Raum verteilt, umgeben von kleinen Beistelltischen und schlanken Bodenvasen, die Sommerblumen in verschwenderischer Fülle enthielten. Die Neugestaltung verlieh dem Zimmer eine beinahe heitere Note.

Nach einer Weile kam Barbara zurück und stellte ein kleines Tablett auf dem Couchtisch ab. Sie schenkte Kaffee ein und setzte eine Schale mit Gebäck in die Mitte des Tisches. Nachdem sie Platz genommen hatte, sah sie Fehrbach aufmerksam an. »Wie geht es dir, Thomas?«

»Gut, danke.«

Ihr zweifelnder Blick bereitete ihn auf die nächste Bemerkung vor. »Es tut mir so leid, was mit deiner Frau geschehen ist. Wenn ich dir irgendwie helfen kann …«

»Es ist alles in Ordnung.« Er hoffte, dass die Schärfe in seiner Stimme ihn vor weiteren Fragen bewahrte.

Barbara lehnte sich im Sessel zurück. Falls seine Abfuhr sie verletzt hatte, ließ sie es sich nicht anmerken.

»Wie geht es Vater?«, fragte Fehrbach, als sich das unbehagliche Schweigen auszudehnen begann.

»Ich mache mir große Sorgen um ihn.«

Auf einmal spürte er Angst. »Was ist mit ihm?«
»Es kommt eines zum anderen. Manchmal glaube ich, der Schlaganfall vor sechs Jahren war der Anfang vom Ende.« Barbara schluckte. »Im Jahr darauf hat dein Vater Diabetes bekommen. Sein Herz ist sehr schwach, das Atmen bereitet ihm oft große Mühe.« Sie zog ein Taschentuch aus ihrer Hose und knetete es in den Händen. Als sie Fehrbach wieder ansah, standen ihre Augen voller Tränen. »Ich habe Angst, dass ich ihn verlieren werde, Thomas. Was soll ich denn ohne Johannes machen? Er ist doch mein Leben.«
»Warum hast du mich nicht über Vaters Gesundheitszustand informiert?«, fragte Fehrbach gepresst.
»Hätte das etwas geändert? Wärst du dann früher gekommen?«
Auf einmal konnte er ihren Anblick nicht mehr ertragen. Hastig stand er auf und trat zum Kamin.
»Dein Vater wird sich sehr freuen, dich zu sehen.«
Kein Vorwurf, warum er die Geburtstagsfeier versäumt hatte. Fehrbach hatte nicht die Absicht gehabt, sich zu rechtfertigen, und hörte sich dennoch eine Geschichte von Möbeln erfinden, die verspätet geliefert worden seien.
»Das verstehe ich. Aber jetzt bist du ja hier.« Barbara erhob sich und öffnete die doppelflüglige Terrassentür. Ein leichter Wind begann die Gardinen zu bauschen. Sie blickte hinaus, und es dauerte einige Zeit, bis sie wieder sprach. »Du hast doch sicher etwas Zeit mitgebracht und bleibst zum Abendessen?«
»Es tut mir leid, ich muss nach Kiel zurück. Wir hatten heute Morgen einen Leichenfund.«
Barbara fuhr herum. »Thomas, bitte. Du kannst doch jetzt nicht einfach fahren, ohne deinen Vater gesehen zu haben.«

Als Fehrbach nichts erwiderte, hob sich ihre Stimme. »Warum tust du das? Du weißt doch, was es deinem Vater bedeuten würde, dich endlich wiederzusehen.«
Fehrbach schwieg und versuchte ihrem aufgebrachten Blick standzuhalten. Als er merkte, dass es ihm nicht weiter gelingen würde, wandte er sich ab und hastete hinaus. Erst als er seinen Wagen startete und der Kies hinter den anfahrenden Reifen hochspritzte, wurde ihm bewusst, dass er schon wieder geflohen war.

»Horst, Kerstin ist tot.«
Der Mann neben ihr reagierte nicht.
»Sag mal, hörst du nicht, was ich sage? Kerstin ist tot.« Lisa schüttelte ihn.
Wiesner drehte sich zu ihr herum. Sein sonst so ernstes Gesicht war voller Lachfalten. Er lachte, wie Lisa es noch nie bei ihm erlebt hatte.
»Lissy, hörst du das? Was für eine komische Melodie.«
Klingelingeling, klingelingeling …
Wiesner hielt etwas in die Höhe. Lisa konnte nicht erkennen, was es war, sie hörte nur die schrillen Töne, die es von sich gab. Und dieses überdrehte Lachen, das überhaupt nicht zu Horst passte.
Klingelingeling, klingelingeling …
Keuchend schreckte Lisa hoch. Ihr Herz pumpte in schweren Stößen, T-Shirt und Shorts waren nass geschwitzt. Die Bettdecke lag auf dem Fußboden, das Laken war zerknüllt. Verwirrt sah sie sich um, bis sie schließlich begriff. Sie sprang aus dem Bett und fand ihr Handy auf der Fensterbank.
»Warum gehen Sie nicht ans Telefon?« Fehrbachs Stimme klang gereizt.

Bevor Lisa etwas erwidern konnte, begann ihr Magen zu rebellieren. Sie schmiss das Handy aufs Bett und rannte ins Bad. Vor der Kloschüssel sank sie in die Knie und erbrach sich. Sie merkte, wie ihr der kalte Schweiß ausbrach, und würgte so lange, bis nur noch Galle herauskam. Mühsam richtete sie sich wieder auf und krallte sich am Waschbecken fest. Mit zittrigen Händen wusch sie sich das Gesicht. Das Geschöpf, das ihr aus dem Spiegel entgegenstarrte, glich einem Gespenst. Mit Beinen wie aus Gummi schleppte sie sich schließlich ins Schlafzimmer zurück. Sie sank auf die Bettkante und griff nach dem Handy. »Entschuldigung, aber ...« Sie wusste nicht, was sie sagen sollte.
»Haben Sie die Wiesners erreicht?«, hörte sie Fehrbachs ungeduldige Stimme.
»Noch nicht. Eine Nachbarin meint, dass Horst Wiesner wieder auf eine Forschungsfahrt gegangen sein könnte. Ich werde das morgen früh sofort bei GEOMAR erfragen. Susanne Wiesner soll ihren Mann verlassen haben und zu ihrem Freund gezogen sein. Ich weiß jedoch noch nicht, wo sie jetzt wohnt. Wir haben aber die Adresse von Kerstins Wohnung herausgefunden. Ich war am Abend mit der Spusi noch dort. Vielleicht gibt es einen ersten Anhaltspunkt. Wir haben eine Kunstkarte mit einer Widmung gefunden. Der Maler heißt Peter Lannert. Er wohnt im Niemannsweg in der Nähe vom *Kieler Kaufmann*. Wir haben ihn allerdings nicht angetroffen.«
»Was war mit Kerstin Wiesners Nachbarn?«
»Die konnten uns nicht weiterhelfen. Kerstin hat die Wohnung vor vier Monaten bezogen. Zwei der Mieter hatten sie einige Male im Treppenhaus getroffen. Da war es aber beim gegenseitigen Grüßen geblieben. Die restlichen Bewohner kannten Kerstin nicht.«

»Wie sieht Ihr Plan für morgen aus?«
Fahrig strich Lisa über ihr Gesicht. »Wenn sich bestätigt, dass Horst Wiesner auf einer Forschungsfahrt ist, werde ich versuchen, von GEOMAR aus Kontakt über ein Satellitentelefon herzustellen. Und dann werden wir uns mit allen Mitarbeitern unterhalten. Irgendwo müssen wir ja ansetzen.«
»In Ordnung«, sagte Fehrbach. »Wo immer Wiesner jetzt ist, er muss sofort zurückkommen. Und finden Sie so schnell wie möglich Susanne Wiesners Adresse heraus. Wir werden nicht umhinkommen, eine Pressekonferenz abzuhalten. Wie mir der Pressesprecher mitteilte, scheinen die Medien schon Wind bekommen zu haben. Wir können nicht riskieren, dass die Wiesners die Sache womöglich aus der Zeitung erfahren.«
Die Sache … Mein Gott, es ging hier doch um keine Sache, sondern um Menschen.
»Ja«, sagte Lisa erschöpft. Sie wollte das Gespräch beenden, da hörte sie noch einmal Fehrbachs Stimme.
»Ich … ich wollte noch sagen, dass es mir leidtut.« Er räusperte sich kurz. »Das ist jetzt sicher nicht einfach für Sie.«
Damit hatte sie nicht gerechnet. Sie schluckte und suchte nach einer Erwiderung, aber Fehrbach hatte bereits aufgelegt.

Montag, 16. Juni

Um fünf Uhr gab Lisa es endgültig auf, an Schlaf zu denken. Sie griff nach dem Handy, das sie auf dem kleinen Nachttisch neben dem Bett abgelegt hatte, und rief zuerst den Festnetzanschluss und dann das Mobiltelefon von Horst Wiesner an. Vielleicht hatte die Nachbarin sich ja geirrt, und er war doch in Kiel. Während sie sich fertig machte, versuchte sie es noch mehrere Male, aber immer ohne Erfolg. Nach ihrer Ankunft im Büro dehnte sie die Anrufe auf GEOMAR aus, aber auch dort war niemand zu erreichen. Es war noch zu früh. Immerhin fand sie die Adresse von Susanne Wiesner heraus. Kerstins Mutter wohnte jetzt in Westerland auf Sylt.
Auf dem Weg in die Staatsanwaltschaft sann Lisa darüber nach, ob sie Susanne die Nachricht von Kerstins Tod persönlich überbringen sollte. Bevor sie sich zu einem Entschluss durchringen konnte, hatte sie das weitläufige Justizgebäude am Schützenwall erreicht. Sie parkte ihren Wagen in der Faeschstraße und betrat nach einem kurzen Fußmarsch das alte Backsteingebäude.
Wenn es nach ihr gegangen wäre, hätte sie Fehrbachs Amtseinführung geschwänzt und sich sofort auf den Weg zu GEOMAR gemacht. Aber sie wusste, dass sie dann Ärger mit ihrem Vorgesetzten Ralf Södersen bekommen würde. Der Leiter der Mordkommission hatte seinen Mitarbeitern erklärt, dass er großen Wert auf vollständiges Erscheinen lege. Er wollte mit dieser Geste Präsenz zeigen und auf die gute Zusammenarbeit zwischen Polizei und Staatsanwaltschaft hinweisen.
Der lange Flur, an dessen Ende der für die Veranstaltung vor-

gesehene Konferenzraum lag, machte wie immer einen düsteren Eindruck. Als Lisa Gerlachs Büro erreichte, zögerte sie kurz, klopfte dann aber doch an die Tür. Obwohl sie keine Antwort vernahm, drückte sie die Klinke hinunter. Die Tür war offen. Lisa trat ein und stutzte, weil der Raum vollkommen im Dunkeln lag. Gerlachs Büro ging zum Innenhof, auf einen Strahl Sonne hoffte man hier vergebens. Trotzdem waren die Außen- und Innenjalousien heruntergelassen.
»Ich bin nicht zu sprechen.«
Die Stimme kam aus Richtung des wuchtigen Schreibtischs. Nachdem sich Lisas Augen an die Lichtverhältnisse gewöhnt hatten, entdeckte sie Gerlach, der zusammengesunken auf seinem Bürostuhl saß.
Sie trat näher. »Warum sitzt du im Dunkeln?« Gerlach antwortete nicht, also knipste sie die Schreibtischlampe an. Ein Blick in sein Gesicht gab ihr die Antwort. Es war aufgedunsen, eine ungesunde Graufärbung überlagerte die Sommersprossen. Das Kinn war von Bartstoppeln bedeckt, die rotblonden Haare schienen ungekämmt, unter den hellblauen Augen lagen tiefe Ränder. »Du siehst aus, als hättest du die letzten Tage unter einer Brücke verbracht.«
Gerlach stieß ein klägliches Stöhnen aus und hob die Hand, um seine Augen gegen das Licht der Lampe abzuschirmen. »Dein Spott ist jetzt wirklich das Letzte, was ich vertragen kann.«
»Was ist passiert?«
»Das willst du nicht wissen.«
Lisa roch den Alkohol in seinem Atem und wurde ungehalten. »Jetzt sag mir, was los ist. Du hattest am Wochenende Bereitschaft. Wie kommst du dazu, einfach dein Handy auszuschalten?«

»Ich bin versackt.«
»Das rieche ich. Du stinkst wie 'ne ganze Kneipe.«
»Ja … Jetzt sieh mich nicht so an. Ich hab 'nen alten Kumpel getroffen. Wir wollten eigentlich nur ein Bier trinken gehen. Und dann … Ich weiß auch nicht. Ich war so gefrustet über diese ganze Scheiße hier.« Gerlach beugte sich vornüber und schlug mit den geballten Händen auf den Tisch. »Wieso macht Sievers das mit mir? Das ist mein Job, Lisa! Sievers kann mir doch nicht einfach diesen Heini aus Frankfurt vor die Nase setzen.«
Carsten Gerlach hatte den vor kurzem pensionierten Oberstaatsanwalt in den letzten Jahren vertreten. Alle waren davon ausgegangen, dass er dessen Posten bekommen würde. Laut Gerlach hatte Sievers ihm sogar eine feste Zusage gegeben. Aber dann hatte der Leitende Oberstaatsanwalt sich für Fehrbach entschieden, und seitdem war Gerlach nicht mehr der Alte.
»Sag mal, ist dir eigentlich klar, was du mit deiner Aktion angerichtet hast?«
Gerlach zuckte mit den Schultern, und langsam wurde Lisa wütend.
»Warum hattest du dein Handy ausgeschaltet?«
»Ich hatte es nicht ausgeschaltet.« Gerlach wurde laut. »Es ist weg, verdammt noch mal.«
»'ne blödere Entschuldigung fällt dir nicht ein?«
»Ich weiß nicht, wo das elende Ding geblieben ist. Wahrscheinlich habe ich es in irgendeiner Kneipe liegenlassen.«
Lisa versuchte sich zu zügeln. »Wir hatten gestern Morgen einen Leichenfund. Und jetzt rate mal, wer am Tatort war.«
Gerlach stierte sie an. »Sag jetzt nicht …«
»O doch! Dein neuer Vorgesetzter, Herr Dr. von Fehrbach.«

»Was hat der denn da gemacht?«
»Sehr wahrscheinlich wurde er informiert, weil du nicht zu erreichen warst.«
»Scheiße.« Gerlach stand so abrupt auf, dass der Stuhl hinter ihm umkippte. Mit einem unterdrückten Fluch hob er ihn auf und knallte ihn gegen den Schreibtisch, dass der Monitor erzitterte. Seine Schritte wirkten unsicher, als er zur Kaffeemaschine hinüberging und sich eine Tasse einschenkte. Angewidert blickte er in die Tasse und stellte sie dann mit einem Ausdruck des Ekels zur Seite. »Das ist ja widerlich. Wieso hat diese dämliche Bachmann denn heute Morgen keinen frischen Kaffee gekocht?«
»Jetzt komm mal wieder runter.«
Lisas scharfer Ton schien zu wirken. Gerlach kam zum Schreibtisch zurück und nahm wieder Platz. »War nicht so gemeint.« Sein Grinsen fiel schief aus, sein Körper nahm eine gespannte Haltung an. »Dann erzähl doch mal, was ich versäumt hab.«
Mit unbewegter Miene hörte er sich Lisas Schilderung der Ereignisse an. Nachdem sie geendet hatte, schüttelte er verständnislos den Kopf. »Warum hast du Fehrbach denn nicht gesagt, dass du den Dienst mit Farinelli getauscht hattest? Dann wärst doch wenigstens du aus dem Schneider gewesen.«
»Weil ich zu dem Zeitpunkt nicht wusste, was mit Luca war.«
Gerlach sah sie mit hochgezogenen Augenbrauen an. »Also deine Loyalität in allen Ehren, aber man kann es auch übertreiben. Schließlich geht es hier um deinen Ruf. Und der ist jetzt ja wohl genauso ruiniert wie meiner.«
»Luca wird die Angelegenheit aufklären, sobald er wieder im Dienst ist.«
»Na, wenn du dir da so sicher bist.«

»Ja, das bin ich«, sagte Lisa bestimmt und drehte sich zur Tür herum. »Ich muss jetzt zu Fehrbachs Amtseinführung.« Als sie bemerkte, dass Gerlach Anstalten machte, ihr zu folgen, zeichnete sich Verblüffung auf ihrem Gesicht ab. »Sag nicht, dass du mitwillst.«

»O doch, genau das habe ich vor.« Gerlach schien seine Lethargie überwunden zu haben. »Ich muss doch schließlich meinen neuen Chef kennenlernen.«

»Aber doch nicht so«, sagte Lisa beunruhigt. »Fehrbach ist stinksauer auf dich. Er hat schon mit Konsequenzen gedroht. Wenn er dich in diesem Zustand sieht, machst du das Ganze doch noch schlimmer.«

»Lass das mal meine Sorge sein.« Gerlach ging an ihr vorbei und trat auf den Flur hinaus. Als er merkte, dass Lisa ihm nicht folgte, drehte er sich um. »Was ist denn? Nun komm schon.« Er machte einige Tanzschritte, die das Linoleum unter seinen Füßen zum Quietschen brachten. »It's Showtime, Baby.«

Sie waren die Letzten.
»Wie es aussieht, scheint das Ding wieder zu funktionieren.« Södersens volltönender Bass wurde durch das Mikrofon noch verstärkt. Der Leiter der Mordkommission stand vor dem Rednerpult und steckte mit einem befriedigten Gesichtsausdruck ein kleines Schraubenschlüssel-Set in seine Anzugjacke. Er war ein begeisterter Bastler, und allem Anschein nach hatte er gerade die veraltete Tonanlage der Staatsanwaltschaft wieder zum Laufen gebracht.
Lisas Hoffnung, dass ihre Ankunft unbemerkt bleiben würde und sie in den hinteren Reihen untertauchen könnten, erfüllte sich nicht.

»Hier haben wir dann also auch Frau Sanders. Das ist aber schön.« Södersens Stimme erfüllte den Raum. Er streckte seine kräftige Gestalt und strich über sein raspelkurzes graues Haar. Ein leichtes Grinsen kräuselte seine Mundwinkel. »Und wie nett von ihr, dass sie auch gleich Herrn Gerlach mitgebracht hat. Dann können wir jetzt ja anfangen. Setzt euch, Kinder.« Södersen wies auf zwei leere Stühle in der ersten Reihe.

Lisa mochte ihren Vorgesetzten, und normalerweise konnte sie mit seiner kumpelhaften und oft ein wenig spöttischen Art sehr gut umgehen. Heute allerdings hätte sie ihn umbringen können. Als sie zum improvisierten Podium hochschaute, begegnete sie Fehrbachs Blick. Sie hätte ihn im ersten Moment fast nicht erkannt. Der Dreitagebart war abrasiert, Jeans und Polohemd hatte er gegen einen teuer aussehenden dunkelgrauen Anzug eingetauscht. Auch Sievers und Södersen hatten sich dem Anlass entsprechend feingemacht.

»Ist er nicht sexy?«

Lisa drehte sich zur Seite und blickte in das Gesicht von Annette Bach. Södersens Sekretärin hatte sich aufgestylt wie für eine Abendveranstaltung. Sie bemerkte Lisas fragenden Blick und deutete mit dem Kopf eine kaum merkliche Bewegung zum Podium an. »Na, dieser Fehrbach.« Langsam fuhr ihre Zunge über ihre dunkelrot geschminkten Lippen. »Den würde ich nicht von der Bettkante stoßen.« Verschwörerisch neigte sie sich näher, wobei ihre Parfümwolke Lisa fast den Atem nahm. »Ich habe gehört, dass seine Frau vor einiger Zeit gestorben ist. Vielleicht braucht er ja Trost in diesen schweren Stunden.« Als Lisa nichts erwiderte, zuckte Annette Bach schnippisch mit den Schultern und fuhr fort, das Objekt ihrer Begierde anzuhimmeln.

Nicht zum ersten Mal stellte Lisa sich die Frage, welche Maßstäbe Södersen bei der Wahl seiner Sekretärin eigentlich angelegt hatte.
Die nächsten zwanzig Minuten vergingen mit Ansprachen. Zunächst stellte Norbert Sievers seinen neuen Oberstaatsanwalt vor und gab einen kurzen Überblick über dessen beruflichen Werdegang. Er betonte, wie sehr er sich freue, einen so fähigen Mitarbeiter gewonnen zu haben. Fehrbachs Antwort war kurz. Er dankte seinem Vorgesetzten und hob hervor, dass er auf eine gute Zusammenarbeit mit seinen neuen Kollegen und den Beamten von der Kripo hoffe. Zum Abschluss hielt Södersen eine kurze, humorige Rede, die darin gipfelte, dass er Fehrbach alles Gute für seinen neuen Job wünschte. Danach gab es einen kleinen Sektempfang. Sievers und Södersen gingen mit Fehrbach herum und stellten ihn den Kolleginnen und Kollegen der Kieler Staatsanwaltschaft und der Kripo vor. Smalltalk war angesagt.
Lisa hatte sich mit Uwe auf den Weg zur Tür gemacht. Sie hatten die Veranstaltung wie gewünscht absolviert, aber jetzt gab es wichtigere Dinge zu tun. Plötzlich vernahm sie Södersens Stimme hinter sich.
»Kann es sein, dass ihr euch gerade heimlich verdrücken wollt?« Uwe hatte das schnellere Reaktionsvermögen. Während Lisa sich umdrehte, war er schon durch die Tür verschwunden.
»Hallo, Ralf. Du weißt ja, dass wir einen aktuellen Fall haben.« Lisas Lächeln gefror, als Fehrbach zu ihnen trat. »Herr Dr. von Fehrbach, ich wünsche Ihnen alles Gute in Ihrem neuen Job.«
Fehrbachs Händedruck war fest, sein Gesichtsausdruck verschlossen. »Fehrbach reicht. Den Rest sparen wir uns bitte in Zukunft.«

»Wie Sie wollen.« Lisas Hand zuckte zurück, als hätte sie sich verbrannt.

»Ach, Lisa ... bevor du jetzt gehst ...« Södersen rieb sich das Kinn. »Herr Fehrbach hat mir erzählt, dass du die Tote und ihre Familie kennst. Das tut mir sehr leid. Ich denke, es ist besser, wenn ich den Fall jemand anderem übergebe.«

Lisa hätte Haus und Hof verwettet, dass Fehrbach hinter Södersens Überlegungen steckte. Aufgebracht funkelte sie ihren Vorgesetzten an. »Das kannst du nicht machen, Ralf. Gerade weil ich die Wiesners kenne, bin ich verpflichtet, den Mord an ihrer Tochter aufzuklären.«

»Ich kann ja verstehen, dass du das so empfindest, aber ich halte es für keine gute Idee. Du bist viel zu befangen in dieser Sache.«

»Wie viele Jahre kennst du mich jetzt?« Lisa musste an sich halten, nicht laut zu werden. »Langsam müsstest du wissen, dass ich Privates und Berufliches trennen kann.«

Södersen sah sie einen Augenblick lang nachdenklich an. »Also gut«, sagte er dann. »Wenn ich ehrlich bin, habe ich mit dieser Antwort gerechnet. Ich wollte dir trotzdem die Möglichkeit geben ...«

»Ich weiß, Ralf.« Lisa drückte kurz seine Hand. »Danke.«

»Aber wenn es dir zu viel wird, dann sagst du mir Bescheid. Versprochen?«

»Versprochen.«

Lisa wollte sich verabschieden, aber Fehrbach hielt sie zurück. »Waren Sie schon bei GEOMAR?«

»Ich wollte jetzt hinfahren.«

»Ich werde mitkommen.« Fehrbach warf einen schnellen Blick in den Raum. »Ich muss nur noch kurz mit Dr. Sievers sprechen. Warten Sie bitte auf mich.«

Lisa nickte widerwillig und begann sich auf die Suche nach Uwe zu machen. Sie fand ihn an einem weit geöffneten Flurfenster, wo er gerade eine Zigarette an der Fensterbank ausdrückte und die Kippe anschließend hinauswarf. Weder in der Staatsanwaltschaft noch in der Blume gab es bisher ein ausdrückliches Rauchverbot. Trotzdem gingen hier wie dort die meisten Kollegen aus Rücksichtnahme nach draußen. Uwe gehörte nicht zu ihnen. Lisa vermutete, dass er private Gespräche während der Rauchpausen vermeiden wollte. Er war ein unnahbarer Mann, sehr zum Leidwesen einiger Kolleginnen, die dem gutaussehenden Neuzugang mit den dunkelblonden Haaren und dem markanten Gesicht schon häufiger ihr Interesse signalisiert hatten. Lisa hatte sich gefragt, ob Uwe erst nach seiner Scheidung so abweisend geworden war. Luca hatte ihr davon erzählt. Er schien der Einzige zu sein, der Näheres über Uwes Privatleben wusste.

Uwe hatte bereits einige Dinge vor der Veranstaltung erledigt. Er war ein weiteres Mal zum Haus von Lannert gefahren, doch auch diesmal hatte niemand geöffnet. Daraufhin hatte er sich bei den Nachbarn umgehört, die sie am Abend zuvor nicht angetroffen hatten.

»Die meisten scheinen nicht viel von diesem Lannert zu halten. Der Mann ist ein Exot in der Gegend, nicht nur, was seine Bilder angeht«, hier verzog Uwe leicht angewidert das Gesicht, »sondern auch das Haus. Du hast es ja gestern selbst gesehen.«

Was das Haus anging, musste Lisa ihrem Kollegen beipflichten. Lannerts Villa war in toskanischem Baustil errichtet und stand in augenfälligem Kontrast zu den gediegenen Patriziervillen, die in dieser Wohngegend das Straßenbild beherrschten. Die Bemerkung zu den Bildern konnte sie allerdings

nicht auf sich beruhen lassen. »Was hast du gegen seine Arbeiten?«
Uwe blieb ihr die Antwort schuldig, denn eine laute Stimme hallte über den Flur. Ein mittelgroßer, leicht übergewichtiger Mann kam auf sie zugeeilt.
»Luca.« Lisa lief auf ihren Kollegen zu und schloss ihn in die Arme. »Mein Gott, ich habe mir solche Sorgen gemacht.«

Fehrbachs Amtseinführung endete mit einem Eklat. Gerlach hatte dem gereichten Sekt über die Maßen zugesprochen und unterbrach schließlich ziemlich rüde das Gespräch zwischen Fehrbach und Sievers. Mit weinerlicher Stimme klagte er Fehrbach an, ihm den Job gestohlen zu haben, und machte in seiner Anklage auch vor Sievers nicht halt. Daraufhin beendeten Fehrbach und Sievers die Veranstaltung. Fehrbach wies Gerlach an, sich auszunüchtern. Sie würden sich später sprechen. Während der Raum sich leerte, nahm er Sievers zur Seite.
»Stimmt Gerlachs Anschuldigung?«
Sievers zögerte. »Ich gebe zu, dass er im Gespräch war. Ich habe ihm den Job allerdings nie versprochen. Er hat sich da wohl einiges zusammengereimt.«
»Sei bitte ehrlich, Norbert. Hast du mir den Job nur deshalb gegeben, weil du mir helfen wolltest?«
»Keineswegs«, sagte Sievers bestimmt. »Du hast den Job bekommen, weil du der Bessere bist. Du müsstest eigentlich wissen, dass ich von Vetternwirtschaft nichts halte.« Er klopfte Fehrbach aufmunternd auf die Schulter. »Ich muss ins Gericht. Wir sehen uns später.«
Fehrbach blickte Sievers hinterher, als dieser den Raum verließ. Seine Worte hatten aufrichtig geklungen, den bohrenden

Zweifel, der sich in Fehrbach breitgemacht hatte, aber nicht beseitigen können.

Vor vier Wochen hatte Sievers ihm den Posten des Oberstaatsanwalts angeboten. Das war der Rettungsanker gewesen, an den Fehrbach schon nicht mehr geglaubt hatte. Trotzdem hatte er Skrupel gehabt, das Angebot anzunehmen. Erst als Sievers ihm eindringlich versicherte, dass die Offerte nichts mit ihrer langjährigen Freundschaft zu tun habe, hatte Fehrbach zugesagt. Nach den von Gerlach erhobenen Vorwürfen fragte er sich jetzt allerdings, ob es die richtige Entscheidung gewesen war.

»Sie müssen Herr Dr. von Fehrbach sein.«

Irritiert musterte Fehrbach den Mann, der auf ihn zugeeilt kam. Der Unbekannte lächelte freundlich und streckte ihm die Hand entgegen. »Luca Farinelli vom K1. Ich glaube, ich habe da einiges aufzuklären.«

Lisa eilte die Treppe zum Ausgang des Justizgebäudes hinunter. Es gelang ihr jedoch nicht, Fehrbach abzuschütteln.

»Warum haben Sie mir nicht gesagt, dass Sie dienstlich auf Sylt waren?«

Vielleicht hätte sie ihm eine Antwort gegeben, wäre nicht dieser vorwurfsvolle Ton in seiner Stimme gewesen. So aber sagte sie sich, dass er ihre Gründe sowieso nicht verstehen würde. So wie er die Menschen behandelte, dürften Worte wie Freundschaft und Loyalität nicht zu seinem Wortschatz gehören.

Den Weg zu GEOMAR legte jeder in seinem eigenen Wagen zurück. Lisa hatte Fehrbachs Vorschlag, sie mitzunehmen, mit einem knappen »Nein danke!« abgelehnt. Im Nachhinein ärgerte sie sich, dass sie seiner Anweisung überhaupt Folge geleistet hatte und nicht ohne ihn zu GEOMAR gefahren war. Wenigstens hatte sie in der Zwischenzeit mit Horsts Vorgesetztem Klaus Höhning telefoniert und erfahren, dass Horst tatsächlich am Morgen des Vortags auf eine Forschungsfahrt in die Arktis aufgebrochen war.

Als Lisa am Eingang ihren Dienstausweis vorzeigte, ließ der Pförtner sie sofort ein. Während sie die Treppe in den ersten Stock hinaufstiegen, informierte sie Fehrbach über ihr Gespräch mit Höhning. Eine Sekretärin führte sie zu einem großen gläsernen Büro. Im Näherkommen erblickte Lisa einen untersetzten Mann hinter der Scheibe, der auf die Tür zueilte.

»Der Pförtner hat Sie schon angekündigt.« Höhning gab ihnen die Hand und deutete zum Besprechungstisch, der fast die Hälfte des Raums einnahm. »Setzen Sie sich doch bitte. Kann ich Ihnen etwas zu trinken anbieten?«

Sie lehnten ab.

»Jetzt sagen Sie mir bitte endlich, was los ist, Frau Sanders«, sagte Höhning aufgeregt. »Es muss doch etwas passiert sein, wenn Sie Horst so dringend sprechen wollen.«

Lisa schluckte. Unwillkürlich sah sie zu Fehrbach hinüber, der ihr unerwartet zu Hilfe kam.

»Horst Wiesners Tochter ist gestern Morgen tot aufgefunden worden. Wir gehen von einem Gewaltverbrechen aus.« Fehrbach sah Höhning eindringlich an. »Horst Wiesner muss sofort zurückkommen.«

Es dauerte über eine Stunde, bis Höhning die FS Merian endlich erreichte. Das Schiff befand sich bereits an der Südspitze von Irland, von wo aus es Kurs auf die Ostküste von Grönland nehmen wollte.

Höhning hatte in der Zwischenzeit für Kaffee gesorgt. »Der

Tee ist leider alle«, sagte er entschuldigend zu Lisa, als diese um eine Tasse bat.
»Schon okay.« Sie griff nach einem Kugelschreiber und drückte den Stift in einer mechanischen Bewegung, bis ihr Daumen zu schmerzen begann. Als die Unruhe überhandnahm, stand sie auf und ging zum Fenster hinüber, dann zurück zum Tisch und wieder zum Fenster. Plötzlich merkte sie, wie jemand neben sie trat. Es war Fehrbach, der vor einigen Minuten den Raum verlassen hatte und ihr jetzt wortlos einen Pappbecher mit dampfendem Tee hinhielt. Erstaunt sah sie ihn an und zögerte einen Moment, bevor sie den Becher ergriff. »Danke. Woher ...?«
»Im Erdgeschoss steht ein Automat.« Fehrbach streifte sie mit einem kurzen Blick und ging zum Tisch zurück.
»Frau Sanders!« Höhnings Stimme klang aufgeregt, er winkte zu ihr herüber. »Die Verbindung ist hergestellt. Kommen Sie, ich habe Horst Wiesner dran.«
Später konnte Lisa nicht mehr sagen, wie sie es überstanden hatte. Als sie sich meldete, war das Erstaunen in Wiesners Stimme nicht zu überhören. So ruhig und nüchtern wie möglich erzählte sie ihm, was passiert war. Er sprach wenig, fragte am Ende nur nach, ob sie Susanne schon informiert habe. Dann verständigte er sich mit Höhning über die Rückkehr. Dieser war in der Zwischenzeit nicht untätig gewesen und hatte einen Kollegen mit der Expeditionsleitung betraut. Der Rücktransport von Wiesner würde allerdings einige Zeit in Anspruch nehmen. Die FS Merian sollte Cork anlaufen, und von dort wollte man versuchen Wiesner per Hubschrauber nach Dublin oder Belfast zu bringen. Von beiden Städten gingen Flüge nach Hamburg und Lübeck.
Am Ende des Gesprächs bat Wiesner darum, noch einmal mit

Lisa zu sprechen. Höhning hatte in der Zwischenzeit auf Lautsprecher gestellt.

»Lisa?« Klar und deutlich war Wiesners Stimme zu vernehmen.

»Ich bin hier.«

»Versprichst du mir etwas?«

»Natürlich. Alles.«

»Finde dieses Schwein, Lisa. Versprich mir, dass du Kerstins Mörder finden wirst.«

»Ich verspreche es, Horst. Bei allem, was mir heilig ist.« Lisa spürte einen dicken Kloß in der Kehle. »Ich werde nicht eher ruhen, bis ich ihn habe.«

»Danke, Lissy.« Wiesners Stimme war weich geworden.

Lisa konnte nicht verhindern, dass ihr Tränen in die Augen stiegen. »Es tut mir so leid, Horst. Ich …«

»Ich weiß, Lissy … ich weiß.« Es knackte. Die Leitung war tot.

Im Anschluss führten Lisa und Fehrbach ein längeres Gespräch mit Höhning. Sie erfuhren, dass Kerstin eine Assistentenstelle im Forschungsbereich der marinen Biogeochemie bekommen hatte. Höhning gab zu, dass er Kerstin den Job aufgrund seiner langjährigen Freundschaft mit Wiesner gegeben hatte, der seine Tochter endlich wieder in Kiel haben wollte. Allerdings bestand Höhning auf der Feststellung, dass er es nicht getan hätte, wenn Kerstins Qualifikation nicht ausreichend gewesen wäre. Er hatte Wiesners Tochter geschätzt, sie war eine zurückhaltende junge Frau gewesen, die sich voller Elan in die Arbeit gestürzt hatte. Inwieweit Freundschaften mit Kollegen entstanden waren, vermochte Höhning nicht zu sagen.

Die Aussagen der Mitarbeiter deckten sich mit denen ihres

Vorgesetzten. Höhning hatte Lisa und Fehrbach darauf vorbereitet, dass sie nur wenige Beschäftigte antreffen würden, da anlässlich der bevorstehenden Kieler Woche der Tag der offenen Tür vorbereitet wurde. Höhning sicherte zu, die fehlenden Kollegen für den nächsten Morgen um neun Uhr zusammenzurufen, damit die Polizei mit allen sprechen könne.

Das Penthaus der neuerrichteten Wohnanlage in Kiel-Holtenau war ein heißbegehrtes Objekt gewesen. Zweihundertfünfzehn Quadratmeter Wohnfläche, eine umlaufende Dachterrasse mit weiteren einhundertzehn Quadratmetern. Der Wohnbereich hatte bis zum Boden gehende Fenster, einen futuristisch anmutenden Kamin in der Mitte und war mit einem Arbeitsraum gekoppelt. Zusammen mit der offenen Küche und dem davorliegenden Esstresen ergab sich so eine durchgehende Einheit. Zwei große Schlafzimmer gingen eines auf die Förde hinaus und das andere in Richtung des Nord-Ostsee-Kanals.
Ein von Fehrbach beauftragter Makler hatte das Penthaus im Internet entdeckt. Das Objekt war perfekt. Eingerichtet von einem der besten Innenarchitekten Kiels, nur anhand telefonischer und schriftlicher Anweisungen. Als Fehrbach die Wohnung zum ersten Mal betreten hatte, hatte er eine Sinfonie aus Weiß und Schwarz erblickt. Durchgestylt, seelenlos, ohne den kleinsten persönlichen Stempel. Ein bedrückendes Abbild seines Lebens, wie er sich insgeheim eingestehen musste.
Von der Förde war das langgezogene Tuten einer Schiffssirene zu vernehmen. Das anhaltende Geräusch ließ Fehrbach hochschrecken. Seit seiner Ankunft vor einer Stunde saß er auf der schwarzen Designercouch, die er wie die übrigen Möbel erst bei seinem Einzug zu Gesicht bekommen hatte. Er hatte aufs

Wasser hinausgestarrt und versucht, das zunehmende Zittern seiner Hände zu ignorieren.

Er dachte an das Gespräch, das er mit Gerlach nach seiner Rückkehr in die Staatsanwaltschaft geführt hatte. Gerlach hatte reumütig gewirkt und sich für sein Versäumnis am Vortag und sein Verhalten im Konferenzraum entschuldigt. Er hatte eine Geschichte von einer kranken Freundin erzählt, die im Sterben liege. Die Sache mache ihn fertig, aber das sei natürlich keine Entschuldigung für sein Fehlverhalten. Fehrbach hatte ihm kein Wort geglaubt. Da er seinen Dienstantritt jedoch nicht mit harten Maßnahmen beginnen wollte, hatte er Gerlach lediglich eine Abmahnung erteilt.

Das Tuten der Schiffssirene war abgebrochen, dafür erfüllte das Klingeln von Fehrbachs Handy den Raum. Suchend sah er sich um und fand es schließlich auf einem der Umzugskartons im Flur.

»Die Kollegen auf Sylt haben mir mitgeteilt, dass Susanne Wiesner im Urlaub ist«, hörte er Lisas kühle und unpersönliche Stimme. »Sie wird morgen zurückerwartet. Ich habe beschlossen, zu ihr zu fahren. Ich denke, es ist besser, wenn ich ihr die Nachricht von Kerstins Tod persönlich überbringe.«

Fehrbach ging ins Wohnzimmer zurück. Die Sonne hatte den Raum aufgeheizt. Er öffnete ein weiteres Fenster. »Ich werde Sie begleiten.« Der Satz war heraus, bevor er nachgedacht hatte.

»Heißt das, dass Sie den Fall jetzt weiter bearbeiten?«

»Das heißt es. Haben Sie Probleme damit?«

Lisa ging nicht auf seine Bemerkung ein, sondern teilte ihm nur mit, dass sie ihn um halb acht vor der Bezirkskriminalinspektion erwarte. Falls er nicht pünktlich sei, fahre sie ohne ihn.

Dienstag, 17. Juni

Am frühen Morgen hatte eine Regenfront das Land durchzogen. Mittlerweile war es wieder trocken, aber der heftige Wind hielt noch an. Die Sonne bemühte sich tapfer, das milchige Grau des Himmels zu durchbrechen. Erste zögernde Strahlen tasteten über die nassen Straßen.

Lisas Vorschlag, gemeinsam zu fahren, hatte Fehrbach überrascht. Er jagte den X5 über die Autobahn, die nach Schleswig in gleißendem Sonnenlicht vor ihnen lag. Ein angespanntes Schweigen hing im Wagen. Krampfhaft suchte Fehrbach nach einem unverfänglichen Gesprächsthema, aber er fand keines.

Als Lisa plötzlich zu sprechen begann, verspürte er fast so etwas wie Dankbarkeit. Die allerdings nur kurz währte, denn das, was sie sagte, war nicht dazu angetan, die Spannung zu entschärfen. Außerdem wurde ihm jetzt klar, warum sie mit ihm hatte fahren wollen. Sie versuchte ein gutes Wort für Gerlach einzulegen. Sprach von einer Stresssituation in seinem Leben und bat um Verständnis für sein Verhalten. Er fragte sich, wie gut sie Gerlach kannte.

»Ich habe nicht die Absicht, meine Entscheidungen mit Ihnen zu diskutieren«, gab er zur Antwort. Er bemerkte, wie Lisa mit undurchdringlichem Gesichtsausdruck durch die Windschutzscheibe blickte.

»Würden Sie bitte nicht so dicht auffahren.«

Der Mercedes vor ihnen war höchstens Zentimeter entfernt. Fehrbach trat die Bremse bis zum Anschlag durch und schaffte es in letzter Sekunde, den drohenden Aufprall zu verhin-

dern. Er verwünschte sich für seine Unachtsamkeit, in die ihre Worte ihn versetzt hatten.
Lisa schwieg den Rest der Fahrt über. Fehrbach war erleichtert, als sie endlich in Westerland ankamen. Von Susanne Wiesners Nachbarin erfuhren sie, dass Kerstins Mutter am frühen Nachmittag zurückkommen werde.
»Ich werde so lange bleiben«, sagte Lisa. Ihre Stimme klang kämpferisch. Sie schien mit seinem Widerspruch zu rechnen.
»Ich denke, das wird das Beste sein.«
Misstrauen schlich in Lisas Blick, als würde sie Hintergedanken in seinen Worten vermuten. »Wann wollen Sie eigentlich die Pressekonferenz abhalten?«
»Um siebzehn Uhr. Das ist zwar sehr knapp, müsste aber zu schaffen sein«, sagte Fehrbach. »Herr Södersen ist informiert. Falls wir nicht rechtzeitig zurück sein sollten, macht er die Sache allein oder nimmt den Leiter der BKI mit.« Er wollte noch etwas hinzufügen, als sein Handy zu klingeln begann. »Entschuldigung.« Er trat einen Schritt zur Seite und nahm das Gespräch an.

»Herr Fehrbach?«
Die Berührung von Lisas Hand wurde drängender. Erst jetzt spürte Fehrbach sie.
»Ist alles in Ordnung mit Ihnen?«
Er nahm die Sorge in ihren Augen wahr und fühlte sich für einen Moment weniger allein. »Mein Vater ...« Er versuchte sich zu konzentrieren. »Er hatte einen Schlaganfall.«
Bestürzt sah Lisa ihn an.
»Er lebt, aber mein Bruder hat gesagt, dass es nicht gut aussieht. Sie haben ihn ins Krankenhaus nach Eutin gebracht.«
Sekundenlang herrschte Schweigen. Dann warf Lisa ihren

Rucksack auf den Beifahrersitz und begann darin herumzukramen. Nach kurzer Zeit förderte sie einen kleinen Faltplan zutage, den sie aufmerksam studierte. »Der nächste Autozug geht um fünf nach zwölf.« Sie sah auf die Uhr. »Das schaffen Sie.«
»Aber ich ...«
»Kein Aber. Sie fahren jetzt sofort zu Ihrem Vater.« Lisa griff zum Handy und wählte eine Nummer. Es dauerte keine fünf Minuten, dann hatte sie Fehrbach einen festen Platz auf dem Autozug organisiert. Sie schrieb einen Namen und eine Telefonnummer auf. »Fragen Sie an der Schranke nach Christian Baumgarten. Er wird Sie abholen und dafür sorgen, dass Ihr Wagen als erster auf den Autozug kommt. Dann geht es in Niebüll schneller für Sie. Falls jemand Schwierigkeiten macht, rufen Sie Christian an.« Sie drückte ihm den Zettel in die Hand.
»Und wie kommen Sie zurück?«
»Ich nehme mir einen Leihwagen.«
Als Fehrbach Lisa unschlüssig ansah, tippte sie auf ihre Armbanduhr. »Sie müssen los.«
»Ja.« Er öffnete die Wagentür.
»Herr Fehrbach.«
Er drehte sich noch einmal um.
»Ihr Vater wird es schaffen.«

Da Lisa nach Sylt gefahren war, führten Luca und Uwe die Befragungen bei GEOMAR durch. Heraus kam dabei nichts. Selbst mit ihren direkten Kollegen hatte Kerstin keinen privaten Kontakt gehabt. Allerdings bemerkten die Beamten die unterschwellige Abneigung einiger Mitarbeiter, die Kerstins Anstellung weniger auf ihre Leistungen als vielmehr auf ihre Beziehungen zurückführten.

Auf die Frage, wann sie Kerstin das letzte Mal gesehen hatten, war immer dieselbe Antwort gekommen. Auf der Feier am Samstagabend, die anlässlich der bevorstehenden Fahrt ihres Vaters veranstaltet worden war. Das hatte auch Höhning ausgesagt. Wann Kerstin gegangen war, hatte niemand mitgekriegt.
Es wurde später Nachmittag, bis die beiden Kripobeamten mit den Befragungen fertig waren. Als sie zum Wagen gingen, wurden sie auf Höhning aufmerksam, der atemlos auf sie zugesteuert kam. »Können Sie mir sagen, wo ich Frau Sanders erreiche?«
»Frau Sanders ist zu Susanne Wiesner nach Sylt gefahren«, antwortete Uwe.
»So ein verdammter Mist«, fluchte Höhning und fuhr sich mit beiden Händen durch das schüttere Haar. »Was machen wir denn jetzt?«
»Was ist denn passiert?«, wollte Luca wissen.
»Horst Wiesner ist gerade eingetroffen. Mir ist schleierhaft, wie er das so schnell geschafft hat. Er will sofort mit Frau Sanders sprechen.«
»Wo finden wir ihn?«, fragte Luca.
Höhning führte sie in das Gebäude. Sie passierten den langen Flur im Erdgeschoss und blieben schließlich vor einer Tür am Ende des Gangs stehen.
»Hier hinein, bitte.« Höhning drückte die Klinke hinunter und ließ ihnen den Vortritt. Das Zimmer, das sie betraten, war klein, das Fenster ging zum Hafenbecken hinaus. Ein großer, drahtiger Mann stand davor und wandte ihnen den Rücken zu. Er hatte die Hände in den Taschen seiner dunkelgrauen Cordhose vergraben. »Horst.« Höhning blieb im Türrahmen stehen. »Hier sind die Herren von der Kripo.« Er zögerte kurz. »Ich bin in meinem Büro, falls du mich brauchst.«

Horst Wiesner drehte sich zu ihnen herum. Grüne Augen, aus denen jede Empfindung gewichen schien, blickten sie an. Ein schmales Gesicht mit hohen Wangenknochen, bleich, leblos, einer Maske gleich.
Sie stellten sich vor und sprachen ihr Beileid aus.
»Danke.« Wiesners Stimme klang rauh. »Wo ist Frau Sanders?«
Sie erklärten es ihm.
Wiesner nahm es hin, scheinbar unbewegt. »Erzählen Sie mir, was mit meiner Tochter passiert ist.«

Schon bei der Auffahrt aufs Krankenhausgelände spürte Fehrbach Beklemmung. Sie sollte ihn für die Dauer seines Besuchs nicht mehr loslassen. Vor der Tür zur Intensivstation blieb er stehen. Es dauerte eine Weile, bis er sich in der Lage fühlte, die Klingel zu drücken. Er wusste, dass es lange dauern konnte, bis man ihm öffnete.
Es dauerte lange. Während der Wartezeit war er immer angespannter geworden und fuhr die Schwester, die ihn in Empfang nahm, gereizt an. Sie reagierte gelassen. Auf einer Intensivstation herrschte immer das Extrem.
Fehrbach murmelte eine verlegene Entschuldigung und stellte sich vor. »Mein Vater ist heute eingeliefert worden.«
»Ihre Familie hat gesagt, dass Sie kommen werden. Ich bringe Sie zu ihnen.«
Fehrbach rührte sich nicht von der Stelle. »Ich würde zuerst gerne meinen Vater sehen.«
Die Schwester nickte, ging in einen kleinen Nebenraum und kam mit einem beigefarbenen Schutzkittel zurück. Fehrbach zog ihn über und desinfizierte die Hände an der Vorrichtung neben der Tür. In der Aufregung drückte er zu heftig auf den

Spender, so dass ein Teil der Flüssigkeit auf den abgeschabten Linoleumboden tropfte. Die Schwester betätigte den Schalter an der Wand. Die Tür öffnete sich mit einem schmatzenden Geräusch, gerade lang genug, um sie beide durchzulassen.
»Hier ist es.« Die Schwester war vor einer halb geöffneten großen Schiebetür stehen geblieben. Als Fehrbach näher kam, sah er, dass sich dahinter ein langgestrecktes Vierbettzimmer befand. Die Plätze waren mit Stellwänden abgetrennt. Im ersten Moment konnte er nicht glauben, was er sah. Es war ihm nie in den Sinn gekommen, dass es auf dieser Intensivstation Mehrbettzimmer geben könnte, weil Eva damals in einem Einzelzimmer gelegen hatte. Die Schwester deutete seinen Blick richtig. »Wir hatten leider kein Einzelzimmer mehr frei.«
»Aber ... kann man denn nicht einen Tausch vornehmen?« Fehrbach machte eine hilflose Geste in den Raum. »Das ist alles so ... öffentlich. Die Patienten haben doch ein Recht auf ihre Intimsphäre.«
»So sind nun einmal unsere Räumlichkeiten. Wir haben hier nur sehr wenige Einzelzimmer.«
Unwillig schüttelte Fehrbach den Kopf. »Ich möchte den behandelnden Arzt sprechen.«
»Ich werde sehen, ob er Zeit hat. Das kann aber etwas dauern. Hier ist gerade ziemlich viel los.«
Nachdem sie gegangen war, betrat Fehrbach das Zimmer. Zögernd ging er zum Bett seines Vaters und blickte auf die blasse und reglose Gestalt, die durch eine Vielzahl von Schläuchen mit den unterschiedlichsten Maschinen verbunden war. Die Seitengitter des Bettes waren hochgeklappt. Fehrbachs Hände umkrampften das kühle Metall.
»Herr von Fehrbach?« Die Schwester war zurückgekehrt. Er

hatte es nicht wahrgenommen. »Die Ärzte sind im Moment alle beschäftigt. Sie müssen sich noch etwas gedulden.«

»Danke.« Fehrbach wandte sich um. »Ich gehe zu meinem Bruder. Wo finde ich ihn?«

Andreas' Empfang ließ ihn zurückschrecken. »Na, bist du gekommen, um dir dein Erbe zu sichern?«, höhnte sein Bruder. Barbara hingegen starrte Fehrbach nur hilflos an. Er erkannte, dass die Situation ihn hoffnungslos überforderte. Weder konnte er mit Andreas' Erbitterung umgehen, noch hatte er die Absicht, Barbara Trost anzubieten. Er war erleichtert, als die Schwester erschien und ihm mitteilte, dass jetzt ein Arzt Zeit für ihn habe.

Der kleine, schmale Mediziner, der sich als Dr. Steinke vorstellte, bat Fehrbach ins Ärztezimmer. Er setzte sich an einen Schreibtisch. Ein erschöpfter Ausdruck lag um seine Augen. »Ihr Vater hatte einen Schlaganfall. Wir haben ihn ins künstliche Koma versetzt, um den Körper zu entlasten.«

»Können Sie das Ausmaß schon beurteilen?«

»Leider noch nicht. Wir müssen warten, bis wir Ihren Vater aus dem Koma holen können. Das kann allerdings einige Tage dauern.« Dr. Steinke sah Fehrbach über den Rand seiner Brille hinweg an. »Die Schwester hat mir gesagt, dass Sie Ihren Vater in ein Einzelzimmer verlegen möchten. Das ist im Moment nicht möglich, vielleicht in den nächsten Tagen.« Er machte eine entschuldigende Geste zur Tür. »Ich bitte um Ihr Verständnis, aber ich habe nur sehr wenig Zeit.«

Fehrbach nickte und stand auf.

»Ich wünschte, ich könnte Ihnen etwas Positiveres sagen.« Dr. Steinke begleitete Fehrbach zur Tür und legte ihm kurz die Hand auf die Schulter. »Wir tun für Ihren Vater, was in unserer Macht steht. Aber Sie können auch Ihren Beitrag leisten. Besuchen Sie ihn, so oft es geht. Die Anwesenheit von Angehörigen und Freunden ist sehr wichtig für die Patienten.«

Fehrbach drückte ihm die Hand. »Danke für die Auskunft.«

Lisa beschloss, die Zeit bis zu Susanne Wiesners Rückkehr zu nutzen und sich ein erstes Bild von deren neuem Leben zu machen. Auf diese Weise hielt sie auch ihre Gedanken in Schach. Und das Schuldgefühl, das sie gerade hier in Westerland, in Sichtweite des Hotels Miramar, immer am schlimmsten peinigte.

Lisas Nachforschungen ergaben, dass Susanne Wiesner seit knapp vier Monaten in einer Dreizimmerwohnung in der Boysenstraße wohnte, zusammen mit einem Mann namens Thorsten Petersen. Die Nachbarn hatten übereinstimmend ausgesagt, dass die neuen Mieter angenehme und ruhige Mitbewohner seien, nähere Kontakte hätten sich allerdings nicht ergeben. Susanne Wiesner arbeitete in einem Reisebüro in Westerland, Thorsten Petersen im Hotel- und Gaststättengewerbe.

Lisa beschloss, die restliche Zeit bei ihrer Freundin Hannah zu überbrücken, der ein Apartmenthotel zwischen List und Kampen gehörte. Sie dachte an das Telefonat mit Gerlach, der sie vor einer Stunde angerufen hatte.

»Ich habe etwas sehr Interessantes über Fehrbach herausgefunden.« Ein unverhohlener Triumph hatte in Gerlachs Stimme gelegen. »Wenn du zurück bist, müssen wir uns unbedingt unterhalten.«

Die Andeutung hatte sie unruhig gemacht und verfolgte sie auf dem Weg ins »Dünenhaus«. Ein Gespräch mit Hannah würde ihr jetzt guttun.

Als Lisa ihren Wagen auf dem Hotelparkplatz abstellte, begann ihr Handy zu klingeln. Susanne Wiesners Nachbarin teilte ihr mit, dass Kerstins Mutter erst am nächsten Morgen zurückkommen werde. In Spanien würden die Fluglotsen streiken.

Lisa unterdrückte einen Fluch. Das hatte gerade noch gefehlt. Hastig klappte sie das Handy wieder auf und drückte Södersens Nummer. Nach Fehrbachs Abfahrt hatte sie ihn darüber informiert, dass er die Pressekonferenz allein abhalten müsse, aber nun musste sie dafür sorgen, dass er sie verschob. Denn andernfalls bestand jetzt wirklich die Gefahr, dass Susanne es aus der Zeitung oder den Nachrichten erfuhr.

Da Södersen in einer Besprechung war, hinterließ Lisa die Nachricht bei Annette Bach. Södersens Sekretärin versprach, ihren Vorgesetzten zu informieren.

Mit weit ausholenden Schritten eilte Fehrbach die Blumenstraße hinunter und betrat schließlich das Gebäude der Bezirkskriminalinspektion. Nach seinem Besuch in der Klinik hatte er beschlossen, nach Kiel zurückzufahren und die Pressekonferenz wie geplant zusammen mit Södersen abzuhalten. Alles war besser, als jetzt mit seinen Gedanken allein zu sein. Der im Erdgeschoss gelegene Sitzungssaal war brechend voll. Obwohl die Fenster gekippt waren, schien die Luft im Raum zu stehen. Eine Anzahl von Journalisten hatte keinen Platz mehr gefunden und drückte sich an den Wänden herum. Fehrbach sah einen Mann mittleren Alters Fotokopien an die Anwesenden verteilen. Er vermutete, dass es sich um den Pressesprecher handelte, den er bisher nur vom Telefon kannte. Während er den Raum durchmaß, kehrte die Erinnerung an die Wochen zurück, in denen er im Mittelpunkt des Me-

dieninteresses gestanden hatte. Wie eine Meute hungriger Geier hatten die Journalisten das Gebäude der Staatsanwaltschaft in Frankfurt und sein Wohnhaus in Sachsenhausen umkreist. Nicht einmal bei Evas Beerdigung hatten sie Pietät gezeigt.
»Wieso sind Sie denn jetzt doch gekommen?« Södersen hatte sich durch die Journalisten gedrängelt und kam hinter die Tischreihe, die an der Stirnseite des Raums aufgebaut worden war und eine stattliche Anzahl von Mikrofonen aufwies. An der Wand hing eine große Leinwand, die den Umriss von Schleswig-Holstein zeigte und mit einer dunkelblauen Kennzeichnung den Bereich der Polizeidirektion Kiel hervorhob. Södersen legte die mitgebrachten Unterlagen ab und rückte seine Krawatte zurecht. »Ich dachte, Sie wollten zu Ihrem Vater ins Krankenhaus.«
»Da war ich auch. Lassen Sie uns jetzt anfangen.« Fehrbach ignorierte Södersens irritierten Blick.
Die Pressekonferenz dauerte fünfundvierzig Minuten. Der Pressesprecher sprach einige einleitende Worte, dann schilderten Fehrbach und Södersen die Fakten und gaben das Foto von Kerstin Wiesner aus der Personalakte von GEOMAR frei. Sie baten die Bevölkerung um Mithilfe, sachdienliche Angaben sollten an die Mordkommission Kiel oder an jede andere Polizeidienststelle gegeben werden. Nach Bekanntgabe aller Informationen standen Fehrbach und Södersen für Fragen zur Verfügung. Als diese allerdings immer unsachlicher wurden und unversehens in Richtung der ansteigenden Kriminalität in der Stadt gingen, beendete Fehrbach nach kurzer Rücksprache mit Södersen die Pressekonferenz, ohne auf die verärgerten Rufe der Journalisten einzugehen.
Nach seiner Rückkehr ins Büro vertiefte er sich in die Akten

einiger laufender Ermittlungen. Er wollte sich mit den Fällen vertraut machen, die die Staatsanwälte in seiner Abteilung bearbeiteten. Gegen einundzwanzig Uhr verließ er das Büro und machte sich auf den Heimweg. In der Innenstadt stand er plötzlich vor einer Umleitung und musste durch eine enge, mit Kopfsteinen gepflasterte Straße ausweichen. Als vor ihm ein Wagen aus einer Parklücke ausscherte, hielt er einen Augenblick an.

Becker's Whiskyladen.

Er wusste nicht, was an dem Schild seine Aufmerksamkeit auf sich gezogen hatte. Wie hypnotisiert starrte er in das Schaufenster, das zu einem kleinen Geschäft auf der gegenüberliegenden Straßenseite gehörte. Der Laden war noch offen, hinter der Fensterscheibe erblickte Fehrbach einige Männer, die sich zuprosteten. Allem Anschein nach fand dort eine Verkostung statt. Als ein ungeduldiges Hupen hinter ihm zu vernehmen war, schaute Fehrbach nach vorne und bemerkte, dass die Straße frei geworden war. Aber er fuhr nicht weiter, sondern parkte seinen Wagen in der frei gewordenen Lücke am Straßenrand, stellte den Motor ab und stieg aus. Langsam überquerte er die Straße und ging auf das Geschäft zu. Vor der Tür blieb er stehen und starrte auf seine zitternden Hände. Er ballte sie zu Fäusten und spürte, wie ihm der Schweiß ausbrach.

Er musste zurück. Zurück zu seinem Wagen und dann so schnell wie möglich fort von hier. Wenn er den Laden beträte, würde alles wieder von vorne beginnen.

Er griff nach der Klinke und öffnete die Tür.

Die Flasche stand in der Mitte des Couchtisches aus schwarzem Marmor. Ihr goldfarbener Inhalt funkelte im Licht der

kleinen Stehlampe, die Fehrbach vor wenigen Minuten angeschaltet hatte. Widerstrebend wandte er den Blick ab und trat hinaus auf die Dachterrasse. Er starrte auf das postkartenschöne Panorama, mit dem der Makler in begeisterten Tönen geworben hatte.
Die Förde bei Nacht. Ein gigantisches Kreuzfahrtschiff glitt langsam und majestätisch vorbei, hell erleuchtet und hoch wie ein mehrstöckiges Haus, beladen mit glücklichen Urlaubern, die sich auf eine spannende Ostseekreuzfahrt freuen.
Einem plötzlichen Impuls folgend, zog Fehrbach sein Handy aus der Hosentasche und drückte die Nummer, die er vor zwei Tagen eingespeichert hatte.
Es dauerte einen Augenblick, bis Lisa sich meldete. Ihre Stimme klang müde. »Sanders.«
Auf einen Schlag wurde Fehrbach die Absurdität seines Verhaltens bewusst. Hastig drückte er die Aus-Taste und hoffte, dass Lisa die Nummer nicht erkannt hatte.
Was hatte er mit diesem Anruf bezweckt? Brauchte er wirklich so dringend einen Menschen zum Reden, dass er Hilfe und Unterstützung bei einer Frau suchte, die er kaum kannte? Bloß weil sie ihm auf Sylt beigestanden hatte? In was verrannte er sich da?

Mittwoch, 18. Juni

Schwungvoll passierte Luca die Einfahrt zu Lannerts Grundstück und brachte den Wagen vor der repräsentativen Villa zum Stehen. Als er die ockerfarbene Fassade des zweistöckigen Hauses in Augenschein nahm, fühlte er sich für einen Moment in seine Heimat versetzt. Allerdings nur an die Orte, in denen die Schönen und Reichen residierten.
Während er Uwe zum Eingang folgte, dachte Luca an das letzte Gespräch mit Lisa zurück. Am Vorabend hatten sie eine Konferenzschaltung abgehalten und Lisa auf den neuesten Stand gebracht. Sie hatten ihr mitgeteilt, dass ein weiteres Gespräch mit Connert und Baudin zu keinen neuen Erkenntnissen geführt habe und Kerstins Freund Lannert nach wie vor unauffindbar sei. Ebenso hätten sie noch immer niemanden auftreiben können, der seit Kerstins Rückkehr Kontakt mit ihr gehabt habe.
Den wichtigsten Punkt allerdings hatten sie Lisa verschwiegen – Wiesners Rückkehr nach Kiel. Es war eine Entscheidung gewesen, die sie gemeinsam getroffen hatten. Uwe war zwar die treibende Kraft gewesen, aber Luca hatte sich irgendwann von den pragmatischen Argumenten seines Kollegen überzeugen lassen. Denn auch er war sich sicher gewesen, dass Lisa Sylt sofort verlassen hätte, wenn sie ihr Wiesners Rückkehr mitgeteilt hätten. Er wusste, wie wichtig es ihr gewesen war, selbst mit Wiesner zu sprechen. Aber jetzt war ihre Anwesenheit auf Sylt erforderlich, damit nicht auch noch Kerstins Mutter die Todesnachricht durch fremde Personen übermittelt bekam. Trotzdem drückte Luca seit diesem Gespräch sein schlechtes Gewissen.

Die Befragung von Wiesner war unbefriedigend verlaufen. Er gab an, seine Tochter nach ihrer Rückkehr gesehen zu haben, wenn auch nicht so häufig, wie er es sich gewünscht hätte. Von Freunden oder Bekannten wusste er nichts. Nachdem er seine tote Tochter in der Rechtsmedizin identifiziert hatte, war Wiesner zusammengebrochen und zu keiner weiteren Aussage mehr fähig gewesen.

»Was ist das eigentlich mit Lisa und den Wiesners?« Uwe hatte die Eingangstür erreicht, aber er klingelte nicht. »Wieso erfahre ich nicht, dass sie die Familie kennt? Und wieso habe ich das Gefühl, das sie Horst Wiesner besser kennt? Ich denke, wir sind ein Team. Von Lisa bin ich ja einiges gewohnt, aber von dir hätte ich solch ein unfaires Verhalten nicht erwartet.«

Luca seufzte. Uwe hatte recht, es war unfair, ihn im Ungewissen zu lassen. Aber diese alte Geschichte betraf Lisas Privatleben, es war nicht an ihm, sie seinem Kollegen zu erzählen. Zumal Luca sich sowieso schon häufig zwischen Baum und Borke fühlte, was Lisa und Uwe betraf. Er mochte Uwe, und im Gegensatz zu Lisa war er nicht der Meinung, dass sein Kollege eine hinterhältige Ader hatte. Aber mit Lisa war er schon seit Jahren befreundet. An manchen Tagen fühlte Luca sich aufgerieben in dem Bemühen, beiden gerecht zu werden.

Uwe wartete noch immer auf eine Antwort. Als sie ausblieb, drückte er den Klingelknopf. Sein Gesicht hatte sich verhärtet.

Luca konnte verstehen, dass sein Kollege sauer war. Er beschloss, mit Lisa zu sprechen, damit sie zur Einsicht kam.

Nach mehrmaligem Klingeln öffnete sich endlich die Tür. Der Mann, der im Rahmen erschien, kam Luca bekannt vor – groß und kräftig die Figur, halblange schwarze Haare, die mit

grauen Strähnen durchsetzt und im Nacken zu einem Zopf zusammengebunden waren, wache graue Augen, die die beiden Besucher fragend musterten.
Uwe zeigte Lannert seinen Dienstausweis und stellte Luca und sich vor. Stirnrunzelnd ließ der Maler sie ins Haus. Sie betraten einen großen quadratischen Flur, in dem eine Vielzahl von großformatigen Bildern hing, und folgten Lannert in ein überdimensionales Atelier. Durchgehende Glasfronten an drei Seiten, lag es im hinteren Bereich des Hauses und grenzte an einen weitläufigen Garten. Das Dach bestand aus bunten Glasstücken, die mosaikförmig zusammengesetzt waren. An der rückwärtigen Wand stand ein langer Tisch, dessen Oberfläche von Zeichnungen und Skizzen überquoll. Im Anschluss daran waren Holzregale aufgestellt, die Farbbehälter unterschiedlichster Größen und Malutensilien enthielten. Auf dem Fußboden lag die neueste Ausgabe von *new painting*. Unübersehbar prangte Lannerts Konterfei auf dem Deckblatt. Jetzt wusste Luca, wieso der Mann ihm so bekannt vorkam. Er hatte die Zeitschrift auf Lisas Schreibtisch liegen sehen.
Vor den Fenstern standen drei große Staffeleien. Die Bilder darauf ließen in Luca die Frage aufkeimen, ob Lannert sie gerade erst begonnen oder bereits fertiggestellt hatte.
»Lassen Sie uns nach draußen gehen.« Lannert deutete zur Sitzgruppe auf der Terrasse. »Ich brauche dringend frische Luft.« Als er Uwes Blick bemerkte, klärte er ihn auf. »Ich bereite eine Ausstellung vor. Nächsten Mittwoch ist die Vernissage. Ich bin seit vier Tagen nicht aus dem Atelier rausgekommen.«
»Ach?« Uwe hob die rechte Augenbraue. »Heißt das, dass Sie in den letzten Tagen hier waren?«
»Das heißt es.«

»Und warum haben Sie dann nicht auf unser Klingeln reagiert?«
»Die Klingel war abgestellt. Und selbst wenn nicht, wieso sollte ich?«
»Weil vielleicht jemand versucht, Sie dringend zu erreichen?«, sagte Uwe mit herausforderndem Unterton.
»Warum sollte mich das interessieren?« Lannert ließ seinen Blick abschätzend an Uwe hinuntergleiten. »Wenn ich male, bin ich für niemanden zu erreichen. Jeder, der mich kennt, weiß das. Ich ziehe den Stecker vom Telefon und stelle die Klingel ab. Glauben Sie wirklich, ich würde vorankommen, wenn ich allen täglichen Störungen nachgäbe?«
»Aber heute haben Sie geöffnet«, stellte Luca fest. Er war zwar genau wie sein Kollege befremdet über Lannerts merkwürdige Angewohnheiten, sagte sich aber, dass wohl jeder Künstler eine kleinere oder größere Macke hatte.
»Weil ich fertig bin«, erwiderte Lannert. »Aber Sie sind doch sicher nicht gekommen, um mit mir über meine Arbeitsgewohnheiten zu sprechen? Was führt Sie zu mir?«
»Herr Lannert, kennen Sie Kerstin Wiesner?« Uwe wechselte einen kurzen Blick mit Luca.
»Ja.« Lannert hatte sich in einen Rattansessel gesetzt und die Beine übereinandergeschlagen.
»In welchem Verhältnis stehen Sie zu ihr?«
»Wir sind befreundet.«
»Nur befreundet oder mehr?«
Lannert blickte Luca befremdet an. »Ich wüsste nicht, was Sie das angeht.«
Uwe sog scharf die Luft ein. »Kerstin Wiesner ist vor drei Tagen ermordet worden. Zeitungen und Fernsehen scheinen Sie während Ihrer Arbeit auch zu entsagen, oder?«

Lannert war aufgestanden und starrte auf Uwe hinunter. Nach einer endlos wirkenden Zeit löste er den Blick und ging ins Atelier zurück. Mit dem Rücken zu den Beamten stand er regungslos da. Als er schließlich auf die Terrasse zurückkehrte, war sein Gesicht grau und eingefallen. »Erzählen Sie mir bitte, was passiert ist.«

»Und, was hältst du von ihm?«, fragte Uwe auf dem Rückweg in die BKI.
»Schwer zu sagen.« Luca schaute aus dem Wagenfenster und beobachtete das rege Treiben am Rande der Straßen. Allerorts wurden Absperrgitter herangeschafft, mit denen während der Kieler Woche einzelne Straßenabschnitte abgeriegelt werden sollten. »Eigentlich fand ich ihn ganz sympathisch. Und Kerstins Tod schien ihm ziemlich nahezugehen.«
»Also ich weiß nicht«, meinte Uwe skeptisch.
Nach dem ersten Schock hatte Lannert sie über seine Beziehung zu Kerstin aufgeklärt. Sie seien befreundet gewesen, allerdings nur platonisch. Auf Uwes zweifelnden Blick hin erklärte Lannert, dass er nichts von Partnerinnen halte, die seine Töchter sein könnten. Kerstin und er hätten sich auf der Vernissage einer befreundeten Malerin kennengelernt. Kerstin habe sich sehr für Kultur interessiert. Sie seien zusammen in mehreren Ausstellungen gewesen, im Theater und in Konzerten, und hin und wieder seien sie essen gegangen. Die Gespräche mit Kerstin hätten ihm viel bedeutet. Im Gegensatz zu vielen anderen ihrer Generation sei sie nämlich ein sehr ernsthafter Mensch gewesen.
Wieso er Kerstin in den letzten vier Tagen nicht vermisst habe, hatte Uwe wissen wollen.
Kerstin habe seine Gewohnheiten gekannt und akzeptiert,

hatte Lannert gesagt. Was bedeute, dass sie ihn während seiner intensiven Arbeitsphasen nie gestört habe.

»Ich glaub, der Typ lügt uns an.« Abrupt trat Uwe auf die Bremse, weil sich der Fahrer vor ihm entschlossen hatte, nun doch nicht mehr über die dunkelorangefarbene Ampel zu fahren. »Von wegen platonische Freundschaft. Der kriegt keinen mehr hoch, wenn du mich fragst.«

»Aber das mit der Ausstellung stimmt. Ich hab da neulich einen Artikel in den Kieler Nachrichten gelesen.«

»Trotzdem, der Typ ist nicht koscher. Kein Mensch klinkt sich einfach mal so für ein paar Tage aus, bloß weil er 'ne Ausstellung vorbereitet. Das ist doch hirnrissig.« Uwe tippte sich an die Stirn.

»Mann, Mann, Mann, was ist eigentlich los mit dir? Du scheinst den Kerl ja echt gefressen zu haben.«

»Ach, mir geht dieses ganze Ich-bin-der-große-Künstler-Getue auf den Zeiger. Seine Bilder sind doch grauenhaft.« Erbost drückte Uwe aufs Gaspedal, und der Wagen machte einen Sprung nach vorn.

»Alles klar.«

Luca hielt sich am Türgriff fest. Er kannte Uwes Fahrstil, wenn dieser sich über etwas aufregte.

»Was heißt hier alles klar?«

»Du hast also auch lieber den röhrenden Hirsch überm Sofa.« Luca grinste in sich hinein, als Uwe leise zu fluchen begann. Dann entschloss er sich, ehrlich zu sein. »Du stehst nicht allein mit deiner Meinung, mein Lieber. Ich kann dieser abstrakten Malerei auch nichts abgewinnen.«

Die Reederei Solberg war das Traditionsunternehmen für Kreuzfahrten in Deutschland, alteingesessen in Kiel seit 1920, gegründet von Hermann Solberg, dessen Sohn Jakob die Firma seit 1977 leitete.

Zweifelnd betrachtete Gerda Sanders das Gebäude am Hindenburgufer und fragte sich, ob bei der Adressenangabe im Katalog der Druckfehlerteufel am Werk gewesen war, denn das Haus vor ihren Augen entsprach nicht im mindesten ihrer Vorstellung vom Firmensitz einer Reederei. Es war ein langgestrecktes altes Bauernhaus, das einer Ausgabe von *Schöner Wohnen* entsprungen schien. Die Fassade wies einen weißen Anstrich auf, die hellblauen Rahmen der Butzenfenster harmonierten exakt mit der Farbe der Fensterläden. Vor den Fenstern waren Blumenkästen befestigt, in denen rote Hängegeranien wucherten. Zu beiden Seiten der hellblauen Eingangstür standen weiße Friesenbänke. Das Reetdach schien neu. Es wies noch nicht den dunklen Farbton auf, der nach vielen Jahren in Wind und Wetter entsteht.

Während Lisas Mutter noch grübelte, öffnete sich die Eingangstür, und ein junger Mann trat heraus. Gerda war erleichtert, als sie erfuhr, dass sie sich an der richtigen Adresse befand.

Auch das Innere des Hauses unterschied sich wohltuend von der nüchternen Atmosphäre vieler Firmen. Der Fußboden bestand aus Quarzit-Fliesen, zu beiden Seiten des langen Flurs gingen rustikale dunkelblaue Holztüren ab.

Als Gerda an die Rezeption trat, die einer Schiffsbrücke nachempfunden war, fragte die Empfangsdame sie nach ihrem Anliegen. Wenig später saß Gerda einem Kundenberater gegenüber und buchte die einwöchige Kreuzfahrt nach Norwegen, die sie Lisa zu deren fünfundvierzigstem Geburtstag im August schenken wollte. Bevor sie die Reederei verließ, ging Gerda noch einmal an die Rezeption zurück, weil sie einen

Prospekt für ihre Nachbarin mitnehmen wollte. Suchend sah sie sich um.
»Kann ich Ihnen helfen?«
Erschrocken fuhr Gerda herum und geriet dabei unversehens ins Stolpern.
»Hoppla, junge Frau.« Der ältere Herr, dem die muntere Stimme gehörte, ergriff ihren Arm mit einem energischen Griff. »Alles in Ordnung?«
Mit schmerzverzerrtem Gesicht versuchte Gerda aufzutreten. Sie war mit dem Fuß umgeknickt und brachte nur noch ein Humpeln zustande.
»Warten Sie, ich bringe Sie rüber«, sagte der Herr. Vorsichtig führte er Gerda zu einer Sitzgruppe und zog einen Sessel heran, auf dem sie ihr Bein ausstrecken konnte. Dann setzte er sich ihr gegenüber. »Das tut mir jetzt echt leid. Ich wollte Sie nicht erschrecken.« Aufmerksam sah er sie an, und Gerda spürte, wie sie unter seinem forschenden Blick zu erröten begann. Plötzlich war sie froh, dass sie sich gerade heute besonders hübsch gemacht hatte. Auch beim Friseur war sie gewesen, ihr kurzes graues Haar hatte einen flotten Stufenschnitt bekommen.
Ihr Gegenüber besann sich auf seine guten Manieren. »Entschuldigung, ich habe mich noch gar nicht vorgestellt.« Er erhob sich und deutete eine kleine Verbeugung an. »Jakob Solberg.«
Deshalb war er ihr so bekannt vorgekommen. »Na, so was aber auch, der Reeder höchstpersönlich.« Der Versuch eines Lächelns misslang, als Gerda ihr Bein auf den Boden stellte und der Schmerz erneut durch ihren Fuß schoss.
»Und mit wem habe ich das Vergnügen?«, wollte Solberg wissen.

Gerda stellte sich vor und musterte Solberg interessiert. Er sah anders aus als auf den wenigen Fotos, die sie bisher von ihm gesehen hatte, weniger offiziell und deutlich jünger als siebzig. In seinen hellblauen Jeans, dem dunkelblauen Sakko und dem blau-weiß gestreiften Polohemd wirkte er unternehmungslustig, als würde er im nächsten Moment vorschlagen, in See zu stechen.

Erneut versuchte Gerda aufzustehen, aber sofort sank sie mit einem Stöhnen zurück. Hoffentlich glaubte Solberg nicht, sie würde Theater spielen.

»So geht das nicht.« Solberg begutachtete das angeschwollene Gelenk. »Das sieht aus wie eine Bänderzerrung. Ich fahre Sie zum Arzt.«

»Das ist nicht notwendig«, protestierte Gerda. »Es reicht vollkommen, wenn Sie mir ein Taxi rufen.«

»Das kommt überhaupt nicht in Frage«, sagte Solberg bestimmt. »Schließlich bin ich für Ihren Unfall verantwortlich. Da ist es wohl das mindeste, dass ich mich um Sie kümmere.« Er trat neben Gerda und reichte ihr seinen Arm. »Ich bringe Sie zu meinem Arzt. Der hat bis jetzt noch jeden wieder hingekriegt.« Als er sah, dass Gerda zu einem erneuten Einspruch ansetzte, drohte er scherzhaft mit dem Finger. »Keine Widerrede.«

Gerda beschloss, sich in ihr Schicksal zu fügen. Offensichtlich war Solberg es gewohnt, seinen Willen durchzusetzen. Außerdem musste sie sich eingestehen, dass sie seine Fürsorge genoss. Sehr sogar.

Durch die Morgenlektüre beim Frühstück auf Sylt erfuhr Lisa, dass die Pressekonferenz doch stattgefunden hatte. Umgehend rief sie in Kiel an und erfuhr von einer sehr kleinlauten Annette Bach, dass diese vergessen hatte, ihre Nachricht an Södersen weiterzuleiten. Die Auswirkungen dieser Vergesslichkeit sollte Lisa kurze Zeit später zu spüren bekommen.

»Wie konnten Sie die Meldung an die Presse geben, bevor die Angehörigen benachrichtigt wurden? Das ist ja das Allerletzte.« Thorsten Petersens Stimme dröhnte durch die Wohnung. Mit zwei großen Schritten durchmaß er das Wohnzimmer und setzte sich neben die völlig aufgelöste Susanne Wiesner.

Für einen Moment stand Lisa ganz still und atmete tief durch. Nach der Pressekonferenz war der Mord an Kerstin Wiesner der Aufmacher in vielen Zeitungen gewesen, auch in den *Kieler Nachrichten,* die Susanne Wiesner abonniert und während ihres Urlaubs nicht abbestellt hatte, da ihre Nachbarin sie dann las. Doch ausgerechnet an diesem Morgen hatte die Frau vergessen, die Zeitung aus dem Briefkasten zu holen. Und so hatte Susanne nach ihrer Ankunft einen kurzen Blick auf das Deckblatt geworfen. Nachdem sie den Artikel gelesen hatte, war sie mit einem Weinkrampf zusammengebrochen.

Als der Arzt endlich erschien, fiel Lisa ein Stein vom Herzen. Nach der Untersuchung sprach sie ihn an. »Wie geht es ihr? Wann kann ich mit ihr sprechen?«

»Im Moment nicht.« Der Arzt schloss seine Tasche. »Frau Wiesner hatte einen Nervenzusammenbruch. Ich habe ihr eine Spritze gegeben. Sie wird jetzt erst einmal schlafen.«

Gegen zwei Uhr war Lisa wieder zurück. Susanne Wiesner schlief immer noch tief und fest. Thorsten Petersen war dafür umso munterer und erklärte Lisa zum wiederholten Mal, dass er sich über sie beschweren werde. Ihre Erklärungen wischte er mit einer unwirschen Handbewegung beiseite.

Entnervt verließ Lisa die Wohnung. Sie rief Luca an und informierte ihn, dass sich ihre Rückkehr erneut verzögere. Nachdem sie ihren Frust abgelassen hatte, fiel ihr plötzlich die anhaltende Sprachlosigkeit ihres Kollegen auf. »Luca, was ist los? Ist wieder was mit Anja?«
Als sie hörte, was Luca zu sagen hatte, glaubte Lisa sich verhört zu haben. Horst Wiesner war zurück in Kiel. Und niemand hatte es für nötig gehalten, sie darüber zu informieren.

Noch bevor Fehrbach sich aufrichtete, spürte er den hämmernden Schmerz in seinem Kopf. Übelkeit wühlte in seinem Magen, der pelzige Geschmack auf der Zunge verstärkte den Brechreiz. Als er sich aus dem Bett erhob, musste er für einen Moment die Augen schließen, zu grell blendete das Sonnenlicht, das durch die großen Schlafzimmerfenster fiel. Er merkte, dass er mit dem Fuß gegen etwas getreten war. Die Flasche war umgekippt. Der letzte Rest der goldbraunen Flüssigkeit versickerte im weißen Teppichboden und hinterließ einen hässlichen Fleck. Auf dem Weg ins Bad fiel sein Blick auf die Uhr. Halb drei.
Während der Fahrt in die Staatsanwaltschaft verstärkten sich die bohrenden Kopfschmerzen und der anhaltende Schwindel. Eine bleierne Müdigkeit lähmte ihn. Im Büro bereitete er sich in der kleinen Küche eine Kanne Kaffee, erleichtert darüber, dass seine Sekretärin nicht da war. Er hatte das Gefühl, jedermann müsse es ihm ansehen.

Die Fahrt über den Hindenburgdamm dauerte knapp fünfundvierzig Minuten. Zeit zum Nachdenken.
Lisas Gespräch mit Susanne war kurz gewesen. Gegen vier

Uhr hatte sie diese erneut aufgesucht. Sie war gerade aufgewacht und immer noch müde und benommen von der Spritze.
»Warum musste ich es aus der Zeitung erfahren?«
»Susanne, bitte, lass es mich dir erklären.«
Aber Susanne Wiesner hörte nicht zu und überzog Lisa mit Vorwürfen. Immerhin bekam sie heraus, dass Susanne ihre Tochter seit deren Rückkehr dreimal getroffen hatte, einmal in Kiel, die anderen Male war Kerstin nach Sylt gekommen.
»Worüber habt ihr gesprochen? Hat sie etwas von Freunden oder Bekannten erzählt, die sie seit ihrer Rückkehr gefunden hatte?«
Susanne schüttelte fahrig den Kopf. »Ich weiß es nicht mehr. Ich hab das Gefühl, dass mein Kopf total leer ist.« Sie presste ihre Fäuste gegen die Schläfen. »Weiß Horst es schon?« Ihre Lippen wurden zu einem schmalen Strich. »Oder ist er grade wieder unterwegs, um die Welt über so wichtige Dinge wie die Größe des Ozonlochs aufzuklären?«
»Er war auf einer Forschungsfahrt, aber er ist bereits wieder in Kiel.«
»Und du bist nicht bei ihm?«, ätzte Susanne. »Du hältst nicht sein Händchen und stehst ihm schützend zur Seite?«
»Ich bin hier, um es dir zu sagen.«
»Na, da muss ich wohl auch noch dankbar sein.« Susanne lachte hysterisch auf und sah zur Tür. »Thorsten!«
In Windeseile erschien der Gerufene im Wohnzimmer. »Verschwinden Sie«, herrschte er Lisa an. »Lassen Sie uns einfach in Ruhe.«

Während der Zug in den Bahnhof von Niebüll einfuhr, überlegte Lisa, wie sie weiter verfahren sollte. Vielleicht war es am

besten, wenn sie einen ihrer Kollegen nach Sylt schickte, damit sie eine brauchbare Aussage von Susanne bekamen.
Kurz vor Mitternacht traf Lisa endlich in Kiel ein. Sie hatte Wiesner ihre Ankunft angekündigt. Er stand bereits in der offenen Haustür. »Lissy, endlich.«
Sie drückte ihn an sich, so fest sie nur konnte, und hatte dabei das Gefühl, als ob alles Leben aus ihm gewichen wäre. Als sie sein Gesicht unter der Flurlampe sah, erschrak sie. Er war nur noch ein Schatten seiner selbst.
Sie betraten das Wohnzimmer, und Lisa blieb wie angewurzelt stehen. Sie starrte auf den Couchtisch, auf dem sich eine Ansammlung von Fotos befand. Viele waren gerahmt und wie auf einem Altar angeordnet. Kerstin als Baby, als kleines Mädchen und bei der Einschulung, stolz in die Kamera strahlend mit der großen Schultüte, die fast zu schwer für sie gewesen war.
Mit weichen Knien ließ Lisa sich auf die Couch sinken. »Warum tust du dir das an?« Entgeistert blickte sie zu Wiesner empor.
Seine Stimme zitterte. »Mein kleines Mädchen und ich müssen doch jetzt zusammen sein.« Er trat neben Lisa und sank in die Knie. Ein Weinkrampf schüttelte seinen Körper, als er ihre Beine umklammerte.
Lisa schloss die Arme um ihn und wiegte ihn wie ein kleines Kind. Sie hoffte, dass die Tränen ein bisschen von seiner Erstarrung lösen würden.

Der Morgen dämmerte bereits, als Lisa nach Hause fuhr. Sie war vollkommen erschöpft.
Nachdem er wieder ein bisschen zur Ruhe gekommen war, hatte Wiesner sich neben sie gesetzt und ihre Hand ergriffen.

Nach einer Weile des Schweigens hatte er plötzlich begonnen, Geschichten aus Kerstins Kindheit zu erzählen. Viele davon hatte Lisa bereits gekannt. Irgendwann waren ihm vor Erschöpfung die Augen zugefallen. Lisa hatte ihn zu Bett gebracht und gefragt, ob sie die Nacht über bleiben solle.
»Das musst du nicht.« Wiesner hatte sie in den Arm genommen und über ihre Wange gestrichen. »Danke, dass du da warst. Das hat mir sehr geholfen.«
Lisa hatte versprochen, am Abend wiederzukommen.

Von den zwanzig Umzugskartons, die tagelang unbeachtet im Flur gestanden hatten, waren bis auf einen alle geleert. Nach seiner Rückkehr aus dem Büro hatte Fehrbach damit begonnen, ihren Inhalt in die Schränke einzusortieren. Er hatte sich Zeit gelassen, vor allen Dingen bei den Büchern und CDs, die er akribisch nach Schriftstellern und Interpreten geordnet hatte.
Als alles eingeräumt war, war es ein Uhr geworden. Fehrbach hockte sich neben den letzten Karton. In einer flüchtigen Bewegung strich er über die Oberseite, auf der in großen Druckbuchstaben EVA stand.
Das Hochzeitsfoto in dem massiven Silberrahmen war in Seidenpapier eingeschlagen. Darunter befand sich eine große Anzahl unterschiedlichster Fotoalben, Bilder aus glücklichen Tagen, wie Eva einmal zynisch angemerkt hatte.
Glückliche Tage …
Fehrbach kramte weiter, bis er gefunden hatte, was er suchte. Das schwarze Album hatte keine Beschriftung. Als er es öffnete, fiel ein Bild heraus. Der Innenraum einer Kapelle, in der Mitte ein heller Sarg aus Olivenesche. Ein ausladendes Gesteck aus Rosen und Lilien bedeckte den Sargdeckel, auf-

dringlich in seiner pompösen Wuchtigkeit. Fehrbach hatte es dezenter gewollt, aber er hatte sich nicht gegen Evas Mutter und ihre Schwester durchsetzen können.
Behutsam strichen seine Finger über das Bild. »Es tut mir so leid«, flüsterte er mit erstickter Stimme. Als die Tränen kamen, kämpfte er zum ersten Mal nicht mehr gegen sie an.

Donnerstag, 19. Juni

Das Läuten klang äußerst energisch. Mit einem leichten Stöhnen humpelte Gerda Sanders zur Wohnungstür und blickte durch den Spion. Als sie den Besucher erkannte, musste sie lächeln. Sie öffnete die Tür. »Herr Solberg, was führt Sie denn so früh hierher?«
»Ich hoffe, Sie mögen Callas.« Solberg hielt einen großen Strauß in Händen, den er ihr mit einer kleinen Verbeugung überreichte.
Es war lange her, dass Gerda Blumen von einem Mann bekommen hatte. »Ich weiß gar nicht, was ich sagen soll«, stammelte sie verlegen. »Danke schön. Das wäre nun aber wirklich nicht nötig gewesen.«
»O doch, das war es«, betonte Solberg mit munterer Stimme. »Schließlich bin ich ja dafür verantwortlich, dass Sie hier durch die Gegend humpeln müssen.«
»Aber Sie haben mich doch gestern schon zum Arzt gefahren. Außerdem ist es nur eine Bänderzerrung, also keine große Sache.«
»Trotzdem.« Solberg sah auf ihren Fuß hinunter. »Wie geht es denn dem kleinen Schlingel?« Als er hörte, dass bewusster Schlingel auf dem Wege der Besserung sei, lächelte er erleichtert.
»Wie ist es, Herr Solberg, haben Sie schon gefrühstückt?« Gerda hielt die Tür einladend offen, und ohne groß zu zögern trat Solberg ein. Neugierig glitt sein Blick durch den Flur, über die weißen Türen, die Gerda erst vor wenigen Tagen poliert hatte, die Hamburgensien an den Wänden und die Kieferngarderobe mit dem passenden Spiegel.

»Ehrlich gesagt, nein«, gab er zu. »Meistens kaufe ich mir auf dem Weg ins Büro eine Kleinigkeit. Als meine Frau noch lebte, haben wir immer ein ausführliches Frühstück zelebriert, aber so allein hab ich nie den richtigen Antrieb. Nur eine Tasse Kaffee, die muss sein. Sonst komme ich nicht in die Puschen.«
»Dann kommen Sie mal mit. Nicht, dass Sie mir noch verhungern.« Gerda führte ihren Gast in die Küche. »Greifen Sie zu. Ich stelle nur eben die Blumen in die Vase.«
Zehn Minuten später waren sie in ein angeregtes Gespräch vertieft. Jakob Solberg hatte sich nicht lange bitten lassen. Er war entzückt gewesen über den üppig gedeckten Frühstückstisch und hatte kräftig zugelangt.
Solberg war gekommen, um Gerda zu einem Besuch auf die MS Kiel einzuladen. Er erzählte ihr, dass sein Flaggschiff am nächsten Morgen von einer Ostseekreuzfahrt zurückkehre und den Tag über im Kieler Hafen liege.
Erfreut nahm Gerda die Einladung an. Solberg versprach, sie pünktlich um neun Uhr abzuholen.

Nachdem Lisa im Büro eingetroffen war, nahm sie Luca beiseite. »Warum hast du mir nicht Bescheid gesagt, dass Horst wieder hier ist?«
»Weil ich vermeiden wollte, dass du dich sofort auf den Rückweg machst. Oder hättest du das etwa nicht getan?«
»Natürlich wäre ich gekommen«, sagte Lisa gereizt.
»Und wer hätte dann Susanne Wiesner informiert?«
»Die Sylter Kollegen«, gab Lisa trotzig zurück.
»Ah ja? Merkst du eigentlich, dass du mit zweierlei Maß misst?«
Lisas Antwort bestand aus einem bockigen Schweigen.

»Fehrbach hat dich übrigens vorhin gesucht«, fuhr Luca fort. »Ich habe ihm gesagt, dass du etwas später kommst, weil du in der vergangenen Nacht noch Horst Wiesner vernommen hast.« Er sah Lisa neugierig an. »Ich hatte das Gefühl, dass Fehrbach ziemlich geladen war. Fetzt ihr euch immer noch?«
»Keine Ahnung«, sagte Lisa. Sie überlegte, ob sie Luca von Fehrbachs Vater erzählen sollte, verwarf den Gedanken aber wieder. »Was wollte er denn?«
»Du sollst zu ihm kommen. Es klang eilig.«
»Na gut«, sagte Lisa ergeben. »Ich habe ja auch sonst nichts zu tun.«
Als sie gehen wollte, hielt Luca sie zurück. »Wie war's am Wochenende auf Sylt?«
Lisa wusste sofort, was er meinte. »Geht so.« Sie sah, dass Luca sie prüfend betrachtete. »Es ist okay.« Es gelang ihr nur kurz, seinem Blick standzuhalten, dann brach ihre Schutzhaltung in sich zusammen. Sie sank auf den Schreibtischstuhl und barg den Kopf in den Händen. »Gar nichts ist okay«, kam es dumpf zwischen ihren Fingern hervor. Als sie den Kopf wieder hob und Luca ansah, ging ihr Blick durch ihn hindurch. »Ich bin in der Nacht am Strand gewesen. Die Stelle ist ja nicht schwer zu finden, man hat das Miramar direkt im Rücken. Auf der Terrasse fand eine große Party statt. Es war genauso sternenklar wie vor drei Jahren.« Sie versuchte den dicken Kloß in ihrer Kehle hinunterzuschlucken. »Willst du wissen, was ich gemacht hab?«
»Lisa, bitte. Hör auf, dich so zu quälen.«
»Ich habe nach Britt gerufen. Ich habe geschrien, dass sie endlich zurückkommen soll. Dass ich es nicht so gemeint habe.« Tränen begannen ihr über die Wangen zu laufen. Mit einer unwilligen Bewegung wischte sie sie fort. »Plötzlich tauchten

einige der Partygäste hinter mir auf. Ich hatte sie gar nicht kommen sehen. Sie haben gefragt, ob etwas sei und sie mir helfen könnten. Die müssen mich für komplett verrückt gehalten haben. Ich hab nur irgendwas gestammelt und bin weggelaufen. Genauso wie Britt damals.« Sie holte ein Papiertaschentuch aus ihrer Schreibtischschublade und schneuzte sich. »Und als mich dann am Morgen der Kollege vom KDD anrief und sagte, dass hier eine unbekannte Tote gefunden worden ist, bin ich fast verrückt geworden vor Angst. Wie jedes Mal, wenn eine solche Meldung reinkommt.«

Luca trat neben sie und legte ihr eine Hand auf die Schulter. »Britt lebt, Lisa. Du hast immer gesagt, dass du es im Innersten deines Herzens weißt.« Als Lisa nichts darauf sagte, sprach Luca weiter. »Warum zerfleischst du dich so? Warum hörst du nicht endlich auf, am Jahrestag von Britts Verschwinden nach Sylt zu fahren? Das bringt doch nichts. Oder ist das so eine Art selbst auferlegte Buße?«

»Ich war dienstlich auf Sylt, das weißt du genau.«

»Ja, diesmal warst du dienstlich dort. Aber letztes Jahr bist du freiwillig hingefahren.«

Lisa erhob sich abrupt, fast unbeherrscht. Unwillkürlich trat Luca einen Schritt zurück, als er die plötzliche Abwehr in ihren Augen sah.

»Jetzt mach doch nicht gleich wieder dicht, verdammt noch mal.«

»Es bringt doch nichts, wenn wir darüber reden«, sagte Lisa mit brüchiger Stimme. »Es tut nur weh.« Sie hob ihren Rucksack vom Schreibtisch und hängte ihn sich über die Schulter. »Ich gehe jetzt zu Fehrbach.«

Kurze Zeit später traf sie in der Staatsanwaltschaft ein und stellte fest, dass Luca noch untertrieben hatte.

»Beginnen Sie Ihre Arbeit neuerdings erst gegen Mittag?«
Fehrbachs Stimme klang schneidend. Wenigstens entsann er sich der einfachsten Höflichkeitsregeln und deutete auf den Stuhl vor seinem Schreibtisch. »Wieso erscheinen Sie erst jetzt zum Dienst?«
Auf dem Weg hatte Lisa sich vorgenommen, bei dem Gespräch die Ruhe zu bewahren und sich nicht provozieren zu lassen. Sie hatte keine Ahnung, was diesmal der Auslöser für Fehrbachs Wut gewesen sein könnte.
»Das ist die Aussage von Susanne Wiesner.« Sie legte eine dünne Akte auf seinen Schreibtisch und setzte sich. »Das Gespräch war nicht sehr ergiebig. Frau Wiesner war zu geschockt, weil sie jetzt doch aus der Zeitung von Kerstins Tod erfahren hatte. Ich hatte versucht, die Pressekonferenz zu verhindern, aber ich konnte Södersen nicht erreichen. Er war in einer Sitzung.« Sie verzog das Gesicht. »Und seine Sekretärin hat vergessen, meine Nachricht weiterzuleiten.«
»Warum haben Sie mich nicht angerufen?«
Irritiert sah Lisa ihn an. »Ich wollte Sie nicht damit behelligen, immerhin hatten Sie anderes zu tun.«
»Als Sie Södersen nicht erreicht haben, wäre es Ihre Pflicht gewesen, mich anzurufen. Ich hätte dann entschieden, was wir unternehmen. Das ist die übliche Vorgehensweise, falls Ihnen das entfallen sein sollte.«
Lisa fühlte sich, als hätte sie einen Schlag versetzt bekommen. »Die Vorgehensweise ist mir bekannt.«
»Wo ist die Aussage von Horst Wiesner? Und sagen Sie jetzt nicht, dass ich mich mit dem begnügen muss, was Ihre Kollegen aus ihm herausbekommen haben. Das Ergebnis war mir nämlich entschieden zu dürftig.«
»Es gibt noch keine Aussage von ihm.«

»Was soll das heißen? Ich denke, Sie waren die ganze Nacht bei ihm? Da werden Sie doch wohl Zeit genug gehabt haben, seine Aussage aufzunehmen. Oder hatte Ihr Besuch andere Gründe?«

Das war es also. Er wollte wissen, in welcher Beziehung sie zu Wiesner stand.

»Ich wäre Ihnen sehr verbunden, wenn Sie meine Frage beantworten würden.«

Die Arroganz in seiner Stimme war schwer zu ertragen, sein herablassendes Verhalten kränkte sie.

»Horst Wiesner ist am Ende. Geben Sie ihm bitte etwas Zeit. Er muss das alles doch erst mal verarbeiten. Ich werde heute Abend noch einmal mit ihm sprechen.«

»Wir haben aber keine Zeit, Frau Sanders. Kerstin Wiesners Mörder läuft immer noch frei herum. Horst Wiesner nimmt keine Sonderstellung ein, auch wenn Sie das anscheinend anders sehen. Ihre offensichtlich sehr enge Bekanntschaft wird nicht dazu führen, dass wir ihn mit Samthandschuhen anfassen.« Fehrbach kam um den Schreibtisch herum. Seine Augen hatten sich verdunkelt. »Sie werden jetzt noch einmal zu Horst Wiesner gehen und mit ihm sprechen. Ich will seine Aussage heute Nachmittag auf meinem Schreibtisch haben.«

»Ich werde heute Abend mit Horst Wiesner sprechen. Den Bericht bekommen Sie morgen früh.«

»Frau Sanders, ich habe Ihnen eine dienstliche Anordnung erteilt. Das Wort Sachleitungsbefugnis dürfte Ihnen ja wohl nicht unbekannt sein.«

Nach ihren letzten Worten war Lisa aufgestanden und zur Tür gegangen. Sie hatte nicht die Absicht, auf diesem Niveau weiter zu diskutieren. Außerdem merkte sie, dass sie kurz da-

vor war, ihre mühsam bewahrte Fassung zu verlieren. Aber jetzt drehte sie sich noch einmal um und kam zum Schreibtisch zurück.
»Nur um es ein für alle Mal klarzustellen, Herr Fehrbach. Ich verbitte mir in Zukunft jede Einmischung in meine Arbeit. Ich weiß, wie ich meinen Job zu machen habe. Ich brauche keinen Staatsanwalt, der mir ständig vorschreibt, was ich zu tun und zu lassen habe.«
»Dann werden Sie sich in Zukunft eben umstellen müssen.«
»Das werde ich nicht. Wenn es Ihrem Verständnis von Zusammenarbeit entspricht, dass Sie mich wie Ihren Laufburschen behandeln, werde ich mich bei Dr. Sievers über Sie beschweren. Wir hatten hier bis jetzt ein gutes Verhältnis zwischen Kripo und Staatsanwaltschaft. Ihr Vorgesetzter wird mit Sicherheit nicht erfreut sein, wenn er auf einmal das Gegenteil hören muss.«
»Augenscheinlich wird es höchste Zeit, dass Sie Ihr Verständnis von Zusammenarbeit revidieren.«
Es war wie eine Szene aus einem schlechten Film – ein muffiges Büro und ein altersschwacher Schreibtisch, über den hinweg sich zwei erwachsene Menschen anschrien. Eine Stimme in ihrem Inneren mahnte, auszusteigen aus dieser Spirale von gegenseitiger Schuldzuweisung, in die Fehrbachs Provokationen sie gezwungen hatte, aber sie fühlte sich außerstande.
»Haben Sie mich deshalb Dienstagnacht angerufen? Wollten Sie Ihren Triumph auskosten, dass Sie mich weiter gängeln können?«
Die Bemerkung war kindisch, aber Lisa spürte ein Hochgefühl in sich aufsteigen, als sie sah, dass ein Muskel an Fehrbachs Wange zuckte.
»Ich weiß nicht, was Sie meinen.«

»Ich habe Ihre Nummer auf dem Display erkannt. Verkaufen Sie mich also bitte nicht für dumm.«
»Ich habe einige Telefonate an diesem Abend geführt. Vielleicht habe ich mich dabei einmal verwählt.«
Eine Rechtfertigung passte nicht zu ihm.
»Ich weiß nicht, was Sie sich einbilden, Frau Sanders. Warum hätte ich Sie anrufen sollen?«
Von einer Sekunde auf die andere war die Luft bei Lisa raus. Der Schlafmangel machte sich bemerkbar, ein dumpfes Dröhnen erfüllte ihren Kopf. Das Läuten des Telefons gab ihr die Möglichkeit, Fehrbachs Büro endlich zu verlassen. Als sie zur Treppe ging, fiel ihr ein, dass sie ihn nach seinem Vater hatte fragen wollen.

Norbert Sievers reichte Fehrbach einen engbeschriebenen DIN-A4-Bogen.
»Der Brief ist von einem gewissen Thorsten Petersen. Er ist der Lebensgefährte von Susanne Wiesner und hat sich über Frau Sanders beschwert.«
Fehrbach las den Brief aufmerksam durch. »Wieso hast du ihn bekommen?«
»Keine Ahnung. Eigentlich wäre Södersen ja der richtige Adressat. Aber der Brief war an die Staatsanwaltschaft Kiel gerichtet.« Eine steile Falte erschien auf Sievers' Stirn. »Doch das ist im Moment nicht von Belang. Mich würde viel eher interessieren, was da passiert ist.« Er griff zum Telefonhörer. »Ich denke, ich sollte Frau Sanders zu diesem Gespräch dazu bitten.«
»Das ist nicht nötig«, widersprach Fehrbach. »Ich kann es dir auch erklären, ich habe gerade mit Frau Sanders gesprochen. Die Sache auf Sylt ist von vorne bis hinten schiefgelaufen, aber das war nicht ihre Schuld.«

Fehrbach erzählte von seinem Vater und der Kette unglücklicher Umstände, die seinem überstürzten Aufbruch von Westerland gefolgt war.
»Und warum hat Frau Sanders nicht dich angerufen?«, fragte Sievers irritiert.
»Weil sie wusste, dass ich im Krankenhaus war. Sie wollte mich nicht damit behelligen, und dafür bin ich ihr dankbar. Sie konnte ja nicht ahnen, dass ich dann doch nach Kiel zurückgefahren bin.«
Einen Moment lang blickte Sievers nachdenklich vor sich hin, dann legte er den Hörer auf die Gabel zurück. »Du hast recht, die Sache ist unglücklich gelaufen. Ich werde dem Mann eine entsprechende Antwort geben.« Er legte den Brief beiseite. »Eine Sache beschäftigt mich noch. Ich habe gehört, dass Frau Sanders die Wiesners persönlich kennt. Ich bin der Meinung, dass sie den Fall unter diesen Umständen nicht bearbeiten sollte. Södersen hat sich allerdings vehement für sie eingesetzt. Ich kenne Frau Sanders zu wenig, um das beurteilen zu können. Wie siehst du die Sache?«
»Herr Södersen hat recht, Frau Sanders ist ein Profi. Ich denke, sie ist durchaus in der Lage, Berufliches und Privates zu trennen.«
»Bist du dir wirklich sicher? Ein Wort von dir genügt, und ich werde Frau Sanders durch einen ihrer Kollegen ersetzen lassen.«
»Dazu besteht keine Veranlassung. Frau Sanders hat sich bis jetzt kompetent und umsichtig verhalten. Ich bin mir sicher, dass sie das auch in Zukunft tun wird.«

Luca und Uwe hatten das familiäre Umfeld der Wiesners unter die Lupe genommen und herausgefunden, dass es nur

zwei engere Verwandte gab, Wiesners Schwester Jana und seinen Cousin.
»Der Mann heißt Werner Mertens«, meinte Luca und grinste vielsagend. »Vielleicht kennst du ihn ja.«
Lisa überlegte und schüttelte dann den Kopf. »Der Name sagt mir nichts.«
»Dann solltest du vielleicht mal wieder ein bisschen fernsehen.« Werner Mertens war der Hauptdarsteller von Deutschlands bekanntester Telenovela. Seit zwei Jahren lief *Irrwege des Herzens* bei einem Privatsender und erreichte höchste Einschaltquoten. Luca erzählte, dass der Schauspieler aus den neuen Bundesländern stamme, wo er bis zur Wende zu den ganz Großen gehört habe. Nach seinem Umzug in den Westen habe sich allerdings niemand mehr für ihn interessiert. Erst vor sechs Jahren hatte Werner Mertens beruflich wieder Fuß gefasst. Er war ins Seriengeschäft eingestiegen und über Nacht bekannt geworden. Vor zwei Jahren hatte er das Angebot für die Hauptrolle in der Telenovela angenommen.
Nach der Wende hatte Mertens mit seiner Frau und seinem Sohn zuerst in Berlin gelebt. Vor elf Jahren waren sie nach Kiel gezogen, wo sie für das erste halbe Jahr Unterschlupf bei den Wiesners gefunden hatten.
Luca sah Lisa an. »Bist du sicher, dass du ihn nicht kennst?«
»Ganz sicher. Wann genau haben sie bei den Wiesners gewohnt?«
Luca blätterte in der Akte. »Von April bis Oktober 1996.«
»Im September 1996 ist Kerstin in die Staaten gezogen, daran kann ich mich noch erinnern. Aber ich glaube nicht, dass Horst mir jemals etwas von einem Cousin erzählt hat.«
»Du kennst Horst Wiesner sehr gut, oder?« Uwe hatte die Unterhaltung bisher schweigend verfolgt.

»Ich kenne ihn.« Luca hatte sie schon darauf vorbereitet, dass Uwe diese Frage irgendwann stellen würde, aber noch war sie nicht bereit, sie zu beantworten.

Uwes Gesichtsausdruck signalisierte, dass er sich nicht so leicht würde abspeisen lassen. Er setzte gerade zu einer erneuten Frage an, als die Tür sich öffnete.

»Moin.« Annette Bach betrat den Raum und legte zwei Hefter auf Lisas Schreibtisch. »Die Berichte der Rechtsmedizin und Kriminaltechnik im Tötungsdelikt Kerstin Wiesner.« So schnell es ging, verließ Södersens Sekretärin wieder den Raum. Lisa schickte ihr einen wütenden Blick hinterher und dachte erneut an die fadenscheinigen Ausreden, mit denen Annette Bach sich am Morgen herauszureden versucht hatte. Es war zum Auswachsen mit dieser Frau. Wenigstens hatte ihr Södersen in einem Gespräch unter vier Augen mitgeteilt, dass er sich nach diesem erneuten Fauxpas endgültig auf die Suche nach einer neuen Sekretärin gemacht habe.

Lisa griff nach den Heftern und begann, sich in deren Inhalt zu vertiefen.

Die Untersuchung auf Fremd-DNA und Faserspuren hatte kein Ergebnis gebracht, was zu befürchten gewesen war angesichts des starken Regens. Außerdem waren laut toxikologischem Befund weder Drogen noch Medikamente und auch kein Alkohol in Kerstins Körper nachgewiesen worden.

»Mist«, sagte Lisa deprimiert. »Ich hatte gehofft, dass es wenigstens aus dieser Ecke einen Hinweis gibt.« Sie kaute auf ihrem Kugelschreiber herum. »Wir müssen Kerstins Kindheit durchforsten. Bis zu ihrem Umzug in die Staaten. Vielleicht finden wir dort einen Anhaltspunkt.«

»Da dürftest du doch unsere beste Hinweisgeberin sein«, warf Uwe mit provokantem Ton ein.

Auch diesmal ging Lisa nicht auf die Herausforderung ein.
»Aber ich habe keinen ihrer Freunde gekannt. Wobei ich gar nicht weiß, ob sie überhaupt welche hatte. Sie war kein Kind, das schnell Freundschaften schloss. Und von Lehrern oder Klassenkameraden weiß ich erst recht nichts.«
»Na gut«, sagte Luca gedehnt. »Dann steht uns ja einiges bevor.«
Lisa bemerkte den warnenden Blick, den er Uwe zuwarf, und zu ihrer Überraschung hakte dieser tatsächlich nicht weiter nach.
»Nehmt euch ihre Schulen vor. Ich kann mich nicht mehr erinnern, auf welcher Grundschule Kerstin war. Ich weiß nur noch, dass sie danach auf das Humboldt-Gymnasium gegangen ist. Sprecht mit den Lehrern, Hausmeistern und so weiter und versucht ihre alten Klassenkameraden ausfindig zu machen.« Plötzlich fiel Lisa noch etwas ein. »Was ist eigentlich mit Horsts Schwester Jana Williams? Habt ihr die schon erreicht?«
»Bis jetzt noch nicht«, sagte Uwe, »aber wir bleiben dran.«

Der Set von *Irrwege des Herzens* befand sich in einer ehemaligen Fertigungsstätte für Laserdrucker am Stadtrand von Kiel.
Bei ihrer Ankunft wurde Lisa vom ersten Aufnahmeleiter in Empfang genommen. Da Werner Mertens gerade drehte, überbrückten sie die Zeit mit einem kleinen Rundgang über das Gelände.
Als Lisa später Mertens in seiner Garderobe gegenüberstand, stellte sie fest, dass Wiesners Cousin ein ausgesprochen gutaussehender Mann war. Seine eisblauen Augen bildeten einen interessanten Kontrast zu den weißblonden Haaren und der

dunkel gebräunten Haut. Vor allen Dingen aber hatte er mit seinen schlaksigen Bewegungen etwas Jungenhaftes, das ihm einen unzweifelhaften Charme verlieh und niemand vermuten ließ, dass man einen Mann von fünfundfünfzig Jahren vor sich hatte.

»Ja, das hier ist nicht Hollywood.« Mertens hatte beobachtet, wie Lisas Blick über die spartanische Einrichtung glitt. »Das Publikum glaubt immer, dass jeder von uns seinen eigenen Wohnwagen hat, natürlich mit allen Schikanen und dienstbaren Geistern, die einem jeden Wunsch von den Augen ablesen.« Er bot Lisa einen Stuhl an und nahm ihr gegenüber Platz. »Sie sind wegen Kerstin gekommen, stimmt's? Mein Sohn hat es mir am Dienstagabend gesagt. Er hatte es im Radio gehört. Wir sind alle sehr erschüttert.« Mertens' Gesicht war ernst geworden. »Wenn ich Ihnen irgendwie helfen kann, dann sagen Sie es mir bitte.«

Selbst seine Stimme war interessant, dieser ein wenig zu heisere Ton, der etwas Erotisches an sich hatte. Lisa rief sich zur Vernunft. Der Mann vor ihr war Schauspieler und als solcher gewohnt, Menschen für sich einzunehmen und mit Sicherheit auch zu manipulieren. Sie stellte das mitgebrachte Aufnahmegerät auf den Tisch und schaltete es ein. »Haben Sie Kerstin nach ihrer Rückkehr gesehen?«

»Nein. Ich habe gar nicht gewusst, dass sie wieder hier war. Wir haben keinen engen Kontakt zu den Wiesners.«

»Gibt es dafür einen besonderen Grund?«

»Überhaupt nicht. Man hat nur einfach viele Verpflichtungen, und da bleiben Beziehungen eben häufig auf der Strecke. Damit sage ich Ihnen ja bestimmt nichts Neues.«

Lisa fragte, ob er sich an Freunde aus Kerstins Kindheit erinnern könne.

»Leider nein, aber ich habe Kerstin ja auch kaum gekannt.«
»Sie haben doch mit Ihrer Familie 1996 ein halbes Jahr bei den Wiesners gewohnt. Wie ist es überhaupt dazu gekommen?«
»Ach, das ist eine lange Geschichte.« Mertens schlug die Beine übereinander. »Ich hatte damals das Angebot für die Hauptrolle in einer Krimi-Serie bekommen, die in Hamburg und Kiel spielen sollte. Da die Lebenshaltungskosten in Kiel niedriger waren, hatten wir uns entschlossen, hierherzuziehen. Außerdem hatte Horst uns angeboten, bei ihnen zu wohnen, bis wir etwas Eigenes gefunden hatten. Meine Frau und ich haben uns sehr darüber gefreut, denn unser Geld war damals sehr knapp. Ich hatte es nicht leicht nach der Wende, müssen Sie wissen. Ich habe nie die Rollen bekommen, die mir zugestanden hätten. In der DDR war ich ein Star, aber hier musste ich um jede Rolle kämpfen. Meine Frau hat uns all die Jahre über Wasser gehalten.« Mertens zuckte mit den Schultern. »Und dann hat sich das Serienprojekt zerschlagen. Zu dem Zeitpunkt hatten wir allerdings schon unsere Zelte in Berlin abgebrochen. Deshalb haben wir uns entschlossen, in Kiel zu bleiben. Nach unserem Auszug ist der Kontakt zu den Wiesners dann leider fast gänzlich abgebrochen. Ich habe häufig Theatertourneen unternommen und war monatelang nicht zu Hause. Und meine Frau hat sich ihre Praxis aufgebaut.«
»Ich weiß, dass es lange zurückliegt, aber können Sie sich vielleicht nicht doch an Kinder erinnern, die Kerstin damals besucht haben?«
Mertens' Gesicht nahm einen nachdenklichen Ausdruck an. »Also da waren bestimmt mal Kinder im Haus, aber um die haben wir uns nicht gekümmert. Wir hatten nun wirklich anderes zu tun.«

»Wie war Ihr Kontakt zu Kerstin?«
»Ach Gott, ganz normal. Wenn man das überhaupt Kontakt nennen kann. Das Haus der Wiesners ist groß, da läuft man sich nicht ständig über den Weg. Wenn wir uns gesehen haben, haben wir hallo gesagt, das war's dann auch schon.«
»Hat es keine Gelegenheit gegeben, bei denen alle zusammengekommen sind? Vielleicht gemeinsame Mahlzeiten?«, wollte Lisa wissen.
»Höchstens mal am Wochenende. Aber das war eher die Ausnahme.«
»Können Sie sich noch erinnern, worüber Kerstin bei solchen Zusammenkünften gesprochen hat?«
»Frau Sanders, ich bitte Sie! Das liegt elf Jahre zurück. Ganz abgesehen davon hat Kerstin sowieso nie viel gesagt. Sie war ein sehr zurückhaltendes Mädchen.«
»Wie würden Sie Ihr Verhältnis zu den Wiesners bezeichnen?«, hakte Lisa nach.
Für einen Moment wirkte Mertens irritiert. »Was Sie aber auch alles wissen wollen. Ich würde es als gut bezeichnen, auch wenn wir kaum noch Kontakt haben. Ich bin Horst und Susanne sehr dankbar für alles, was sie für uns getan haben. Ohne sie hätten wir damals auf der Straße gestanden.«
Es klopfte, und der Aufnahmeleiter betrat mit einer eindeutigen Geste auf seine Armbanduhr den Raum. Mertens stand auf. »Sorry, Frau Sanders, aber die Pflicht ruft. Falls Sie noch Fragen haben, wissen Sie ja, wo Sie mich finden.«
Lisa mochte es nicht, wenn man sie vor die Tür setzte. »Wo waren Sie eigentlich zur Tatzeit, Herr Mertens?«
Er war zu intelligent, um in die Falle zu laufen.
»Das könnte ich Ihnen sagen, wenn Sie mir verraten, wann die Tatzeit war.«

»Die Nacht von Samstag auf Sonntag, gegen Mitternacht.«
»Da war ich zu Hause. Wir haben hier Samstagabend unser Sommerfest gefeiert. Da ich eine anstrengende Woche hinter mir hatte und am nächsten Tag auch wieder früh rausmusste, bin ich allerdings nicht lange geblieben. Gegen zweiundzwanzig Uhr bin ich nach Hause gefahren.«
»Kann das jemand bestätigen?«, fragte Lisa.
»Sprechen Sie mit dem Security-Service. Die führen Buch darüber, wann jemand das Gelände betritt und wieder verlässt.«
»Hat Sie jemand gebracht, oder haben Sie ein Taxi genommen?«
Mertens lächelte zuvorkommend. »Weder noch, ich war mit meinem eigenen Wagen hier.«
»Obwohl eine große Feier stattfand?«
»Ich trinke keinen Alkohol. Warum soll ich dann also nicht mit meinem Wagen fahren?«
»Haben Sie noch mit Ihrer Frau gesprochen, als Sie zu Hause waren?«
Mertens schüttelte den Kopf und hob bedauernd die Hände. Die Geste wirkte einstudiert. »Nein. Wir haben getrennte Schlafzimmer.«
»Dann haben Sie also kein Alibi für die Tatzeit.«
»Das ist richtig«, bestätigte Mertens mit ruhiger Stimme. »Aber ich wüsste auch nicht, wieso ich eines brauche.«

Eine halbe Stunde später betrat Lisa die helle und lichtdurchflutete Praxis von Gudrun Mertens in bester Kieler Innenstadtlage. Schnell rief sie sich ins Gedächtnis, was Uwe ihr über Mertens' Frau mit auf den Weg gegeben hatte – Physiotherapeutin mit eigener Praxis und fünf fest angestellten Mit-

arbeitern, umfangreiche Zusatzausbildung im Bereich der traditionellen chinesischen Medizin.
Der junge Mann hinter dem Tresen wirkte verunsichert, als Lisa ihm ihre Dienstmarke hinhielt. Er versprach, nachzusehen, ob seine Chefin Zeit habe. Während sie wartete, sah Lisa sich interessiert um. Bei der Einrichtung der Praxis war offenkundig nicht am Geld gespart worden. Der große Empfangsbereich war in warmen Terrakotta- und Gelbtönen gehalten. Ausladende Korbsessel mit Auflagen in einem dezenten Streifenmuster wurden ergänzt durch filigrane Lederstühle in Swinger-Form. Der robuste Teppichboden aus hellem Sisal dämpfte jeden Schritt. Überall standen üppige Blumenarrangements herum.
Es dauerte nicht lange, bis der Angestellte zurückkehrte. Eine Frau folgte ihm. Sie streckte Lisa die Hand entgegen. »Ich bin Gudrun Mertens. Kommen Sie doch bitte in mein Büro, dort können wir ungestört miteinander reden.«
Lisa folgte ihr und musterte sie dabei unauffällig. Knapp ein Meter siebzig groß, schlank, halblange schwarze Haare, gehörte Gudrun Mertens zu jenem beneidenswerten Typ Frauen, die selbst in einem Kartoffelsack noch elegant aussehen würden.
»Sie kommen sicherlich wegen Kerstin Wiesner?«, fragte Gudrun Mertens, nachdem sie hinter ihrem Schreibtisch Platz genommen hatte.
Lisa fiel auf, dass Werner Mertens fast genau die gleiche Frage gestellt hatte.
»Ich kann Ihnen gar nicht sagen, wie fertig mich diese Sache macht«, fuhr Gudrun Mertens fort. »Das ist so furchtbar.«
»Haben Sie Kerstin gesehen, seit sie wieder hier war?«
»Nein, leider nicht.«

»Aber Sie wussten von ihrer Rückkehr?«
»Ihr Vater hat es mir erzählt. Er ist seit einigen Wochen bei mir in Behandlung. Wir hatten lange nichts mehr voneinander gehört. Ich habe mich gefreut, ihn wiederzusehen.« Gudrun Mertens schloss das Fenster, als draußen mehrere Motorräder vorbeiknatterten.
»Ihr Mann hat ausgesagt, dass er nichts von Kerstins Rückkehr gewusst hat. Wie kommt es, dass Sie nicht mit ihm darüber gesprochen haben?«
»Hat er das gesagt?« Gudrun Mertens runzelte die Stirn. »Komisch. Ich war mir sicher, dass ich es ihm erzählt habe. Aber vielleicht habe ich mich ja geirrt. Wir sind beide beruflich so eingespannt, da bleibt wenig Zeit für private Gespräche.«
»Sie sagten, dass Sie lange nichts mehr von Horst Wiesner gehört hatten. Wie war das mit seiner Frau?«
Gudrun Mertens' Aussage deckte sich mit der ihres Mannes. Der Kontakt sei im Alltag auf der Strecke geblieben. Als sie geendet hatte, legte sie für einen Moment die Hand über ihre Augen. Sie wirkte mitgenommen. »Mir ist fast das Herz stehengeblieben, als ich gestern Morgen von Kerstins Tod in der Zeitung gelesen habe.«
»Sie haben es aus der Zeitung erfahren?«, fragte Lisa ungläubig. »Ihr Mann hat ausgesagt, dass er es bereits seit Dienstagabend wusste. Wieso hat er Ihnen nichts davon erzählt?«
Gudrun Mertens verschränkte die Hände. »Ich weiß, dass es merkwürdig für Sie klingen muss. Werner ist häufig ... wie soll ich sagen ... ziemlich geistesabwesend. Ich schätze mal, dass es mit dem vielen Textlernen zusammenhängt. Man kann ihn auch nicht mit irgendwelchen Alltagssachen behelligen, die hat er in null Komma nichts wieder vergessen.«

»Frau Mertens, eine Verwandte von Ihnen wurde getötet. Das dürfte ja wohl kaum etwas sein, was man mal eben so vergisst. Ich finde es schon ziemlich befremdlich, dass Ihr Mann Ihnen nichts gesagt hat.«

»Vielleicht ... vielleicht musste Werner das Ganze auch erst einmal verarbeiten. Wie Sie schon sagten, ein Mordfall in der Familie, das geht einem doch nahe.«

»Wie hat Ihr Mann davon erfahren?« Lisa musste wissen, ob die Aussagen übereinstimmten.

»Unser Sohn hat es ihm erzählt.«

»Woher hat der es gewusst?«

»Niklas hat es im Radio gehört.«

»Wann?«

»Am Dienstagabend.«

»Aber auch er hat Ihnen nichts davon erzählt.«

»Das kann ich Ihnen erklären«, sagte Gudrun Mertens schnell. »Niklas hat versucht, mich zu erreichen, aber ich hatte das Handy ausgestellt, weil ich mit einer Freundin im Kino war. Also hat er es meinem Mann gesagt.«

»Der dann aber leider vergessen hat, Sie darüber zu informieren«, bemerkte Lisa sarkastisch.

»Sie sollten das nicht überbewerten, Frau Sanders.«

Lisa wusste nicht, was sie von Gudrun Mertens und dieser Aussage halten sollte. Aber sie beschloss, es für den Moment dabei zu belassen. Bevor sie ging, wollte sie noch wissen, ob Gudrun Mertens ihren Mann nach der Feier am Samstagabend gesehen habe.

Diese schüttelte den Kopf. »Ich bin sehr früh ins Bett gegangen und sofort eingeschlafen. Um halb zwölf musste ich zur Toilette und habe nachgesehen, ob mein Mann in seinem Zimmer war.«

»Und, war er?«
»Das Zimmer war leer. Aber Werners Wagen stand in der Einfahrt. Ich vermute, dass er hinten im Garten war. Da ist er bei schönem Wetter abends immer. Er liebt die Aussicht auf die Förde, besonders, wenn es dunkel ist.«
»Wo befinden sich Ihre Schlafzimmer?«, fragte Lisa.
»Im Erdgeschoss«, antwortete Gudrun Mertens. »Aber sie liegen nicht nebeneinander.«
»Sind Sie später noch einmal in sein Zimmer gegangen? Oder haben Sie etwas gehört?«
»Nein. Ich habe bis zum Morgen durchgeschlafen. Um neun Uhr bin ich aufgestanden.«
»Aber da haben Sie ihn gesehen.«
»Da war er schon wieder weg. Tut mir leid.«
»Am Sonntagmorgen?«, fragte Lisa zweifelnd.
Gudrun Mertens klärte Lisa darüber auf, dass die Produktion hing, wie es im Fachjargon hieß. Aufgrund der Krankheit einer Darstellerin hatte es Verzögerungen gegeben, so dass auch am Wochenende gedreht werden musste.

Horst Wiesner sah schlecht aus. Die rotgeränderten Augen lagen tief in den Höhlen. Als er Lisa erblickte, leuchteten sie für einen Moment auf. »Lissy!«
Lisa schloss ihn in die Arme. »Wie geht es dir?«
Seine Umarmung hatte etwas Verzweifeltes. »Es geht so.« Er schob sie ein Stück von sich. Sein Blick war intensiv. »Ich bin so froh, dass du da bist.«
»Lass uns in die Küche gehen.« Lisa löste sich von ihm und ergriff die beiden Einkaufstüten, die sie im Flur abgestellt hatte. »Ich koche uns einen schönen heißen Tee.«
»Das ist eine gute Idee. Das war schon früher unser Allheil-

mittel.« Wiesner folgte ihr in die Küche und starrte wie gebannt auf den großen Strauß Sonnenblumen, den Lisa auswickelte.

»Kerstin hätte doch heute Geburtstag gehabt.« Lisa suchte nach einer Vase. »Ich erinnere mich noch genau, wie sehr sie Sonnenblumen geliebt hat.«

»Daran hast du gedacht?« Wiesners Stimme drohte zu versagen.

Schnell redete Lisa weiter. »Außerdem hab ich ein bisschen was eingekauft. Ich schätze mal, du hast nichts im Haus.« Sie räumte die mitgebrachten Sachen in den Kühlschrank und legte das Obst und Gemüse in die Hängekörbe neben dem Küchenfenster.

»Ich weiß gar nicht, was ich sagen soll. Danke, Lissy.«

»Ich kann doch nicht zulassen, dass du verhungerst.« Lisa versuchte einen unbeschwerten Ton anzuschlagen und setzte das Teewasser auf. »Was möchtest du essen?«

»Im Moment nichts.« Als Wiesner ihren besorgten Blick sah, fügte er hinzu: »Ich mache mir später etwas.«

»Ich verlass mich auf dich«, entgegnete Lisa mit einem bemühten Lächeln.

»Lissy?« Wiesners Stimme klang drängend. Er wollte wissen, wie weit sie waren. Seine Verzweiflung war unübersehbar, als er erfuhr, wie wenig sie bis jetzt hatten. Lisa erwähnte die Gespräche mit Gudrun und Werner Mertens.

»Du hast mir nie von deinem Cousin erzählt.«

Wiesner schüttelte müde den Kopf. »Da gab es nichts zu erzählen. Der Kontakt war nie sehr eng.«

»Aber ihr habt die Familie doch damals aufgenommen.«

»Sie haben uns leidgetan. Gudrun und Niklas sind okay, aber Werner und ich haben uns nicht verstanden. Susanne kam

auch nicht mit ihm klar. Bis zur Wende hatten wir überhaupt keinen Kontakt. Nachdem sie dann bei uns eingezogen waren, habe ich sehr schnell gemerkt, dass Werner ein manipulativer Mensch ist, der ständig versucht, andere auszunutzen.«
Lisa ergriff Wiesners Hände. »Ich muss dir jetzt ein paar Fragen stellen. Ich weiß, wie schwer es für dich ist, aber du bist im Moment unsere letzte Hoffnung. Wir wissen, dass Kerstin an ihrem letzten Abend auf der Feier bei GEOMAR war. Was war das für eine Feier?«
»Das war so eine Art Abschiedsparty für die Jungs und mich. Das machen wir manchmal, wenn wir für längere Zeit auf Fahrt gehen.«
»Hast du auf der Feier mit Kerstin gesprochen?«
»Ja, aber nur kurz. Ich bin dann mit zwei Kollegen in mein Büro gegangen, und als wir zurückkamen, war Kerstin nicht mehr da.«
»Weißt du noch, wie spät es da war?«
»Das muss gegen Mitternacht gewesen sein«, sagte Wiesner. Er griff nach dem Teebecher und nahm einen großen Schluck.
»Was hast du dann getan?«
»Ich bin nach Hause gefahren.«
»Hast du danach noch was von Kerstin gehört?«
»Nein. Sie wollte am nächsten Morgen zum Schiff kommen und sich verabschieden. Als sie nicht erschien, habe ich vergeblich versucht, sie zu erreichen. Wir mussten dann auch los. Ich habe es noch mehrere Male über Satellitentelefon probiert, weil ich mir Sorgen gemacht habe. Ich war schon kurz davor, dich anzurufen und zu bitten, nach Kerstin zu sehen.«
»Warum hast du es nicht getan?«
»Weil ich mir schließlich gesagt habe, dass Kerstin vielleicht Wichtigeres zu tun hatte, als sich von ihrem alten Vater zu

verabschieden.« Wiesner blickte auf seine Hände, die fest um den Teebecher geschlossen waren. »Außerdem hatte ich Angst, dass du denkst, ich würde nur einen Vorwand suchen, um mit dir zu sprechen.«
Lisa merkte, wie sich das Schuldgefühl wieder einstellte. »Weißt du, wann Kerstin gegangen ist?«
Wiesner schüttelte den Kopf. »Als wir uns gegen zweiundzwanzig Uhr zurückgezogen haben, war sie noch da.«
»Hat sie gesagt, ob sie danach noch was anderes vorhatte?«
»Sie wollte nach Hause.«
»Wir fragen uns, was sie an der Blücherbrücke gemacht hat. Und wie sie dorthingekommen ist. Ihr Auto hat sie nicht benutzt, das stand noch am Düsternbrooker Weg. Taxi und Bus scheiden ebenfalls aus, das haben wir überprüft.«
»Vielleicht wollte sie zu Fuß nach Hause gehen.«
Lisa sah ihn nachdenklich an. »Gegen zweiundzwanzig Uhr hatte es angefangen zu regnen. Ich kann mir nicht vorstellen, dass sie bei diesem Schietwetter noch einen Spaziergang gemacht hat.«
»Kerstin hat es geliebt, im Regen spazieren zu gehen.« Ein trauriges Lächeln überzog Wiesners Gesicht.
»Denk bitte genau nach, Horst. Mit wem außer ihren Kollegen hatte Kerstin noch Kontakt? Wir haben ihr Handy nicht gefunden, und einen Festnetzanschluss hatte sie nicht, sonst hätten wir darüber vielleicht etwas herausbekommen können.«
»Ich weiß es nicht. Mir wird langsam bewusst, dass ich überhaupt nichts von meiner Tochter weiß.« Hilflos sah Wiesner sie an.
Der Name Peter Lannert sagte ihm nichts. Auch die Frage nach dem Armband vermochte er nicht zu Lisas Zufrieden-

heit zu beantworten. Er hatte das Schmuckstück zwar gesehen, was für Anhänger daran gewesen waren, wusste er jedoch nicht.
Lisa wollte wissen, was sie seit Kerstins Rückkehr unternommen hatten.
Sie seien einige Male essen gewesen und ins Kino gegangen. Einmal hätten sie einen Ausflug nach Fehmarn unternommen. Leider habe Kerstin nicht so viel Zeit für ihn gehabt, wie er es sich erhofft hatte.
»Ich hab nicht verstanden, warum Kerstin nicht hier wohnen wollte«, sagte Wiesner mit rauher Stimme. »Ich hatte ihr vorgeschlagen, ihr Zimmer zu renovieren. Sie hätte auch das Gästezimmer haben können, das ist größer als ihres. Aber sie wollte nicht.«
»Kerstin war eine erwachsene Frau und wollte sich ihr eigenes Leben aufbauen. Das ist doch völlig normal.«
»Aber sie hat doch nicht viel verdient. Hier hätte sie umsonst gewohnt. Und sie wäre auch nicht allein gewesen. Wir hätten zusammen kochen und uns alte Filme ansehen können, wie wir es früher getan haben.«
Für eine Weile hing jeder seinen Gedanken nach. Dann fragte Lisa nach den Jahren vor Kerstins Weggang.
»Mit wem war Kerstin damals befreundet? Kannst du mir irgendwelche Namen nennen? Von Freunden oder von Mitschülern und Nachbarskindern?«
»Ich weiß es nicht, verdammt noch mal!« Erregt stand Wiesner auf und ging zur Spüle hinüber. »Ich bin so ein erbärmlicher Vater gewesen.« Er wandte Lisa den Rücken zu, seine Schultern zuckten.
»Das stimmt doch überhaupt nicht.« Lisa sprang auf. »Hör auf, so etwas zu sagen.«

»Natürlich stimmt es. Du fragst mich nach Freunden meiner Tochter, und ich kann dir nichts sagen, weil ich mich nie darum gekümmert habe. Ebenso wenig, wie ich mich um Kerstin gekümmert habe.«

»Was soll denn dieses Gerede?« Lisa nötigte Wiesner, sich wieder zu setzen. »Hör auf mit diesen Selbstvorwürfen, das hat doch keinen Sinn.«

»Und alles nur wegen dieses Scheißjobs. Wenn ich einen anderen Beruf gehabt hätte, dann wäre ich auch öfter zu Hause gewesen.«

»Du hättest aber keinen anderen Beruf haben wollen. Du liebst ihn nämlich.« Lisa sah Wiesner eindringlich an. »Ich will dir jetzt mal was sagen. Du warst sicher nicht so häufig und regelmäßig zu Hause wie andere Väter, aber dafür war die Zeit, die du mit Kerstin verbracht hast, viel intensiver, als es in anderen Familien der Fall ist. Du warst der beste Vater, den Kerstin sich wünschen konnte. Du weißt doch, wie sehr sie dich geliebt hat. Hör bitte auf, dich so zu quälen.«

»Aber es ist die Wahrheit, Lisa«, sagte Wiesner resigniert. »Kerstin ist doch nur früher in die Staaten gegangen, weil ich wieder mal keine Zeit hatte.«

»Dann hat das mit den schulischen Problemen nicht gestimmt?«

»Doch, sie hatte Probleme, aber das war nur die halbe Wahrheit.« Wiesner starrte vor sich hin. »Es ging Kerstin damals nicht gut. Sie war bedrückt und hat häufig geweint. Sie war so verschlossen, Susanne und ich kamen überhaupt nicht mehr an sie ran. Wir dachten, dass es mit Susannes Krankheit zusammenhängt. Deshalb hatte ich eine Forschungsreise abgesagt, damit ich den Rest des Jahres in Kiel bleiben konnte. Aber dann ist der Kollege, der die Reise leiten sollte, schwer

krank geworden. Mein damaliger Vorgesetzter hat von mir verlangt, dass ich fahre. Er hat sogar mit Konsequenzen gedroht. Ich wusste nicht, was ich machen sollte. Irgendwann hat Kerstin ein Telefongespräch mitgekriegt.« Wiesner lachte bitter auf. »Am nächsten Tag ist sie zu mir gekommen und hat gesagt, dass ich fahren soll. Sie hat vorgeschlagen, zwei Jahre früher zu Jana zu gehen. Ich habe es in dem Moment für die beste Lösung gehalten. Ich wäre mindestens zwei Monate weg gewesen, und Susanne sollte für einige Wochen zur Reha. Wer hätte sich dann um Kerstin gekümmert? Zu der Zeit haben zwar die Mertens' bei uns gewohnt, aber ich wusste, dass Kerstin sie nicht besonders mochte. Ich wollte sie nicht allein mit ihnen zurücklassen.« Wiesner schloss für einen Moment die Augen. »Ich habe dann lange mit Susanne gesprochen. Ich wollte meinen Vorgesetzten bitten, mich im darauffolgenden Jahr für keine Reisen einzuteilen. Dann hätten wir Kerstin noch für einige Zeit zurückholen können. Mein Chef hat zugestimmt. Aber als es dann so weit war, wollte Kerstin nicht mehr zurück.« Wiesners Stimme wurde hart. »Das war schlimm für uns. Wir haben Kerstins Entscheidung nicht verstanden, aber wir wollten sie auch nicht zwingen, zurückzukommen.«
Und sie hatte gedacht, dass er seine Familie im Stich ließe, weil ihm die Situation endgültig über den Kopf gewachsen war. Sie hatte damals gerade einen neuen Freund gehabt, den Wiesner von Anfang an madig gemacht hatte. So wie er es mit jedem getan hatte und auch mit ihr, wenn sie versuchte sich endlich ein eigenes Leben aufzubauen. Sie hatte Wiesner aus ihrer Wohnung geworfen und gesagt, dass sie nie mehr etwas mit ihm zu tun haben wolle. Einige Wochen später hatte er die Reise angetreten.

Lisa spürte Wiesners Blick auf sich.
»Was ist, Lissy? Dir liegt doch etwas ganz schwer auf der Seele.«
»Unser Rechtsmediziner hat ältere Brandnarben an Kerstins Körper gefunden«, sagte sie stockend. »Er vermutet, dass sie von brennenden Zigaretten stammen. Weißt du etwas darüber?«
Sie hörte, wie Wiesner scharf die Luft einsog.
»Was sagst du da? Heißt das, dass sie jemand …«
»Das muss nicht bedeuten, dass jemand Kerstin gefoltert hat. Solche Verletzungen können Menschen sich auch selbst zufügen.«
»Aber doch nur, wenn sie psychisch krank sind«, sagte Wiesner erregt. »Was spinnt ihr euch denn da zusammen?«
»Wir spinnen uns gar nichts zusammen. Aber wir müssen herausfinden, wie es zu diesen Narben gekommen ist. Dr. Hesse meint, dass sie im Lauf der letzten Jahre entstanden sind. Könnte deine Schwester etwas wissen?«
»Ich weiß es nicht, ich werde sie fragen. Bis jetzt habe ich sie noch nicht erreicht. Ich habe ihr eine Nachricht auf dem Anrufbeantworter hinterlassen.« Wiesner stand auf und verließ den Raum.
Als er nach einiger Zeit zurückkehrte, wirkte er gefasster. Er wollte wissen, wann er Kerstin beerdigen könne. Lisa sagte, dass die Leiche freigegeben sei. Sie fragte, ob sie ihm bei den Vorbereitungen für die Beerdigung helfen könne.
»Nein, Lissy, das muss ich alleine machen. Das bin ich Kerstin schuldig.«
»Und was ist mit Susanne?«
Wiesner strich sich über die Stirn. »Wie geht es ihr?«
»Schlecht. Ich weiß nicht, was zwischen euch passiert ist, aber

ich finde, dass ihr jetzt zusammen sein solltet. Ihr müsst das gemeinsam durchstehen und euch gegenseitig Trost geben.«
»Susanne kann mir keinen Trost geben«, stieß Wiesner hervor. »Ich habe mir all die Jahre über etwas vorgemacht. Ich hätte sie niemals heiraten dürfen.«
»Willst du mir erzählen, warum ihr euch getrennt habt?«
»Susanne hat sich durch die Krankheit sehr verändert. Manchmal hatte ich den Eindruck, dass sie gesunden Menschen fast so etwas wie Hass entgegenbringt. Als ob sie etwas dafür könnten, dass das Schicksal es besser mit ihnen meint.« Wiesner starrte in die Dunkelheit hinter dem Fenster. »Außerdem hat sie mir vorgeworfen, dass ich sie nie geliebt habe, dass sie immer nur zweite Wahl war. Wir beide wissen, wie recht sie damit hatte.« Sein Blick wurde weich. »Ich wollte es dir schon viel früher sagen, Lissy, aber ich habe mich nicht getraut. Du warst so abweisend, als wir uns das letzte Mal gesehen haben. Deshalb habe ich dir auch nichts von der Fahrt erzählt. Dabei war ich nur gekommen, weil ich dir endlich sagen wollte, dass ich immer nur dich ...«
Lisa legte ihm die Hand auf den Mund. Es war nicht der richtige Zeitpunkt.
Wiesner ergriff ihre Hand und drückte einen Kuss auf die Innenfläche. »Ich bereue zutiefst, was damals geschehen ist. Ich habe alles kaputt gemacht.«
Sein Blick bat sie, zu bleiben, und auf einmal geriet sie in Panik. »Es ist spät. Ich bin todmüde.«
Wiesner sah sie unverwandt an, aber er schwieg.
»Ich komme morgen wieder.«
Wiesner nickte und stand auf. Für einen Moment hatte Lisa den Eindruck, dass er sie aufhalten wollte. Sie war erleichtert, als er es nicht tat.

Lisa legte den Weg ins Whistle voller Unbehagen zurück. Gerlach hatte die Kneipe in der Kieler Innenstadt als Treffpunkt vorgeschlagen, weil er sein neuerworbenes Wissen über Fehrbach nicht innerhalb der Diensträume mit ihr teilen wollte. Lisa hätte einiges dafür gegeben, den Termin zu verschieben, aber dann hatte sich doch ihre Neugierde durchgesetzt.
Das Whistle war brechend voll, und wie immer war der Geräuschpegel zu hoch für Lisas Geschmack. Sie entdeckte Gerlach an einem Zweiertisch in einer Ecke.
»Da bist du ja endlich!« Er wirkte aufgedreht. »Ich dachte schon, du kommst überhaupt nicht mehr.«
»Nur falls es dir entgangen sein sollte, es gibt auch Menschen, die arbeiten müssen.« Lisa nahm Platz und sah, dass Gerlach bereits zwei Gläser Rotwein bestellt hatte.
»Ich hab gehört, dass du die Tote und deren Familie kennst.« Gerlach fingerte am Stiel seines Glases herum. »Das ist ja eine ziemlich dumme Sache. Willst du den Fall behalten?«
»Natürlich will ich ihn behalten!« Sie hatte es so satt, es ständig zu wiederholen.
Gerlach rückte etwas näher zu ihr heran. »Vielleicht kann ich dich demnächst ja wieder unterstützen.« Er dämpfte seine Stimme. »Du glaubst nicht, was ich über Fehrbach herausgefunden habe. Der Mann hat über zwanzig Jahre in der Staatsanwaltschaft in Frankfurt gearbeitet. Er ist ziemlich schnell die Karriereleiter hochgestiegen. Man munkelt, dass sein gesellschaftlicher Status dabei eine nicht unwesentliche Rolle gespielt hat. Vor sieben Jahren wurde er Leitender Oberstaatsanwalt.« Gerlach grinste befriedigt, als er die aufkeimende Irritation in Lisas Augen sah. »Ja, du hast richtig gehört. Fehrbach war Leitender Oberstaatsanwalt. Und dann

kam der Knall. Im Februar wurde er zum Oberstaatsanwalt zurückgestuft.«

Plötzlich war Lisa hellwach. »Warum?«

»Weil unser werter Freiherr ein Säufer ist.« Triumphierend sah Gerlach sie an. »Deshalb haben sie ihn in Frankfurt zum Teufel gejagt. Er hat einen wichtigen Fall in den Sand gesetzt und war nicht mehr tragbar.«

»Weiß man, wie es dazu gekommen ist?«

Gerlach blickte verständnislos. »Was meinst du?«

»Wenn ein Mensch zum Alkoholiker wird, dann gibt es dafür doch Ursachen.«

»Vielleicht hatte er eine schwere Kindheit«, höhnte Gerlach. »Außerdem trägt er natürlich die Last eines Titels auf seinen Schultern. Nicht zu vergessen das viele Geld, das die Sippschaft haben dürfte. So was ist natürlich auch eine ganz schreckliche Bürde.« Er sah Lisas Blick. »Was guckst du mich so an? Willst du ihn etwa in Schutz nehmen?«

»Nein, das will ich nicht«, sagte Lisa bestimmt. »Weißt du denn, ob Fehrbach schon länger trinkt? Vielleicht hängt es ja mit dem Tod seiner Frau zusammen.«

»Keine Ahnung«, entgegnete Gerlach unwirsch. »Außerdem sind die Gründe ja nun wirklich scheißegal. Wichtig ist nur, dass Fehrbach Alkoholiker ist. So jemand kann doch nicht den Posten eines Oberstaatsanwalts übernehmen. Wir müssen etwas dagegen tun.«

»Moment mal«, sagte Lisa. »Woher willst du wissen, dass Fehrbach nicht längst eine Entziehungskur gemacht hat? Glaubst du wirklich, Sievers hätte ihn nach Kiel geholt, wenn er nicht trocken wäre?«

Gerlach schnaubte verächtlich. »Sievers! Ausgerechnet! Wir wissen doch mittlerweile, dass er und Fehrbach Studienfreun-

de sind. Sievers wollte seinem alten Spezi helfen, denn woanders hätte Fehrbach mit Sicherheit kein Bein mehr an Land gekriegt.«
»Das kann ich mir nicht vorstellen«, erwiderte Lisa ruhig. »Sievers ist ein integrer Mann. Wenn es wirklich stimmt, dass er Fehrbach nach Kiel geholt hat, dann können wir davon ausgehen, dass Fehrbach trocken ist.« Sie studierte Gerlachs Gesicht. »Woher weißt du das eigentlich alles?«
»Ich habe eben meine Kontakte«, sagte er grinsend und machte sich auf den Weg zur Toilette.
Nachdenklich blickte Lisa ihm hinterher. Alkoholismus. Sie hatte sich Fehrbachs Auftreten mit Arroganz, maßloser Selbstüberschätzung und einem ausgeprägten Snobismus aufgrund seines Titels und seiner gesellschaftlichen Stellung zu erklären versucht. Wofür sie allerdings keine Rechtfertigung fand, war die Sprunghaftigkeit in seinem Verhalten. Sie überlegte, ob Gerlach die Absicht hatte, die Sache breitzutreten. Bis jetzt hatte sie noch nie erlebt, dass er jemand aus seinem beruflichen Umfeld schaden wollte. Aber so, wie er im Moment drauf war, musste man mit allem rechnen.
Lisa kannte Gerlach jetzt seit über zehn Jahren. Bei mehreren Fällen hatten sie erfolgreich zusammengearbeitet. Ihre Kontakte waren überwiegend beruflicher Natur gewesen, aber das eine oder andere Glas Wein hatten sie nach langen Arbeitstagen schon miteinander getrunken. Lisa wusste, dass Gerlach Single war und bei Frauen nicht besonders viel Glück hatte. Sie sahen nicht den Mann in ihm, sondern den Kumpel.
Als Gerlach zurückkehrte, wollte er wissen, ob er mit Lisas Unterstützung rechnen könne.
»Unterstützung wobei? Um Fehrbach eins reinzuwürgen?«

Lisa schüttelte den Kopf. »Das kannst du vergessen.« Sie legte Gerlach eine Hand auf den Arm. »Mensch, Carsten, jetzt komm doch zur Vernunft. Du musst endlich akzeptieren, dass Fehrbach den Job bekommen hat. Du kannst doch nicht einfach hinter ihm herschnüffeln und dann auch noch Behauptungen aufstellen, von denen du überhaupt nicht weißt, ob sie der Wahrheit entsprechen.«
Gerlach stellte das Glas mit einem harten Ruck auf den Tisch und sah sich nach der Bedienung um. »Ich denke, wir sollten jetzt gehen.«

»Einen doppelten Whisky, bitte.«
Die junge Frau, die Fehrbachs Bestellung entgegennahm, war stark geschminkt. Sie bereitete den Drink und lächelte ihn herausfordernd an, als sie das Glas auf dem Tresen vor ihm abstellte. »Ich habe Sie hier noch nie gesehen.«
Fehrbach gab keine Antwort und schüttete den Whisky hinunter. Das Getränk brannte in seiner Kehle, bis sich die vertraute Wärme in seinem Körper auszubreiten begann.
»Noch einen?« Die Bedienung hatte ihn nicht aus den Augen gelassen.
Fehrbach nickte und leerte auch das zweite Glas in einem Zug. Die Auseinandersetzung mit Lisa ging ihm nicht aus dem Kopf. Es war unverzeihlich, wie er sich ihr gegenüber benommen hatte. Der zunehmende Kontrollverlust in ihrer Gegenwart verunsicherte ihn mittlerweile zutiefst. Und dann hatte sie auch noch seine Nummer erkannt. Sie hatte nicht den Eindruck erweckt, als ob sie ihm seine Erklärung abgenommen hätte.
»Sorgen?« Die Frau beugte sich über den Tresen zu ihm hinüber. Der Duft ihres schweren Parfüms hüllte ihn ein. Un-

willkürlich hielt Fehrbach die Luft an. Was für eine klischeebeladene Situation, dachte er.
»Ach, der Herr Oberstaatsanwalt.«
Im ersten Moment konnte Fehrbach die Stimme in seinem Rücken nicht zuordnen.
»Na, so ein Zufall, dass wir uns hier treffen. Nehmen Sie auch noch einen kleinen Schlummertrunk?« Die Genugtuung in Gerlachs Augen war unübersehbar. »Lisa, schau doch mal, wen wir hier haben.«
Lisas Gesicht war blass. Für den Bruchteil einer Sekunde begegnete sie Fehrbachs Blick, dann wandte sie sich grußlos ab.
»Na dann, einen wunderschönen Abend noch.« Gerlach grinste höhnisch und eilte hinter Lisa her.

Freitag, 20. Juni

Lisa stellte die Dusche auf kalt. Sie schnappte nach Luft und versuchte gleichmäßig durchzuatmen.
Eins, zwei, drei ...
Normalerweise schaffte sie es bis zwanzig. Heute nicht. Bei acht gab sie auf, kam bibbernd aus der Kabine heraus und griff nach einem Handtuch. Sie rubbelte sich trocken, bis ihre Haut zu glühen anfing. Während sie sich eincremte und dann in die herausgesuchten Kleidungsstücke stieg, grübelte sie wieder über den gestrigen Abend nach, der ihr eine unruhige Nacht beschert hatte.
Sie hatte Gerlach gefragt, ob er etwas gegen Fehrbach unternehmen wolle. Wie erwartet, hatte er es abgestritten. Sie hatte ihm nicht geglaubt und fühlte sich seitdem seltsam zerrissen. Umso mehr, als dass Gerlachs Anschuldigungen ja tatsächlich zu stimmen schienen. Fehrbach hatte ein Whiskyglas in der Hand gehalten und bestimmt kein Wasser daraus getrunken.
In Gedanken versunken bereitete sie sich ein schnelles Frühstück und machte sich dann auf den Weg zu Mertens' Sohn Niklas.
Bei ihrer Ankunft schloss Niklas gerade die Wohnungstür hinter sich. Mit Dienstmarke und sanfter Beharrlichkeit machte Lisa ihm klar, dass seine BWL-Klausur an diesem Morgen zweitrangig war. Widerstrebend ließ er sie schließlich ein. Im Wohnzimmer sah Lisa sich neugierig um. Mehrere Modellschiffe erregten ihre Aufmerksamkeit.
»Haben Sie die alle selbst gebaut?«
»Zusammen mit meinem Vater«, sagte Niklas einsilbig.

»Die sind wunderschön. Das ist bestimmt eine sehr zeitaufwendige Arbeit.« Lisa hatte die Erfahrung gemacht, dass sich eine Befragungssituation durch eine persönliche Anmerkung häufig besser beginnen ließ.
Bei Niklas Mertens funktionierte diese Taktik allerdings nicht. Er ging mit keinem Wort auf ihre Bemerkung ein, sondern machte nur eine vage Geste in Richtung der Couchgarnitur. Als sie Platz genommen hatte, setzte er sich ihr gegenüber. Lisa sah, dass er das rechte Bein von sich streckte, als wäre es steif. Bereits auf dem Weg ins Wohnzimmer war ihr aufgefallen, dass er stark humpelte.
»Ein Segelunfall«, sagte Niklas kurz, als er Lisas Blick gewahrte.
»Das tut mir leid. Ich hoffe ...«
»Das muss es nicht«, fuhr Niklas ihr über den Mund. »Ich komme schon damit klar.« Er lehnte sich zurück. Als er wieder sprach, klang seine Stimme keinen Deut freundlicher. »Was wollen Sie wissen?«
Lisa ließ sich nicht aus der Ruhe bringen. Sie musterte Niklas und stellte fest, dass er das jüngere Abbild seines Vaters war. Die Frauen mussten verrückt nach ihm sein. Sie fragte sich, ob das auch für Kerstin gegolten haben mochte. »Ihr Vater hat gesagt, dass Sie aus dem Radio vom Mord an Kerstin Wiesner erfahren haben. Es tut mir leid, dass es auf diese Weise geschehen ist. Wir haben erst nach der Pressekonferenz von Ihrem Verwandtschaftsverhältnis erfahren.«
Niklas murmelte etwas, das wie »schon okay« klang.
»Hatten Sie Kontakt zu Kerstin Wiesner, seitdem sie wieder in Kiel war?«
»Ja.« Er verschränkte seine Arme vor der Brust.
»Was genau heißt das?«

»Wir haben uns ein paarmal getroffen.«
»Dann sind Sie der Einzige aus Ihrer Familie, der sie nach ihrer Rückkehr gesehen hat.«
»Kann sein.«
»Wie war Ihr Verhältnis zu Kerstin?«
»Normal.«
Lisa sah ihn abwartend an. Als nichts weiter kam, hakte sie nach. »Könnten Sie das etwas genauer definieren?«
»Was wollen Sie hören?«
Täuschte sie sich, oder wirkte er auf einmal unsicher? »Waren Sie als Kinder miteinander befreundet?«
»Nee. Ich bin drei Jahre älter als Kerstin, ich konnte damals nichts mit ihr anfangen. Ich hab sie auch nicht oft gesehen. Ich bin nämlich bald zu einem Freund gezogen. Seine Eltern hatten ein großes Haus.«
Vier Sätze am Stück, nicht zu fassen. Ein eindeutiges Indiz, dass ihre Ahnung sie nicht getrogen hatte. Er war unsicher geworden.
»Erzählen Sie mir ein bisschen über Kerstin. Würden Sie sagen, dass sie eine Einzelgängerin war?«
»Das war sie. Ihr Vater und seine Arbeit, das war alles, was sie interessierte. Horst war ihr großes Vorbild. Wenn er zu Hause war, hing sie ständig mit ihm rum.«
Es schien Lisa, als hätte so etwas wie Eifersucht in diesen Worten gelegen. »Wie war Ihr Verhältnis zu Horst und Susanne Wiesner?«
»Ich kenne die beiden ja kaum. Horst war damals nicht häufig zu Hause. Und Susanne hatte Krebs, sie war dauernd im Krankenhaus. Nachdem wir ausgezogen sind, hatte ich überhaupt keinen Kontakt mehr.«
»Haben Ihre Eltern noch Verbindung zu den Wiesners?«

»Mag sein, ich weiß das nicht so genau.«

»Können Sie sich an Kerstins Freunde von damals erinnern?«

»Nee. Kerstin war außerdem nicht so der Typ für Freundschaften.«

»Waren denn nie andere Jugendliche im Haus?«

»Das weiß ich nicht. Wie schon gesagt, ich war ja die meiste Zeit gar nicht da.«

Lisa merkte, dass sie an dieser Stelle nicht weiterkam. »Wie haben Sie erfahren, dass Kerstin wieder in Deutschland war?«

»Sie hat mich angerufen und gefragt, ob wir uns nicht mal treffen wollen. Das haben wir dann getan.«

»Wie war das während Kerstins Auslandsaufenthalt? Haben Sie in dieser Zeit einmal etwas von ihr gehört?«

»Nein.«

»Als Sie Kerstin getroffen haben, was für einen Eindruck hatten Sie von ihr?«, wollte Lisa wissen.

»Sie war anders als früher.«

»Inwiefern?«

»Nicht mehr so verschlossen.«

»Wie oft haben Sie sich gesehen?«

»Vielleicht drei-, viermal.«

»Was haben Sie bei diesen Gelegenheiten unternommen?«

»Wir sind in die Disco gegangen und ins Kino.« Er stockte und schien noch etwas sagen zu wollen. Lisa verfolgte das plötzliche Mienenspiel, diese Fülle von wechselnden Emotionen. Als Niklas ihren forschenden Blick bemerkte, nahmen seine Züge wieder ihre Abwehrhaltung ein. Lisa wartete noch einen Augenblick, dann wurde ihr klar, dass der Moment vorüber war.

»Worüber haben Sie gesprochen?«, setzte sie das Gespräch fort.

»Über alles Mögliche. Über ihren Job bei GEOMAR, über mein Studium.«
»Hat Kerstin irgendwelche Bekanntschaften erwähnt, die sie nach ihrer Rückkehr geschlossen hatte?«
»Nein.«
»Sie sagten, dass Sie damals nichts mit Kerstin anfangen konnten, weil sie zu jung war. Wie war das jetzt? Haben Sie sich nach ihrer Rückkehr angefreundet?«
Niklas' Augen flackerten, ein trotziger Ton schlich in seine Stimme.
»Wir hatten keine Beziehung, falls Sie das meinen. Wir haben uns ein paarmal getroffen, das war alles.«
Lisa fragte sich, warum er auf einmal eine Verteidigungsposition einnahm. »Wo waren Sie in der Nacht von Samstag auf Sonntag? Genauer gesagt, gegen Mitternacht?«
»Das ist nicht Ihr Ernst!« Endlich kam Leben in Niklas. »Verdächtigen Sie jetzt etwa mich?«
»Herr Mertens, Sie wissen, dass ich diese Frage stellen muss.«
»Ich war hier. Allein. Das ist es doch, was Sie wissen wollen. Ich habe kein Alibi. Ich schreibe im Moment Klausuren, da sitze ich ziemlich viel über meinen Büchern. Mehr kann ich Ihnen nicht sagen.«
Lisa gab ihm ihre Karte und erhob sich. »Falls Ihnen noch etwas einfällt, rufen Sie mich bitte an.«
Niklas legte die Visitenkarte achtlos beiseite. Er humpelte zum Schreibtisch hinüber und griff nach seinem Rucksack. Der Verschluss war offen, einige Bücher fielen heraus. Niklas bückte sich und versuchte, sie aufzusammeln, was ihm einige Mühe zu bereiten schien. Sein Gesicht war schmerzverzerrt. Als Lisa ihm zu Hilfe kommen wollte, machte er eine abwehrende Bewegung. Trotzdem bückte sie sich und streckte fast

im selben Moment die Hand nach einigen Fotos aus, die aus einem Buch herausgerutscht waren.
Kerstin. Ein junger Teenager, der schüchtern in die Kamera lächelte – lange braune Haare, ein schlanker, aber schon voll entwickelter weiblicher Körper.
Niklas Mertens' Erklärung klang wenig überzeugend. Er habe die Bilder beim Aufräumen gefunden. Keine Ahnung, wie sie in seinen Besitz gelangt seien.
Lisa glaubte ihm kein Wort.

Uwe Grothmann hatte weitere Nachforschungen über Lannert angestellt und präsentierte sie Lisa bei ihrer Ankunft im Büro. Sie zog sich mit den Unterlagen hinter ihren Schreibtisch zurück und stellte fest, dass sie einen Teil davon schon aus der letzten Ausgabe von *new painting* kannte.
Peter Lannert war Grafiker und Layouter und hatte sich zusammen mit einem Freund vor über zwanzig Jahren mit einer Werbefirma selbständig gemacht. Bis heute war das Unternehmen eines der führenden in der Branche. Vor fünf Jahren hatte Lannert dann beschlossen, die Malerei zu seinem Beruf zu machen. Er hatte sich aus der Firma zurückgezogen, war aber stiller Teilhaber geblieben.
Seine Bilder hatten von Anfang an eingeschlagen, aber richtig bekannt geworden war er erst vor einem Jahr durch eine Auftragsarbeit für das Arts and Sailing Museum in San Francisco.
Über Lannerts Privatleben wusste man weniger. Selbst als er bekannt geworden war, hatte er verstanden, es aus den Schlagzeilen herauszuhalten. Mit fünfunddreißig Jahren hatte er eine Grafikerin und langjährige Mitarbeiterin seiner Firma geheiratet. Fünf Jahre später war die Ehe, die kinderlos geblieben war, wieder geschieden worden. Seine Ex-Frau hatte

ein Jahr später erneut geheiratet und lebte jetzt in London. Lannert hatte nicht wieder geheiratet. Über weitere Beziehungen war nichts bekannt.

»Ach, übrigens.« Uwe hatte Wasser geholt, um eine neue Kanne Kaffee aufzusetzen. »Wiesners Frau ist zurückgekehrt. Ich hab sie getroffen, als ich die Fotoalben geholt hab.«

Lisa hatte Wiesner gebeten, sämtliche Fotoalben aus Kerstins Kindheit herauszusuchen. Sie hoffte, dass sie hier vielleicht einen Hinweis finden würden, auch wenn sie nicht genau wusste, wonach sie eigentlich suchte.

»Was heißt zurückgekehrt?«

»Es sah so aus, als wäre sie wieder eingezogen«, antwortete Uwe. »Sie hat gesagt, sie könne ihren Mann jetzt nicht allein lassen. Ich habe bei der Gelegenheit gleich noch mal mit ihr gesprochen. Du hast ja gesagt, dass bei der ersten Befragung nicht viel rausgekommen ist.«

Lisa unterdrückte ihren aufsteigenden Ärger über Uwes Vorpreschen. Dann schalt sie sich eine Idiotin. Sie selbst würde nicht an Susanne herankommen, und sie hatte doch sowieso schon überlegt, welchen ihrer Kollegen sie zu ihr schicken sollte. »Was hat sie gesagt?«

»Als Kerstin nach Kiel zurückkam, hatte die Wiesner ihren Mann schon verlassen. Sie sagt, sie habe es Kerstin am Telefon mitgeteilt. Kerstin war wohl überrascht, aber sie hat gemeint, dass es bestimmt nur eine vorübergehende Krise sei. Susanne Wiesner sagt, dass sie am Tag von Kerstins Ankunft nicht zum Flughafen konnte, weil ihr Chef ihr nicht freigegeben hat. Die beiden Frauen haben sich dann am darauffolgenden Wochenende in Kiel in einem Café getroffen. Kerstin hatte in den ersten Wochen noch in ihrem Elternhaus gewohnt. Susanne Wiesner wollte sie nicht dort besuchen, weil sie keine

Lust hatte, ihrem Mann über den Weg zu laufen. Das Treffen hat einige Stunden gedauert.« Uwe versetzte der Kaffeemaschine einen schnellen Hieb, als sie kurzfristig ihre Tätigkeit einstellte. »Dann waren da noch zwei Verabredungen auf Sylt. Und sie hatten einen gemeinsamen Urlaub geplant. Im September wollten sie zwei Wochen nach Kreta fliegen. Von Lannert wusste Susanne Wiesner übrigens nichts. Auch nicht von anderen Freundschaften, die Kerstin nach ihrer Rückkehr vielleicht geschlossen hatte. Sie haben zwar häufiger miteinander telefoniert, aber Kerstin hat nie was erzählt. Susanne Wiesner hat gesagt, dass ihre Tochter schon als Kind sehr kontaktarm gewesen sei. Es hat da wohl nur eine engere Freundin gegeben. Die Wiesner konnte sich nicht an den Namen erinnern, aber sie wollte nachschauen, ob sie ihn noch in irgendwelchen alten Unterlagen findet.«

Eine Stunde später hatte Lisa die Vernehmungsprotokolle fertig und druckte sie aus. Während sie die Aussage von Horst Wiesner abheftete, versuchte sie ihr schlechtes Gewissen zu unterdrücken.
Sie hatte die Aussage um die privaten Details gekürzt. Nie im Leben hätte sie sich träumen lassen, dass sie einmal zu solch einer strafbaren Handlung fähig sein würde. Sie hatte Wiesner gebeten, ihre private Beziehung nicht an die große Glocke zu hängen, sollte er noch einmal von anderen Personen vernommen werden. Auf seine Nachfrage hin hatte sie ihm von Fehrbach erzählt und ihrer Angst, dass dieser ihr den Fall sofort entziehen würde, wenn er dahinterkäme.
Beim Blick auf die Uhr beschloss Lisa, den Gang in die Staatsanwaltschaft noch etwas hinauszuschieben. Fehrbach konnte warten, es war wichtiger, sich erst einmal die Fotoalben vor-

zunehmen. Außerdem scheute sie die Begegnung mit ihm, denn sie wusste nicht, wie sie sich ihm gegenüber verhalten sollte. Uwe war in der Zwischenzeit aufgebrochen, um Luca zu unterstützen, der Kerstins ehemalige Schulen abklapperte. Lisa seufzte, als sie die vier hohen Stapel auf ihrem Schreibtisch betrachtete. Nachdem sie das erste Album in Angriff genommen hatte, begann das Telefon zu klingeln. Es war Susanne Wiesner. Mit knappen Worten teilte sie ihr mit, dass sie zu ihrem Mann zurückgekehrt sei. Außerdem sei ihr der Name von Kerstins Schulfreundin eingefallen. Das Mädchen heiße Saskia Tannenberg, eine verwöhnte Göre aus reichem Haus.
Lisa gab die Anfrage in ZEVIS und INPOL ein, wurde aber von einem Klopfen unterbrochen. Sekunden später öffnete sich schwungvoll die Tür. Lisa erkannte den Mann, der sich suchend im Raum umsah und dann seinen intensiven Blick auf sie richtete, sofort. Allerdings hatte sie nicht die Absicht, sich das anmerken zu lassen.
»Entschuldigen Sie die Störung, aber ich suche Herrn Farinelli. Oder Herrn Grothmann.« Der Mann kam auf sie zu und reichte ihr die Hand. »Mein Name ist Peter Lannert.«
»Lisa Sanders. Ich leite die Ermittlungen.«
Lannert wirkte irritiert.
»Die Ermittlungen im Tötungsdelikt Kerstin Wiesner. Deshalb sind Sie doch sicher gekommen.«
Lannerts plötzliche Verlegenheit durchbrach die an Arroganz grenzende Selbstsicherheit, mit der er den Raum betreten hatte
»Ja ... Entschuldigung ...« Es war charmant, wie er ins Stottern geriet. »Das ist mir jetzt wirklich peinlich, aber ich hatte nicht damit gerechnet ...«

Lisa fiel ihm ins Wort. »... dass eine Frau die Ermittlungen leitet?«
Sie sahen sich an und begannen zu lachen.
»Oje, da bin ich jetzt aber wirklich ins Fettnäpfchen getreten.« Lannert setzte einen verzweifelten Gesichtsausdruck auf. »Können Sie mir noch einmal verzeihen?«
Überrascht stellte Lisa fest, dass sie ihn ausgesprochen anziehend fand. »Meine Kollegen sind im Augenblick nicht da, aber ich denke, ich kann Ihnen auch weiterhelfen.«
Peter Lannert war gekommen, weil er einige Kunstbücher gefunden hatte, die Kerstin gehörten. Da er ihre Familie nicht kannte, hatte er sich gescheut, sie dort vorbeizubringen. Er hatte die Hoffnung gehabt, dass Luca oder Uwe das für ihn übernehmen könnten.
Lisa nutzte die Gelegenheit. »Erzählen Sie mir etwas über Ihre Beziehung zu Kerstin.«
»Wir waren befreundet. Das habe ich bereits Ihren Kollegen gesagt. Mehr nicht.« Lannert gewahrte die Skepsis in Lisas Blick und lächelte leicht. »Sie glauben mir nicht, oder? Bei Ihren Kollegen hatte ich dasselbe Gefühl.«
»Ehrlich gesagt fällt es mir schwer«, gab Lisa zu. »Kerstin war eine sehr attraktive Frau.«
»Das stimmt«, bestätigte Lannert, »aber trotzdem hatten wir keine sexuelle Beziehung. Wir hatten eine sehr schöne Freundschaft. Vielleicht wollten wir das nicht aufs Spiel setzen.«
Er wirkte offen und ehrlich und hatte ein umwerfendes Charisma. Dennoch hatte Lisa das Gefühl, das er ihr etwas verschwieg. Deshalb nahm sie die Einladung zu seiner Vernissage an, die er am Ende ihres Gesprächs aussprach. Vielleicht würde sie auf diese Weise etwas mehr über ihn erfahren. Wenn

sie ehrlich war, wollte sie aber auch die Gelegenheit nutzen, den Mann kennenzulernen, dessen Bilder sie schon länger begeisterten, Verdächtiger hin oder her.
Eine Stunde später betrat Lisa das Gebäude der Staatsanwaltschaft.
»Das sind die Vernehmungsprotokolle von Werner Mertens, seiner Frau und seinem Sohn. Und von Horst Wiesner.« Während Lisa die Akten auf Fehrbachs Schreibtisch legte, spürte sie seinen Blick auf sich.
»Danke.« Er griff nach den Unterlagen, legte sie mit einer mechanischen Bewegung beiseite und deutete auf den Stuhl vor seinem Schreibtisch. Seine Anspannung war mit Händen greifbar.
Lisa kam seiner Aufforderung nicht nach. So schnell es ging, informierte sie ihn über das Gespräch mit Lannert. »Er hat mich zu seiner Vernissage am kommenden Mittwoch eingeladen. Ich werde hingehen. Vielleicht erfahre ich dort etwas, das uns weiterbringen kann.«
»Ja«, sagte Fehrbach, »das ist eine gute Idee.«

Zurück im Büro, verwarf Lisa den Gedanken, diesen Tag rot im Kalender anzustreichen.
»Hier, das hat die KT in Kerstin Wiesners Wohnung gefunden.« Uwe drückte ihr ein Buch in die Hand. Er hatte zusammen mit Luca Kerstins Grundschule und das Gymnasium abgeklappert, was ihnen eine längere Namensliste von ehemaligen Lehrern und Klassenkameraden eingebracht hatte.
Bei näherem Hinsehen entdeckte Lisa, dass es sich um einen Gedichtband von Hermann Hesse handelte. Uwe deutete auf die Widmung auf der ersten Seite.
»Ich denke oft an unsere schöne Zeit. In Liebe, Dietmar.«

»Baudin heißt Dietmar«, sagte Uwe mit Nachdruck. »Vielleicht sollten wir uns den Herrn jetzt doch noch mal etwas genauer anschauen.«
Sie gingen noch einmal die Aussagen der beiden Segler durch. Baudin und Connert hatten angegeben, dass sie bereits am 8. Juni in Kiel eingetroffen waren, weil sie vor Beginn der Kieler Woche noch etwas trainieren wollten. Laut ihrer übereinstimmenden Aussage hatte keiner von ihnen Kerstin gekannt.
»Hat Connert Chancen, einen Wettkampf zu gewinnen?«, wollte Lisa wissen.
»Sieht ganz danach aus«, erwiderte Uwe. »Für Peking hat er sich jedenfalls schon qualifiziert. Sein Trainer, dieser Baudin, kommt aus der DDR. Der war drüben mal ein ziemlich bekannter Segler. 1984 war er sogar für die Olympischen Spiele in Los Angeles nominiert, wurde dann aber kurz vorher wieder aus der Mannschaft genommen.« Auf einmal starrte Uwe wie hypnotisiert in den Computer. Er hatte Baudins Namen in eine Suchmaschine eingegeben. »Das gibt's doch nicht. Wieso haben wir das denn übersehen?«

Niklas Mertens war nicht zur Uni gefahren. Nachdem Lisa gegangen war, hatte er sich in seinen klapprigen Polo gesetzt und die Stadt verlassen. Er hatte kein Ziel gehabt, sondern nur einen Platz weitab von allen Menschen gesucht. Am Beginn der Eckernförder Bucht fand er schließlich eine einsame Stelle am Strand. Er setzte sich auf einen Stein und starrte aufs Wasser hinaus, ein Anblick, aus dem er normalerweise Kraft und Stärke zog.
Diesmal war alles anders.
Niklas griff nach seinem Rucksack und holte die Fotos von

Kerstin heraus, die er in einen kleinen Umschlag gesteckt hatte. Vorsichtig hielt er sie in den Händen, wie einen kostbaren Besitz, den es zu schützen galt.
Seit Wochen schon wollte er die Fotos verbrennen, so wie er alles in seiner Wohnung vernichtet hatte, was ihn an Kerstin erinnerte – die Bücher, die sie bei ihm deponiert hatte, einige Kleidungsstücke, ihre Kosmetikartikel, die Zahnbürste, den Kamm. Die Bücher hatte er in einem Anfall von Hass zerrissen, die Kleidungsstücke mit einer Schere zerfetzt. In dem Moment hatte er es wie einen Befreiungsschlag empfunden, aber schon nach kurzer Zeit war ihm klargeworden, dass er sich selbst betrog. In seinem äußeren Umfeld mochte es ihm gelingen, jede Erinnerung an Kerstin zu tilgen, aber in seinem Inneren, in seiner Seele hatte sie unauslöschliche Spuren hinterlassen.
Niklas begann in seinem Rucksack herumzukramen. Schließlich hatte er gefunden, was er suchte, und zog das kleine silberfarbene Feuerzeug, das er vor vielen Jahren von seiner Mutter geschenkt bekommen hatte, heraus. Er drehte sich weg vom Wind und hielt das erste Foto an die offene Flamme. Es dauerte einen Augenblick, bis es Feuer fing, aber dann fraß sich der Funke unaufhaltsam durch das Papier, bis nur noch ein kleiner Haufen Asche zurückblieb. Dem ersten Bild folgten vier weitere. Ihre Asche vermischte sich mit dem Sand und stob davon, wenn der Wind sie erfasste. Erst beim letzten Bild hielt Niklas inne, als würde er aus einer Trance erwachen. Mit einem lauten Aufschrei warf er das Foto in den Sand und versuchte das Feuer mit den Schuhen auszutreten.
»Kerstin, nein!« Voller Verzweiflung streute er Sand auf das Bild, als er sah, dass immer noch eine kleine Flamme daran

züngelte. »Bitte, lieber Gott, bitte!«, rief er erstickt, ohne zu wissen, worum er bat. Als er das Foto schließlich aus dem Sand zog, begann er zu weinen. Die Oberfläche war fast vollständig zerstört, sie wirkte wie abgeschmirgelt. Immer wieder strich Niklas mit den Fingern über die Stelle, an der sich einmal Kerstins Gesicht befunden hatte. Ihm war, als würde er erst in diesem Augenblick das ganze Ausmaß seines Verlustes spüren.

Wie immer war der Parkplatz des Hotels *Kieler Yacht Club* brechend voll. Kurz entschlossen ging Lisa zu einem der Streifenbeamten, die gerade einige Absperrgitter am Straßenrand aufstellten. Nach Vorzeigen ihres Dienstausweises konnte sie ihren Wagen direkt am Hindenburgufer parken.
Die Kollegen hatten alle Hände voll zu tun, denn morgen begann die Kieler Woche. Zehn Tage lang wollte Kiel SAILING CITY wieder einmal beweisen, dass sie die Welthauptstadt des Segelns und der fröhlich feiernden Menschen war.
»Ich hasse die Kieler Woche.« Mit gerunzelter Stirn beobachtete Uwe die Kollegen von der Schutzpolizei bei ihrer Arbeit.
»Dann solltest du dich vielleicht besser in eine andere Stadt versetzen lassen«, entgegnete Lisa bissig.
»Das könnte dir so passen.«
Luca seufzte innerlich. Er hatte diese Art von Schlagabtausch zwischen seinen beiden Kollegen nicht zum ersten Mal erlebt. Es begann ohne erkennbaren Auslöser mit mehr oder weniger subtilen Spitzen von einem der beiden, auf die der andere sofort einstieg. Schon häufig hatte er gedacht, dass es gerade dann losging, wenn wieder für einige Zeit Frieden geherrscht hatte. Als ob das ein Zustand wäre, den die beiden auf Dauer

nicht ertragen konnten. »Hört jetzt auf mit euren Kabbeleien. Lasst uns lieber reingehen.« Als sie sich dem Hoteleingang näherten, deutete er auf den Mann, der gerade herauskam. »Da ist er ja.«
Lisa trat Baudin in den Weg und zückte ihren Dienstausweis. »Lisa Sanders, Kripo Kiel. Ich leite die Ermittlungen im Tötungsdelikt Kerstin Wiesner. Wir hätten noch einige Fragen an Sie, Herr Baudin.«
»Ich bin ziemlich in Eile.« Baudin schaffte es nicht, seinen Unmut zu verbergen. »Ich habe Ihnen doch schon alles gesagt. Wie oft wollen Sie mich denn noch verhören?«
»So lange, bis alles geklärt ist.« Lisa lächelte unverbindlich. »Wo können wir ungestört miteinander reden?«
Statt einer Antwort ließ Baudin seinen Blick aufreizend langsam über ihren Körper wandern. Ein provozierendes Lächeln kräuselte seine Lippen, als seine Augen auf dem Schritt ihrer Jeans verharrten und dann demonstrativ über ihre Brüste glitten, die sich unter dem dünnen T-Shirt abzeichneten. Er fuhr sich mit der Zunge über die Lippen.
Lisa hatte derlei Machtdemonstrationen schon öfter erlebt. »Lassen Sie uns auf Ihr Zimmer gehen, Herr Baudin.«
»Ich fürchte, das geht nicht.« In einer maßlos übertriebenen Geste hob Baudin die Hände. »Dort ist gerade der Roomservice.« Er deutete auf den Eingang des Hotels. »Vielleicht sollten wir uns in die Lobby setzen?«
»Ich denke, in der Lobby ist es etwas zu öffentlich. Wir gehen auf Ihr Zimmer. Der Roomservice wird später noch einmal kommen müssen.« Lisa machte eine auffordernde Geste. »Nach Ihnen, Herr Baudin.«
»In Ordnung, Frau Kommissarin.« Er wirkte erstaunlich selbstsicher.

Zehn Minuten später war von dieser Selbstsicherheit nichts mehr zu spüren.

»Die Anklage gegen mich wurde fallengelassen.« Wütend herrschte Baudin Lisa an. »Und jetzt sagen Sie mir nicht, dass Sie das bei Ihren Recherchen nicht rausgefunden haben.«

»Natürlich haben wir das«, entgegnete Lisa ruhig. »Wir würden von Ihnen bloß gerne erfahren, warum.«

»Ach, stand das nicht im Internet? Das ist doch wieder typisch für diese Scheißmedien, egal, ob hier oder drüben. Schon damals haben sie sich auf alles gestürzt, wenn sie die Chance hatten, einen Menschen fertigzumachen. Aber wenn dann herauskommt, dass alles gelogen war, ist ihnen das natürlich keine Zeile mehr wert.«

»Moment mal.« Luca beugte sich auf seinem Stuhl nach vorn. »Jetzt mal der Reihe nach. Sie sind 1984 aus dem Kader der Segelmannschaft genommen worden, weil Sie angeklagt wurden, ein minderjähriges Mädchen sexuell missbraucht und vergewaltigt zu haben. Das Mädchen hat Anklage gegen Sie erhoben, und es wurde ein Verfahren eingeleitet.«

»Aber das Verfahren wurde eingestellt, weil ich unschuldig bin. Das, was in den Zeitungen stand, stimmte nicht. Die wollten mich doch einfach nur fertigmachen.«

»Dann erzählen Sie jetzt mal Ihre Version der Geschichte.«

Baudin strich über seine Glatze und holte tief Luft. Fast hilflos blickte er die drei Kriminalbeamten an. »Das Mädchen hieß Sabine Grossert. Sie gehörte zum Kader der Olympiamannschaft der Schwimmerinnen. Wir hatten damals ein Verhältnis, aber ich habe ihr niemals Gewalt angetan.«

»Wie alt war Sabine, als Ihre Beziehung begann?«, wollte Luca wissen.

»Fünfzehn.«

»Wie alt waren Sie?«
»Zweiundzwanzig.«
»Wann begann Ihr Verhältnis?«
»1982. Wir hatten uns auf einer privaten Feier kennengelernt. Seit damals waren wir zusammen.«
»Das heißt, dass Sie und Sabine Grossert schon zwei Jahre lang ein Paar waren, bevor es zu der Anklage kam.« Lisa wechselte einen kurzen Blick mit Luca. »Das müssen Sie uns erklären. Was ist da passiert?«
»Sabine wollte unbedingt zu den Olympischen Spielen nach Los Angeles, aber ihre sportlichen Leistungen waren nicht ausreichend. Als sie die Mitteilung bekam, dass sie nicht mitfahren würde, hat sie mich erpresst. Mein Onkel war der Trainer der Schwimmerinnen. Sie hat von mir verlangt, dass ich bei ihm ihre Teilnahme durchsetze, andernfalls würde sie mich fertigmachen. Ich habe das nicht ernst genommen.«
»Aber Sabine Grossert hat ihre Drohung wahr gemacht«, stellte Uwe fest.
»Als sie erfuhr, dass sie nicht gemeldet war, hat sie mich wegen sexueller Nötigung und Vergewaltigung angezeigt. Unzucht mit Abhängigen kam auch noch dazu. Sie hat das ganze Programm aufgefahren.«
»Wieso wurde die Anklage fallengelassen?«, fragte Uwe.
»Es kam heraus, dass wir bereits seit zwei Jahren eine Beziehung hatten. Wir hatten versucht es geheim zu halten, weil Sabine minderjährig war. Ich weiß, dass das hier im Westen nichts Ungewöhnliches ist, aber damals in der DDR war das etwas anderes. Jedenfalls haben es aber wohl doch einige mitgekriegt, was im Nachhinein Glück für mich war. Als es herauskam, ließ es Sabines Anklage natürlich in einem anderen Licht erscheinen. Sie war unglaubwürdig geworden. Sie wur-

de erneut befragt, verstrickte sich in Widersprüche und gab schließlich zu, dass sie alles nur erfunden hatte, um mich zu erpressen. Daraufhin wurde das Verfahren eingestellt.«
»Wie ging es dann weiter?«
»Gar nicht«, stieß Baudin bitter hervor. »Meine Karriere war zu Ende, bevor sie begonnen hatte. Ich denke, Sie wissen, wie das in solchen Fällen läuft. Etwas bleibt immer hängen. Wenn der gute Ruf durch eine solche Anklage erst einmal angekratzt ist, können Sie nichts mehr machen. Irgendjemand wird Sie immer schief ansehen und sich fragen, ob nicht doch etwas an der Geschichte dran war. Olympia fand ohne mich statt.«

Sabine Grossert wohnte in Magdeburg. Nach Lisas Anfrage sagten die dortigen Kollegen Amtshilfe zu. Sie wollten ein Foto und Informationen schicken. Lisa hoffte, dass es noch Unterlagen des damaligen Prozesses gab.
»Macht Schluss für heute«, sagte sie und setzte sich an ihren Schreibtisch. »Wir treffen uns morgen früh um acht und werden dann Kerstins ehemalige Lehrer und Klassenkameraden abklappern.«
»Und was ist mit dir?«, fragte Luca. »Willst du noch hierbleiben?«
»Ich will noch mal versuchen, diese Saskia Tannenberg zu erreichen. Vorhin ging niemand ans Telefon.« Lisa deutete auf die Alben. »Wenn ich sie nicht zu fassen kriege, nehme ich mir die Alben vor.«
»Sollen wir dir nicht dabei helfen?«
»Nein, sollt ihr nicht«, sagte Lisa energisch. »Wir sehen uns morgen.«

Es wurde später Abend, als Lisa nach dem letzten Fotoalbum griff. Sie las die Aufschrift auf dem Einband. Kerstins zwölfter Geburtstag. Sie lächelte, als sie die markante Handschrift erkannte. Gedankenverloren fing sie an zu blättern. Das Album enthielt nicht sehr viele Aufnahmen. Kerstin mit ihrer Mutter. Kerstin mit einem gleichaltrig aussehenden Mädchen. Saskia Tannenberg? Keine Bilder mit anderen Kindern. Das war ungewöhnlich. Lisa blätterte weiter. Die nächste Doppelseite war leer. Und doch mussten sich hier Fotos befunden haben, davon zeugten die vorhandenen Fotoecken. Sie zählte sie durch. Sechs Fotos fehlten. Das konnten die Bilder sein, die Niklas Mertens zu verstecken versucht hatte.
Als Nächstes folgten einige Bilder mit den Mertens'. Lisa stutzte und sah sich dann noch einmal die drei Fotos an, die Gudrun und Werner Mertens alleine zeigten.
Auf dem ersten Bild lachte Werner Mertens fröhlich in die Kamera. Die Miene seiner Frau dagegen wirkte versteinert. Auf dem zweiten versuchte er einen Arm um sie zu legen. Gudrun Mertens hatte den Blick abgewandt und schien die Umarmung abzuwehren. Am auffallendsten war jedoch das dritte Foto. Auf diesem war Gudrun Mertens alleine zu sehen. Ihr Blick war nach rechts gerichtet, auf etwas oder jemanden außerhalb des Bildrands. Und ihre Miene drückte unverhohlenen Abscheu aus.

Samstag, 21. Juni

Ein Tag, dessen erste Kommunikation mit den Worten »Sie schon wieder« beginnt, kann entweder nur besser werden oder irgendwann völlig den Bach runtergehen.
Lisa hatte die Begrüßung des Aufnahmeleiters ignoriert und sich allein auf die Suche nach dem Produktionsbüro gemacht. Dort erfuhr sie, dass Werner Mertens bis Dienstag drehfrei hatte. Wo er seine wegen einer dringenden Familienangelegenheit kurzfristig eingeforderten freien Tage verbrachte, konnte ihr niemand sagen. Lisa verließ den Set und fuhr zum Haus der Mertens' nach Kitzeberg. Dort erhielt sie von einem Nachbarn die Auskunft, dass die Familie nach Amrum gefahren sei.
Auch Lisas Kollegen, die das Fernsehteam auf Mertens' Alibi hin befragt hatten, konnten nur mit schlechten Nachrichten aufwarten. Auf der Sommerparty hatten zwar alle den Schauspieler gesehen, aber dennoch konnte niemand sagen, wann er gegangen war.
Trotzdem war Lisa nicht gewillt, klein beizugeben, und versuchte ein weiteres Mal, Saskia Tannenberg zu erreichen. Sie atmete auf, als wenigstens diese Bemühung von Erfolg gekrönt war.
»Die Kripo? Was hat Kerstin denn angestellt?« Ein unsicheres Lachen folgte, bevor Saskia weitersprach. »Ich bin heute Nacht aus dem Urlaub gekommen und den ganzen Tag zu Haus. Sie können kommen, wann Sie wollen.«
»Okay«, sagte Lisa. »Ich bin in einer halben Stunde bei Ihnen.« Sie rief Luca an und teilte ihm mit, dass sie später zu

ihm und Uwe stoße. Als sie ihr Handy einstecken wollte, begann es zu klingeln. Sie zögerte, als sie die Nummer auf dem Display sah, dann nahm sie den Anruf entgegen.
Fehrbachs Stimme klang müde und erschöpft. Er wollte wissen, ob es etwas Neues gab.
»Ich bin auf dem Weg zu einer alten Schulfreundin von Kerstin. Sie weiß noch nichts von dem Mord.« Lisa räusperte sich kurz. »Ich ... ich hasse es, Todesnachrichten zu überbringen.«
Als Fehrbach ankündigte, mitzukommen, wünschte sie, sie hätte ihre Zunge im Zaum gehalten.

Das große Haus in der Roonstraße strahlte den gediegenen Charme der Anfang des vergangenen Jahrhunderts gebauten Patriziervillen aus. Das dunkle Gemäuer war mit Efeu bewachsen, nur die weißen Rahmen der modernen Sprossenfenster stachen aus dem Grün hervor. Lisa parkte ihren Wagen am Ende der gekiesten Auffahrt direkt vor dem imposanten Säulenportal. Ihre Recherchen hatten ergeben, dass Saskia Tannenberg das Haus von ihren verstorbenen Eltern geerbt hatte.
Als Motorengeräusch hinter ihr erklang, drehte Lisa sich um und sah Fehrbachs Wagen, der die Auffahrt heraufgefahren kam. Bei Fehrbachs Anblick wenige Minuten später stieg völlig unerwartet Mitleid in ihr auf. Dunkle Schatten lagen unter seinen Augen, tiefe Falten ließen sein Gesicht ausgemergelt erscheinen. Er war unrasiert und machte einen völlig übernächtigten Eindruck.
»Waren Sie bei Ihrem Vater? Wie geht es ihm?«
»Lassen Sie uns hineingehen.« Fehrbach sah sie nicht an, als er an ihr vorbei zum Haus eilte und Sturm klingelte.
Es dauerte nicht lange, bis die Tür sich öffnete. Eine junge

Frau stand im Eingang und blickte sie unsicher an. Glänzendes schwarzes Haar fiel über ihre Schultern, die schlanke Figur steckte in engen Jeans und einem sonnengelben Bustier, dessen tiefer Ausschnitt ihre vollen Brüste betonte.
Lisa und Fehrbach wurden in die große Eingangshalle gebeten, an deren Ende eine geschwungene Treppe auf eine Galerie hinaufführte.
»Fehrbach?« Saskia Tannenberg musterte Fehrbach interessiert. »Haben Sie Verbindungen zu den Fehrbachs auf Gestüt Lankenau?«
Ein kurzer Ausdruck der Betroffenheit trat in Fehrbachs Gesicht. »Meine Familie.«
»Das ist ja toll.« Saskia Tannenberg strahlte ihn an. »Ich kenne Ihren Bruder. Andreas hat mir vor einigen Jahren Reitunterricht gegeben. Nimmt er jetzt auch noch Schüler an? Mein Studium hat mich so in Anspruch genommen, ich muss dringend wieder ein paar Reitstunden nehmen.«
»Das kann ich Ihnen nicht sagen.« Fehrbachs Stimme klang gepresst.
Saskia Tannenberg plauderte munter weiter. »Also wenn Sie den Andi sehen, bestellen Sie ihm bitte ganz liebe Grüße von mir. Und der Barbara auch. Ihre Stiefmutter ist so eine tolle Frau.«
Lisa sah, wie sich die Falten um Fehrbachs Mund vertieften, als er die Lippen aufeinanderpresste.
Sie folgten Saskia ins Wohnzimmer, wo ein kleiner Junge auf dem Fußboden saß und spielte.
»Was führt Sie denn jetzt eigentlich zu mir?«, fragte Saskia.
»Frau Tannenberg, wir sind in einer sehr ernsten Angelegenheit hier. Es geht um Kerstin Wiesner.«
Nach Fehrbachs Worten trat ein verwirrter Ausdruck in Saski-

as Augen. Sie setzte sich auf das Sofa, Lisa nahm im Sessel daneben Platz. Jäh überfiel sie Angst, dass Fehrbach die Nachricht von Kerstins Tod mit seiner gewohnten Kaltschnäuzigkeit überbringen würde. Doch bevor sie ihm zuvorkommen konnte, begann er zu sprechen. Seine Stimme klang ruhig und mitfühlend, er vermied jedes grausame Detail.
Nachdem Fehrbach geendet hatte, stand Saskia auf. Sie war kreideweiß geworden. »Würden Sie mich bitte einen Augenblick entschuldigen?« Sie lief aus dem Zimmer.
Fehrbach ging zur offenen Terrassentür hinüber. Er blickte hinaus in den Garten, in dem sich der Rasen bereits braun verfärbt hatte. Der Sommer hatte früh begonnen in diesem Jahr.
»Danke«, sagte Lisa mit leiser Stimme.
Fehrbach reagierte nicht. Er drehte sich erst wieder um, als Saskia ins Zimmer zurückkam. Ihr Gesicht war vom Weinen geschwollen, aber sie wirkte gefasst. Bevor sie sich erneut setzte, schaute sie nach ihrem Sohn, der noch immer vollkommen vertieft mit seinen Legosteinen spielte.
»Haben Sie Kerstin Wiesner nach ihrer Rückkehr gesehen, Frau Tannenberg?« Fehrbach setzte sich in den Sessel ihr gegenüber.
Saskia nickte. »Wir haben uns zweimal getroffen.«
»Wo war das?«
»Einmal waren wir hier, und einmal sind wir an der Förde essen gegangen.«
»Wie haben Sie erfahren, dass Kerstin zurück war?«
»Sie hat mich angerufen. Ich war sehr überrascht, denn wir hatten all die Jahre keinen Kontakt.«
»Worüber haben Sie sich während der Treffen unterhalten?«, wollte Lisa wissen.
»Kerstin hat gesagt, dass sie sich sehr freut, wieder hier zu

sein. Trotzdem schien sie mir bedrückt. Hätte ich sie bloß darauf angesprochen ...« Saskia schüttelte den Kopf. »Ich mache mir solche Vorwürfe. Nach unseren Treffen hat Kerstin noch einige Male versucht, sich mit mir zu verabreden, aber ich hatte Stress mit meinem Freund, und nach unserer Trennung bin ich mit meinem Sohn für einige Zeit in Urlaub geflogen. Ich habe mich nicht mal von Kerstin verabschiedet.« Sie schluchzte auf. »Ich hätte mir Zeit für sie nehmen müssen.«
»Haben Sie in den Gesprächen etwas von anderen Personen erfahren, mit denen Kerstin Kontakt hatte? Vielleicht von einem Freund?«, fragte Lisa.
»Sie hat mir etwas von einem Maler erzählt, den sie auf einer Vernissage kennengelernt hatte.« Saskia zog ein Taschentuch heraus und fuhr sich damit über die Augen. »Er hieß Peter Lannert. Kerstin schien ihn sehr zu mögen.«
»Wir haben ein Buch mit der Widmung eines gewissen Dietmar in Kerstins Wohnung gefunden. Haben Sie eine Ahnung, um wen es sich bei dieser Person handeln könnte?«
»War das zufällig ein Gedichtband von Hermann Hesse?«
Lisa nickte.
Saskia stieß ein unsicheres Lachen aus. »Das Buch habe ich Kerstin geliehen. Dietmar ist mein Ex-Freund.«
Wieder eine Spur, die ins Leere führte. Lisa holte das mitgebrachte Album aus ihrem Rucksack. »Es gibt in diesem Album einige Bilder, die mich irritieren. Vielleicht können Sie mir etwas dazu sagen.«
Saskia ergriff das Album und legte es in ihren Schoß. Einen Augenblick lang starrte sie es wortlos an.
Kerstins 12. Geburtstag, 19. Juni 1996
In einer plötzlichen Gefühlsaufwallung schleuderte sie das

Buch auf den Boden. »Dieser verdammte Geburtstag. Hätte es diesen elenden Tag doch nie gegeben.«

Lisa und Fehrbach wechselten einen kurzen Blick. »Was ist an diesem Tag passiert?«, fragte Lisa.

Saskia nahm ihren Sohn auf den Schoß, der bei ihrem Ausbruch zu weinen begonnen hatte. »Kerstin ist an diesem Tag vergewaltigt worden. Aber es ist nicht bei diesem einen Mal geblieben. Deshalb ist sie nach Amerika geflohen. Sie wusste sich nicht mehr zu helfen.«

Nach Saskias Worten legte sich eine drückende Stille über den Raum. Dann stellten Lisa und Fehrbach fast gleichzeitig dieselbe Frage.

»Wer war es?«

Saskia hob hilflos die Schultern. »Das wollte sie mir nicht sagen.«

»Erzählen Sie uns bitte, was damals passiert ist«, sagte Lisa ruhig. »Von Anfang an.«

»Ich hatte seit diesem Geburtstag das Gefühl, dass etwas mit Kerstin nicht stimmt. Ich habe sie gefragt, was los ist. Sie hat gesagt, es sei alles in Ordnung, aber danach hat sie sich zurückgezogen. Ich bin nicht mehr an sie rangekommen.« Saskia strich ihrem Sohn über den Kopf. »Etwa drei Monate später kam sie nicht mehr zur Schule. Wir wurden informiert, dass sie abgegangen sei, weil sie in die USA gehe. Ich hab das nicht verstanden. Wir waren doch Freundinnen. Wir haben uns immer alles erzählt. Ich wollte unbedingt vor ihrer Abreise mit ihr reden. Also bin ich nach der Schule zum Haus der Wiesners gefahren.« Saskia rieb sich die Schläfen. »Niemand hat auf mein Klingeln hin geöffnet. Da bin ich um das Haus rumgegangen und schließlich durch ein angelehntes Fenster reingeklettert.«

»Und dann?«

»Im Haus war es totenstill. Dann hörte ich plötzlich ein Geräusch und hab mich umgedreht. Ich sah, wie sich der Vorhang neben der Flurgarderobe bewegt hat. Dahinter war so eine Art Abstellraum. Ich hab allen Mut zusammengenommen und den Vorhang zur Seite gezogen. Kerstin hat hinter einem alten Koffer gekauert. Sie war vollkommen verstört. Ich hab sie in ihr Zimmer gebracht und mich zu ihr aufs Bett gesetzt. Es hat lange gedauert, bis sie sich alles von der Seele geredet hatte.«

»Was hat sie Ihnen erzählt?«, half Lisa behutsam weiter.

»Er ist an Kerstins Geburtstag zum ersten Mal in ihr Zimmer gekommen. Es war spät, und sie lag schon im Bett. Er hat sich auf die Bettkante gesetzt und angefangen, Kerstin zu streicheln. Dabei hat er immer wieder gesagt, wie wunderschön sie ist und wie sehr er sie lieben würde. Kerstin war zu Tode erschrocken. Sie konnte sich zuerst überhaupt nicht rühren. Dann hat er die Bettdecke weggezogen und ihr Nachthemd hochgeschoben. Er hat begonnen ihre Brüste zu streicheln. Kerstin hat versucht, ihn von sich zu schieben und aus dem Bett zu springen, aber er war zu stark. Sie hat versucht zu schreien, aber er hat ihr den Mund zugehalten. Als sie nicht aufhörte sich zu wehren, hat er so ein Klebeband aus seiner Hosentasche gezogen und Kerstin ein Stück davon über den Mund geklebt. Er hat auch ihre Hände und Beine an die Bettstäbe gefesselt. Kerstin hatte keine Chance, ihm zu entkommen.«

»Wer ist *er*, Frau Tannenberg?« Lisa verkrampfte ihre Hände im Schoß.

»Ich weiß es nicht. Ich habe Kerstin immer wieder gefragt, aber sie hat es nicht gesagt.«

»Das heißt, Kerstin ist über Monate von einem Mann missbraucht worden und hat sich niemandem anvertraut?«
Saskia sah Lisa hilflos an. »Ja.«
»Aber warum nicht?«, fragte Fehrbach dazwischen.
»Weil sie Angst hatte. Er hatte gedroht, ihr und allen, die sie liebt, etwas anzutun.«
»Aber sie hätte doch zu mir kommen können. Sie hat doch gewusst, dass ich bei der Polizei bin.« Lisa war aufgesprungen. »Warum hat sie nicht mit mir gesprochen?«
»Sie sind das! Jetzt verstehe ich! Sie sind die Bekannte von Kerstins Vater.« Saskia hatte sich in ihrem Sessel aufgerichtet. »Kerstin hat mir von Ihnen erzählt. Ich habe auf sie eingeredet, unbedingt mit Ihnen zu sprechen. Als ich sie endlich so weit hatte, dass sie auf Ihrer Dienststelle angerufen hat, wurde ihr gesagt, dass Sie auf einem Lehrgang sind. Und weil Kerstin nicht sagen wollte, worum es ging, hat man ihr auch nicht Ihre Nummer gegeben.«
Ein heftiger Schwindel erfasste Lisa. Hastig griff sie nach der Lehne des Sessels und ließ sich hineinsinken.
»Aber wieso hat sich Kerstin nicht einer anderen Person anvertraut?«
»Herr Fehrbach, Sie können mir glauben, dass ich alles versucht habe«, sagte Saskia. »Aber nachdem Kerstin Frau Sanders nicht erreicht hatte, hat sie sofort wieder dichtgemacht. Sie wollte mit niemand anderem sprechen. Und zwei Tage später war sie weg.«

»Es ist nicht Ihre Schuld!«
Lisa war in den Garten geflohen. Sie stand an den Stamm einer alten Eiche gelehnt, als würde sie Schutz unter dem mächtigen Blätterdach suchen.

»Frau Sanders! Hören Sie, es ist nicht Ihre Schuld.«
Langsam drehte sie sich zu Fehrbach herum. »Sagen Sie jetzt nicht, dass es eine Verkettung unglücklicher Umstände war.«
»Aber genau das war es«, sagte Fehrbach eindringlich. »Sie können doch nichts dafür, dass Sie zu dieser Zeit nicht in Kiel waren.«
»Vielleicht hätte ich alles verhindern können.«
»Es macht nicht den geringsten Sinn, jetzt darüber zu spekulieren. Sie waren nicht in Kiel. Dafür ist niemand verantwortlich zu machen, am allerwenigsten Sie selbst.«
Lisa wusste, dass Fehrbach recht hatte, aber keines seiner Worte würde ihr das Schuldgefühl nehmen können, das sie nach Saskias Worten ergriffen hatte. Es pochte tief in ihrem Inneren und wiederholte wie in einer Endlosschleife einen einzigen Satz: Vielleicht hätte ich alles verhindern können.

Nach ihrer Rückkehr ins Haus setzte Fehrbach die Befragung fort. Ihm war klargeworden, dass Lisa im Moment nicht in der Verfassung dazu war. »Sie sagten, dass die erste Vergewaltigung im Haus der Wiesners stattgefunden hat.«
Saskia nickte bestätigend.
»Hat Kerstin Ihnen erzählt, wie oft es danach zu weiteren Missbräuchen gekommen ist?«
»Sie hat gesagt, dass es ein- oder zweimal in der Woche passiert ist.«
»Aber das muss doch jemand im Haus mitbekommen haben. So etwas bleibt doch nicht unbemerkt.«
Saskia wischte sich über die Augen. »Ich weiß es nicht, Herr Fehrbach. Ich weiß es doch nicht.«
»Hat der Missbrauch ausschließlich im Haus der Wiesners stattgefunden?«

»Soweit ich weiß, ja. Kerstin hat gesagt, dass er immer in ihr Zimmer gekommen ist.«
»Dann muss es also jemand gewesen sein, der im Haus gewohnt hat.«
Saskia nickte eifrig. »Das habe ich damals auch vermutet. Ich habe es Kerstin sogar auf den Kopf zugesagt, aber sie hat nichts darauf erwidert.«
»Wenn ich mich recht erinnere, hatte Horst Wiesner zu der damaligen Zeit doch seinen Cousin und dessen Familie bei sich aufgenommen. Ist das richtig?«
Wieder nickte Saskia.
Somit hatten zu dieser Zeit drei Männer im Haus gewohnt – Werner Mertens, sein Sohn Niklas und ... Horst Wiesner.
Unwillkürlich sah Fehrbach zu Lisa hinüber, die sich tief im Sessel vergraben hatte. Ihr Gesichtsausdruck gab keinen Hinweis auf ihre Gedanken.

Anderthalb Stunden später lernte Fehrbach den bekannten Wissenschaftler und dessen Frau kennen. Nach Saskia Tannenbergs Aussage hatte er sich entschlossen, Kerstins Eltern sofort mit den neuen Erkenntnissen zu konfrontieren.
Horst Wiesner öffnete ihnen die Tür. Ein misstrauischer Ausdruck trat in seine Augen, als er Fehrbach erblickte. Zögernd blieb er im Hauseingang stehen, als wollte er seinen Besuchern den Eintritt verwehren.
»Horst, willst du Frau Sanders und ihren Begleiter nicht ins Haus bitten?«
Die schrille Stimme ließ Fehrbach zur Seite blicken. Eine Frau war um die Hausecke gekommen. Er vermutete, dass es sich um Susanne Wiesner handelte.
Nachdem Lisa Fehrbach vorgestellt hatte, ging Wiesner ins

Haus. Als er an seiner Frau vorbeikam, würdigte er sie keines Blickes. Fehrbach wunderte sich über die Kälte, die zwischen den Eheleuten herrschte.

Vor der Wohnzimmertür blieb Horst Wiesner stehen. »Ich möchte kurz mit Frau Sanders sprechen.« Er ergriff Lisas Hand. »Bitte, es ist wichtig.«

Fehrbach sah, wie Susanne Wiesners Blick gefror. Sie öffnete den Mund, drehte sich dann aber auf dem Absatz um und verschwand in einem Zimmer am Ende des Flurs.

»Macht es Ihnen etwas aus, kurz hier zu warten?«, fragte Wiesner.

Fehrbach setzte zu einer ablehnenden Antwort an, doch Lisa fiel ihm ins Wort.

»Bitte, Herr Fehrbach. Nur fünf Minuten.«

Er betrachtete ihr angespanntes Gesicht. »Also gut, fünf Minuten.«

Es kam ihm vor wie eine Ewigkeit. Die Wohnzimmertür war einen Spaltbreit offen geblieben. Fehrbach ging unwillkürlich darauf zu. Er hörte Wiesners gequälte Stimme.

»Lisa, mein Gott, Kerstin hätte auch unsere Tochter sein können.«

Fehrbach trat noch näher heran.

»Mir reicht's, ich gehe da jetzt rein.« Fehrbach hatte Wiesners Frau nicht kommen hören. »Sie möchten doch auch wissen, was da drinnen vor sich geht, sonst würden Sie wohl kaum an der Tür stehen und lauschen.«

Ihr Gesicht war ungeschminkt, die blonden Haare zu einem Pferdeschwanz zusammengebunden. Fehrbach dachte bei sich, dass die Frau vor ihm einmal sehr schön gewesen sein musste.

Susanne Wiesner wartete Fehrbachs Erwiderung nicht ab und

betrat das Wohnzimmer. »Wie rührend. Da sitzen die beiden doch tatsächlich Händchen haltend in meinem Haus herum.« Bei seinem Eintritt bekam Fehrbach gerade noch mit, wie Lisa von Wiesner wegrückte und sich hastig erhob.
»Frau Wiesner, ich denke, wir sollten sachlich bleiben und für den Moment alle persönlichen Dinge beiseitestellen.« Fehrbach räusperte sich. »Sie haben Frau Sanders auf eine Schulfreundin von Kerstin aufmerksam gemacht. Saskia Tannenberg.«
»Diese verwöhnte, reiche Zicke.« Susanne Wiesner hatte sich in einen Sessel gesetzt und drehte den langen Pferdeschwanz in ihren Händen. »O ja, an die erinnere ich mich lebhaft.«
»Frau Tannenberg hat uns etwas erzählt, was ein völlig neues Licht auf den Mord an Ihrer Tochter wirft.«
In kurzen Worten fasste Fehrbach die Aussage von Saskia Tannenberg zusammen. Nachdem er geendet hatte, wirkten Wiesner und seine Frau wie paralysiert.
»Zwei Tage vor ihrer Abreise hat Kerstin versucht, mich zu erreichen«, sagte Lisa mit gepresster Stimme, »aber ich war auf einem Lehrgang in München. Ich muss die ganze Zeit daran denken, was passiert wäre, wenn sie mir alles erzählt hätte. Vielleicht hätte ich dann alles andere verhindern können.«
»Wieso hat sie es mir nicht gesagt, ich bin doch ihre Mutter!« Drohend baute Susanne Wiesner sich vor Lisa auf. »Mit dir wollte sie also sprechen? Hat dir mein Mann nicht gereicht? Wolltest du mir auch noch die Tochter nehmen?« Hasserfüllt starrte sie Lisa an und stürzte dann aus dem Zimmer. Lisa folgte ihr zögernd. Als Poltern und Schreien zu hören waren, hastete Fehrbach auf den Flur hinaus.
»Rufen Sie einen Notarzt! Schnell!« Lisa kniete in der offenen Badezimmertür neben Susanne Wiesner. Diese lag am Boden,

und aus einer Kopfwunde sickerte Blut. Sie stöhnte und versuchte sich aufzurichten, sank aber immer wieder zurück. Tränen liefen ihr übers Gesicht. Beruhigend sprach Lisa auf sie ein.

Bis der Arzt eintraf, war es Fehrbach und Lisa mit vereinten Kräften gelungen, Susanne Wiesner in ihr Bett im Gästezimmer zu schaffen. Sie wirkte jetzt völlig apathisch und schien überhaupt nicht mitzubekommen, wie ihre Wunde versorgt wurde. Nachdem der Arzt ihr eine Beruhigungsspritze gegeben hatte, schlief sie augenblicklich ein.

»Interessiert es Horst Wiesner eigentlich überhaupt nicht, was mit seiner Frau passiert?« Gereizt schaute Fehrbach zu Lisa hinüber, die gerade den Notarzt verabschiedet hatte. Ohne eine Antwort zu geben verließ sie den Raum. Fehrbach folgte ihr ins Wohnzimmer, wo Horst Wiesner noch immer regungslos auf dem Sofa saß.

»Horst, es tut mir so leid.« Lisa zog einen Sessel heran und setzte sich Wiesner gegenüber. »Kann ich etwas für dich tun?«

Fehrbach runzelte die Stirn. Immer mehr begann sich die bisher vage Vermutung zu verdichten. Mit einer polizeilichen Befragung hatte das hier nichts mehr zu tun. Wie würde Lisa reagieren, wenn er seinen Verdacht ausspräche? Sie konnte doch nicht einfach so tun, als wäre Horst Wiesner als Verdächtiger auszuschließen. Vielleicht wirkte der Mann nur deshalb so gelähmt, weil er Angst hatte, dass jetzt alles ans Licht kam.

»Haben Sie es gewusst, Herr Wiesner?« Fehrbach ignorierte den entsetzten Blick, den Lisa ihm zuwarf.

»Was soll das? Wie kommen Sie auf die Idee, dass ...?«

Er ließ sie nicht ausreden, sondern wiederholte seine Frage.

»Haben Sie gewusst, dass Ihre Tochter damals missbraucht

worden ist? Haben Sie gewusst, dass Kerstin deshalb früher in die Staaten wollte?«

»Nein, das habe ich nicht.« Wiesners Stimme klang angestrengt.

»Natürlich hat er das nicht gewusst«, sagte Lisa aufgebracht. »Wie kommen Sie auf so eine ungeheuerliche Idee?«

Wut stieg in Fehrbach auf. »Würden Sie bitte einen Augenblick mit hinauskommen, Frau Sanders?« Ohne sie eines weiteren Blickes zu würdigen, verließ er das Wohnzimmer. Er musste einen Moment warten, bis Lisa ihm folgte. »Als was sind Sie eigentlich hier, als Privatperson oder als ermittelnde Beamtin in einem Tötungsdelikt?«

Erbittert sah Lisa ihn an, aber sie erwiderte nichts.

»Ich kann Ihr Verhalten nicht länger dulden. Es zeugt von einer Unprofessionalität, wie sie mir bisher noch nicht begegnet ist.« Fehrbach hatte Mühe, seine Stimme zu dämpfen. »Wir werden jetzt wieder hineingehen und mit Horst Wiesner sprechen. Und ich erwarte von Ihnen, dass Sie sich wie ein Profi verhalten.«

Lisa verhielt sich wie ein Profi. Sie überließ Fehrbach weiterhin die Gesprächsführung und hakte nur nach, wenn ihr etwas unklar war.

Horst Wiesner schien sich wieder etwas gefangen zu haben. Fehrbach klärte ihn darüber auf, wie wichtig es war, den damaligen Täter zu finden, weil es einen Zusammenhang zwischen den beiden Verbrechen geben könnte.

»Erzählen Sie mir, warum Kerstin zwei Jahre früher in die Staaten wollte. Waren Sie darüber nicht verwundert? Warum haben Sie und Ihre Frau dem zugestimmt?«

Wiesners Antwort war dieselbe, die Fehrbach schon in Lisas

Vernehmungsprotokoll gelesen hatte. Auch jetzt fragte er sich, ob es die ganze Wahrheit war.

»Wissen Sie, warum Ihre Tochter die Mertens' nicht mochte?«

Wiesner zuckte mit den Schultern. »Wir haben nie darüber gesprochen. Ich habe nur bemerkt, dass Kerstin Werner und Gudrun aus dem Weg gegangen ist. Bei Nicky war das etwas anderes. Ich glaube, Kerstin hat heimlich für ihn geschwärmt.«

»Wie oft haben Sie Ihre Tochter in Amerika besucht?«

»Nicht so häufig, wie ich es mir gewünscht hätte. Wir haben versucht einmal im Jahr rüberzufliegen, aber leider hat das nicht immer geklappt.«

»Welcher Kontakt bestand sonst noch?«, wollte Fehrbach wissen.

»Wir haben häufiger miteinander telefoniert und uns E-Mails geschickt.«

»Ist Kerstin in all den Jahren wieder einmal hier gewesen?«

»Nein. Meine Tochter hat ziemliche Flugangst gehabt. Das hat sie jedenfalls immer als Grund angeführt.« Wiesner strich sich erschöpft über die Augen.

»Schildern Sie uns bitte den genauen Ablauf von Kerstins zwölftem Geburtstag.«

Wiesner gab an, dass er erst am Abend nach Hause gekommen sei. Er habe sich auf einer Expeditionsfahrt befunden. Auf der Rückfahrt sei das Schiff in einen Sturm geraten und deshalb einen Tag später in Kiel angekommen.

»Ich glaube, ich war so gegen neunzehn Uhr zu Hause. Da war die Feier schon zu Ende. Meine Frau war sehr wütend auf mich, aber was sollte ich denn machen? Es tat mir doch selbst leid.«

»Wissen Sie, wer an der Geburtstagsfeier teilgenommen hat?«

Wiesner überlegte einen Augenblick. »Kerstin hatte Saskia Tannenberg eingeladen. Und die Mertens' waren dabei.«
»Sonst niemand? Keine weiteren Freunde, keine Schulkameraden von Kerstin?«, hakte Fehrbach nach.
»Nein«, sagte Wiesner bedrückt. »Meine Tochter war eine ziemliche Einzelgängerin. Meine Frau hat mir immer vorgeworfen, dass sie nach mir kommt. Es fällt uns beiden nicht leicht, Freundschaften zu schließen.«
»Wie ging es weiter, nachdem Sie eingetroffen waren?«
Wiesner erzählte, dass Saskia Tannenberg das Haus bereits verlassen hatte und die Mertens' schon in ihre Zimmer gegangen waren. Er und seine Frau hätten dann noch eine Zeitlang mit Kerstin zusammengesessen.
»Und dann sind wir irgendwann zu Bett gegangen. Ich war müde und erschöpft und wollte nur noch schlafen.«
»Ist Ihnen in dieser Nacht etwas aufgefallen? Haben Sie irgendwelche Geräusche gehört?«
»Nein. Ich war so kaputt, ich habe die ganze Nacht durchgeschlafen.«
»Liegen das Zimmer Ihrer Tochter und Ihr Schlafzimmer auf derselben Etage?«, fragte Fehrbach.
Wiesner schüttelte den Kopf. »Unser Schlafzimmer liegt im Erdgeschoss. Kerstins Zimmer befindet sich im ersten Stock.«
»Was war am nächsten Tag? Haben Sie da eine Veränderung an Ihrer Tochter wahrgenommen? Oder in den darauffolgenden Tagen und Wochen?«
Ja, sie hätten eine Veränderung wahrgenommen. Aber wie schon erwähnt, hätten sie diese genau wie die schulischen Probleme auf die Krankheit seiner Frau und seine häufige berufliche Abwesenheit zurückgeführt.
»Wie häufig haben Sie Ihre Tochter in dieser Zeit gesehen?«

Das sei unterschiedlich gewesen, erklärte Wiesner. An manchen Tagen sei er erst sehr spät nach Hause gekommen, da habe Kerstin bereits geschlafen. An anderen habe er das Büro früher verlassen, um etwas mit seiner Tochter zu unternehmen.
»Wissen Sie, Herr Fehrbach, ich habe oft keine Zeit für meine Tochter gehabt. Ich war nicht wie andere Väter pünktlich jeden Abend um sechs Uhr zu Hause. Mein Beruf hat dazu geführt, dass ein normales Familienleben häufig auf der Strecke blieb. Meine Frau konnte das nicht mehr akzeptieren und hat mich verlassen. Aber Kerstin hat das verstanden, denn sie hat meine Liebe zur Wissenschaft geteilt. Als sie den Posten bei GEOMAR bekommen hat, war sie überglücklich. Wir waren so etwas wie Seelenverwandte, mein kleines Mädchen und ich.«
Nachdenklich blickte Fehrbach ihn an. Dann wandte er sich an Lisa. »Ich denke, Sie sollten Herrn Wiesner die Fotos zeigen, auf die Sie aufmerksam geworden sind.«
Lisa holte das Album heraus und erklärte Wiesner ihre Überlegungen.
»Was findest du an den Fotos so außergewöhnlich?«, fragte Wiesner. »Gudrun hat öfter mal unfreundlich geguckt. Aber daraus jetzt einen Zusammenhang abzuleiten, dass sie etwas gesehen haben könnte …« Ein ungläubiger Ausdruck trat in Wiesners Augen. »Du willst doch jetzt nicht etwa andeuten, dass ihr Werner Mertens verdächtigt? Oder Niklas?« Fassungslos blickte er Lisa an. »Lissy, das kann nicht euer Ernst sein.«
Fehrbach fragte sich, ob Wiesner wirklich so naiv war, wie er gerade tat. »Laut Frau Tannenberg hat der Missbrauch Ihrer Tochter ausschließlich in diesem Haus stattgefunden. Das re-

duziert den Personenkreis der Verdächtigen doch ganz erheblich, finden Sie nicht?« Als Wiesner nichts erwiderte, fuhr Fehrbach fort: »Alle männlichen Personen, die damals hier gewohnt haben, kommen für den Missbrauch in Frage. Und jeder von ihnen kann auch den Mord an Kerstin begangen haben, aus Angst, dass Ihre Tochter endlich sagt, wer ihr das damals angetan hat.«
Wiesners Gesichtsausdruck war schwer zu deuten. Fehrbach fühlte die Erschöpfung in jeder Faser seines Körpers.

Ehe sie das Haus verließen, schaute Lisa noch einmal nach Susanne. Diese schlief immer noch tief und fest. Als Lisa schließlich mit schnellen Schritten zu ihrem Wagen ging, folgte Fehrbach ihr. Er hatte nicht die Absicht, sie diesmal wieder ohne eine Antwort davonkommen zu lassen.
»Wie gut kennen Sie Horst Wiesner?«
»Wir sind befreundet, das wissen Sie doch.« Sie mied Fehrbachs Blick.
»Hören Sie bitte endlich auf, mich für dumm zu verkaufen.«
Die nächsten Worte schienen sie Überwindung zu kosten.
»Wir waren einmal zusammen, aber das ist lange her. Jetzt sind wir nur noch gute Freunde.«
Verwundert stellte Fehrbach fest, dass er ihr glaubte. Sie versuchte Stärke zu demonstrieren und wirkte doch seltsam verloren, als würde sie einer langsam verblassenden Erinnerung nachtrauern. Das machte es ihm schwerer, seine nächsten Worte auszusprechen. »Wir müssen nach dem neuen Kenntnisstand davon ausgehen, dass es auch Horst Wiesner gewesen sein kann. Ich hoffe, dass Sie sich darüber im Klaren sind. Unter diesen Umständen muss ich Sie wegen Befangenheit ablehnen. Es tut mir leid, aber ich habe keine andere Wahl.«

»Das lasse ich mir nicht gefallen«, fuhr Lisa auf. »Das ist mein Fall, den lasse ich mir nicht wegnehmen. Schon gar nicht von Ihnen.«

»Jetzt seien Sie doch vernünftig. Sie müssen gegen Horst Wiesner ermitteln. Trauen Sie sich das wirklich zu? Was, wenn Sie Dinge herausfinden, die Sie niemals für möglich gehalten hätten? Was würden Sie dann tun?«

»Wollen Sie mir unterstellen, dass ich Sachen zurückhalten würde, um einen Freund zu schützen?«

»Ich will Ihnen überhaupt nichts unterstellen. Ich weise Sie nur darauf hin, zu welcher Belastung der Fall für Sie werden könnte. Davor können Sie doch nicht die Augen verschließen.«

»Es geht Ihnen doch gar nicht um den Fall. Sie sind froh, dass Sie endlich eine Möglichkeit gefunden haben, mich loszuwerden. Ich war Ihnen doch von Anfang an ein Dorn im Auge, weil ich nicht nach Ihrer Pfeife getanzt habe. Und jetzt konstruieren Sie einen wilden Verdacht gegen Horst Wiesner zusammen.« Lisa stieg in ihren Wagen und knallte die Tür hinter sich zu.

Fehrbach versuchte nicht, sie aufzuhalten. Er blickte ihrem Wagen hinterher, der mit quietschenden Reifen auf die Straße einbog und davonraste.

»Fehrbach hat recht, Lisa, du bist befangen. Erst recht nach dem, was ihr heute erfahren habt. Es ist nur vernünftig, wenn du den Fall endlich abgibst.«

»Na toll, jetzt fällst du mir auch noch in den Rücken.« Voller Unverständnis sah Lisa ihre Mutter an, zu der sie nach der Auseinandersetzung mit Fehrbach gefahren war. »Fehrbach hat Horst beschuldigt. Das kann ich doch nicht einfach so hinnehmen.«

Gerda Sanders hatte ihre Tochter selten so aufgewühlt gesehen. »Lisa, bitte. Ihr müsst in alle Richtungen ermitteln. Wie oft habe ich diesen Satz schon von dir gehört. Und das schließt Horst Wiesner mit ein. Wenn du nicht so verbohrt wärest, müsste dir das langsam auch mal klarwerden. Bei Missbrauchsfällen waren die Väter doch immer die Ersten, die du dir vorgenommen hast.« Gerda humpelte zum Küchentisch hinüber und setzte sich leise stöhnend auf den weißen Stuhl, der daneben stand. So schön der Ausflug mit Jakob Solberg auch gewesen war, ihrem Fuß hatte das stundenlange Gehen überhaupt nicht gutgetan.
»Aber dieser Fall ist doch völlig anders gelagert«, beharrte Lisa, »weil ich Horst kenne.«
»Das ist richtig, du kennst ihn.« Gerda griff zur Kaffeekanne und schenkte sich eine Tasse ein. »Aber wie gut kennst du ihn wirklich? Du warst neunzehn, als ihr euch getrennt habt. Er hat jahrelang jeden Kontakt zu dir abgeblockt, weil er dir eine Abtreibung unterstellt hat. Erinnere dich bitte daran, was du damals durchgemacht hast. Du hattest nicht nur eine Fehlgeburt hinter dir, du bist auch von dem Mann, den du heiraten wolltest, im Stich gelassen worden.« Gerda hob die Hand, als sie sah, dass Lisa zu einem Einwand ansetzte. »Das hättest du damals auch nicht von ihm erwartet, weil du geglaubt hast, du würdest ihn kennen.«
»Du hast ihn nie gemocht, Gerda. Und dein Vergleich hinkt. Außerdem haben Horst und ich uns schon lange ausgesprochen. Was willst du mir damit eigentlich sagen? Verdächtigst du ihn jetzt auch?«
»Es ist nicht richtig, dass ich Horst nicht gemocht habe«, stellte Gerda klar. »Ich habe ihm allerdings wirklich übelgenommen, wie er dich damals behandelt hat. Aber ich verdäch-

tige ihn nicht.« Sie zog einen kleinen Hocker heran und legte ihren Fuß darauf ab. »Ich will damit nur sagen, dass kein Mensch behaupten kann, er würde einen anderen ganz und gar kennen. Jeder Mensch hat Abgründe in sich, von denen niemand etwas weiß. Das solltest du in deinem Beruf doch am besten wissen.«
Verbissen starrte Lisa vor sich hin.
»Und wie soll es jetzt weitergehen?«, fragte Gerda.
»Fehrbach will mir den Fall entziehen. Er glaubt nicht, dass ich noch objektiv ermitteln kann. Seine Ansage war deutlich.«
»Wundert dich das, Lisa? Nach dem, was du mir erzählt hast, bist du diesmal eindeutig zu weit gegangen. Der Mann tut nur seine Pflicht, und du fällst über ihn her. Vollkommen unsachlich. So geht das nicht. Du musst dich bei ihm entschuldigen.«

Sonntag, 22. Juni

Und, stimmt es?«
Norbert Sievers klang angespannt. Beunruhigt blickte er Fehrbach an, den er vor einer knappen Stunde zu sich gebeten hatte.
Fehrbach faltete den Brief, den Sievers am frühen Morgen vor seiner Haustür gefunden hatte, langsam zusammen. »Ja.« Erst in der nachfolgenden Stille wurde ihm die ganze Tragweite dieses Wortes bewusst.
Ja. Ich habe wieder angefangen zu trinken. Ich habe alle gegebenen Versprechen gebrochen.
Plötzlich konnte er Sievers nicht mehr in die Augen sehen. Durch seinen Rückfall setzte er nicht nur seine berufliche Zukunft, sondern auch die von Sievers aufs Spiel.
»Warum, Thomas?« Sievers sank in seinen Sessel zurück. »Warum, um alles in der Welt?«
»Ich kann es dir nicht erklären.«
Es war die Wahrheit. Er war Alkoholiker, und er musste sich dieser Tatsache endlich stellen. Seit dem Tod seiner Frau schaffte er es nicht mehr, den Belastungen des Lebens ohne Alkohol standzuhalten.
Fehrbach faltete das Blatt Papier noch einmal auseinander. Die in großen Druckbuchstaben geschriebenen Sätze ließen an Deutlichkeit nichts zu wünschen übrig.
»FEHRBACH TRINKT WIEDER.
WENN SIE ES NICHT PUBLIK MACHEN, WERDE ICH ES TUN.«
»Ich verstehe das nicht«, sagte Sievers und sah Fehrbach resi-

gniert an. »Du hattest den Entzug beendet. Du warst trocken. Oder hast du mich damals angelogen?«

»Ich habe dich nicht angelogen. Als ich die Klinik verließ, war ich wirklich der Meinung, dass ich es geschafft hätte. Ich habe mich überschätzt. Es tut mir leid.«

»Wir müssen uns um Schadensbegrenzung bemühen«, sagte Sievers entschlossen. »Ich vermute, dass Gerlach den Brief geschrieben hat. Hast du eine Ahnung, wie er davon erfahren haben könnte?«

»Ich habe vor einigen Tagen den Anruf eines ehemaligen Kollegen aus Frankfurt erhalten«, sagte Fehrbach. »Er hat durch Zufall erfahren, dass jemand in meiner Personalakte rumgeschnüffelt hat. Wer außer Gerlach sollte das veranlasst haben?« Fehrbach griff zur Wasserflasche, die auf dem Tisch stand, und schenkte sich ein Glas ein. In hastigen Zügen leerte er es. »Außerdem hat Gerlach mich neulich in einer Kneipe gesehen.«

»Bist du jetzt vollkommen verrückt geworden?« Sievers fuhr aus dem Sessel hoch. »Wenn du unbedingt saufen musst, dann tu das gefälligst zu Hause, da bekommt es wenigstens keiner mit.«

»Ich weiß, dass es ein Fehler war. Glaubst du nicht, dass ich mir selbst schon genug Vorwürfe gemacht habe?«

Kopfschüttelnd sah Sievers ihn an. »Damit hast du Gerlach eine Steilvorlage geliefert. Das hast du wirklich gut hingekriegt.« Er stand auf und öffnete die Terrassentür. Einen Augenblick sah er hinaus, bevor er zum Tisch zurückkehrte. »Wenn wir nicht reagieren, wird Gerlach seine Drohung wahr machen. Und das dürfte schlimmer für dich werden, als wenn wir jetzt in die Offensive gehen.«

»Wie stellst du dir das vor?«

»Es gibt nur zwei Möglichkeiten. Entweder werde ich es den Kollegen mitteilen, oder du wirst es tun. Ich hoffe, dass du dich für die zweite Möglichkeit entscheidest. Das wäre nämlich auch zu deinem Besten. Du musst endlich lernen, dich offensiv zu deiner Krankheit zu bekennen. Und im Anschluss daran gehst du sofort wieder in den Entzug.«
»Können wir uns nicht auf einen Kompromiss verständigen?« Fehrbach rang um Fassung. »Ich werde den Kollegen morgen von meinem Alkoholproblem und dem anonymen Brief erzählen. Damit beugen wir allen eventuell entstehenden Gerüchten vor. Außerdem werde ich deutlich machen, dass du nichts von alldem gewusst hast.« Fehrbach blickte Sievers beschwörend an. »Aber lass mich den Fall zu Ende führen. Ich verspreche dir, dass ich danach sofort wieder in die Klinik gehe.«
»Das kommt überhaupt nicht in Frage«, sagte Sievers bestimmt.
»Bitte, Norbert. Ich werde keinen Tropfen mehr anrühren.«
»Und das soll ich dir glauben? Mensch, Thomas, du hast bereits in Frankfurt ein Disziplinarverfahren am Hals gehabt. Wenn du jetzt unter Alkoholeinfluss wieder irgendwelchen Mist baust, kann ich dich nicht mehr halten. Und ein zweites Verfahren würde dich endgültig deinen Job kosten. Willst du das wirklich riskieren?« Sievers fuhr sich mit den Händen durchs Haar. »Wer immer diesen anonymen Brief geschrieben hat, will dich fertigmachen. Es ist nicht auszuschließen, dass die betreffende Person an die Presse geht. Wir beide wissen, was dann geschehen wird. Nur wenn du den Fall abgibst und sofort in den Entzug gehst, kommen wir vielleicht noch mit halbwegs heiler Haut aus der Sache raus. Alles andere würde einen Imageschaden für uns bedeuten, mit dessen Aus-

wirkungen wir jahrelang zu kämpfen hätten. Es wäre auch für mich beruflicher Selbstmord.«

»Ich werde dich da nicht mit reinziehen.«

»Mein Gott, Thomas, jetzt sei doch nicht so naiv. Ich bin doch schon mitten drin. Wenn diese Sache hochkocht, wird über kurz oder lang rauskommen, dass ich von deinem Alkoholproblem gewusst habe. Und dann wird man mir einige sehr unangenehme Fragen stellen.«

Das Klingeln des Telefons zerriss die Stille des Morgens. Laut hallte es durch die Räume des Hauses, über denen seit dem Vortag ein lastendes Schweigen hing.

Susanne Wiesner lag im Bett und starrte an die Decke des kleinen Gästezimmers. Immer noch völlig benommen von den Nachwirkungen der Beruhigungsspritze, versuchte sie das aufdringliche Läuten zu ignorieren. Sollte Horst doch ans Telefon gehen. Dies hier war nicht mehr ihr Zuhause, das hatte Horst ihr brutal klargemacht.

»Was willst du hier?« Sein Gesichtsausdruck war feindselig gewesen, als sie am Freitag vor der Haustür gestanden hatte.

»Unsere Tochter ist tot. Findest du nicht, dass wir diese Situation gemeinsam durchstehen sollten? Wir müssen uns doch jetzt gegenseitig Kraft und Trost geben.« Sie trug ihren Koffer ins Haus und machte Anstalten, ihn ins Schlafzimmer zu bringen, aber ihr Mann packte ihren Arm und hinderte sie daran.

»Was soll das, Susanne? Ich brauche deinen Trost nicht. Verschwinde.«

»Aber ...« Einen Augenblick lang sah sie ihn hilflos an und griff dann erneut nach dem Koffer.

»Kein Aber. Ich will, dass du gehst. Verschwinde nach Sylt und lass dich von deinem Lover trösten.«

»Aber Thorsten kannte Kerstin doch gar nicht. Und außerdem ...« Ihr Stolz brach zusammen. »Ich bin so allein, Horst. Es geht mir nicht gut. Ich brauche dich.«
»Das hätte ich mir ja denken können, dass es wieder mal nur um dich geht. Du ödest mich an, Susanne. Die Trauer um Kerstin ist doch nur ein Vorwand. Hattest du nicht gesagt, das mit Thorsten sei die ganz große Liebe? Wieso tröstet er dich dann nicht?«
Die Verachtung in seiner Stimme war schwer zu ertragen, aber Susanne hätte ihn in diesem Moment sogar auf Knien angefleht, sie nicht wegzuschicken. »Horst, bitte, lass mich jetzt nicht allein. Ich weiß, dass ich Fehler gemacht habe. Ich hätte niemals gehen dürfen, das ist mir jetzt klar. Ich habe dich belogen und betrogen und nur an mich gedacht. Es tut mir so leid.«
»Hör endlich auf mit diesem Theater. Thorsten hat dich rausgeschmissen, oder? Und jetzt willst du in dein altes Leben zurück. Aber das funktioniert nicht, Susanne. Ich habe die Nase voll von dir.« Ein eiskalter Blick traf sie, dann ließ ihr Mann sie stehen. Sie versuchte ihn aufzuhalten.
»Ist es wegen Lisa?«
»Lass Lisa aus dem Spiel!« Aufgebracht schüttelte Wiesner ihre Hand ab.
»Es ist wegen Lisa.« Auf einmal wurde sie unglaublich wütend, weil das altbekannte Gefühl in ihr aufstieg – Eifersucht. Eifersucht auf diese verdammte Polizistin, die ihr Mann niemals aufgehört hatte zu lieben. Eifersucht auf dieses Miststück, das jetzt sicher in jeder freien Sekunde an seiner Seite war. Auch deshalb war sie zurückgekommen. Thorsten hatte ihr beigestanden, aber sie hatte gemerkt, dass es nicht sein Trost war, den sie jetzt brauchte. Weil ihr plötzlich klarge-

worden war, dass sie Horst immer noch liebte. Mehr denn je, jetzt, da sie Angst haben musste, ihn endgültig zu verlieren.
»Du kannst bis zur Beerdigung bleiben.« Wiesner ergriff ihren Koffer und trug ihn in das Gästezimmer im ersten Stock. »Danach verschwindest du.«
Während der folgenden Tage war er ihr aus dem Weg gegangen. Er hatte sich in sein Arbeitszimmer oder ins Schlafzimmer zurückgezogen. Oder in Kerstins Zimmer, zu dem er ihr jeden Zutritt verwehrte. Er hielt die Tür stets verschlossen und hatte sich um keinen ihrer wütenden Proteste gekümmert.
Susanne hatte es scheinbar hingenommen und nicht mehr darüber gesprochen, aber seitdem hatte sie fieberhaft überlegt, wo sie die Ersatzschlüssel der Zimmer das letzte Mal gesehen hatte.
Das Klingeln hörte nicht auf. Es bohrte sich mit einer beharrlichen Penetranz in ihren Kopf, bis sie es schließlich nicht mehr aushielt und aus dem Bett sprang. Für einen Moment geriet sie ins Taumeln und musste sich wieder setzen. Die Erinnerung an das gestrige Gespräch überfiel sie mit aller Macht. Ihre Tochter war missbraucht worden und hatte sich nicht einmal ihrer eigenen Mutter anvertraut. Fehrbachs Worte klangen ihr im Ohr.
»Frau Tannenberg hat uns erzählt, dass Sie damals Krebs hatten und sich aufgrund einiger Operationen und der Chemotherapie häufig im Krankenhaus aufhalten mussten. Wir gehen davon aus, dass Kerstin Sie in dieser Situation nicht noch mehr belasten wollte.«
War das wirklich der Grund gewesen? Hatte Kerstin nur deshalb mit Lisa sprechen wollen, um ihre Mutter zu schonen? Susanne hätte es so gerne geglaubt. Das würde es etwas er-

träglicher machen. Aber sie wusste auch, dass sie ihre Tochter über ihrer Krankheit sträflich vernachlässigt hatte.

Susanne begann zu frieren und streifte ihren Bademantel über. Vorsichtig trat sie auf den Flur hinaus und stieg die Treppe hinunter. Als sie unten ankam, war das Klingeln des Telefons verstummt.

Sie musste noch einmal mit Horst sprechen. Zitternd klopfte sie an die Schlafzimmertür, aber drinnen regte sich nichts. Als sie das Zimmer betrat, sah sie sich erstaunt um. Es war leer, das Bett sah unbenutzt aus. Susanne trat zurück auf den Flur. »Horst?« Da begann das Telefon erneut zu läuten. Sie schwankte einen Augenblick, ob sie rangehen sollte. Doch dann betrat sie das Wohnzimmer und nahm den Hörer ab.

Das Gespräch kam aus den USA. Susanne lauschte der Anruferin mit wachsender Spannung, bis nach ein paar Minuten die Leitung zusammenbrach. Als sie eine halbe Stunde später den Schlüssel in der Haustür hörte, lief sie aufgeregt auf den Flur hinaus.

Horst Wiesner war gerade dabei, seinen Jogginganzug auszuziehen. Er atmete keuchend, sein dünnes T-Shirt war durchgeschwitzt.

»Da bist du ja endlich.«

Er blickte misstrauisch hoch. Etwas in ihrer Stimme und ihrem Gesichtsausdruck schien ihn zu alarmieren. »Ist etwas passiert?«

»Deine Schwester hat angerufen. Sie hatte vor einigen Wochen einen schweren Autounfall und ist erst gestern aus dem Krankenhaus gekommen. Sie wollte wissen, wie es Kerstin geht.«

»Deshalb habe ich sie nicht erreicht.«

»Ich habe ihr gesagt, was passiert ist. Horst, sie wusste von der Vergewaltigung. Kerstin hat es ihr erzählt.« Noch immer war Susanne so aufgewühlt von dieser Eröffnung, dass sie den Blick, mit dem ihr Mann sie plötzlich anstarrte, überhaupt nicht registrierte. »Jana hat gesagt, dass sie der Polizei helfen kann. Sie will mit dem nächsten Flieger kommen. Bevor ich weiter fragen konnte, wurde die Verbindung unterbrochen. Ich habe es noch ein paarmal versucht, aber ich bin nicht mehr durchgekommen.« Susanne ging zur Garderobe hinüber und suchte in ihrer Jackentasche nach den Zigaretten. »Wenn das stimmt, dann weiß Jana vielleicht, wer Kerstin das damals angetan hat. Da könnte es doch eine Verbindung geben. Vielleicht ist der Mann von damals Kerstins Mörder.« Sie hatte die Schachtel gefunden und zündete sich mit zitternden Fingern eine Zigarette an. »Meinst du nicht auch?« Sie bekam keine Antwort. Als sie sich umdrehte, sah sie, dass ihr Mann den Raum verlassen hatte.

Das Haus lag auf einer Anhöhe an der Straße nach Stöfs. Fünfzig Meter über dem Meer bot es einen atemberaubenden Blick über den Großen Binnensee und die dahinterliegende Ostsee. In einiger Entfernung konnte man Hohwacht erkennen, dahinter ging der Blick bis hin zum Fehmarnbelt. Lankenau lag nur wenige Kilometer entfernt im Hinterland.
Es war ein altes Haus, vor über hundert Jahren im Friesenstil erbaut. Ein spitzer Zwerchgiebel erhob sich über dem Eingang, das Reet auf dem langgestreckten Dach war alt, aber in tadellosem Zustand. Die Wände waren aus rotem Ziegelstein gemauert, in den Scheiben der weißgerahmten Fenster spiegelte sich das Licht der Sonne.
Es lag drei Monate zurück, dass Fehrbach den Verkauf in die Wege geleitet hatte. Es war ihm nicht leichtgefallen, denn das

Haus gehörte zum Erbe seiner Mutter. Sie hatte es zur Hochzeit von ihrem Vater geschenkt bekommen, der aus einem der ältesten Adelsgeschlechter Deutschlands stammte, dessen Wurzeln sich bis ins englische Königshaus zurückverfolgen ließen.
Vor vier Wochen hatte der Makler endlich einen Interessenten gefunden. Der Unternehmer aus Süddeutschland hatte für sich und seine Familie ein angemessenes Feriendomizil an der Ostsee gesucht. Man war sich schnell einig geworden, im nächsten Monat wollte der neue Besitzer einziehen.
Auf der Fahrt redete Fehrbach sich ein, dass er nur noch einmal nach dem Rechten sehen wollte. Er hatte die B 202 ab Kiel genommen; die Straße war kaum befahren, er drückte das Gaspedal durch.
Das schattenspendende Grün der dichtbelaubten Kastanien und Eichen gab der Straße an vielen Streckenabschnitten das Aussehen einer alten Allee. Zwischendurch wurde immer wieder der Blick auf Felder freigegeben, die sich in sanften Wellen zu beiden Seiten der Straße erstreckten. Aber Fehrbach hatte keinen Blick für die Schönheit der Natur.
Am Beginn des Selenter Sees wurde seine rasende Fahrt gestoppt. Ein Mähdrescher war aus einem Feldweg gebogen. Immer wieder versuchte Fehrbach das Gefährt zu überholen, ein aussichtsloses Unterfangen angesichts der kurvenreichen Strecke und des stärker gewordenen Gegenverkehrs. Schließlich gab er es auf und bemühte sich, die Gedanken zu ordnen, die nach dem Gespräch mit Sievers Amok liefen. Es gelang ihm nicht.
Als er das Hupen hinter sich hörte, schrak er zusammen und bemerkte, dass der Mähdrescher abgebogen war. Erst im letzten Moment nahm er die Abzweigung nach Lütjenburg wahr. Er passierte die Schill-Kaserne und suchte dann die Straße

nach Behrensdorf. Es dauerte einige Zeit, bis er sie fand. Verwundert stellte er fest, wie sehr sich die Straßenführung verändert hatte.

Fehrbach hatte sein Ziel fast erreicht, als er plötzlich innehielt. Er parkte den Wagen am Straßenrand und kletterte über den Zaun, der den Fußweg von den sattgrünen Wiesen trennte. Langsam ging er hinunter zum Großen Binnensee. Nach kurzem Suchen hatte er die altvertraute Stelle gefunden. Der von hohem Schilf umgebene Steg war verfallen, die Badestelle daneben fast zugewuchert. Hier hatte er Andreas das Angeln beigebracht.

Fehrbach bückte sich und ließ den feinen Sand durch seine Finger rieseln. Das tiefblaue Wasser des Sees glitzerte in der Sonne, kein Windhauch kräuselte die Oberfläche. Er konnte der Versuchung nicht widerstehen. Eilends schlüpfte er aus seinen Sachen, sprang ins Wasser und schwamm mit kraftvollen Zügen ein Stück hinaus.

Das Wasser war kühl und erfrischend. Fehrbach legte sich auf den Rücken und ließ sich treiben. Am Himmel hatten sich Federwölkchen gebildet. Die Stille war überwältigend. Nur hin und wieder wurde sie unterbrochen vom Quaken eines Entenpaars, das den Eindringling in sein Revier argwöhnisch beobachtete, vom leichten Plätschern des Wassers, wenn ein Fisch an die Oberfläche sprang.

Nach einer Weile schwamm Fehrbach ans Ufer zurück, wo er noch eine Zeitlang sitzen blieb. Schließlich griff er nach seinen Kleidungsstücken und zog sich an. Am Wagen angekommen, blickte er noch einmal zum See hinunter.

Eine Wolke hatte sich über die Sonne geschoben. Sie verdunkelte den strahlenden Sommermorgen und ließ ein Frösteln in Fehrbach aufsteigen.

Die Wochenenden waren das Schlimmste, allein in dieser Stadt, in der Uwe Grothmann außer den Kollegen noch immer niemanden kannte, obwohl er jetzt bereits seit einem halben Jahr hier lebte. Dass er an diesem Zustand ganz allein die Schuld trug, war ihm bewusst. Seit seiner Scheidung hatte er einen Panzer um sich gelegt und begegnete vor allem Frauen mit äußerstem Misstrauen.

Uwe war froh, dass sie an diesem Wochenende durch die Ermittlungen eingespannt waren und ihm keine Zeit für Gedanken an sein ödes Privatleben blieb. Die Befragungen des Vortags waren ergebnislos geblieben. Am Nachmittag war Lisa zu ihnen gestoßen und hatte sie über die neuen Erkenntnisse und das Gespräch mit den Wiesners informiert. Sie war aufgewühlt gewesen, hatte jedoch kein Wort über den Grund dafür verloren, nicht einmal Luca gegenüber, mit dem sie sonst alles besprach.

Am Morgen hatte Uwe vier weitere Mitschüler aus Kerstins ehemaligem Gymnasium aufgesucht. Auch hier hatte er nichts Neues erfahren. Er zog eine Liste aus seiner Hosentasche und hakte die letzten Namen ab. Unentschlossen sah er sich um und überlegte, was er mit dem Rest des Tages anfangen konnte. Vielleicht sollte er zum Tirpitzhafen gehen, wo die Marine an diesem Wochenende ihre Open-Ship-Veranstaltungen durchführte. Der Besuch auf den verschiedenen Kriegsschiffen wäre sicherlich interessant. Vorher würde er allerdings noch eine Kleinigkeit an der Kiellinie essen. Kurz entschlossen lenkte er seine Schritte in Richtung Wasser, bekam allerdings schon nach kurzer Zeit erhebliche Zweifel, ob seine Entscheidung richtig gewesen war. Dort unten war nämlich der Teufel los. Während der Kieler Woche war die beliebte Hafenpromenade einer der Treffpunkte der Stadt. Über die

ganze Länge waren Stände und Buden aufgebaut, die den Ausblick auf das Ostufer mit den Werftanlagen der Howaldtswerke und den großen Portalkränen fast gänzlich versperrten.
Als plötzlich ein Kleinkünstler wie aus dem Nichts auftauchte und versuchte, Uwe in seinen atemberaubenden Jongleursauftritt mit einzubeziehen, wurde es ihm zu bunt. Unwirsch wimmelte er den Mann ab und suchte nach einer Möglichkeit, zum Düsternbrooker Weg zu gelangen. Aber er fand keine, und so reihte er sich ergeben in den Strom der Menschen ein. An einer Würstchenbude blieb er schließlich stehen und sah sich vorsichtig um. Der Jongleur war verschwunden, sicher hatte er in der Zwischenzeit ein anderes Opfer gefunden. Erleichtert bestellte Uwe eine Currywurst mit Pommes und ein alkoholfreies Bier und setzte sich an einen der langen Tische.
»Du bist wirklich das Letzte.«
Die wütende Stimme ließ Uwe aufblicken. Einige Plätze entfernt entdeckte er Connert, der gerade Anstalten machte, aufzustehen. Ein junger dunkelhaariger Mann mit einem feingliedrigen Körperbau und einer Tätowierung am rechten Oberarm saß neben ihm und versuchte, ihn festzuhalten.
»Meine Güte, Basti, du bist vielleicht eine Mimose. Ich dachte, du freust dich, dass wir uns wiedersehen.«
Die Stimme des Mannes klang amüsiert. Mit einer affektierten Bewegung stand er auf und folgte Connert, der sein Plastikgeschirr zu einem Mülleimer brachte. Uwe sah, dass der Unbekannte erneut nach Connert griff, und dessen zornrotes Gesicht, als er die Hand abschüttelte.
Uwe beschloss, den beiden zu folgen. Connert hatte ihn nicht gesehen, da war er sich sicher. Es war nicht ganz einfach, sie im Auge zu behalten, aber Uwe war Beschattungen dieser Art

gewohnt. Während Connert und der unbekannte Mann in Richtung Ostseekai gingen, schienen sie in ihrer Auseinandersetzung fortzufahren. Vor einem Toilettenhaus blieben sie stehen. Uwe trat an einen Schmuckstand heran, nah genug, um die nächsten Worte mitzubekommen.
»Na komm schon, Basti, lass uns reingehen. Du bist doch so scharf, du hältst es doch keine Sekunde länger aus.« Der Blick des jungen Mannes war anzüglich, ein ironisches Lächeln umspielte seine Lippen. »Oder willst du etwa gleich hier draußen abspritzen? Wär doch schade drum.«
»Du mieser kleiner Wichser.« Mit einer heftigen Bewegung zog Connert seinen Begleiter ins Innere des Häuschens.
Uwe wartete einen Augenblick, dann ging er ebenfalls hinein. Er sah, dass eine der Einzelkabinen verschlossen war.
»Ich weiß doch, wie du am besten in Fahrt kommst.« Es war die Stimme des unbekannten Mannes, in der noch immer dieser amüsierte Unterton mitschwang. »So ein kleiner Streit geilt dich doch erst richtig auf, was, mein Kleiner?«
Connerts Antwort ging in einem Stöhnen unter, das lauter und lauter wurde und den Besucher, der Uwe auf seinem Rückweg zur Tür entgegenkam, zu einem wütenden Wortschwall veranlasste.
»Das darf ja wohl nicht wahr sein. Jetzt treiben die das hier schon am helllichten Tag. Es ist eine Schande. Man sollte die Polizei rufen.«

Plötzlich konnte Fehrbach es nicht mehr ertragen. Fluchtartig verließ er das Haus, in dem er die letzten beiden Stunden zugebracht hatte.
Rastlos war er durch die Räume gestreift, hatte die weißen Schutzhüllen von den Möbeln genommen und in der Abstell-

kammer verstaut. Erst danach brachte er den Mut auf, die Räume bewusst in Augenschein zu nehmen.
Alles sah so aus wie vor dem schrecklichen Geschehen, keine Erinnerung mehr an das Blut auf dem hellen Teppichboden, das kein Reinigungsmittel jemals hätte beseitigen können. Fast eine Woche hatte es gedauert, bis die Spurensicherung das Haus wieder freigegeben hatte. Zwei weitere Wochen waren verstrichen, bis die mit Blut bespritzte Wand des Wohnzimmers neu gestrichen und der Teppichboden ausgetauscht worden war.
»Sie wollen doch nicht etwa schon wieder fahren, Herr Fehrbach?«
Er drehte sich um und erblickte das ältere Ehepaar, das am Zaun des Nachbargrundstücks aufgetaucht war. Sie hatten ihn also doch gesehen.
»Wollten Sie wirklich fahren, ohne uns guten Tag zu sagen?«
Fehrbach ging zu ihnen hinüber und sah die Besorgnis in ihren Gesichtern.
»Warum wollen Sie das Haus verkaufen, Herr Fehrbach?«
Christine und Walter Brodersen. Seit vierzig Jahren wohnten sie im Nachbarhaus und waren gute Freunde seiner Mutter gewesen. Nach deren Tod hatten sie sich um das Haus und den Garten gekümmert und sich gefreut, wenn er zu Besuch gekommen war. Fehrbach hatte die beiden immer gemocht. Er hatte sie angerufen, nachdem sein Entschluss, das Haus zu verkaufen, feststand. Sie hatten die Nachricht zur Kenntnis genommen, aber dieselbe Frage gestellt wie jetzt.

Uwe hatte vor dem Toilettenhaus auf Connert gewartet. Er wollte die Gelegenheit nutzen und ihn zu ihren neuen Erkenntnissen über Baudin befragen. Es dauerte einige Zeit, bis die beiden Männer wieder herauskamen. Ohne eine Verabschiedung ging der unbekannte Mann weiter in Richtung Ostseekai und verschwand nach kurzer Zeit in der Menschenmenge. Connert blickte ihm hinterher und brach nach einem kurzen Zögern in die entgegengesetzte Richtung auf. Uwe folgte ihm und schloss zu ihm auf.

»Herr Connert?« Uwe zauberte einen erstaunten Ausdruck auf sein Gesicht. »Was machen Sie denn hier? Sind heute keine Wettbewerbe?«

Irritiert blickte Connert zur Seite und musterte Uwe mit zusammengekniffenen Augen. »Kennen wir uns?« Sein Ton schrammte haarscharf an einer Beleidigung vorbei.

»Uwe Grothmann vom K1«, sagte Uwe leutselig. »Mein Kollege und ich haben Sie vor ein paar Tagen wegen Kerstin Wiesner vernommen.«

»Ach ja? Und was wollen Sie dann noch von mir? Ich habe doch bereits alles zu Protokoll gegeben.«

Uwe blieb gelassen. »Wir hätten Sie in den nächsten Tagen sowieso noch einmal aufgesucht. Es gibt nämlich weitere Fragen in Bezug auf Ihren Trainer.«

»Dietmar? Was soll mit ihm sein?« Mit gerunzelter Stirn lauschte Connert Uwes Ausführungen über die lange, zurückliegende Anklage gegen Baudin. Als Uwe geendet hatte, zuckte Connert mit den Schultern. »Davon weiß ich nichts. Dietmar hat mit mir nie über sein Leben in der DDR gesprochen.«

»Aber Sie werden doch sicher etwas über die Jahre nach der Wende wissen.«

»Nicht viel. Dietmar hat sich da immer sehr bedeckt gehalten. Ich weiß nur, dass es am Anfang nicht leicht für ihn war. Als mein damaliger Trainer tödlich verunglückt ist, habe ich ihn durch Baudin ersetzt. Er galt als einer der besten Trainer Deutschlands.«

Uwe musterte Connert. Wie bereits bei ihrem ersten Gespräch machte er einen äußerst ichbezogenen Eindruck.

»Was wissen Sie über das Privatleben von Herrn Baudin?«

»Nur, dass er unverheiratet ist und keine Kinder hat«, sagte Connert ungeduldig. Er blickte auf seine Armbanduhr.

»Das ist alles?«

»Ja, verdammt noch mal. Dietmar ist niemand, der sein Leben vor anderen ausbreitet, schon gar nichts Privates. Und das ist mir nur recht. Mein Trainer soll mich zum Erfolg führen, dafür bekommt er viel Geld. Alles andere interessiert mich nicht.«

»Haben Sie jemals mitbekommen, dass Baudin Frauen belästigt?«

Connert verdrehte die Augen. »Herr Grothmann, ich kümmere mich nicht um das Privatleben meines Trainers und umgekehrt. Hören Sie also endlich auf, mich mit Ihren Fragen zu löchern.« Wieder sah er auf seine Armbanduhr. »Wenn's das war, würde ich gerne gehen. Ich habe nämlich noch eine Verabredung.«

Uwe nickte. »Kein Problem. Wenn wir noch weitere Fragen haben, melden wir uns.«

Nach dem Gespräch beschloss Uwe, ins Büro zu gehen. Die Menschenmassen an der Kiellinie hatten ihm gereicht, am Tirpitzhafen würde es nicht anders sein. Da konnte er besser die Befragungsprotokolle schreiben. Auf dem Weg versuchte er vergeblich, Lisa zu erreichen. Während er ihr eine Nachricht auf die Mailbox sprach, grübelte er darüber nach, warum ihr Handy ausgeschaltet war, denn das hatte er während einer laufenden Ermittlung noch nie erlebt.

Im Büro stellte Uwe fest, dass die Kollegen aus Magdeburg die Anschrift von Sabine Grossert und ihr Foto aus der damaligen Akte gemailt hatten. Schon beim ersten Blick auf das Bild wurde ihm klar, dass sie Dietmar Baudin doch in den Kreis der Verdächtigen aufnehmen mussten.

Fehrbach hatte den Brodersens versprochen zu bleiben und ihnen beim Abendessen alles zu erklären. Er wollte sie nach Hohwacht in ein Restaurant einladen, aber Christine Brodersen bestand darauf, selbst zu kochen. Wenigstens hatte Fehrbach durchgesetzt, die Lebensmittel einzukaufen.
Das Unverständnis der Brodersens hatte seine Entscheidung auf einmal in Frage gestellt. Immer mehr empfand er den Verkauf des Hauses als einen Verrat an seiner Mutter. Sie hatte es gegen alle Widerstände geschafft, dass er der alleinige Erbe geworden war, weil sie wusste, dass er das Haus genauso liebte wie sie. Bis zu seinem Weggang war es sein Zufluchtsort gewesen. Auch in den Jahren danach war er immer wieder dorthin zurückgekehrt.
Fehrbach beschloss, vor dem Einkauf einen Spaziergang durch Hohwacht zu machen. Er liebte den kleinen malerischen Ort, der in so völligem Gegensatz zu den mondänen Bädern an der Lübecker Bucht stand. Langsam ging er die schmale, von Heckenrosen gesäumte Promenade entlang und kam schließlich zur Flunder, einer ins Meer gebauten Aussichtsplattform, die die Form des gleichnamigen Fisches hatte.
Die Flunder war voll von Touristen. Fehrbach wandte sich ab und ging in Richtung der Steilküste, als ihm von der Terrasse des Hotels *Seeschlösschen* eine Gruppe festlich gekleideter Menschen entgegenkam. Fröhlich lachend liefen sie an ihm vorbei hinunter zum Wasser.

»Wie ist es, wollen wir nachher noch 'ne Runde segeln? Den Wind hätten wir ja.«
Begeistertes Johlen folgte dem Vorschlag.
Segeln ...
Sein Vater hatte es ihm beigebracht. Acht Jahre alt war er in jenem Sommer gewesen. Eine Segelschule gab es damals noch nicht in Hohwacht. Johannes von Fehrbach besaß eine kleine Jolle, die er auf einem Anhänger zur Ostsee hinunterfuhr, wenn eine weitere Segelstunde für seinen ältesten Sohn auf dem Programm stand. Es war eine abenteuerliche Unternehmung gewesen, der Anhänger alt und klapprig, dass man Angst haben musste, dass er im nächsten Moment auseinanderfiel.
Das Ende der sechziger Jahre. Eine Zeit, in der das Geld knapp gewesen war auf Lankenau. Die Trakehner-Zucht war fast zum Erliegen gekommen, weil kein Mensch mehr Pferde kaufte. Trotzdem hatte Johannes von Fehrbach einen neuen Anhänger angeschafft, als der alte endgültig zusammengebrochen war, weil die Jolle ja irgendwie ans Wasser geschafft werden musste.

Am späten Nachmittag traf Lisa sich mit Hannah, die anlässlich einer Tagung in der Stadt weilte. Die beiden Frauen fuhren nach Stein und gingen den Strand entlang in Richtung Marina Wendtorf.
Lisa hatte festgestellt, dass sie dringend jemanden zum Reden brauchte. Hannah war nüchtern und sachlich, sie rückte die Dinge wieder zurecht.
»Was bedeutet dir Horst eigentlich?«, fragte Hannah unvermittelt. Der Wind zerzauste ihre langen blonden Haare, und so fasste sie sie mit einem bunten Tuch zusammen.

»Er ist mein bester Freund.« Lisa blieb stehen und sah ihre Freundin irritiert an. »Das weißt du doch.«
»Mehr nicht?«, fragte Hannah mit zweifelndem Blick.
Fehrbach hatte die gleiche Frage gestellt. Aber erst jetzt, bei der gleichen stereotypen Antwort, die sie seit Jahren gab, realisierte Lisa mit Verwunderung, dass sie plötzlich der Wahrheit entsprach. Horst Wiesner war nur noch ein Freund für sie und nicht mehr der Mann, den sie liebte und begehrte.
»Nein, Hannah, mehr nicht.« Die schlagartige Erkenntnis verwirrte sie.
»Ich habe in all den Jahren vermutet, dass wieder mehr zwischen euch ist, auch wenn du es jedes Mal abgestritten hast.« Hannah ging einige Schritte hinunter zum Spülsaum. Mit nackten Zehen malte sie kleine Muster in den feuchten Sand. »Ich weiß, dass ihr euch häufig gesehen habt, und ich habe mich immer gefragt, wie Susanne damit umgeht. Hast du ihr gegenüber nie ein schlechtes Gewissen gehabt?«
»Wieso denn? Ich habe ihr ja nie etwas weggenommen.«
»Bist du dir da so sicher?«
Nein ... das war sie nicht.
»Ich habe damals lange gebraucht, um es zu überwinden«, sagte Lisa und wartete, dass der wohlbekannte Schmerz einsetzte. Als er ausblieb, nahm sie es mit einer unerwarteten Erleichterung zur Kenntnis. »Ich war so unglaublich verletzt, als Horst unsere Beziehung beendet hat. Wie konnte er glauben, dass ich unser Kind abtreiben würde?«
»Weil du darüber nachgedacht hast. Und weil du es Horst gesagt hast.«
»Mein Gott, ja, aber das war im ersten Moment. Ich war in der Ausbildung, ich wollte Karriere machen. Doch je mehr ich darüber nachdachte, umso klarer wurde mir, dass ich die-

ses Kind wollte. Und das habe ich Horst dann auch immer wieder gesagt. Aber nach meiner Fehlgeburt stand für ihn fest, dass ich das Kind abgetrieben habe.«
»Ich weiß, dass es damals eine schwere Zeit für dich war, auch wenn du dich nie groß darüber ausgelassen hast.« Hannah strich Lisa eine Haarsträhne aus dem Gesicht. »Ich habe mich oft gefragt, warum du Horst nicht rausgeschmissen hast, als er nach fünf Jahren wieder vor deiner Tür stand.«
»Im ersten Moment wollte ich es«, gab Lisa zu.
»Ich finde es bewundernswert, dass ihr es danach geschafft habt, wieder eine Freundschaft aufzubauen.«
»Es war nicht einfach, aber wir wollten es beide.«
»Hast du gehofft, dass es eines Tages wieder mehr wird?«, fragte Hannah leise.
Ja, das hatte sie. Verzweifelt sogar. Und auf einmal war es vorbei. »Es hat einige Zeit gedauert, bis ich gemerkt habe, dass ich Horst immer noch liebe. Und ich habe gefühlt, dass es ihm ebenso geht. Aber mittlerweile war er verheiratet, Kerstin war auf der Welt. Wir haben das Thema vermieden. Ich glaube, wir hatten beide Angst vor den Konsequenzen, die es auslösen würde.«
»So viel verlorene Zeit«, sagte Hannah leise. »Wenn du nicht ständig diesen Mann im Hinterkopf gehabt hättest, dann wärst du jetzt vielleicht verheiratet. Oder hättest es zumindest geschafft, eine längerfristige Beziehung aufzubauen.«
»Ich habe es wirklich versucht, aber ich war innerlich nie frei. Es war unfair den Männern gegenüber, zumal Horst auch ein Übriges tat, sie wieder zu vergraulen.«
»Das hast du mir tatsächlich einmal erzählt.« Ein empörter Ausdruck trat in Hannahs Gesicht. »Ich weiß noch, wie wütend ich damals auf Horst war. Er hat eine Familie gegründet,

aber wenn du versucht hast, dasselbe zu tun, hat er vor lauter Eifersucht alles kaputt gemacht. Warum hast du zugelassen, dass er sich ständig weiter in dein Leben einmischt?«
»Manchmal ist es mir tatsächlich gelungen, ihm einige Zeit aus dem Weg zu gehen.« Lisa lächelte, aber es war ein trauriges Lächeln. »Ich war dann immer ganz stolz auf mich und hab mir eingeredet, dass ich es endlich geschafft habe. Bis das Spiel wieder von vorne losging.«
»Ihr konntet nicht mit-, aber auch nicht ohneeinander.«
»Ja«, sagte Lisa leise. »Das Leben ist manchmal ganz schön kompliziert.«

»Hallo?«
Der Druck an seiner Schulter verstärkte sich und jagte den Schmerz in Wellen durch Fehrbachs Körper.
»Hallo, Sie! Können Sie mich hören?«
Die Stimme klang schrill.
»Was ist mit Ihnen?«
Sie bohrte sich in seinen Kopf und holte ihn mit ihrer penetranten Beharrlichkeit langsam zurück.
»Ruf einen Krankenwagen, Sigmar. Schnell. Am besten auch gleich die Polizei. Irgendwas ist doch mit diesem Mann hier. Mein Gott, vielleicht ist er tot!«
Fehrbach zwang sich, die Augen zu öffnen, und blickte in das teigige Gesicht einer älteren Frau. Hektische Flecken breiteten sich auf ihren Wangen aus, als sie erneut an seiner Schulter rüttelte.
Er versuchte ihr auszuweichen, zog die Beine an den Körper heran und richtete sich mühsam auf. Zu seiner Linken entdeckte er ein Geländer, das er mit beiden Händen umklammerte. Nachdem der Boden unter seinen Füßen etwas weni-

ger schwankte, stieg er mit unsicheren Schritten auf die breite hölzerne Plattform, die das Geländer umgab. »Es geht schon wieder.« Seine Knie zitterten, es kostete ihn Mühe, aufrecht zu stehen. Wie durch einen Schleier registrierte er die Blicke des vor ihm stehenden Paars.
»Sind Sie sicher?« Die Frau wirkte besorgt, der Blick des Mannes war ausdruckslos.
»Ja, danke.« Fehrbach verstärkte den Griff um das Geländer, Übelkeit stieg in ihm auf. »Es ist wirklich alles in Ordnung. Es war bloß der Kreislauf.« Er gewahrte die Skepsis in ihrem Blick. »Wirklich, es ist alles in Ordnung. Danke für Ihre Hilfe.«
»Na gut, wenn Sie meinen.« Die Frau griff nach dem Arm des Mannes und hakte ihn unter. »Sie haben uns einen ganz schönen Schrecken eingejagt, wie Sie da so im Gebüsch lagen. Wir haben gedacht, es ist sonst was passiert.«
»Wie gesagt, es ist alles in Ordnung. Nochmals vielen Dank für Ihre Hilfe.«
»Dann werden wir jetzt mal nach Hause gehen. Es wird ja langsam schon dunkel. Wir wollten nur noch unseren Abendspaziergang machen, und da kommen wir zum Abschluss immer hier an der Kleinen Flunder vorbei. Wir wohnen nämlich gleich da drüben.« Die Frau deutete auf eine Häuserreihe in kurzer Entfernung.
Fehrbach nickte, zu mehr war er nicht in der Lage. Er sah, wie die Frau ihn unentschlossen musterte. Endlich wandten sie sich ab. Er hörte noch die verächtlichen Worte des Mannes. »Der Typ ist doch stockbesoffen, Carla.«
Fehrbach sah ihnen nach, wie sie den Weg zur Straße über die Rasenfläche abkürzten, eine Haustür aufschlossen und im Innern des Gebäudes verschwanden.

Er versuchte so flach wie möglich zu atmen, um die Übelkeit zu unterdrücken. Schwer stützte er sich auf dem Geländer ab und blickte hinunter auf den tief unter ihm liegenden Strand, der im Dämmerlicht seltsam irreal wirkte.
Kleine Flunder hatte die Frau gesagt. Der Aussichtspunkt an der Steilküste von Hohwacht. Wie war er hierhergekommen? Langsam wandte Fehrbach sich um. Schweiß lief seinen Rücken hinunter, durchtränkte das Hemd und die Jeans. Er versuchte sich zu orientieren. Einige Meter entfernt erblickte er eine Bank. Schritt für Schritt ging er auf sie zu, Bewegungen wie in Zeitlupe, eine Welt, die in Watte getaucht schien. Endlich hatte er die Bank erreicht und ließ sich schwerfällig darauf nieder. Mit aller Willensanstrengung unterdrückte er den Brechreiz, der erneut in ihm aufstieg.
Die Schritte und die Stimme, die seinen Namen rief, nahm er nicht wahr. So sah er den kleinen, gedrungenen Mann erst, als dieser direkt vor ihm stand.
»Herr Fehrbach! Mein Gott, hier sind Sie.« Walter Brodersen beugte sich zu ihm hinunter. »Meine Frau und ich haben Sie schon überall gesucht. Wo waren Sie denn bloß?« Brodersen zog ein Handy aus der Tasche und drückte eine Nummer. Seine Stimme klang hektisch und erleichtert zugleich, als er seiner Frau mitteilte, dass seine Suche erfolgreich gewesen war.
»Herr Brodersen?« Fehrbachs Hände krampften sich um das Holz der Bank. »Ich ...«
»Ist schon okay, Herr Fehrbach.« Walter Brodersens Stimme klang jetzt ganz ruhig. »Mein Wagen steht an der Straße. Es sind nur ein paar Schritte. Die schaffen Sie.« Er griff unter Fehrbachs Achsel und zog ihn langsam hoch.

Lisa kam spät am Abend nach Hause. Erst nachdem sie ihre Wohnungstür hinter sich geschlossen hatte, schaltete sie ihr Handy wieder ein. Der Blick aufs Display machte sie auf die SMS von Uwe aufmerksam. Seine Nachricht überraschte sie, also rief sie ihn umgehend zurück.
»Connert ist schwul?«
»Die Situation in diesem Toilettenhaus war ziemlich eindeutig«, gab Uwe trocken zurück.
»Aber deshalb kann er ja trotzdem mit Frauen schlafen. Oder sie umbringen«, sagte Lisa nachdenklich. Als Uwe nichts erwiderte, fragte sie ihn, ob schon Informationen aus Magdeburg vorlägen.
»Ja«, sagte er und erzählte ihr von den Überlegungen, die er nach dem Betrachten von Sabine Grosserts Foto entwickelt hatte. »Die Frau hat eine unglaubliche Ähnlichkeit mit Kerstin Wiesner. Ich glaube langsam, dass es da einen Zusammenhang geben könnte.«
»Was meinst du damit?«
»Baudin hat immer noch einen Riesenhass auf diese Grossert, das war deutlich zu merken. Und dann trifft er eine Person, die ihr ähnlich sieht. Und weil er sich aus irgendwelchen Gründen nicht an Sabine Grossert rächen kann oder will, bringt er statt ihrer Kerstin Wiesner um. Quasi als Ersatzhandlung.«
»Findest du das nicht ein bisschen weit hergeholt?«
»Solche Fälle gibt es doch immer wieder. Deshalb wollte ich dir einen Vorschlag machen. Wenn ich mich jetzt ins Auto setze, bin ich morgen früh in Magdeburg. Ich denke, es ist wichtig, dass wir mit Sabine Grossert sprechen. Wir müssen noch mehr über die damaligen Ereignisse erfahren. Was hältst du davon?«

Lisa dachte einen Augenblick nach. »Das ist eine gute Idee«, sagte sie dann. »Vielleicht ist ja wirklich was dran an deiner Theorie.«

Nachdem sie das Gespräch beendet hatte, blickte sie unschlüssig auf das Handy in ihrer Hand. Sollte sie noch bei Horst Wiesner anrufen? Sie hatte ihn seit der gestrigen Befragung nicht mehr gesprochen und machte sich Sorgen um ihn. Kurz entschlossen drückte sie die Nummer.

Als Susanne sich meldete, hätte Lisa am liebsten wieder aufgelegt. Doch dann hörte sie die Aufregung in deren Stimme.

»Seit dem Anruf seiner Schwester ist er nicht mehr ansprechbar.« Susanne schien den Tränen nahe. »Heute Morgen hat er sich in Kerstins Zimmer eingeschlossen, und vorhin hat er das Haus verlassen. Ich habe keine Ahnung, wo er jetzt ist.«

»Was für ein Anruf?«, fragte Lisa verwirrt.

»Du weißt es nicht? Ich dachte, Horst hätte dir sofort Bescheid gegeben.« Susanne berichtete von dem Gespräch mit Jana Williams. »Gegen Mittag hatte ich mich für einige Zeit hingelegt. Als ich wieder wach geworden war, bin ich nach unten gegangen. Auf der Treppe habe ich Horsts Stimme aus dem Wohnzimmer gehört. Er klang sehr erregt. Dann war plötzlich nichts mehr zu hören, und ich bin reingegangen. Ich habe Horst gefragt, mit wem er gesprochen hat. Er hat gesagt, ein Anrufer hätte sich verwählt. Dann ist er aus dem Zimmer gegangen. Aber ich bin mir sicher, dass ich den Namen Jana gehört habe.«

Montag, 23. Juni

Um sechs Uhr hielt es Lisa nicht mehr in ihrem Bett. Es hatte lange gedauert, bis sie in der vergangenen Nacht eingeschlafen war. Susannes Mitteilung über den Anruf von Jana Williams hatte ein Gedankenkarussell losgetreten, das sie nicht mehr stoppen konnte. Immer wieder war sie aus Alpträumen hochgeschreckt.
Horst und Kerstin. Vater und Tochter.
Energisch rief sie sich zur Ordnung. Es musste einen Grund geben, warum Horst sie nicht über den Anruf seiner Schwester informiert hatte. Das Wichtigste war, dass sie jetzt mit ihm redete. Nach dem Gespräch mit Susanne hatte sie es immer wieder auf seinem Handy versucht, aber nicht einmal die Mailbox war angesprungen.
Vom Büro aus erreichte sie Wiesner endlich. Vor lauter Erleichterung gingen ihr die Nerven durch. »Warum gehst du nicht ans Telefon? Ich muss dringend mit dir sprechen.«
»Weil ich meine Ruhe haben will. Ich kann nicht mehr, verstehst du das nicht?«
Sie hörte die mühsam gezügelte Erregung in seiner Stimme. »Was ist passiert?«
»Meine Tochter ist ermordet worden. Ich dachte, das wüsstest du.«
Diesen Zynismus kannte sie nicht von ihm. Lisas Panik verstärkte sich. »Hat es mit dem Anruf deiner Schwester zu tun? Warum hast du mich nicht darüber informiert?«
»Was meinst du?«
Lisa erzählte von dem Gespräch mit Susanne. »Sie hat gesagt,

dass Jana kommen will, weil sie etwas weiß. Außerdem war sie sich sicher, dass du später noch mal mit deiner Schwester telefoniert hast. Wieso erfahre ich nichts davon?«
Keine Reaktion.
»Horst.« Lisa presste den Hörer ans Ohr. »Bitte rede endlich mit mir. Ich muss wissen, ob du gestern mit deiner Schwester gesprochen hast.«
Es kam ihr vor wie eine Ewigkeit, bis er antwortete.
»Ja, ich habe sie zurückgerufen. Aber das Gespräch ist wieder zusammengebrochen. Ich weiß nicht, was sie uns sagen will.«
»Habt ihr denn keine E-Mail-Verbindung?«
»Jana kennt sich damit nicht aus. Und außerdem, Kerstin ist tot, was immer Jana weiß, niemand wird mir meine Tochter zurückbringen.«
»Sag mal, weißt du eigentlich, was du da redest? Deine Schwester kann uns vielleicht einen wichtigen Hinweis geben. Wann wolltest du mir das denn sagen? Wenn sie wieder abgereist ist?« Als keine Reaktion erfolgte, flippte Lisa aus. Angst und Hilflosigkeit explodierten in einer blutroten Wolke. »Vielleicht solltest du dich mal daran erinnern, was Fehrbach am Samstag gesagt hat. Der Kreis der Verdächtigen ist nicht besonders groß. Ist dir eigentlich klar, dass auch du für ihn zu diesem Kreis gehörst? Was glaubst du, was er tun wird, wenn er erfährt, dass du wichtige Informationen zurückhältst? Darüber solltest du dir mal Gedanken machen, bevor du entscheidest, was wichtig für mich ist oder nicht.«
»Das ist ja sehr interessant, was der Herr Oberstaatsanwalt glaubt.«
Lisa hörte ein kurzes trockenes Lachen.
»Und was glaubst du, meine liebe Lisa?«
Die Kälte in Wiesners Stimme trieb ihr Tränen in die Augen.

»Horst, bitte ... was soll das? Du glaubst doch nicht, dass ich ...«
Wiesner fiel ihr ins Wort. »Wann wolltest du es mir sagen, Lisa? In dem Moment, in dem ihr mich verhaftet?«
Die Retourkutsche tat weh. Lisa biss die Zähne zusammen. »Ich halte Fehrbachs Verdacht für ungeheuerlich. Ich hätte ihn dir gegenüber auch nie erwähnt, wenn du mir von dem Anruf deiner Schwester erzählt hättest. Ich bin einfach nur wütend, weil dir anscheinend nicht bewusst ist, in welcher Lage du dich befindest. Denk doch mal darüber nach, was für ein Licht es auf dich wirft, wenn du uns Informationen vorenthältst.«
»Gib doch zu, dass du derselben Meinung bist wie dieser Fehrbach.« Alle Aggressivität war aus Wiesners Stimme verschwunden. Er klang müde und resigniert. Bevor Lisa etwas erwidern konnte, hatte er aufgelegt.

»Horst ist nicht da.« Susanne Wiesner hatte die Haustür nur einen Spaltbreit geöffnet und sah Lisa voller Abneigung an.
»Susanne, bitte. Ich muss dringend mit ihm sprechen.«
Bereits am Samstag hatte Susanne schlecht ausgesehen, aber jetzt schien es, als hätten die Ereignisse sie endgültig gebrochen. Die langen strähnigen Haare sahen aus, als wären sie seit Tagen nicht mehr gewaschen worden. Susannes Gesicht war eingefallen, die dunkelblauen Augen hatten einen stumpfen Ausdruck angenommen.
»Er ist nicht hier. Er hat gesagt, dass er arbeiten muss.« Mit einer heftigen Bewegung ließ Susanne die Tür aufschwingen, dass der Griff gegen die Wand knallte. »Wenn du mir nicht glaubst, kannst du dich gerne persönlich überzeugen.« Ihre Stimme überschlug sich. »Das hier ist sowieso nicht mehr

mein Zuhause. Bis zur Beerdigung darf ich noch bleiben, dann schmeißt mein lieber Mann mich wieder raus.« Sie ließ sich auf einen Stuhl sinken und hielt die Hände vor ihren Mund. Es klang, als versuchte sie einen Würgereiz zu unterdrücken.
»Geht es dir wieder schlechter? Soll ich einen Arzt rufen?« Lisa blieb unschlüssig in der Haustür stehen.
»Nein.« Abwehrend hob Susanne die Hände. »Die verschreiben doch bloß wieder Medikamente, damit ich ruhiggestellt bin.« Sie hob den Kopf und sah Lisa an. »Kannst du mich in mein Bett bringen? Meine Beine fühlen sich an wie Gummi.«

Nachdem Lisa Susanne ins Gästezimmer gebracht hatte, wollte diese von ihr wissen, was sie bis jetzt herausgefunden hatten. Lisa wurde klar, dass Wiesner seiner Frau offensichtlich sämtliche Informationen vorenthielt. Dass er selbst mittlerweile unter Verdacht stand, verschwieg sie.
Sie sah, dass Susanne zu zittern begann. »Soll ich dir etwas Warmes zu trinken machen?«
Susanne zögerte, dann nickte sie. »Am besten einen Kräutertee, der beruhigt den Magen ein bisschen.«
»Okay«, sagte Lisa. »Ich bin gleich wieder da.« Sie ging in die Küche hinunter und setzte das Teewasser auf. Als es kochte, goss sie es über den Teebeutel, den sie in einem der Hängeschränke gefunden hatte, und brachte den Becher zu Susanne hoch. Diese trank einige Schlucke, dann begann sie zu sprechen. Tränen liefen über ihre Wangen. Mit einer unwilligen Bewegung wischte sie sie fort.
»Ich war immer eifersüchtig auf dich, weil mir irgendwann klargeworden war, dass ich Horst niemals so viel bedeuten würde wie du. Ich wusste, wie wichtig Kinder für ihn sind, und

deshalb hatte ich gehofft, ihn mit Kerstin enger an mich zu binden. Eine Zeitlang hat das ja auch funktioniert, aber dann habt ihr euch ausgesprochen.« Susanne zog ein Taschentuch aus den Falten ihres Morgenmantels und putzte sich die Nase. »Ich wusste nicht, wie eng euer Kontakt danach war. Horst hat immer gesagt, ihr seht euch selten und seid nur gute Freunde, aber das habe ich ihm nie geglaubt. Jahrelang habe ich in der Angst gelebt, dass er zu dir zurückkehrt. Und ich habe gefürchtet, dass Kerstin dich lieber hat als mich. Ihr habt euch oft getroffen, nicht wahr? Horst hat es nie zugegeben. Aber Kerstin hat sich einmal verplappert. Sie hat regelrecht geschwärmt von dir. Du hast ihr imponiert, Lisa. Zu der Zeit wollte sie unbedingt Polizistin werden. Ich habe Horst die Hölle heißgemacht. Jedes Mal, wenn ich dich hier auf der Straße sah, habe ich gedacht, dass du auf ihn wartest. Dabei hast du vielleicht nur deine Mutter besucht.« Susanne blickte auf das dichte Laubdach der Birke hinter dem Fenster. »Ich glaube nicht, dass ich jemals aufhören werde, Horst zu lieben. Die Trennung war nichts als ein Verzweiflungsakt. Ich hatte gehofft, ich könnte ein neues Leben beginnen. Mit einem Mann, der nur mich liebt. Aber nach Kerstins Tod habe ich gemerkt, dass es nichts als ein Selbstbetrug war. Wenn man einen Menschen immer noch liebt, kann man ihn nicht einfach durch einen anderen ersetzen. Ich glaube, genauso ist es Horst mit dir ergangen. Auch ich konnte dich niemals ersetzen.«

Auf dem Rückweg grübelte Lisa über Susannes Worte nach. All die Jahre hatte sie ihren Anteil an der Zerrüttung der Ehe von Horst und Susanne geleugnet. Aufkommende Schuldgefühle hatte sie erfolgreich unterdrückt. Aber jetzt funktionierte diese Taktik nicht mehr.

Regungslos saß Fehrbach auf der Dachterrasse und starrte auf die Förde hinaus. Ein kaum noch zu ertragendes Gefühl des Ekels erfüllte ihn. Seine Hand zitterte, als er das Handy aus der Hosentasche holte und die Nummer der Privatklinik in Malente wählte, in der er seinen ersten Entzug durchgeführt hatte. Erst beim dritten Mal gelang es ihm, die Zahlen fehlerfrei einzugeben. Als er die zuständige Station erreichte, wurde er umgehend zum Stationsarzt durchgestellt.
Er atmete auf, als er die bekannte Stimme hörte. »Dr. Clausen, hier spricht Thomas Fehrbach. Sie haben mir damals gesagt, dass ich mich jederzeit wieder an Sie wenden kann, wenn ich Hilfe brauche.« Er räusperte sich kurz. »Ich hatte gehofft, dass ich das nie mehr zu Ihnen sagen muss. Ich brauche Ihre Hilfe, Dr. Clausen.«

Nach diesem Gespräch rief Fehrbach Norbert Sievers an und bat ihn, die Kollegen zusammenzurufen. Als er seinem Vorgesetzten mitteilte, dass er noch am selben Tag in der Klinik einchecken würde, war dessen Erleichterung unüberhörbar.

Der Konferenzraum der Staatsanwaltschaft war bis auf den letzten Platz besetzt. Norbert Sievers stand am äußeren Ende des ovalen Besprechungstisches und nickte Fehrbach kurz zu, als dieser den Raum betrat.
»So, meine Damen und Herren, ich sehe, dass wir jetzt vollzählig sind. Dann lassen Sie uns bitte beginnen. Herr Dr. von Fehrbach und ich haben Ihnen eine Mitteilung zu machen.«
Während Fehrbach zu Sievers hinüberging, entdeckte er Lisa auf der gegenüberliegenden Seite des Tisches. Gerlach saß neben ihr und redete leise auf sie ein. Ihr Blick war vollkommen ausdruckslos, als sie dem seinen begegnete.

Völlig unerwartet war das Misstrauen da. War es denkbar, dass nicht Gerlach, sondern Lisa hinter dem anonymen Brief steckte? Oder machten die beiden gar gemeinsame Sache gegen ihn?
Alles an diesem Gedanken widerstrebte Fehrbach. So wie er Lisa bisher kennengelernt hatte, stand sie auf einer anderen Stufe als Gerlach. Sie war offen und geradeheraus und manchmal verletzend in ihrer Ehrlichkeit. Es war schwer vorstellbar, sie mit Heimtücke und Rachsucht in Verbindung zu bringen. Wenn sie kämpfte, dann wäre das ein Kampf mit offenem Visier.
Sievers begrüßte Fehrbach mit einem kurzen Händedruck und wandte sich dann wieder an die vor ihnen Sitzenden. »Liebe Kolleginnen, liebe Kollegen, lassen Sie mich ein paar einleitende Worte sagen. Ab sofort wird Staatsanwalt Dr. Missberg die Ermittlungen im Tötungsdelikt Kerstin Wiesner übernehmen. Herr Dr. von Fehrbach wird sich aufgrund gesundheitlicher Probleme für unbestimmte Zeit in Urlaub begeben.« Fast augenblicklich setzte ein leises Tuscheln und Raunen ein, das erst wieder verstummte, als Sievers fortfuhr. »Wann Herr Dr. von Fehrbach zu uns zurückkehren wird, ist im Moment noch ungewiss. Ich werde trotzdem davon absehen, für die Zeit seiner Abwesenheit einen Vertreter zu benennen. Bis auf weiteres werde ich seinen Arbeitsbereich übernehmen, abgesehen von dem aktuellen Fall.« Sievers richtete seinen Blick auf Lisa. »Ich habe Frau Sanders zu dieser Zusammenkunft gebeten, weil sie dieser Wechsel im Moment am meisten betrifft. Wie Sie vielleicht wissen, leitet Frau Sanders die polizeilichen Ermittlungen in besagtem Tötungsdelikt. Ich bin zuversichtlich, dass es ihr gelingen wird, Herrn Dr. Missberg schnell mit den Fakten vertraut zu machen.« Sievers hielt inne und blickte Fehrbach

an. »Das war es von meiner Seite. Alles Weitere wird Ihnen nun Herr Dr. von Fehrbach erklären.«

Jetzt gab es kein Zurück mehr. Fehrbach räusperte sich. »Sie werden sich sicher fragen, um was für gesundheitliche Probleme es sich handelt. Da ich allen Spekulationen vorbeugen möchte, will ich offen zu Ihnen sein. Ich werde mich in eine Klinik begeben und eine Entziehungskur durchführen.« Fehrbach spürte den Schweiß, der sich unter dem plötzlich zu engen Hemdkragen bildete, und hätte fast die Krawatte geöffnet. »Ich bin Alkoholiker und habe bereits einen Entzug hinter mir. Herr Dr. Sievers hat nichts von meinen Alkoholproblemen gewusst. Ich habe mich ihm erst gestern anvertraut, als er mich auf einen anonymen Brief angesprochen hat, den er erhalten hat. Darin wird er darauf hingewiesen, dass ich wieder begonnen habe zu trinken. Dieses ist richtig. Deshalb sind wir nach einem längeren Gespräch übereingekommen, dass ich sofort in den Entzug gehen werde.« Fehrbach sah, dass einige Kollegen zu Fragen ansetzten, und hob die Hand. »Haben Sie bitte Verständnis dafür, dass ich es dabei belassen möchte. Ich danke Ihnen für Ihre Aufmerksamkeit.«

Der Gang zur Tür hatte etwas von einem Spießrutenlauf. Fehrbach mied jeden Blickkontakt und atmete erleichtert auf, als er die Tür hinter sich geschlossen hatte. Er hastete den Flur hinunter und eilte die Treppen in den ersten Stock zu Sievers' Büro hinauf. Es dauerte nicht lange, bis sein Vorgesetzter ebenfalls eintraf.

»Ich bin sehr froh, dass du zur Vernunft gekommen bist.« Sievers schenkte sich einen Kaffee ein und sah Fehrbach aufmerksam an. »Gab es einen Auslöser, oder bist du von selbst darauf gekommen, dass es das Beste für dich ist?«

»Ich hatte gestern einen Totalabsturz. War mal 'ne ganz neue Erfahrung.« Fehrbach versuchte es salopp klingen zu lassen, auch wenn alles in ihm brodelte.
Die Brodersens hatten ihn im Gästezimmer untergebracht. Beim Frühstück waren sie nicht in ihn gedrungen, wofür Fehrbach sehr dankbar gewesen war. Im Anschluss daran hatte Walter Brodersen um die Schlüssel des BMW gebeten und Fehrbach nach Kiel gebracht. Brodersen hatte kein Geld für ein Taxi zurück angenommen, sondern nur gemeint, er fahre mit dem Bus. Fehrbach hatte selten ein größeres Schamgefühl verspürt.
Es war eine Sache, sich in der Anonymität der eigenen vier Wände zu betrinken. Aber gestern hatte er diesen geschützten Raum zum ersten Mal verlassen.
Der Gedanke, dass er womöglich wie ein Penner durch Hohwacht getorkelt und von unzähligen Menschen gesehen worden war, marterte ihn.
Nach dem Spaziergang war er in den Edeka-Laden am Parkplatz gegangen. Der Whisky aus dem Regal war billiger Fusel gewesen. Der Geschmack hatte ihn angeekelt, als er die Flasche im Wagen geöffnet und an den Mund gesetzt hatte. Trotzdem hatte er weitergetrunken.
Und danach? Filmriss. Ein großes schwarzes Loch, Stunden ohne Erinnerung.
»Hing dein Absturz mit unserem Gespräch zusammen?«, fragte Sievers. »Wenn ja, dann täte es mir leid. Mir war klar, dass ich dich damit unter Druck setze, aber ich hatte keine andere Wahl. Ich hoffe, du verstehst das.«
Fehrbach gewahrte Sievers' besorgten Blick. Es wäre so einfach gewesen, seine Frage mit Ja zu beantworten. »Ich war in Stöfs. Das Haus ist verkauft. Ich wollte noch einmal sehen, ob

alles in Ordnung ist. Und plötzlich ist alles wieder hochgekommen.«
»Du meine Güte, Thomas«, sagte Sievers erschüttert. »Warum tust du dir das an? Das Ganze liegt erst ein halbes Jahr zurück. Du hättest doch auch die Nachbarn bitten können, das für dich zu übernehmen.«
Fehrbach saß unbewegt in seinem Sessel. »Ich hatte das Gefühl, dass ich mich dem allen noch einmal stellen muss. Vielleicht hatte ich die Hoffnung, dass ich es auf diese Weise endlich hinter mir lassen kann. Aber ich habe mich geirrt. Der Besuch hat alles nur noch schlimmer gemacht.« Seine Stimme brach. »Ich weiß einfach nicht, wie ich mit dieser Schuld weiterleben soll.«
»Hör auf«, sagte Sievers energisch. Er beugte sich zu Fehrbach hinüber. »Hör endlich auf, dir die Schuld am Tod deiner Frau zu geben. Du hättest nichts verhindern können.«

Lisa stand noch immer vor dem Konferenzraum und fühlte, wie die Anspannung langsam aus ihrem Körper wich.
Fehrbach bearbeitete den Fall nicht mehr. Endlich konnte sie wieder so arbeiten, wie sie es gewohnt war.
Nachdem Fehrbach geendet hatte, war es für einen Augenblick mucksmäuschenstill gewesen. Widerwillig musste Lisa sich eingestehen, dass sie ihn für seinen Mut bewunderte.
Ein anonymer Brief. Der konnte nur von Gerlach stammen. Nachdem die Zusammenkunft beendet war, hatte er sehr schnell das Weite gesucht. Lisa überlegte, ob sie ihn zur Rede stellen sollte, aber was würde das bringen?
Unvermittelt begann sich ein Gedanke in ihrem Kopf zu formen. Und wenn Fehrbach nun glaubte, dass sie den Brief geschrieben hatte? Oder mit Gerlach unter einer Decke steckte?

Immerhin hatte sie einen handfesten Vorteil von Fehrbachs Beurlaubung. Sie würde den Fall behalten.

Lisa spürte ein Dröhnen hinter den Schläfen. Wenn sie jetzt versuchte, die Angelegenheit richtigzustellen, würde sie das in Fehrbachs Augen doch erst recht verdächtig machen. Oder nicht?

Der Pförtner teilte ihr mit, dass der Herr Oberstaatsanwalt das Haus bereits verlassen habe. Lisa wusste nicht, ob sie darüber erleichtert sein sollte. Da sie sich noch immer zu keinem Entschluss durchringen konnte, fuhr sie ins Büro zurück, auch wenn sie vermutete, dass dort eine weitere Unannehmlichkeit auf sie wartete.

Ihre Vorahnung täuschte sie nicht. Luca hielt sich mit keiner Vorrede auf. »Ich muss mit dir sprechen. Noch mal lasse ich mich nicht abwimmeln.«

Am Vortag hatte Lisa ihren Kollegen telefonisch über die Vergewaltigung informiert und es geschafft, sich um ein Grundsatzgespräch zu drücken. Allerdings war ihr klar gewesen, dass Luca nicht lockerlassen würde.

»Du musst den Fall abgeben, Lisa.«

»Bitte, Luca, nicht auch noch du.« Lisa lehnte sich an die Fensterbank und verschränkte die Arme vor der Brust. Sie war froh, dass Uwe nicht anwesend war.

»Wie willst du die Ermittlungen weiterführen? Die Information von der Vergewaltigung wirft doch ein ganz neues Licht auf den Fall. Du musst gegen Horst Wiesner ermitteln. Willst du dir das wirklich antun?«

»Ich stehe das durch.«

»Und was sagt Fehrbach dazu? Der wird dich doch jetzt sofort wegen Befangenheit ablehnen.«

»Fehrbach bearbeitet den Fall nicht mehr.« Lisa erklärte Luca, worum es bei der Zusammenkunft in der Staatsanwaltschaft gegangen war.

»Fehrbach geht in den Alkoholentzug? Ach, du dickes Ei.« Luca war auf seinen Stuhl gesunken, eine steile Falte erschien zwischen seinen Brauen. »Da hat ihm aber jemand übel mitgespielt. Ob Gerlach den anonymen Brief geschrieben hat?«

»Keine Ahnung«, sagte Lisa abwesend. Sie setzte sich vor ihren Computer, entsperrte ihn und rief eine Vernehmungsakte auf. Vielleicht würde eine vorgetäuschte Geschäftigkeit Luca an weiteren Fragen hindern. Als es still blieb, dachte sie schon, ihr Manöver hätte funktioniert. Aber dann musste sie feststellen, dass ihr Kollege sich nicht so leicht täuschen ließ.

»Hast du Wiesner eigentlich schon gesagt, dass er jetzt auch zum Kreis der Verdächtigen gehört?«

Das war die Frage, vor der sie Angst gehabt hatte. »Ja«, gab sie nach einer Weile zögernd zu.

»Und wie hat er reagiert?«

Lisa versuchte abzuwiegeln. »Es geht Horst sehr schlecht. Man kann seine Reaktionen im Moment nicht mit normalen Maßstäben messen.«

»Was soll das denn heißen?«, fragte Luca erstaunt.

Es hatte keinen Sinn, er würde nicht lockerlassen. Lisa gab klein bei und erzählte Luca von Jana Williams' Anruf und davon, dass Susanne sie darüber informiert hatte.

»Und jetzt bist du dir nicht mehr sicher, was du glauben sollst«, zog Luca ein nüchternes Fazit.

Lisa sah ihn entsetzt an. »Doch, natürlich. Horst hat mit der ganzen Sache nichts zu tun, das weiß ich. Ich kenne ihn doch.«

Nach diesen Worten sah Luca Lisa eine Zeitlang nachdenklich an. Dann schlug er ihr einen Kompromiss vor. »Wenn wir einen Beweis gegen Horst Wiesner finden, wirst du den Fall

abgeben. Und ich werde ein bisschen auf dich achten, damit du dich nicht in irgendwas verrennst.« Luca lächelte, aber Lisa sah die Besorgnis in seinen Augen.
Sie stimmte zu, mehr als erleichtert. »Danke.«
»Dann lass uns doch mal schauen, ob Niklas Mertens schon wieder da ist«, meinte Luca und griff nach seiner Jacke. »Wenn er Klausuren schreibt, dürfte er sich ja kaum auf Amrum vergnügen.«
Lucas Einschätzung sollte sich bewahrheiten. Sie fingen Niklas Mertens vor einem der Hörsäle der Christian-Albrechts-Universität ab und gingen mit ihm in die Cafeteria.
»Was wollen Sie denn noch? Ich habe Ihnen doch schon alles gesagt.«
»Haben Sie das wirklich?« Lisa forschte in Niklas' Gesicht und registrierte das nervöse Zucken seines linken Augenlids. »Wir glauben das nämlich nicht. Ich werde Ihnen jetzt erzählen, was an Kerstins zwölftem Geburtstag passiert ist. Und dann will ich wissen, was Ihr Anteil an dieser Geschichte ist.«
Niklas nahm die Nachricht von der Vergewaltigung nahezu emotionslos zur Kenntnis. Nur das Zucken seines Augenlids dauerte an.
»Ich kann Ihnen nicht weiterhelfen«, sagte er. »Ich bin am Morgen nur kurz zum Gratulieren da gewesen. Bei der Feier war ich nicht dabei. Ich bin mit meinem Kumpel an die Ostsee gefahren. Wir haben am Strand gezeltet und sind erst am nächsten Morgen wieder nach Kiel zurückgekommen.«
»Haben Sie sich Kerstin jemals sexuell genähert?«, fragte Lisa.
»Ich habe Ihnen bereits bei unserem ersten Gespräch gesagt, dass sie mich nicht interessiert hat«, antwortete Niklas mit erzwungener Ruhe.
Als nichts weiter kam, hakte Luca nach. »Was war mit Ihrem

Vater? Oder Horst Wiesner? Können Sie sich vorstellen, dass einer von ihnen den Missbrauch begangen hat?«
»Nein, das kann ich nicht«, entgegnete Niklas. »Und jetzt lassen Sie mich endlich in Ruhe.« Er griff nach seinem Rucksack und stand auf. »Ich kann Ihnen nicht mehr sagen.«

»Und?« Luca schloss die Beifahrertür und sah Lisa fragend an. »Glaubst du ihm?«
Lisa massierte ihre Schläfen, um den drohenden Kopfschmerzen entgegenzuwirken. Sie beobachtete die Menschen, die aus dem Haupteingang der Christian-Albrechts-Universität strömten. »Schwer zu sagen.« Als ein Klingelton eine SMS ankündigte, zog sie ihr Handy aus der Tasche. »Uwe ist zurück«, erklärte sie nach einem Blick aufs Display. »Wie es aussieht, hat er Neuigkeiten mitgebracht. Lass uns ins Büro fahren.«

Lisas Besuch hatte wie ein Katalysator gewirkt. Endlich gelang es Susanne, Schritt für Schritt aus dem tiefen Loch zu klettern, in das Trauer und Verzweiflung sie gerissen hatten. Nachdem sie wieder allein war, begann sie sich an etwas zu erinnern, was im Dämmerzustand der seit Sonntag geschluckten Beruhigungstabletten in Vergessenheit geraten war.
Vielleicht war jetzt ihre einzige Möglichkeit, den Ersatzschlüssel zu Kerstins Zimmer zu finden. Immer stärker war der Wunsch in den letzten Tagen geworden, endlich das vertraute Zimmer zu sehen, die Sachen ihrer Tochter zu berühren, Kerstins Spielzeug, die verbliebenen Kleidungsstücke, all die Dinge, die ihrem Kind einmal wichtig gewesen waren.
Susanne setzte sich an den Küchentisch und begann zu überlegen. Und plötzlich fiel ihr ein, wo sie die Ersatzschlüssel

zum letzten Mal gesehen hatte. In der kleinen Kommode im Flur.
Aber dort waren sie nicht mehr. Also begann sie systematisch zu suchen. Als Erstes nahm sie sich die Räume im Erdgeschoss vor, Wohnzimmer, Esszimmer, Küche. Sie durchsuchte die Schränke, die Sideboards und schaute sogar hinter die Regale. In der Lade des kleinen Schreibtischs wurde sie schließlich fündig. Mehrere Briefumschläge befanden sich darin, jeder von ihnen enthielt einen Zimmerschlüssel. Auf den Umschlägen war vermerkt, zu welchen Zimmern sie gehörten.
Susanne war ganz ruhig, als sie den Schlüssel an sich nahm. Da hörte sie das Schließen der Eingangstür. Als ihr Mann Augenblicke später das Wohnzimmer betrat, hatte sie eine ausdruckslose Miene aufgesetzt.

Uwe Grothmann war erschöpft und vollkommen übermüdet.
»Das ist die Aussage von Sabine Grossert.« Er wies auf einen Hefter, der vor ihm auf dem Schreibtisch lag. »Es hat ein bisschen gedauert, bis ich sie gefunden habe.«
Sabine Grossert hatte nicht mehr unter der gemeldeten Adresse gewohnt. Uwe hatte die Nachbarn abgeklappert und schließlich herausgefunden, dass sie in einem Friseurgeschäft in der Innenstadt arbeitete. Erst nach beharrlichem Nachfragen hatte die Inhaberin ihm erzählt, dass Sabine Grossert in Urlaub nach Boltenhagen gefahren sei. Daraufhin hatte sich Uwe in seinen Wagen gesetzt und auf den Weg in den kleinen Ostseeort in Mecklenburg-Vorpommern gemacht.
»Sabine Grossert hat ausgesagt, dass sie schon seit Jahren von einem Stalker verfolgt wird. Sie hat bereits mehrere Male die Wohnung und den Job gewechselt. Seit vier Monaten hat sie jetzt die Anstellung im Friseurgeschäft und auch eine neue

Wohnung. Und wie es aussieht, hat der Stalker noch nichts davon mitbekommen. Trotzdem lebt sie in ständiger Angst, dass er sie wieder ausfindig macht.«
»Weiß sie, wer er ist?«, fragte Luca. »Hat sie ihn angezeigt?«
»Natürlich hat sie das. Nur das Fatale ist, dass ihr niemand die Geschichte glaubt.«
Lisa runzelte die Stirn. »Moment mal, ich komme da gerade nicht ganz mit. Wieso glaubt ihr niemand? Wer ist denn überhaupt dieser Stalker? Und was hat das eigentlich mit unserem Fall zu tun?«
»Sabine Grossert ist sich sicher, dass es Dietmar Baudin ist«, gab Uwe zur Antwort und strich sich über die müden Augen.

Der Anblick von Baudins Ex-Freundin hatte Uwe erschüttert. Sabine Grossert war ein psychisches Wrack und befand sich seit Jahren in psychiatrischer Behandlung. Der Urlaub in Boltenhagen war ihr erster seit Jahren, zu dem sie ihre Freundin, mit der sie jetzt zusammenwohnte, überredet hatte.
»Sie bereut zutiefst, was sie Baudin angetan hat. Sie sagt, sie war jung und ehrgeizig und hätte nur ein Ziel vor Augen gehabt, die Olympischen Spiele 1984 in Los Angeles. Als sie dann nicht aufgestellt wurde, ist für sie eine Welt zusammengebrochen. Sie konnte und wollte einfach nicht akzeptieren, dass ihre Leistungen nicht ausreichend waren. Sie sagt, sie habe damals alles getan, um in die Mannschaft zu kommen. Was sie mit der Erpressung anrichtete, war ihr in dem Moment völlig egal. Als dann alles aufflog, stand sie allein da. Nicht nur für Baudin war damals alles zu Ende, auch für sie.«
Uwe gähnte und streckte seine langen Beine aus. »Nach der Wende hat sie ein paar Jahre im Westen gelebt. 1999 ist sie in den Osten zurückgegangen. Sie hatte in der Zwischenzeit eine

Ausbildung zur Friseurin gemacht.« Uwe trank den Kaffeebecher leer, den Luca ihm bei seiner Ankunft in die Hand gedrückt hatte. »Sie sagt, dass sie all die Jahre versucht hat, mit Baudin in Kontakt zu treten. Es hat allerdings einige Zeit gedauert, bis sie ihn gefunden hatte. Sie wollte sich mit ihm aussprechen, das war ihr von Jahr zu Jahr wichtiger geworden. Ende 1999 ist es ihr dann tatsächlich auch gelungen. Sie hat seine Adresse in Köln ausfindig gemacht, ist zu seiner Wohnung gegangen und hat auf ihn gewartet.«
»Na, da bin ich jetzt aber mal gespannt.« Luca sah Uwe erwartungsvoll an.
»Nichts weiter. Sie haben sich ausgesprochen. Baudin hat gesagt, er habe ihr verziehen, es sei eben eine Jugenddummheit gewesen.«
»Und das hat sie ihm geglaubt?«, fragte Lisa ungläubig.
»Ich denke mal, dass sie es glauben wollte.«
»Aber damit wäre für sie doch alles in Ordnung gewesen«, sagte Luca. »Wieso bringt sie ihn dann plötzlich mit dem Stalking in Verbindung? Das kapiere ich nicht. Wann hat das Ganze denn eigentlich begonnen?«
Sabine Grossert hatte zur Jahrtausendwende zum ersten Mal das Gefühl gehabt, beobachtet zu werden. Außerdem hatte sie Anrufe bekommen, in denen der Anrufer ihr mit verzerrter Stimme drohte, sie fertigzumachen. Das hatte dazu geführt, dass sie immer wieder umgezogen war. Aber der Stalker hatte sie überall gefunden. In jeder Stadt hatte sie erneut Anzeige erstattet, immer mit dem Hinweis auf Baudin, und dabei immer mehr das Gefühl gehabt, dass niemand ihr glaubte.
»Ist Baudin denn befragt worden?« Luca hatte Uwes Becher mit frischem Kaffee gefüllt und brachte ihn seinem Kollegen.
»Danke.« Uwe gab Zucker und Milch dazu. »Nur nach den

ersten beiden Anzeigen. Er hatte ein Alibi, welches allerdings nur sehr halbherzig überprüft wurde, denn nach Sabine Grosserts erster Anzeige hatten die Beamten herausgefunden, dass sie seit einiger Zeit in Psychotherapie war. Der Vermerk war in die Akte gekommen, und damit war Sabine Grossert abgestempelt.«
»Na toll«, sagte Lisa.
»Es muss die Hölle für sie gewesen sein.« Uwe trank einen großen Schluck. »Wann immer sie eine neue Anzeige erstattet hat, sind natürlich jedes Mal die vorherigen überprüft worden. Und langsam ging ihr der Ruf voraus, eine psychotische Irre zu sein, die nur auf sich aufmerksam machen will. Hinzu kam, dass sich die Anrufe nie zurückverfolgen ließen. Er hat immer nur in ihrer Wohnung angerufen, und zwar mit einer unterdrückten Nummer. Das hätte eine etwas aufwendigere Ortung erfordert, die niemand veranlassen wollte. Zum Schluss war es wirklich so, dass die Kollegen nur noch die Anzeige aufgenommen und dann zu den Akten gelegt haben. Nicht unbedingt ein Renommee für die Polizei.«
»Aber du glaubst dieser Frau?« Lisa sah ihren Kollegen nachdenklich an. »Warum, Uwe?«
»Ich kann es nicht mit logischem Menschenverstand erklären.« Uwe drehte den Kaffeebecher in den Händen. »Ich weiß nur, dass Sabine Grossert einen aufrichtigen Eindruck auf mich macht. Ich habe mit ihrer Freundin gesprochen, die alles bestätigt hat. Die beiden kennen sich seit ihrer Kindheit. Sabine Grossert ist zu ihr gezogen, damit sie endlich eine Zeugin hat, wenn der Stalker sich wieder meldet.«
»Aber wieso ist sie so fest davon überzeugt, dass es Baudin ist?«, wollte Lisa wissen. »Hat der Anrufer irgendwelche Dinge gesagt, die auf ihn hindeuten?«

»Nein, hat er nicht. Aber ihr Gefühl sagt ihr, dass er es ist.«
»Mann, Mann, Mann, Frauen und ihre Gefühle.« Luca hatte die Füße auf den Schreibtisch gelegt. »Das ist ja alles schön und gut, aber was hat das mit Kerstin Wiesner zu tun? Wo ist da der Zusammenhang?«
»Natürlich ist es ziemlich unwahrscheinlich, dass Baudin Kerstin gekannt hat. Was mich stutzig gemacht hat, ist diese unglaubliche Ähnlichkeit zwischen Kerstin und Baudins ehemaliger Freundin.«
»Na und?«, sagte Luca. »Selbst wenn Kerstin und Baudin sich hier über den Weg gelaufen sein sollten, welchen Grund hätte er gehabt, sie umzubringen? Wenn sein Hass auf die Grossert wirklich immer noch so groß ist, wieso hat er ihr dann nicht schon längst was getan? Der geht doch nicht einfach los und bringt 'ne wildfremde Frau um, bloß weil sie der Grossert so ähnlich sieht.«
»Wir müssen noch mal mit Baudin sprechen«, beharrte Uwe.
»Das werden wir auch«, sagte Lisa. »Aber jetzt machen wir Schluss für heute. Wenn wir uns nämlich nicht endlich mal ausschlafen, gehen wir bald auf dem Zahnfleisch. Solange die Segelwettbewerbe ausgetragen werden, läuft Baudin uns nicht davon. Außerdem erhoffe ich mir mehr von der Aussage von Jana Williams.«
»Kennst du sie auch von früher?«, wollte Uwe wissen.
Nach einer deutlichen Ansage durch Luca, dass es so nicht weitergehe, hatte Lisa Uwe über ihre Beziehung zu den Wiesners und vor allen Dingen zu Horst Wiesner aufgeklärt. Hinterher war sie erleichtert gewesen.
»Ich kenne Jana nicht. Sie ist fast zwanzig Jahre älter als Horst. Als ich mit ihm zusammenkam, war sie schon in die Staaten ausgewandert.«

»Wann trifft sie ein?«, fragte Luca.
»Sie landet morgen um elf in Hamburg.«

Ein Keuchen entrang sich Susannes Kehle, als sie die Tür zum Zimmer ihrer Tochter öffnete. Wie angewurzelt blieb sie auf der Schwelle stehen.
Im Anschluss an ein wortloses Abendessen hatte Horst seine Joggingsachen angezogen und das Haus verlassen. Seine Abwesenheit hatte Susanne die Möglichkeit verschafft, auf die sie so lange gewartet hatte.
Fassungslos starrte sie auf das Bild vor ihren Augen und fühlte, wie ein Zittern ihren Körper ergriff.
Das Zimmer war ein Schrein. Überall lagen Kerstins Sachen verstreut, aber nicht wahllos und wild durcheinander, sondern liebevoll arrangiert. Die Stofftiere, mit denen sie als Kind gespielt hatte, waren auf dem Kinderbett verteilt und ließen die bunte Überdecke fast unter sich verschwinden. Die Kinderbücher lagen in sorgfältig aufgerichteten Stapeln auf dem Fußboden neben dem Bett. In einer anderen Ecke war eine kleine Decke ausgebreitet, auf der sich allerlei Nippes befand, Schatullen, gefüllt mit buntem Modeschmuck, billiger Tand, aber Kerstin hatte ihn geliebt. Kleine Porzellanfiguren, Tiere zumeist, die Kerstin irgendwann angefangen hatte zu sammeln. Eine kleine Schale mit bunten Glasmurmeln, mit denen das vierjährige Kind stundenlang gespielt und dabei alles um sich herum vergessen hatte. Auf einem Tisch neben der Tür lagen säuberlich zusammengefaltet Kerstins Kleidungsstücke. Es waren nicht viele, die meisten hatte Susanne schon vor Jahren zur Kleidersammlung gebracht, aber einiges hatte sie zur Erinnerung behalten – das weiße Taufkleid mit der umlaufenden Spitze, das mittlerweile völlig vergilbt war, das bunt-

gemusterte Sommerkleid, das Kerstin bei ihrer Einschulung getragen hatte, das farbenfrohe Harlekinskostüm, das sie ihr für einen Faschingsball in der Schule genäht hatte.

Susanne schloss die Tür und setzte sich mit weichen Knien auf den einzigen freien Stuhl. Horst musste das alles vom Dachboden geholt haben, auf dem sie den größten Teil von Kerstins Sachen schon vor Jahren verstaut hatte.

»Was machst du hier?«

Erschrocken fuhr Susanne herum, als sie die Stimme hinter sich vernahm.

Ungezügelte Wut lag auf dem Gesicht ihres Mannes, als er das Zimmer betrat. Hastig stand Susanne auf und drückte den weißen Stoffbären, den sie vom Bett genommen hatte, schützend an ihre Brust.

»Und, bist du jetzt zufrieden?« Wiesner trat nah an sie heran. Fast wäre Susanne angstvoll zurückgewichen. »Was wolltest du hier finden? Beweise, die darauf hindeuten, dass ich meine Tochter vergewaltigt habe?« Er lachte bitter auf. »Du und Lisa, ihr könnt euch die Hand reichen. Ich wundere mich, dass sie nicht schon hier erschienen ist und mich verhaftet hat.«

Dienstag, 24. Juni

Jana Williams hielt sich mit keiner langen Vorrede auf. Nachdem sie Lisa begrüßt hatte, setzte sie sich neben ihren Bruder aufs Sofa. Susanne Wiesner hatte sich in einem Sessel zusammengekauert und sah mit angstvollen Augen zu ihrer Schwägerin hinüber.
»Kerstin hat mir von dem Missbrauch erzählt. Der Mann, der ihr das angetan hat, heißt Werner Mertens.«
Lisas Blick irrte zu Wiesner hinüber, aber er sah sie nicht an. Sie hatte in der vergangenen Nacht schlecht geschlafen, denn das Gespräch mit Jana Williams stand ihr bevor. Die Erleichterung nach deren ersten Worten machte Lisa fast schwindlig.
Kerstin hatte ihrer Tante erst nach einiger Zeit von dem Missbrauch erzählt. Jana war geschockt gewesen und hatte ihr immer wieder gesagt, dass sie Mertens anzeigen müsse. Sie verstand nicht, warum Kerstin es nicht ihren Eltern anvertraut hatte. Sie hatte ihrer Nichte sogar angeboten, mit ihr nach Deutschland zu fliegen und ihr beizustehen, aber Kerstin hatte sich geweigert. Außerdem hatte sie Jana verboten, ihren Eltern etwas zu erzählen.
»Mein Mann und ich haben es irgendwann aufgegeben«, sagte Jana und drückte die Hand ihres Bruders. »Damals haben wir es für die richtige Entscheidung gehalten. Wir sahen ja, dass es Kerstin immer besserging. Wir wollten die Wunde nicht ständig wieder aufreißen. Außerdem war mir klar, dass eine Anzeige und anschließende Verhandlung eine Tortur für Kerstin geworden wären, ohne Garantie auf Erfolg.«

»Wie haben Sie reagiert, als Kerstin Ihnen mitteilte, dass sie nach Kiel zurückwill?«, fragte Lisa.
»Ich war geschockt«, gab Jana zu, »obwohl ich natürlich damit gerechnet hatte, dass es irgendwann passieren wird. Ich habe Kerstin gefragt, was sie tun werde, wenn Mertens ihr über den Weg laufe. Sie hat gesagt, dass die Familie nicht mehr in Kiel wohne. Da war ich beruhigt.«
»Dann hat sie gelogen«, sagte Lisa. »Werner Mertens und seine Familie haben Kiel nie verlassen.« Aufmunternd sah sie Jana Williams an. »Erzählen Sie mir etwas über Kerstin. Ich möchte wissen, wie ihre Jahre in den Staaten waren.«
Jana zog ein Taschentuch heraus, aber sie benutzte es nicht. Auf einmal wirkte sie unsicher. »Kerstin hat sich im Lauf der Jahre sehr verändert. Aus dem schüchternen Mädchen wurde eine selbstbewusste Frau. Sie hatte einen großen Freundeskreis und eine Menge Verehrer.« Jana knetete das Taschentuch in ihren Händen. Sie blickte nicht hoch, als sie weitersprach. »Kerstin hat es nie lange bei einem Mann ausgehalten. Höchstens ein paar Wochen, dann stand schon ein neuer vor der Tür. Ich bin wirklich nicht prüde, aber irgendwann wurde es mir zu viel, und ich habe sie darauf angesprochen. Kerstin hat mir eine klare Abfuhr erteilt. Sie hat gesagt, dass sie erwachsen sei und tun und lassen könne, was sie wolle. Zuerst waren die Freunde noch in ihrem Alter, von der Uni und so, aber in den letzten zwei, drei Jahren wurden die Männer älter, teilweise zwanzig Jahre und mehr.«
»Kerstin hatte Brandnarben älteren Datums auf ihrem Körper. Können Sie mir dazu etwas sagen?«, fragte Lisa.
Beunruhigt blickte Jana zwischen ihrem Bruder und ihrer Schwägerin hin und her, als wäge sie ab, was sie ihnen zumuten könne. Dann nickte sie. »Ich habe es vor einigen Jahren durch

Zufall mitbekommen. Ich hatte mich gewundert, weil ich Zigarettenrauch aus Kerstins Zimmer gerochen hatte. Kerstin hat nicht geraucht. Ich war neugierig und bin hineingegangen. Kerstin lag halb nackt auf dem Bett und war gerade dabei, sich eine brennende Zigarette am Oberschenkel auszudrücken. Ich bin zu ihr gelaufen und habe sie ihr aus der Hand gerissen. Ich war furchtbar erschrocken.« Jana hielt einen Moment inne. »Im Nachhinein war ich mir sicher, dass Kerstin wollte, dass ich es erfahre. Es war ein Hilfeschrei.« Sie warf ihrem Bruder einen kurzen Blick zu. Als Wiesner nicht reagierte, fuhr sie fort: »Kerstin hat zugegeben, dass sie sich schon seit Jahren selbst verletzt. Bob und ich haben sie dann überzeugt, dass dieses autoaggressive Verhalten eine Therapie notwendig machen würde. Zu den ersten Stunden bin ich mitgegangen. Der Therapeut hat vermutet, dass der Missbrauch der Auslöser für Kerstins Verhalten war. Die Therapie hat ihr sehr geholfen, in den letzten beiden Jahren hatte sie sich keine Verletzungen mehr zugefügt.«
»Warum hast du mir das nicht erzählt?«, fragte Wiesner mit tonloser Stimme. Er starrte auf einen Punkt in der Ecke des Zimmers. Susanne war der letzte Rest Farbe aus dem Gesicht gewichen.
»Weil Kerstin es nicht wollte«, sagte Jana und warf einen hilflosen Blick zu Lisa hinüber. »Bob und ich haben lange mit uns gerungen, aber schließlich haben wir Kerstins Bitte respektiert.«
Wiesner entgegnete nichts, er saß da wie versteinert. Lisa wartete einen Moment, dann fragte sie Jana, ob sie mit Kerstin telefoniert habe, nachdem diese wieder in Kiel war.
Jana nickte. »Ich habe mehrere Male mit ihr telefoniert. Sie hat immer gesagt, dass es ihr gutgeht. Ich habe ihr geglaubt«, fügte sie bedrückt hinzu.

Bevor sie sich verabschiedete, wollte Lisa wissen, wie lange Jana in Kiel bleibe.

»Bis Sie Kerstins Mörder gefunden haben«, sagte Jana entschlossen. »Ich will den Menschen sehen, der Kerstin das angetan hat.«

Jana begleitete Lisa zur Tür. Lisa zögerte, weil sie nicht gehen mochte, ohne ein Wort mit Horst und Susanne gesprochen zu haben. Kerstins Mutter reagierte nicht, aber Wiesner hob den Kopf und sah Lisa zum ersten Mal an, seitdem sie das Haus betreten hatte. Nach einer langen Weile erhob er sich schwerfällig und verließ wortlos den Raum. Lisa musste sich beherrschen, nicht hinter ihm herzulaufen.

Eine knappe Stunde später hetzte Lisa die Auffahrt zum Haus der Mertens' in Kitzeberg hoch. Der Blick von Horst Wiesner verfolgte sie, die Trauer darin über ihren vermeintlichen Verrat.

»Lisa, bitte!« Luca hatte Mühe, mit ihr Schritt zu halten, und blieb völlig außer Atem neben ihr stehen. »Jetzt beruhig dich doch mal wieder.«

Lisa begann gegen die schwere Holztür zu hämmern, nachdem auf ihr Klingeln hin niemand geöffnet hatte. »Ich will, dass dieser Kerl endlich die Tür aufmacht.«

Als diese völlig unvermittelt mit einem Schwung aufsprang, hielt Lisa abrupt in der Bewegung inne. Entgeistert starrte sie auf den Mann im Türrahmen, und auch Luca war für einen Moment sprachlos.

Seine Blöße nur notdürftig mit einem Handtuch bedeckend, das allenfalls die Ausmaße eines größeren Geschirrtuchs aufwies, stand Werner Mertens fast nackt vor ihnen. Seine kurzen Haare waren nass, ihre strubblige Unordnung wirkte beabsichtigt, als hätte er vor dem Öffnen der Tür einige Zeit darauf verwandt, den lausbubenhaften Charme, für den ihn gerade sein weibliches Publikum so liebte, selbst für sein zurzeit eher ungewöhnliches Outfit herzustellen.

»Frau Sanders?« Als wäre das Handtuch dabei, sich zu lösen, drapierte Mertens es noch enger um seine schmalen Hüften. »Mein Gott, was ist denn so eilig, dass Sie mich hier überfallen? Ich hätte eigentlich gerne zu Ende geduscht, denn ich bin gerade von einem Wochenendtrip zurückgekommen.«

Als er Mertens betrachtete, gestand Luca sich voller Neid die Faszination ein, die von dessen kaum bedeckten sehnigen Schenkeln und dem muskulösen Oberkörper ausging, dem Spiel der Muskeln unter der Haut, die aussah, als wäre sie mit Öl eingerieben. Kein Gramm Fett, konstatierte Luca ernüchtert und verdrängte den Gedanken an seinen eigenen Brustkorb, der weit entfernt davon war, wie ein Sixpack auszusehen.

Falls Mertens gehofft hatte, Lisa mit seinem ungewöhnlichen Aufzug in Verlegenheit zu bringen, hatte er sich verkalkuliert.

»Dürfen wir reinkommen, Herr Mertens?« Ohne eine Antwort abzuwarten, betrat sie das Haus.

»Natürlich dürfen Sie das.« Mertens richtete einen prüfenden Blick auf Luca. »Wie ich sehe, haben Sie Verstärkung mitgebracht.«

Während er die großzügige, mit Mahagoniholz vertäfelte Diele durchquerte, blickte Luca sich um. Rechter Hand entdeckte er zwei antik aussehende Schränke, von denen einer als Garderobe zu dienen schien. Im Weitergehen bemerkte er, dass in der linken Wand Vertiefungen angebracht waren, die Platz für unterschiedliche Schiffsmodelle boten, die von unsichtbaren Strahlern geschickt ausgeleuchtet waren.

»Würden Sie mir jetzt bitte sagen, was passiert ist.« Mertens bat sie ins Wohnzimmer. »Oder ist das Ihre übliche Vorgehensweise, dass Sie die Menschen in ihren Häusern überfallen und ihnen nicht einmal die Chance geben, sich in Ruhe anzuziehen?«

»Oh, diese Chance sollen Sie bekommen, Herr Mertens.« Luca nahm Lisa die Antwort ab. »Wir wären Ihnen sogar sehr dankbar, wenn Sie sich etwas anziehen würden. Nicht dass Sie sich noch erkälten. Wir warten dann hier auf Sie.«

Für einen Augenblick schien Mertens abzuwägen, ob sich etwas hinter Lucas höflichen Worten verbarg, dann verließ er den Raum.

Auch jetzt sah Luca sich um. Die Einrichtung des Zimmers wirkte edel und teuer. Eine ausladende Sitzgarnitur aus braunem Nubukleder stand in der Nähe des Fensters, davor befand sich ein rechteckiger Couchtisch aus weißem Marmor. An der gegenüberliegenden Wand entdeckte Luca einen großformatigen Fernsehschrank, dessen Inhalt keine Wünsche offenließ. An der Stirnseite ging das Wohnzimmer in ein großes Esszimmer über, dessen alte Eichenmöbel den Eindruck erweckten, als kämen sie geradewegs aus dem Refektorium eines Klosters.

Es dauerte nicht lange, bis Mertens zurückkehrte. Die ausgeblichene Jeans mit den ausgefransten Rändern und den an mehreren Stellen vorhandenen schmalen Rissen ließ in Luca die Frage aufsteigen, ob derlei Abnutzungserscheinungen im Lauf der Jahre auf natürlichem Wege entstanden waren oder ob Mertens zu den Menschen gehörte, die bereit waren, viel Geld für ein solches Kleidungsstück auszugeben. Was ebenso für das T-Shirt galt, dessen Farbe vormals schwarz gewesen sein mochte, jetzt aber bestenfalls als dunkelgrau durchgehen würde. Das bekannte Krokodil, das unübersehbar auf der lin-

ken Brustseite prangte und so neu aussah, als hätte man es gerade erst daran befestigt, ließ die Vermutung aufkommen, dass Letzteres zutraf.
Mertens deutete auf die Ledergarnitur. »Nehmen Sie doch Platz.« Falls ihr Besuch ihn verunsicherte, ließ er es sich nicht anmerken. Er wartete, bis Luca seiner Aufforderung nachgekommen war, und richtete dann seinen Blick auf Lisa. Sie sah nicht so aus, als ob sie sich setzen wollte.
»Weshalb sind Sie gekommen?«, fragte Mertens.
»Weil Sie in dringendem Tatverdacht stehen, Kerstin Wiesner im Jahr 1996 über einen Zeitraum von mehreren Monaten sexuell missbraucht zu haben«, sagte Lisa mit erhobener Stimme. »Was uns zu der Frage bringt, ob Sie sie auch getötet haben, um diesen Missbrauch zu vertuschen.«

Werner Mertens hörte sich die Anschuldigungen mit ausdruckslosem Gesicht an. Er erwiderte kein Wort. Nachdem Lisa geendet hatte, griff er zum Telefonhörer und rief seinen Anwalt an. Als dieser nach einer halben Stunde erschien, wurde Lisa und Luc klar, dass sie es ab sofort mit einem der besten Strafverteidiger der Stadt zu tun haben würden. Speziell Lisa hatte schon einige unerfreuliche Begegnungen mit diesem selbstgefälligen Mittvierziger gehabt, der stets wie aus dem Ei gepellt aussah und ausschließlich Schuhe mit erhöhten Absätzen trug, im vergeblichen Bemühen, seine knapp ein Meter fünfundsechzig wenigstens halbwegs auf ein von der Natur verwehrtes Gardemaß zu trimmen.
Dr. Theodor Wolter war bekannt dafür, dass er in der Öffentlichkeit stehende Personen vertrat und sich wie diese nur allzu gern im Blitzlichtgewitter der Medienvertreter sonnte. Er zog sich mit Mertens in einen anliegenden Raum zurück.

»Das war's dann wohl«, sagte Lisa mit unterdrückter Wut in der Stimme. »Ich glaube nicht, dass Mertens jetzt noch was sagen wird.«
Doch diese Vermutung sollte sich als falsch erweisen. Nach knapp zwanzig Minuten betraten Mertens und Wolter den Raum, und der Anwalt richtete das Wort an Lisa.
»Mein Mandant ist erschüttert über die Vorwürfe, die gegen ihn erhoben werden. Ich habe ihm geraten, sich vorerst nicht dazu zu äußern, aber Herr Mertens möchte trotzdem eine Erklärung abgeben.«
»Na, da bin ich aber mal gespannt«, murmelte Lisa verächtlich.
Werner Mertens wirkte bedrückt. »Ich weiß, dass ich Ihnen das schon bei unserem ersten Gespräch hätte sagen müssen, aber ich hatte Angst, dass es mich in Ihren Augen verdächtig macht. Was ich Ihnen jetzt erzähle, weiß nicht einmal meine Frau. Nachdem wir zu Horst und Susanne gezogen sind, wurde mir sehr schnell klar, dass Kerstin für mich schwärmt. Sie hat ständig meine Nähe gesucht und mir immer wieder gesagt, wie toll sie meinen Job findet und wie sehr sie von allen in der Schule beneidet wird, dass sie mit einem Schauspieler verwandt ist. Am Anfang habe ich das als kindliche Schwärmerei abgetan, aber dann ist sie eines Tages in unser Zimmer gekommen. Das muss so vier Wochen nach unserem Einzug gewesen sein. Wir waren allein im Haus, ich hatte nicht gehört, dass sie schon von der Schule zurück war. Sie hat mir geradeheraus gesagt, dass sie mit mir schlafen will, weil sie mich liebt und möchte, dass ich der erste Mann in ihrem Leben bin. Sie können sich vielleicht vorstellen, wie schockiert ich war.« Mertens hielt einen Augenblick inne, doch als keine Reaktion erfolgte, sprach er weiter. »Ich habe versucht,

in Ruhe mit ihr zu reden und ihr gesagt, dass sie sich das aus dem Kopf schlagen muss und sich nicht so in ihre Schwärmerei reinsteigern soll. Daraufhin ist sie gegangen. Ich hatte gehofft, dass die Sache damit erledigt wäre, aber schon am nächsten Tag hat sie es noch einmal versucht. Ich habe ihr wieder gesagt, dass sie vernünftig sein soll. Sie hat geweint, und mir war klar, dass ich mit allem, was ich sage, ihre Gefühle verletze. Aber irgendwann ist sie dann doch zur Besinnung gekommen. Zumindest habe ich das damals geglaubt.« Mertens verschränkte die Hände hinter dem Rücken. »Es kann nur ihr verletzter Stolz gewesen sein, der sie zu dieser ungeheuerlichen Anschuldigung getrieben hat. Damals hat sie mich gebeten, ihren Eltern nichts zu erzählen, und das habe ich natürlich auch nicht getan. Kerstin befand sich in einem totalen Gefühlswirrwarr. Jedes Gespräch mit Susanne und Horst hätte die Sache nur unnötig aufgebauscht. Warum sie dann früher in die Staaten gegangen ist, weiß ich nicht. Vielleicht hing es mit mir zusammen, vielleicht hatte es andere Gründe. Aber dass sie ihrer Tante erzählt hat, ich hätte sie missbraucht, ist eine infame Lüge. Ich schwöre, dass ich Kerstin niemals angefasst habe.«
»Wollen Sie uns jetzt allen Ernstes weismachen, dass Kerstin Wiesner versucht hat, Sie zu verführen?«, fragte Lisa fassungslos.
»Mir ist klar, dass Sie mir das nicht glauben werden, aber ganz genau so war es.«

Bei der Verabschiedung riet Mertens' Anwalt den beiden Kripobeamten, die Anschuldigungen gegen seinen Mandanten nicht weiterzuverbreiten, schon gar nicht der Presse gegenüber, andernfalls werde man eine Verleumdungsklage anstrengen.

»Sag mal, der Typ muss ja wahnsinnig viel Kohle machen«, meinte Luca, als sie die breite Auffahrt hinuntergingen, »sonst könnten die sich doch nie und nimmer dieses Haus leisten. Ein Grundstück in Kitzeberg mit direkter Lage an der Förde, das dürfte doch 'n paar Millionen kosten.«
»Zweieinhalb, wenn du es genau wissen willst«, entgegnete Lisa. »Das ist alles vom Geld seiner Frau gekauft. Ihre Eltern sind nach der Wende ebenfalls in den Westen gegangen und haben hier eine gutlaufende Immobilienfirma gehabt. Außerdem waren die Großeltern ziemlich betucht. Die besaßen nämlich zwei gutgehende Hotels am Starnberger See. Die Mutter von Gudrun Mertens ist vor vier Jahren gestorben und zwei Jahre später dann ihr Vater. Nach seinem Tod hat sie an die sechs Millionen geerbt.«
»Nicht schlecht«, sagte Luca und öffnete die Wagentür. Bevor er einstieg, grinste er Lisa an. »Ich bin übrigens sehr stolz auf dich.«
Lisa sah ihn verständnislos an.
»Ich hätte nicht gedacht, dass du es schaffst, dich zurückzuhalten. So wie du seit dem Gespräch mit Jana Williams geladen bist, hab ich damit gerechnet, dass du Mertens an die Gurgel gehst.«
»Das hätte ich am liebsten auch getan«, gab Lisa zu, »aber ich darf Wolter keine Angriffsmöglichkeit mehr bieten.«
»Der Fall Timmermann.« Luca nickte. »Ich weiß.«
In dem drei Jahre zurückliegenden Fall hatte Lisa versucht, eine Kollegin zu schützen und einen gravierenden Fehler der jungen und unerfahrenen Kripobeamtin auf ihre Kappe genommen. Seitdem hatte Wolter sich auf Lisa eingeschossen.
Auf dem Rückweg ins Büro ließ Lisa noch einmal das Gespräch mit Mertens Revue passieren. Ein einziges Mal war es

ihr gelungen, ihn für einen kurzen Augenblick in Unruhe zu versetzen. Nachdem er seine Anschuldigungen gegen Kerstin vorgebracht hatte, wollte Lisa wissen, warum er seiner Frau nichts von dem Mord an Kerstin erzählt hatte.
Es gab einen kurzen Blickwechsel zwischen Mertens und seinem Anwalt.
»Natürlich habe ich es meiner Frau erzählt. Da muss sie wohl etwas durcheinanderbekommen haben.« Mertens lächelte zuvorkommend. »Vielleicht hat sie es aber auch nur vergessen. Ihr Gedächtnis ist nämlich leider nicht das beste.«
Lisa erwiderte das Lächeln und meinte, dass sie aufgrund der neuen Erkenntnisse natürlich noch einmal mit seiner Frau und seinem Sohn sprechen müssten.
»Oh, das tut mir leid, Frau Sanders. Meine Frau ist noch auf Amrum geblieben. Sie kommt erst morgen zurück.«

Um zwanzig Uhr saß Fehrbach einem aufgebrachten Arzt gegenüber.
»Sie bekommen hier keine Sonderbehandlung, Herr Dr. Thomas Freiherr von Fehrbach. Glauben Sie ja nicht, dass Ihnen Ihr Titel weiterhilft. Ich verlange, dass Sie sich ab sofort an die Regeln dieser Klinik halten. Wenn Sie dazu nicht bereit sind, bitte sehr.« Clausen wies zur Tür. »Sie können jederzeit gehen. Und eines können Sie mir glauben, wenn Sie weiterhin sämtliche Regeln missachten, werden wir alle sehr froh sein, wenn Sie unsere Klinik wieder verlassen.«
Nach Clausens Ausbruch saß Fehrbach wie versteinert da. Wut erfüllte ihn, wie der Arzt es wagen konnte, so mit ihm zu reden, bis er begriff, dass Clausen ihm den Spiegel vorgehalten hatte.
Clausens teilweise gespieltem Wutausbruch war eine Be-

schwerdeliste vorangegangen, die sich angesichts der Kürze von Fehrbachs Klinikaufenthalt sehen lassen konnte. Unfähigkeit zur Kommunikation bei den Gruppengesprächen, Ablehnung privater Gespräche, Absonderung bei den Mahlzeiten.
»Nichts für ungut, Herr Fehrbach, aber das musste jetzt mal gesagt werden. Ich möchte, dass Sie endlich begreifen, wie Sie auf andere Menschen wirken.« Clausen kam um den Schreibtisch herum und setzte sich auf dessen Kante. Er sah Fehrbach eindringlich an. »Sie versuchen, Ihre Ängste und Unsicherheiten hinter einer aalglatten und arroganten Fassade zu verbergen, aber so werden Sie immer Probleme mit den Menschen haben. Wenn Ihnen das endlich bewusst wird, kommen wir in Ihrer Behandlung auch weiter. Ich glaube nämlich nicht, dass ausschließlich der Tod Ihrer Frau für Ihren Alkoholismus verantwortlich ist. Die Gründe dafür liegen tiefer. Sie haben selbst zugegeben, dass Sie auch schon früher zu viel getrunken haben. Denken Sie einmal darüber nach, dann werden Sie erkennen, dass ich recht habe.«

Misstrauisch beäugte Lisa den Mann, der ihr in der Wohnung ihrer Mutter entgegenkam.
Solbergs Händedruck war fest und trocken. »Sie müssen Lisa sein.« Er deutete einen kleinen Diener an und stellte sich vor. »Ich freue mich sehr, Sie endlich kennenzulernen. Ihre Mutter hat mir schon viel von Ihnen erzählt.«
Lisas Blick flog zu Gerda, die mit verlegenem Ausdruck in der Wohnzimmertür stand. Sie hatte sich schick gemacht, und Lisa wurde klar, dass sie in einem sehr unpassenden Moment hereingeplatzt war. Neugierig musterte sie den vor ihr stehenden Mann. Jakob Solberg. Der Name kam ihr bekannt vor,

aber sie konnte ihn nicht einordnen. Sie fragte sich, ob ihre Mutter womöglich einen neuen Verehrer hatte, und stellte fest, dass sie Solberg sympathisch fand.
»Ich wollte Ihre Mutter gerade in mein Häuschen nach Strande entführen«, sagte Solberg. »Wie ist es, hätten Sie Lust, uns zu begleiten? Ich würde mich sehr freuen.«

Mittwoch, 25. Juni

Als der Wecker klingelte, hätte Lisa am liebsten auf ihn eingedroschen. Auch die vergangene Nacht war entschieden zu kurz gewesen. Sie musste allerdings zugeben, dass der Abend mit ihrer Mutter und Jakob Solberg ihr gutgetan hatte. Solberg war ein mitreißender Erzähler, dem es im Handumdrehen gelungen war, sie auf andere Gedanken zu bringen. Nachdem Lisa erfuhr, dass er eine Reederei besaß, wurde ihr klar, woher sie seinen Namen kannte. Irgendwann im Lauf des Abends wollte sie wissen, wo Gerda und Solberg sich kennengelernt hatten. Merkwürdigerweise brachte diese Frage Gerda ziemlich aus der Fassung, während Solberg zu einer nichtssagenden Erklärung ansetzte. Lisa hatte das deutliche Gefühl, dass die beiden ihr etwas verheimlichten. Sie hatte beschlossen, ihre Mutter bei nächster Gelegenheit darauf anzusprechen.
Lisas gesteigerte Laune verging allerdings schnell, nachdem Gudrun Mertens zur Vernehmung in die Blume gebracht worden war.
Mertens' Frau sah sie beunruhigt an. »Was ist denn passiert? Ihr Kollege hat es sehr dringlich gemacht, aber er wollte mir nicht sagen, worum es geht.«
Luca schaltete das Mikro ein und klärte Gudrun Mertens über ihre Rechte auf.
»Frau Mertens, wir haben eine beglaubigte Aussage, dass Ihr Mann Kerstin Wiesner an deren zwölftem Geburtstag, also am 19.6.1996, vergewaltigt hat. Er hat den sexuellen Missbrauch über einen Zeitraum von drei Monaten fortgesetzt, bis Kerstin Wiesner sich ihm durch ihre Flucht in die USA entzo-

gen hat. Des Weiteren haben wir einen Anfangsverdacht gegen Ihren Mann, dass er Kerstin Wiesner getötet hat. Die Ermittlungen sind bereits eingeleitet.«
Gudrun Mertens hatte Lisa mit wachsendem Entsetzen gelauscht. »Was sagen Sie da? Sind Sie verrückt geworden?«
Lisa ließ sich nicht aus der Ruhe bringen. »Ihr Mann leugnet beide Taten. Können Sie sich dazu äußern?«
»Das ist infam, Frau Sanders. Wer bringt solche Anschuldigungen vor?« Lisa erwiderte nichts, und Gudrun Mertens beugte sich über den Tisch zu ihr hinüber. »Wer sagt so etwas? Dagegen müssen wir uns doch wehren.«
»Ich kann Ihnen den Namen nicht nennen.«
Gudrun Mertens begann mit den Griffen ihrer Handtasche zu spielen, die sie vor sich auf den Tisch gestellt hatte. »Werner hat Kerstin gemocht, aber doch nicht so. Er hat mal gesagt, dass sie wie eine Tochter für ihn sei. Manchmal hat er ihr ein hübsches Tuch oder etwas Modeschmuck gekauft, weil er sie ein bisschen verwöhnen wollte. Aber dabei hatte er doch keine Hintergedanken.«
»Ihr Mann hat Kerstin beschenkt?«
»Ja, aber das waren doch nur Kleinigkeiten. Horst und Susanne wollten nie etwas von uns annehmen, obwohl wir kostenfrei bei ihnen wohnen konnten. Da hat Werner dann eben ab und zu mal ein kleines Geschenk für Kerstin mitgebracht. Das ist doch nichts Schlimmes.«
»Ist Ihnen damals nie etwas aufgefallen?«
»Ja, was denn? Es ist doch nichts passiert.« Gudrun Mertens hob die Hand zum Mund, um ein Schluchzen zu unterdrücken.
»Ihr Mann hat behauptet, dass Kerstin versucht hätte, ihn zu verführen«, mischte Luca sich ein. »Können Sie sich vorstellen, dass diese Aussage stimmt?«

Aufgelöst blickte Gudrun Mertens die beiden Kripobeamten an. »Kerstin war ein sehr schüchternes Mädchen.« Sie schüttelte den Kopf. »Nein, das kann ich mir nicht vorstellen. Und selbst wenn, Werner hätte sie nie angerührt.«
»Das hat ihr Mann auch behauptet.« Lisa war frustriert, weil es ihr nicht gelang, Gudrun Mertens einzuschätzen. Luca schien es ähnlich zu gehen. Interessant war allerdings die Bemerkung, dass Werner Mertens Kerstin beschenkt hatte. Obwohl er doch behauptet hatte, kaum Kontakt mit ihr gehabt zu haben.
Lisa versuchte noch mehrere Male, Gudrun Mertens aus der Reserve zu locken, unter anderem auch durch das Vorlegen der gefundenen Fotos, aber deren Auskünfte waren immer dieselben. Entweder wusste sie wirklich nichts, oder sie war eine sehr gute Schauspielerin.
»Lass uns mit Niklas sprechen«, sagte Luca, nachdem sie Gudrun Mertens entlassen hatten. »Die Kollegen haben ihn gerade geholt.«

Niklas Mertens war auffallend still und ließ sich durch nichts provozieren. Er gab zwar ebenfalls zu Protokoll, dass die Anschuldigungen gegen seinen Vater eine infame Lüge seien, allerdings mit weitaus weniger Emotionen, als seine Mutter es getan hatte. Darauf angesprochen, dass sein Vater Kerstin öfter Geschenke gemacht habe, sagte Niklas, dass er davon nichts wisse. Wenn dem aber so gewesen sei, dann sei das nur aus Dankbarkeit gegenüber dem großzügigen Verhalten der Wiesners geschehen.

Werner Mertens war am 23. März 1953 in Wernigerode im Harz geboren. Als er zehn Jahre alt war, kamen seine Eltern

bei einem Busunfall ums Leben. Danach nahm ihn eine entfernte Cousine seiner Mutter auf. Nach Beendigung der Schule absolvierte er einen dreijährigen Regeldienst als Unteroffizier auf Zeit bei der NVA und erhielt danach den begehrten Studiengang Schauspiel an der Hochschule für Film und Fernsehen der Deutschen Demokratischen Republik. Mit zwanzig Jahren lernte er die zwei Jahre jüngere Studentin Andrea Sellbach kennen, die er drei Jahre später heiratete. Nach sieben Jahren wurde die Ehe, die kinderlos geblieben war, wieder geschieden, und noch im selben Jahr ehelichte Mertens die Masseurin Gudrun Hoffmann. Ein Jahr später kam Niklas, ihr einziges Kind, zur Welt. Bis zur Wende war Mertens einer der bekanntesten und beliebtesten Schauspieler in der DDR gewesen.
»Alles Weitere wissen wir«, sagte Uwe. Er war während der Vernehmungen im Büro geblieben, um sich weiter mit der Recherche über Mertens zu beschäftigen. »Über frühere Anklagen wegen Kindesmissbrauchs ist nichts bekannt, weder in der DDR noch hier. Ich habe auch mit seiner ersten Frau gesprochen. Sie fand den Vorwurf ziemlich absurd. Sie sagt, was Frauen angehe, habe Mertens nie was anbrennen lassen, und deshalb sei die Ehe dann auch geschieden worden. Aber dass er sich an Minderjährigen vergreift, konnte sie sich nicht vorstellen.« Als keine Reaktion erfolgte und Uwe die langen Gesichter seiner beiden Kollegen wahrnahm, bildete sich eine steile Falte auf seiner Stirn. »Die Vernehmungen haben nichts erbracht?«
»Nein«, sagte Luca und erzählte, wie es gelaufen war.
Uwe rückte ein Stück vom Bildschirm ab und schloss für einen Moment die geröteten Augen. »Ich bin da übrigens noch auf was gestoßen. Während Mertens' Zeit in der NVA

hat es einige Diebstähle aus einem Waffendepot gegeben. Wenn ihr mir helft, kommen wir schneller voran.«
Gemeinsam machten sie sich an die Arbeit. Zwei Stunden später hatten sie herausgefunden, dass bei den Diebstählen, die sich 1972 in einem Waffendepot bei Potsdam ereignet hatten, mehrere Kilo TNT, diverse Handgranaten und eine Pistole vom Typ Makarow P08 entwendet worden waren. Der oder die Täter hatten nicht ermittelt werden können.
»Was ist jetzt eigentlich mit Baudin?«, wollte Uwe von Lisa wissen. »Du hast doch gesagt, dass wir uns den noch mal vornehmen wollen.«
»Das ist richtig, doch da wussten wir noch nichts von dem Missbrauch.«
»Aber wir sollten uns jetzt nicht nur auf Mertens konzentrieren«, forderte Uwe, und Luca pflichtete ihm bei.
Lisa gab sich geschlagen. »Okay, wir sprechen morgen noch mal mit ihm.« Sie blickte auf die Uhr. »Ich muss jetzt zu Lannerts Vernissage.«

Saskia Tannenbergs Anruf hatte Fehrbach überrascht. Sie fragte ihn, ob er Lust habe, sie zur Vernissage von Peter Lannert zu begleiten.
»Sie würden mir eine große Freude machen, wenn Sie mitkommen, Herr Fehrbach.« Eine leichte Verlegenheit lag in Saskias Stimme. »Ich möchte den Mann, mit dem Kerstin befreundet war, gerne kennenlernen. Ich weiß nicht, ob Sie das verstehen können, aber es ist mir sehr wichtig. Ich hatte eine Freundin gebeten, Karten für die Vernissage zu besorgen, aber jetzt ist sie krank geworden, und ich möchte nicht allein gehen.«
»Und wieso kommen Sie da auf mich?«, fragte Fehrbach verständnislos.

»Weil ich Sie sehr sympathisch finde. Ich hoffe, Sie verzeihen mir meine Direktheit.«

Die freimütige Art der jungen Frau überrumpelte Fehrbach. Krampfhaft suchte er nach einer glaubhaften Ausrede. Doch dann fiel ihm etwas ein.

Lisa hatte gesagt, dass sie zur Vernissage gehen wollte, um noch mehr über Lannert in Erfahrung zu bringen. Sie würde also dort sein.

»Danke für die Einladung«, sagte Fehrbach. »Ich begleite Sie gern.«

Sie verabredeten sich für zwanzig Uhr. Trotzdem traf Fehrbach bereits eine Stunde früher im Niemannsweg ein. Er hoffte auf eine Gelegenheit, Lisa vor Beginn der Vernissage abzufangen, um endlich ein klärendes Gespräch mit ihr zu führen. Der schwelende Streit zwischen ihnen und die Unsicherheit, wer der Verfasser des anonymen Briefs gewesen sein mochte, setzten ihm immer mehr zu. Doch als er seinen Wagen auf dem Seitenstreifen parkte, bemerkte er Lisas alten dunkelroten Kadett auf der Einfahrt zu Lannerts Haus. Sie war bereits da.

Gegen halb neun traf endlich auch Saskia Tannenberg ein. Sie parkte ihren Mini auf der gegenüberliegenden Straßenseite und kam zu Fehrbach herübergelaufen. »Es tut mir so leid«, stieß sie völlig außer Atem hervor. »Das Kindermädchen hatte eine Panne mit dem Mofa.« Sie geriet außer Tritt und stolperte über die hohen Absätze ihrer schwarzen Pumps. Hilfesuchend hielt sie sich an Fehrbachs Arm fest. »Ich hoffe, Sie können mir noch einmal verzeihen.«

»Schon gut.« Fehrbachs Lächeln misslang. »Jetzt sind Sie ja da.« Am liebsten hätte er ihre Hand abgeschüttelt. »Lassen Sie uns hineingehen.«

»Ich glaube, wir kennen uns noch nicht.« Lannert streckte den Neuankömmlingen lächelnd die Hand entgegen.
Plötzlich war Fehrbach sich nicht mehr sicher, ob es eine gute Idee gewesen war zu kommen. Aber jetzt war es zu spät, also stellte er Saskia und sich vor.
»Ich freue mich sehr, dass Sie gekommen sind«, sagte Lannert. Die übliche Floskel auf dieser Art von Veranstaltungen.
Ganz plötzlich holte Fehrbach die Erinnerung wieder ein. In den ersten Jahren ihrer Ehe hatte er Eva einige Male zu Ausstellungseröffnungen begleitet. Sie hatte diese Veranstaltungen geliebt, und außerdem waren sie eine gute Gelegenheit, Kontakte zu knüpfen, die ihrem kleinen, aber exklusiven Catering-Service zugutekommen konnten. Fehrbach hatte nie ein Interesse an diesen Geselligkeiten gehabt. In seinen Augen waren sie nichts als ein Jahrmarkt der Eitelkeiten, ein wirkliches Interesse der Besucher an den Bildern war selten vorhanden.
»Herr Fehrbach?«
Er hatte Lisa nicht kommen sehen, zu groß war das Gedränge mittlerweile. Er sah, wie Lannert ihr einen fragenden Blick zuwarf.
»Herr Fehrbach und ich kennen uns.« Lisa stockte kurz, dann sprach sie weiter. »Herr Fehrbach ist der ermittelnde Staatsanwalt im Tötungsdelikt Kerstin Wiesner.«

Am Abend hielt Susanne Wiesner es nicht mehr aus. In aller Eile packte sie ihren Koffer und floh zu Jana Williams, die ein Zimmer im Hotel Maritim genommen hatte.
Als Susanne den Fahrstuhl verließ, kam Jana ihr bereits aufgeregt entgegengelaufen.

»Die Rezeption hat gerade Bescheid gesagt. Ich bin so froh, dass du gekommen bist.« Jana nahm ihre Schwägerin in den Arm. Dann griff sie nach dem Koffer, den Susanne in der Hand trug und ging voran in die geräumige Suite. »Wie geht es dir? Wie geht es Horst? Ich mache mir solche Vorwürfe.«
»Horst hat gedacht, dass ich ihn verdächtige, Kerstin missbraucht zu haben.« Susanne war in der Tür zum Wohnraum stehen geblieben. »Dabei wollte ich doch bloß in ihr Zimmer.« Sie ging zur Couch hinüber. Ihre Bewegungen wirkten kantig und steif. »Er hat gesagt, dass Lisa ihn auch verdächtigt hat. Seine heißgeliebte Lisa. Das hat ihm den Rest gegeben. Aber dass er mir dasselbe unterstellt … Ich bin doch seine Frau … Ich habe doch immer zu ihm gehalten.« Sie brach in ein haltloses Schluchzen aus.
Jana Williams kam mit schnellen Schritten zur Couch und setzte sich neben ihre Schwägerin. »Erzähl mir, was passiert ist. Und dann möchte ich, dass du ein paar Tage hierbleibst. Zu Hause kommst du ja doch nicht zur Ruhe.«

»Warum haben Sie Lannert angelogen?«
Fehrbach und Lisa waren in den Garten gegangen. Fehrbach hatte Lannert gebeten, sie für einen Augenblick zu entschuldigen, da er etwas Dienstliches mit Frau Sanders zu besprechen habe.
»Für ihn ist es doch vollkommen unerheblich, wer den Fall bearbeitet.« Lisa verließ die Terrasse und ging in den hinteren Teil des Gartens, der menschenleer war. Fehrbach folgte ihr, bis sie an einem kleinen Pavillon stehen blieb. An der Art, wie sie ihr Haar aus dem Gesicht strich und auf ihre Hände schaute, merkte Fehrbach, dass sie genauso unsicher war wie er. Auf einmal hatte er Skrupel, seine Befürchtung auszuspre-

chen. Krampfhaft überlegte er, wie er das heikle Thema am besten anschneiden konnte.
»Frau Sanders, ich habe Sie aus einem ganz bestimmten Grund um dieses Gespräch gebeten.« Er hielt inne, unsicher geworden, wie er fortfahren sollte.
Lisa drehte sich zu ihm herum. »Sie wollen wissen, ob ich den anonymen Brief geschrieben habe.«
Damit hatte er nicht gerechnet. Noch nie war er einer Frau begegnet, die Probleme mit einer derartigen Offensive anging. Er nickte.
»Die Vermutung liegt nahe«, bemerkte Lisa nüchtern. »Ich kann es Ihnen nicht verdenken. Das wäre mir wahrscheinlich genauso gegangen.« Ernst sah sie ihn an. »Ich habe diesen Brief nicht geschrieben, Herr Fehrbach. Ich hoffe, dass Sie mir das glauben.«
Fehrbach blickte in ihr offenes Gesicht und fragte sich, wieso er jemals Zweifel gehabt hatte. »Ich glaube Ihnen, Frau Sanders.« Eine Welle der Erleichterung überflutete ihn. »Es tut mir leid, dass unsere Zusammenarbeit unter einem so schlechten Stern stand. Es ist unentschuldbar, wie ich mich Ihnen gegenüber benommen habe, vor allen Dingen bei unserer ersten Begegnung.«
»Sie haben geglaubt, dass ich meine Pflicht vernachlässige.«
Sie hatte recht. Angesichts ihrer vermeintlichen Pflichtvergessenheit war die Erinnerung an seine eigene in ihm aufgestiegen, die die Herabstufung zum Oberstaatsanwalt nach sich gezogen hatte. »Aber das gab mir nicht das Recht ...«
»Ist schon okay«, wiegelte Lisa ab. »Ich schlage vor, dass wir das Ganze vergessen.« Trotz ihrer Worte wirkte sie immer noch angespannt. »Da wir gerade bei den Entschuldigungen sind ... Es tut mir leid, dass ich Sie am Samstag so angegriffen

habe, aber ich …« Sie schirmte ihre Augen gegen die untergehende Sonne ab. »Sie haben meinen besten Freund verdächtigt. Da habe ich einfach Rot gesehen.« Sie streckte Fehrbach die Hand entgegen. »Ich hoffe, Sie nehmen meine Entschuldigung an.«
Fehrbach ergriff ihre Hand und drückte sie kurz. »Natürlich tue ich das.« Er suchte nach einer unverfänglichen Bemerkung, da hörte er ein lautes Rufen.
»Frau Sanders?« Lannert kam über den Rasen auf sie zu. »Ich habe Sie schon überall gesucht. Das Büfett ist eröffnet. Wollen Sie nicht wieder reinkommen?« Er musterte Fehrbach mit einem unfreundlichen Blick. »Ich finde, Sie sollten Frau Sanders endlich einmal ihren Feierabend gönnen. Das kann doch alles nicht so wichtig sein, dass es nicht bis morgen Zeit hat.«
»In laufenden Ermittlungen gibt es selten so etwas wie Feierabend«, sagte Lisa. »Wir kommen gleich.«
Lannert zögerte. »Lassen Sie mich nicht zu lange warten«, sagte er schließlich und ging zum Haus zurück.
Für einen Moment herrschte ein angestrengtes Schweigen.
»Sie sollten sich vor Gerlach in Acht nehmen.«
»Ich weiß.« Fehrbach scheute die Frage, ob Lisa mehr wusste.
»Er ist so voller Hass, weil er den Posten nicht bekommen hat. Ich dachte immer, ich kenne ihn, aber mittlerweile …«
Lisa zuckte hilflos mit den Schultern.
Fehrbach brannte noch etwas auf der Seele. »Sind Sie schon weitergekommen? Ich weiß, dass Sie es mir nicht mehr sagen dürfen. Es ist nur so …«
Lisa fiel ihm ins Wort. »Werner Mertens ist jetzt unser Hauptverdächtiger.« Sie erzählte von Jana Williams' Aussage und der Befragung von Mertens. »Er wähnt sich sicher. Sie hätten mal sein Gesicht sehen sollen, als er das Ganze plötzlich um-

drehte und Kerstin beschuldigte. Natürlich dürfte ihm klar sein, dass wir wohl niemanden finden werden, der Jana Williams' Aussage bestätigen kann.«

Es dauerte einige Zeit, bis Fehrbach wieder sprach. »Ich bin froh, dass damit jeder Verdacht von Horst Wiesner genommen ist.«

»Ich auch«, sagte Lisa leise.

Als der Schuss fiel, war Gerda Sanders gerade dabei, ihre Balkonblumen zu gießen. Verwirrt blickte sie hoch, schaute auf die Straße hinunter und dann automatisch weiter zum Haus der Wiesners, das schräg gegenüberlag. Im Licht der einsetzenden Dämmerung bemerkte sie eine Person, die das Grundstück verließ und sich dabei vorsichtig nach allen Seiten hin umschaute. Es war ein Mann, das zumindest konnte sie erkennen. Plötzlich blieb er stehen und hob den Kopf. Gerda war sich nicht sicher, ob er zu ihr heraufsah. In letzter Zeit hatte sie festgestellt, dass ihre Sehkraft erheblich nachgelassen hatte. Plötzlich wandte der Mann sich ab. Er ging die Straße hinunter und war nach kurzer Zeit aus ihrem Blickfeld verschwunden.

Für einen Moment stand Gerda regungslos da. Noch immer hielt sie die Gießkanne in der Hand.

Irgendetwas stimmte hier nicht. Gerda spürte ein mulmiges Gefühl in ihrer Magengegend und beschloss, ihre Tochter anzurufen.

»O nein.« Lisa lachte und hob abwehrend die Hände. »Noch einen Bissen, und ich platze.«

Lannert führte die Dessertschale dicht an ihrem Gesicht vorbei. »Das hier müssen Sie unbedingt noch probieren.«

Ein verführerischer Duft stieg in Lisas Nase. »Was ist das?«
»Himbeer-Limonen-Mousse an einer Trüffel-Amaretto-Sauce mit karamellisierten Pinienkernen. Man kann es sicher auch weniger geschwollen ausdrücken.« Lannert zwinkerte ihr zu und tauchte den Löffel in die Masse. »Sind Sie sicher, dass Sie es nicht wollen?«
Mit einer schnellen Bewegung griff Lisa nach der Schale und steckte sich den vollgehäuften Löffel in den Mund. »Hm, ein Gedicht.« Für einen Moment schloss sie verzückt die Augen. Als sie sie wieder öffnete, bemerkte sie Lannerts belustigten Blick.
»Wissen Sie, dass es eine Freude ist, Ihnen beim Essen zuzusehen?«
»Jetzt machen Sie sich über mich lustig.« Lisa warf ihm einen vorwurfsvollen Blick zu und steckte sich den nächsten Löffel in den Mund.
»Nein, das meine ich völlig ernst. Die meisten Frauen erwecken den Eindruck, als könnten sie ein schönes Essen überhaupt nicht genießen. Sie dagegen essen voller Freude und ohne auf die Kalorien zu achten. Das gefällt mir.«
Das hatte Lisa allerdings in der letzten Stunde getan. Sich einmal durch dieses herrliche italienische Büfett gegessen, ohne auch nur einen einzigen Gedanken an den morgendlichen Gang auf die Waage zu verschwenden.
Kurz streifte sie der Gedanke, was sie damit zu kompensieren versuchte, denn normalerweise neigte sie nicht zu solchen Heißhungerattacken. War es die nachklingende Anspannung nach der Aussprache mit Fehrbach oder die Tatsache, dass er mit Saskia Tannenberg zur Vernissage erschienen war? Es war lächerlich. Der Mann war verwitwet und konnte ausgehen, mit wem er wollte. Und wenn er dabei eine Frau bevorzugte,

die seine Tochter sein könnte, war das einzig und allein seine Sache.
Nach den gegenseitigen Entschuldigungen hatte es plötzlich nichts mehr zu sagen gegeben. Fehrbach war suspendiert. Ob und wann er in die Staatsanwaltschaft zurückkehren würde, war ungewiss.
»Passen Sie bitte gut auf sich auf«, hatte er bei der Verabschiedung gesagt. »Versprechen Sie mir, dass Sie keine Dummheiten machen werden.«
Es hatte etwas in seinem Blick gelegen, das Lisa noch nie darin wahrgenommen hatte. Sie hatte ihren Herzschlag gespürt, schnell und jagend, bis zum Hals hinauf. Eilends hatte sie eine völlig unsinnige Entschuldigung hervorgestoßen und war zum Haus zurückgelaufen.

Nach Fehrbachs Rückkehr hatte Saskia Tannenberg über seine lange Abwesenheit geschmollt und sich dann bei ihm eingehakt. Sie schleppte ihn zum Büfett und ließ ihn nicht mehr aus den Augen. Fehrbach bemerkte, dass Lisa sie beobachtete und kam sich noch dümmer vor als ohnehin schon. Als Saskia ihm erzählte, wie nah Lannert Kerstins Tod gehe, hätte er fast laut aufgelacht. Lannert hatte auf ihn nicht eine Sekunde lang den Eindruck gemacht, als würde er um Kerstin Wiesner trauern.
Im Gegensatz zu Lisa glaubte Fehrbach nicht, dass Lannert und Kerstin Wiesner nur ein platonisches Verhältnis gehabt hatten. Lannert ließ anscheinend nichts anbrennen, denn wie es aussah, hatte er schon das nächste Objekt ins Auge gefasst. Seitdem Lisa ins Haus zurückgekehrt war, wich er nicht mehr von ihrer Seite. Lisa schien seine Aufmerksamkeiten zu genießen und flirtete mittlerweile auf Teufel komm raus.

Plötzlich wollte Fehrbach nur noch weg.
»Es ist spät, ich muss morgen früh raus.« Er sah die Enttäuschung in Saskias Augen und hörte ihre Bemerkung, dass man vielleicht einmal etwas anderes zusammen unternehmen könne.
»Vielleicht.« Fehrbach nickte ihr kurz zu, wandte sich ab und ging zu Lannert hinüber. »Ich möchte mich verabschieden. Es war ein schöner Abend.«
Lannert nahm ihn nicht wahr. Er hatte seinen Blick auf Lisa geheftet, die ihr Handy fest ans Ohr presste.
»Jetzt mal ganz langsam der Reihe nach, Mama.«
Fehrbach registrierte einen Anflug von Panik in Lisas Stimme.
»Bleib in der Wohnung. Und geh auf keinen Fall auf den Balkon. Ich komme sofort und sehe nach, was los ist. Und halt dich von den Fenstern fern. Versprich es mir. Sowie ich weiß, was bei den Wiesners los ist, komme ich hoch zu dir.«
»Was ist passiert?«, fragten die beiden Männer fast gleichzeitig.
»Ich weiß es nicht.« Lisa erzählte von den Beobachtungen ihrer Mutter. »Ich fahre hin und sehe nach.«
»Aber nicht allein.« Lannert sah sie mit gerunzelter Stirn an. »Ich komme mit.«
»Ich werde Frau Sanders begleiten.« Fehrbach hatte die Autoschlüssel bereits in der Hand. »Herr Lannert hat recht. Wenn wirklich etwas passiert ist, dann sollten Sie nicht allein dorthin fahren.«

Das Haus der Wiesners lag im Dunkeln. Die Außenbeleuchtung war abgeschaltet, kein Lichtstrahl drang durch die Fenster nach draußen. Noch bevor Fehrbach den Wagen zum Ste-

hen gebracht hatte, öffnete Lisa die Beifahrertür und sprang hinaus. Sie rannte zur Haustür und klingelte Sturm. Kein Laut war zu hören.
»Horst.« Sie klingelte ein weiteres Mal und hämmerte dann mit den Fäusten gegen die Tür. »Horst? Bist du da? Susanne?« Eine dumpfe Vorahnung erfüllte sie. »Hier stimmt was nicht. Wir müssen versuchen, ins Haus zu kommen.«
»War Ihre Mutter denn sicher, dass sie einen Schuss gehört hat? Es kann doch auch ein anderes Geräusch gewesen sein, vielleicht die Fehlzündung eines Wagens.«
»Sicher war sie sich nicht, aber sie hat einen Knall gehört. Und sie hat diesen Mann gesehen, der wenig später vom Grundstück kam.« Lisa wies auf ein Mehrfamilienhaus auf der gegenüberliegenden Straßenseite und deutete auf einen Balkon im zweiten Stock. »Meine Mutter wohnt dort oben. Sie hat völlig freie Sicht, wenn sie auf ihrem Balkon steht.«
Fehrbach sah sich aufmerksam um. Soweit er es in der Dunkelheit erkennen konnte, waren die Straße und die umliegenden Gärten menschenleer. »Sie sollten Ihre Kollegen anfordern«, sagte er und merkte, dass Lisas Unruhe ihn anzustecken begann.
»So lange kann ich nicht warten.« Aufgeregt sah Lisa ihn an. »Haben Sie eine Taschenlampe im Wagen?«
Er hatte sogar zwei. Gemeinsam begannen sie die Fenster des Hauses abzuleuchten, doch sie konnten nichts erkennen. Türen und Fenster waren fest verschlossen, und die im Innern des Hauses heruntergelassenen Jalousien versperrten jede Sicht.
»Versuchen Sie noch einmal, die Wiesners zu erreichen«, sagte Fehrbach, als er sah, dass ihre Aktion zu nichts führen würde.
»Das habe ich doch schon die ganze Fahrt über getan.« Trotz-

dem griff Lisa zum Handy und wählte die Nummern.
»Nichts, kein Anrufbeantworter, und die Handys sind ausgeschaltet. Ich schlage jetzt ein Fenster ein.«
»Warten Sie einen Augenblick. Hat Horst Wiesner vielleicht irgendwo die Haustürschlüssel hinterlegt? Bei Nachbarn? Oder bei Freunden?«
»Mein Gott, was bin ich doch für eine Idiotin.« Erneut hastete sie die Stufen zur Haustür empor und hockte sich neben einen mit Buchsbaum bepflanzten Terrakottatopf neben der Tür. »Hier lag früher immer der Ersatzschlüssel.« Sie hatte den Topf zur Seite gerückt. »Da ist er.«

Sie fanden Horst Wiesner im Wohnzimmer.
Mit einem lauten Aufschrei rannte Lisa zu der am Boden liegenden gekrümmten Gestalt. Voller Entsetzen starrte sie auf das Blut, das sich auf dem hellen Teppich ausgebreitet hatte. »Horst.« Sie sank in die Knie. »Nein. Bitte nicht. Lieber Gott, bitte nicht.«
Auch Fehrbach lief zu Wiesner hinüber und hockte sich neben ihn. Er legte die Finger an Wiesners Hals und nahm einen schwachen, kaum noch fühlbaren Pulsschlag wahr. Rasch griff er zum Handy, rief einen Notarzt und wählte dann die 110. Nachdem er die notwendigen Informationen durchgegeben hatte, begann er das Haus zu durchsuchen. Es war riskant, da er nicht wusste, ob sich noch jemand darin aufhielt. Schließlich kehrte er ins Wohnzimmer zurück. »Es ist niemand hier.«
Lisa reagierte nicht. Sie hatte sich auf den Fußboden gesetzt und Wiesners Kopf in ihren Schoß gebettet. Vorsichtig streichelte sie das graue Haar und strich dann über die blasse, schweißnasse Stirn.

Fehrbach spürte, wie sich etwas in ihm verkrampfte. »Der Notarzt wird gleich hier sein.«
»Ich bin hier, Horst. Ich bin hier.« Lisa wiegte Wiesners Kopf in ihrem Schoß. »Alles wird gut, das verspreche ich dir. Alles wird gut.«
Es klang wie ein Mantra.
Fehrbach beugte sich zu Lisa hinunter. »Er wird es schaffen.«
Es dauerte einige Zeit, bis sie den Kopf hob und ihn ansah. »Wo kann Susanne sein?«, fragte sie mit leerem Blick.
Fehrbach griff nach ihrer Hand. »Darum kümmern wir uns später.«

Das Notarztteam traf fast zeitgleich mit der Polizei ein. Fehrbach war in der Zwischenzeit zu Lisas Mutter geeilt und erzählte ihr, was passiert war. Er wollte wissen, ob Gerda Sanders die Person erkannt hatte, die von Wiesners Grundstück gekommen war.
»Nein«, sagte Gerda bedrückt. »Es tut mir leid, aber meine Augen sind nicht mehr die besten.«
»Können Sie denn sagen, ob es sich um einen Mann oder eine Frau gehandelt hat?«, hakte Fehrbach nach. Er musterte Lisas Mutter und stellte fest, dass sie ihm sehr sympathisch war. Trotz der Aufregung war sie weit davon entfernt, panisch oder gar hysterisch zu werden.
»Ich bin mir sicher, dass es ein Mann war«, sagte Gerda. »Es war der Gang, eine Frau hätte sich anders bewegt.«
Fehrbach vernahm das Auf- und Abschwellen näher kommender Martinshörner und trat ans Fenster. Er beobachtete, wie mehrere Streifenwagen und zwei Zivilfahrzeuge auf der schmalen Straße parkten, und wandte sich zu Lisas Mutter zurück. »Ich werde jetzt zwei Beamte zu Ihrem Schutz ab-

stellen, Frau Sanders. Ich bin gleich wieder zurück. Schließen Sie aber bitte trotzdem hinter mir ab.«
Gerda nickte und blickte ihn sorgenvoll an. »Und mit Lisa ist wirklich alles in Ordnung? Entschuldigen Sie, dass ich das noch mal frage, aber ich bin so in Sorge um sie.«
Viel mehr als um sich selbst, dachte Fehrbach und merkte plötzlich, wie sehr er Lisa um diese stabile Beziehung beneidete. »Ja, Frau Sanders, Sie können mir vertrauen. Mit Lisa ist alles in Ordnung.«
Gerda nickte zerstreut. Sie starrte auf die Zimmertür, fast so, als würde sie erwarten, jemanden hereinkommen zu sehen. »Es ist nur so …« Sie stockte und schien unentschlossen, ob sie weitersprechen sollte. Dann sah sie Fehrbach offen ins Gesicht. »Ich habe schon einmal eine Tochter verloren. Ein zweites Mal könnte ich das nicht ertragen.« Ihre Lippen begannen zu zittern. »Ich wünsche mir so sehr, dass Lisa endlich diesen gefährlichen Beruf aufgibt. Aber was das angeht, ist sie unnachgiebig.« Gerda schloss für einen kurzen Moment die Augen. Als sie sie wieder öffnete, wirkte sie gefasster. »Entschuldigen Sie. Sentimentalitäten einer alten Frau. Achten Sie nicht darauf.«
Fehrbach hätte Gerda gerne Trost zugesprochen, aber ihm fehlten die Worte. So drückte er nur kurz ihre Hand, bevor er die Wohnung verließ. Während er die Treppen hinuntereilte, dachte er über das Gehörte nach. Lisa hatte eine Schwester. Und wenn er die Worte ihrer Mutter richtig interpretierte, war diese Schwester tot.
Draußen angekommen, blieb keine Zeit für weitere Überlegungen. Fehrbach schnappte sich zwei Schutzpolizisten, erklärte ihnen die Lage und brachte sie hoch in Gerda Sanders' Wohnung. Danach kehrte er zum Haus der Wiesners zurück.

Bevor er hineinging, besprach er sich mit dem Einsatzleiter der Schutzpolizei sowie Luca und Uwe, die mittlerweile ebenfalls eingetroffen waren. Der Einsatzleiter teilte ihnen mit, dass die Fahndung auf Hochtouren laufe. Die Kontrollpunkte waren besetzt, die Ausfallstraßen gesperrt, alle Fahrzeuginsassen wurden überprüft. Die Sektoren für die Nahbereichsfahndung waren ebenfalls zugeteilt. Ein Hubschrauber sollte in Kürze eintreffen, die in Bad Bramstedt ansässige Bundespolizei hatte Unterstützung zugesagt. Außerdem hatte der Beamte einige Kollegen losgeschickt, um die Anwohner zu befragen.

Nach dem Gespräch betrat Fehrbach das Haus und sah, dass die Rettungssanitäter gerade dabei waren, Horst Wiesner auf eine Trage zu heben.

»Wie geht es ihm?«, fragte er den Sanitäter, der am nächsten stand.

»Er hat eine schwere Schussverletzung«, antwortete der Mann. »Mehr kann ich Ihnen im Moment nicht sagen.«

»Wohin bringen Sie ihn?«

»In die Uni-Klinik.«

Fehrbach drängte sich an der Trage vorbei. Im Vorübergehen warf er einen Blick auf Wiesners wächsernes Gesicht.

Lisa stand im Wohnzimmer. Sie wirkte erleichtert, als sie ihn sah. »Wie geht es meiner Mutter? Ist alles in Ordnung mit ihr?«

Fehrbach beruhigte sie. »Ich habe zwei Beamte zu ihrem Schutz abgestellt.«

»Ich weiß nicht, was ich machen soll«, sagte Lisa hilflos. »Meine Mutter muss so schnell wie möglich in Sicherheit gebracht werden. Aber ich muss mich doch auch um Horst kümmern. Ich kann ihn doch jetzt nicht allein lassen.«

Fehrbach nahm ihr die Entscheidung ab. »Der Schutz Ihrer

Mutter hat oberste Priorität. Außerdem muss sich jemand um die Tatortsicherung kümmern.« Er sah sie eindringlich an. »Horst Wiesner ist in guten Händen. Sie können im Moment nichts für ihn tun. Aber Sie können den Menschen finden, der ihm das angetan hat. Ich brauche Sie hier.«
Lisa nickte mechanisch, und Fehrbach überlegte, ob es richtig war, ihr die Einsatzleitung zu übertragen. Sie stand unter Schock, aber er hatte die Hoffnung, dass die Arbeit ihr helfen würde, ihn zu überwinden.
»Kommen Sie«, sagte er. »Lassen Sie uns zu Ihrer Mutter gehen. Wir müssen entscheiden, wo wir sie unterbringen.«

»Ich habe nicht die Absicht, meine Wohnung zu verlassen«, sagte Gerda Sanders bestimmt. »Wie kommst du auf diese Idee?«
»Weil du hier nicht mehr sicher bist. Wir müssen davon ausgehen, dass die Person, die du gesehen hast, auf Horst geschossen hat. Und du hast gesagt, dass er zu dir hochgeschaut hat. Er hat dich gesehen, Gerda, begreifst du das denn nicht?«
Lisas Nerven lagen blank. Bei ihrer Ankunft war sie ihrer Mutter um den Hals gefallen und hatte sie erst wieder losgelassen, als Gerda Sanders mit trockener Stimme gefragt hatte, ob sie sie erwürgen wolle.
»Ihre Tochter hat recht, Frau Sanders«, schaltete Fehrbach sich ein. »Sie sind hier im Moment nicht sicher. Die Fahndung wurde erst ausgelöst, nachdem wir eingetroffen waren. Bis dahin hat der Täter jede Menge Zeit gehabt, Ihren Namen herauszufinden.«
»Und wo wollt ihr mich hinbringen?«, fragte Gerda. »Wir haben doch überhaupt keine Verwandten in der Gegend. Und meine Freundin ist gerade in Urlaub.«

»Was ist mit Jakob Solberg?«, meinte Lisa plötzlich. Ihr Gesicht hatte wieder etwas Farbe bekommen.
»Nein«, sagte Gerda energisch, »das kommt überhaupt nicht in Frage. Ich kenne ihn doch kaum.«
Fehrbach horchte auf. »Meinen Sie den Reeder Jakob Solberg?«
Gerda nickte. »Ich habe ihn erst vor einigen Tagen kennengelernt. Ich werde ihn mit Sicherheit nicht bitten, dass er mich jetzt aufnimmt. Das wäre doch eine Zumutung für ihn.«
»Das glaube ich nicht«, sagte Fehrbach. »Ich kenne Jakob schon seit vielen Jahren und bin mir sicher, dass Sie ihm herzlich willkommen sind.« Er sollte recht behalten. Solberg wollte Gerda sofort abholen, aber Fehrbach erklärte ihm, dass es sicherer sei, sie mit einem Streifenwagen nach Strande zu bringen. Dann nahm er Lisa beiseite. »Ich möchte, dass Sie hierbleiben und sich um alles Weitere kümmern. Ich organisiere in der Zwischenzeit den Personenschutz für Ihre Mutter. Wenn das erledigt ist, werde ich in die Uni-Klinik fahren. Sobald ich weiß, was mit Horst Wiesner ist, rufe ich Sie an. Und wenn Sie hier fertig sind, kommen Sie nach. Ich bleibe in jedem Fall dort.« Fehrbach überlegte kurz. »Haben Sie eine Idee, wo sich Wiesners Frau aufhalten könnte?«
»Vielleicht ist sie bei Jana Williams. Sie wohnt im Maritim.«
»Ich versuche, sie von unterwegs zu erreichen.« Bevor Fehrbach ging, drückte er Lisa kurz die Hand. »Ich weiß, dass Sie das hier packen. Wir sehen uns später.«
»Okay«, sagte Lisa und atmete tief durch. »Wir fahren das volle Programm. Wenn er noch irgendwo hier ist, dann kriegen wir ihn.«

Donnerstag, 26. Juni

Fast augenblicklich spürte Fehrbach die leichte Berührung an seiner Schulter und schreckte hoch. Er war tatsächlich für einen kurzen Moment eingenickt und hatte nicht mitbekommen, dass Lisa den Warteraum der Notaufnahme betreten hatte.
»Was ist mit Horst?«, fragte sie. Sie wirkte gefasster als vor zwei Stunden. Die zurückliegenden Aktivitäten schienen ihr tatsächlich geholfen zu haben, ihren Schock zu überwinden.
»Er ist nach der OP auf die Intensivstation verlegt worden. Die Ärzte haben ihn in ein künstliches Koma versetzt.« Fehrbach strich mit beiden Händen über sein Gesicht, um die Müdigkeit zu vertreiben. »Susanne Wiesner war bei ihrer Schwägerin im Hotel. Die beiden sind jetzt bei ihm. Ihrer Mutter geht es gut. Ich habe vorhin mit Jakob Solberg telefoniert, in Strande ist alles in Ordnung.«
Dankbar sah Lisa ihn an. »Wie geht es Horst?«
»Ich habe nur kurz mit dem Arzt sprechen können. Es ist ein Schuss abgegeben worden. Die Ärzte haben das Projektil entfernt, ich habe es schon zur Ballistik bringen lassen. Einen Kampf scheint es nicht gegeben zu haben. An Wiesners Körper sind jedenfalls keine sichtbaren Spuren vorhanden.«
»Wie ist die OP verlaufen?«, fragte Lisa mit angespannter Stimme.
»Sie war ziemlich kompliziert, weil die Kugel dicht neben dem Herzen saß. Horst Wiesner hat unglaubliches Glück gehabt. Ein paar Millimeter daneben, und sie wäre ins Herz gegangen.«

»Wissen Sie, ob er zwischendurch zu sich gekommen ist und etwas gesagt hat?«
»Soweit ich weiß, nicht.«
»Ich muss mit den Ärzten sprechen.« Lisa machte Anstalten, den Raum zu verlassen.
»Das hat im Moment keinen Sinn.« Fehrbach stand auf und ging einige Schritte, um seinen Kreislauf in Schwung zu bringen. »Es ist ein Uhr nachts. Hier gibt es nur eine Notbesetzung, und die hat alle Hände voll zu tun.«
»Das ist mir egal. Ich muss wissen, wer es war. Was, wenn er es ein zweites Mal versucht?«
»Es wird kein zweites Mal geben«, beruhigte Fehrbach sie. »Horst Wiesner wird jetzt rund um die Uhr bewacht. Was macht die Fahndung?«
Lisa fuhr sich mit einer resignierten Geste durch die Haare. »Bis jetzt noch nichts. Es ist einfach zu viel Zeit vergangen. Zwischen dem Anschlag und unserem Eintreffen lag mehr als eine halbe Stunde. Der Täter hatte jede Menge Zeit, sich aus dem Staub zu machen.«
»Sie vermuten, dass der Anschlag etwas mit dem Mord an Wiesners Tochter zu tun hat.«
»Ja«, sagte Lisa. »Warum sollte sonst jemand auf Horst schießen? Ich glaube, dass es Mertens war. Ich habe Luca zu seinem Haus geschickt. Gudrun Mertens war damit einverstanden, dass er es auch ohne Durchsuchungsbeschluss kontrolliert. Ihren Mann hat sie seit dem Nachmittag nicht mehr gesehen. Sie hatte ihm nahegelegt, sich ein Hotelzimmer zu nehmen, bis die Sache geklärt ist. Ich lasse das Haus jetzt überwachen.«
»Was könnte Ihrer Meinung nach vorgefallen sein?«
»Ich weiß es nicht.« Lisa setzte sich erschöpft auf einen Stuhl.

»Vielleicht hat Horst seinen Cousin kommen lassen, weil er ihn zur Rede stellen wollte. Vielleicht ist er ihm aber auch auf die Schliche gekommen, und Mertens hat deshalb versucht, ihn zu beseitigen.«
»Hoffentlich verrennen Sie sich nicht.«
»Das glaube ich nicht. Ich bin mir sicher, dass es Mertens war. Wenn er bis heute Abend nicht aufgetaucht ist, lasse ich die Fahndung ganz gezielt nach ihm laufen.«
Fehrbach ging zur Tür. »Ruhen Sie sich einen Augenblick aus. Ich werde mal sehen, ob ich irgendwo einen Tee auftreibe.«
Es dauerte einige Zeit, bis er zurückkehrte. Dankbar nahm Lisa den Becher entgegen, den er ihr hinhielt. »Ich wollte schon eine Vermisstenanzeige aufgeben.«
Fehrbach verzog das Gesicht zu einem flüchtigen Lächeln und setzte sich neben sie. Aus seinem Kaffeebecher tropfte es bedrohlich. »Leider habe ich feststellen müssen, dass die Getränkeautomaten in öffentlichen Gebäuden ein übereinstimmendes Merkmal aufweisen.« Er zog ein Taschentuch aus seiner Hosentasche und wischte den Pappbecher ab. »Entweder sind sie ständig kaputt, oder man muss beschädigte Becher in Kauf nehmen.«
»Aber dieser scheint heil zu sein.« Lisa betrachtete ihren Becher von allen Seiten und nahm dann einen großen Schluck.
»Immerhin etwas.« Fehrbach stieß einen ergebenen Seufzer aus, als er die Kaffeeflecken entdeckte, die sich trotz aller Vorsichtsmaßnahmen auf seiner hellen Hose abzeichneten. »So bekleckert sich wenigstens nur einer von uns.«
Er stellte den Becher auf den Sitz neben sich und blickte zu Lisa hinüber. Sie hatte die Augen geschlossen und sich zurückgelehnt. Verwundert stellte er fest, dass es ihnen gerade gelungen war, ein völlig normales Gespräch zu führen. Und

nicht nur das, in den zurückliegenden Stunden hatte es zum ersten Mal ein Miteinander und gegenseitiges Ergänzen in ihrer Arbeit gegeben. Kein Gedanke an Streit und den fortwährenden Kampf, der ihre Beziehung von der ersten Sekunde an vergiftet hatte.
Vermutlich wäre alles anders gekommen, hätte nicht schon ihre erste Begegnung unter den denkbar schlechtesten Umständen stattgefunden. Er hatte Lisa für unzuverlässig gehalten und sie ihn mit Sicherheit für einen arroganten Schnösel. Fehrbach kannte seinen Ruf, die hinter vorgehaltener Hand geäußerten Bemerkungen, dass er glaube, aufgrund seiner Abstammung etwas Besseres zu sein. Es war ihm immer egal gewesen, er hatte keine Freundschaften gesucht, sondern nur die Anerkennung seiner Arbeit. Und die hatten ihm selbst seine ärgsten Kritiker nicht verweigern können. Beruflich ein Ass, aber menschlich der totale Versager.
»Und wenn er es nicht überlebt?«, hörte er plötzlich Lisas Stimme. »Ich habe solche Angst, dass Horst nicht mehr zu sich kommt.« Sie stand auf und ging zum Fenster hinüber. »Ich muss ihm doch erklären, dass alles ein riesengroßes Missverständnis war.«
Zögernd trat Fehrbach neben sie. »Was meinen Sie?«
Lisa drehte sich um und erzählte von dem letzten Gespräch mit Wiesner.
Also hatte sie doch Zweifel gehabt. Und jetzt fühlte sie sich schuldig.
»Ich weiß, was Sie meinen«, sagte Fehrbach nach einer Weile. »Der Tod kann manchmal einen brutalen Schlussstrich ziehen. Wenn Dinge nicht mehr geklärt werden können, dann zerstört das unter Umständen ein ganzes Leben.« Er sah seinen Vater vor sich, den hinfälligen, ausgezehrten Körper in

dem viel zu großen Krankenhausbett. »Ich glaube, ich habe im Moment genauso viel Angst wie Sie. Dass ich mich nicht mehr mit meinem Vater aussprechen kann. Dass ich ein zweites Mal ...«
Das Eintreten eines Arztes bereitete Fehrbachs Worten ein abruptes Ende.
»Dr. Jacobs«, stellte der Mediziner sich vor. »Ich habe Herrn Wiesner operiert.« Er blickte kurz von einem zum anderen und begann dann umständlich seine Brille zu putzen. »Für den Moment haben wir ihn stabilisiert. Sein Zustand ist allerdings nach wie vor ernst.«
»Kann ich zu ihm?«, fragte Lisa ängstlich.
Der Arzt setzte die Brille wieder auf und sah Lisa über deren Rand hinweg vorwurfsvoll an. »Herr Wiesner liegt im künstlichen Koma. Sie können ihn jetzt nicht vernehmen.«
»Ich will ihn nicht vernehmen, ich will einfach nur zu ihm. Er ist ein Freund. Bitte, Dr. Jacobs.«
Aber der Arzt schüttelte den Kopf. »Das kommt überhaupt nicht in Frage.«

Die Abfuhr des Mediziners versetzte Lisa in einen Zustand zwischen Wut und Verzweiflung. Beharrlich weigerte sie sich, das Krankenhaus zu verlassen. Es dauerte lange, bis sie endlich Fehrbachs Drängen nachgab und sich von ihm nach Hause fahren ließ. In ihrer Wohnung machte sie sich nicht einmal mehr die Mühe, sich vollständig auszuziehen. Sie streifte nur das leichte Sommerkleid ab und fiel wie ein Stein ins Bett.
Als sie erwachte, hatte sie rasende Kopfschmerzen. Langsam hob sie den Kopf und blinzelte in das grelle Sonnenlicht, das durch die geöffneten Jalousien fiel. Sie hörte ihr Handy klingeln und lief auf den Flur, wo sie vor wenigen Stunden ihre

Tasche fallen gelassen hatte. Es war ihre Mutter, die seit Stunden versuchte, sie zu erreichen und mittlerweile in heller Aufregung war. Lisa beruhigte sie und versprach, am Abend nach Strande zu kommen. Nachdem sie das Gespräch beendet hatte, wählte sie die Nummer der Uni-Klinik. Es dauerte eine Weile, bis sie endlich einen Arzt an den Apparat bekam. Es war ein anderer als vor einigen Stunden, aber er war genauso kurz angebunden. Mit wenigen Worten teilte er ihr mit, dass Horst Wiesners Zustand unverändert sei. Trotzdem wollten sie versuchen, ihn im Laufe des Tages aus dem künstlichen Koma zu holen.
Es war keine gute Nachricht, aber trotzdem verspürte Lisa Erleichterung.
Horst lebte. Nur das zählte im Moment.

»Bist du eigentlich vollkommen verrückt geworden? Ich denke, du bist in der Klinik, stattdessen höre ich, dass du dich schon wieder in den Fall einmischst.«
Erregt standen sich Sievers und Fehrbach gegenüber.
»Thomas, wenn du jetzt nicht zur Vernunft kommst, kann ich dich nicht länger halten. Dann bist du raus.«
»Das ist mir egal. Meine Entscheidung steht fest. Ich werde diesen Fall zu Ende führen. Und erst wenn wir Kerstin Wiesners Mörder überführt haben, werde ich in den Entzug gehen.«
Sievers' Gesicht lief hochrot an. »Du bist beurlaubt, verdammt noch mal! Kapierst du nicht, was das für dich bedeutet? Du bist kurz vorm Rausschmiss, Thomas. Nur wenn du sofort in den Entzug gehst, hast du noch eine Chance, deinen Job zu behalten.« Sievers kam um den Schreibtisch herum. »Du blöder Idiot, ich will dich nicht rausschmeißen müssen.

Du warst mal einer der besten Staatsanwälte, die ich kenne. Und wenn du dein Leben endlich auf die Reihe kriegen würdest, könntest du das auch wieder werden.«

Fehrbach sah Sievers wortlos an, dann ging er zur Tür.

Sievers atmete tief ein. »Mit dieser Entscheidung setzt du alles aufs Spiel, Thomas. Ich hoffe, das weißt du.«

Im Büro erfuhr Lisa, dass es ein Lebenszeichen von Mertens gab, nämlich die telefonische Krankmeldung bei seinem Produzenten am frühen Morgen. Wo Mertens sich aufhielt, wusste niemand.

Niklas Mertens hatte im Lauf des Vormittags seine Mutter besucht und war dann in die Uni gefahren.

Die Spurensicherung hatte ergeben, dass keine Anzeichen für ein gewaltsames Eindringen in Wiesners Haus vorhanden waren. Wiesner musste den Täter also selbst eingelassen haben. Ansonsten gab es jede Menge DNA-fähiges Material, dessen Auswertung Tage dauern würde. Man konnte allerdings schon sagen, aus welcher Waffe auf Wiesner geschossen worden war. Aus einer Glock 17. Sie war bis jetzt noch nicht gefunden worden. Auf Lisas Hinweis, dass es sich hierbei um Wiesners eigene Waffe handeln könnte, die er seit seiner Mitgliedschaft in einem Sportschützenverein vor über zwanzig Jahren noch immer verwahrte, erwiderte Luca, dass er die KT noch einmal darauf ansetzen werde.

Bei der Befragung der Nachbarn war nichts herausgekommen. Einige hatten den Schuss zwar gehört, ihn aber nicht einordnen können. Trotz des schönen Abends hatte sich offensichtlich niemand im Freien aufgehalten, auch Spaziergänger konnten nicht aufgetrieben werden.

Zum Abschluss berichtete Luca, dass auf Anordnung von

Fehrbach eine absolute Nachrichtensperre über die Ereignisse der letzten Nacht verhängt worden sei.
»Hat Fehrbach den Fall denn jetzt wieder übernommen?«, wollte Luca wissen. »Ich habe ihn gefragt, aber er hat sich ziemlich vage ausgedrückt.«
»Ich vermute es«, sagte Lisa und erzählte, wie Fehrbach ihr in der vergangenen Nacht beigestanden hatte.
»Ach, übrigens, das haben die Kollegen von der Schutzpolizei für dich abgegeben.« Uwe reichte Lisa ein längliches Päckchen, das neben seinem Computer gelegen hatte. »Du hast es in ihrem Wagen vergessen.«
Einen Augenblick lang sah Lisa den Umschlag verwundert an. Dann fiel es ihr wieder ein. Sie hatte ihn am Abend zuvor aus dem Briefkasten ihrer Mutter gezogen, aber nicht weiter beachtet. Die Kollegen hatten sie zur Uni-Klinik gefahren, und in ihrer Aufregung hatte sie den Umschlag im Wagen liegenlassen.
»Bitte dringend an Lisa Sanders weiterleiten !!!«
Die Worte waren mit dickem rotem Filzstift geschrieben und zogen sich über die ganze Länge des Umschlags. Sie kannte die Handschrift. Hastig öffnete sie das Päckchen und schüttete den Inhalt auf den Tisch.
»Was ist das?« Uwe und Luca kamen zu ihr herüber.
Lisa öffnete die Schreibtischschublade und holte ein Paar Latexhandschuhe heraus. Sorgfältig streifte sie sie über und griff dann nach dem rot-gold gemusterten Büchlein, das vor ihr lag. Es schien ein Tagebuch zu sein, ungefähr zehn mal zwanzig Zentimeter groß, mit einem viereckigen vergoldeten Schloss, das sich mühelos öffnen ließ. Lisa hob den Buchdeckel an und warf einen Blick auf die erste Seite. Ihr stockte der Atem.

»*Heute Nacht war er wieder da. Er ist so böse, und er tut mir so weh.*«

Rasch griff sie nach dem Umschlag und riss ihn auseinander. Ein kleiner weißer Zettel fiel heraus.

»Lisa, dies habe ich gestern in dem Abstellraum hinter Kerstins Zimmer gefunden. Es war in einem alten Koffer versteckt. Jetzt haben wir den Beweis, den wir brauchen. Werner ist der Täter.«

»Du meine Güte.« Auch Luca und Uwe hatten den Zettel gelesen.

»Ist das Kerstins Tagebuch?«, wollte Uwe wissen.

Lisa brauchte einen Augenblick, bis sie antworten konnte. »Ja.« Sie stand auf und ging zur Tür. »Ich bin in der nächsten Stunde nicht zu erreichen.«

24. 6. 1996

Heute Nacht war er wieder da. Er sagt, er liebt mich. Mehr als irgendeinen anderen Menschen. Aber warum macht er dann diese schlimmen Dinge mit mir? Die letzten beiden Male hat er mich wieder ans Bett gefesselt und mir dieses scheußliche Band über den Mund geklebt. Er kann doch nicht zulassen, dass ich schreie, hat er gesagt. Ich habe Angst vor seinen Händen, sie tun mir so weh. Er hat mich in die Brustwarzen gekniffen und sie dann zwischen seine Zähne genommen. Er hat immer wieder zugebissen, und dann hat er mit diesem ekelhaften feuchten Mund meinen Körper abgeleckt. Dann hat er mir entsetzlich weh getan. Es ist, als ob ich zerrissen würde. Er hat gesagt, dass das am Anfang normal ist. Weil ich noch so jung und unerfahren bin. Aber wenn ich ihn erst genauso lieben würde wie er mich, dann würde es auch für mich schön sein.

19.7.1996
Ich musste sein Ding in den Mund nehmen. Er hat gesagt, das würde mir nicht weh tun, und für ihn wäre es noch viel schöner. Seine Frau mag es nicht. Er hat gesagt, dass ich daran saugen soll. Ich habe gewürgt und …

Die Worte verschwammen vor Lisas Augen. Für einen Moment legte sie das Buch zur Seite, dann zwang sie sich, weiterzulesen.

9.8.1996
Heute hat er gesagt, dass er mir nicht den Mund zukleben wird, wenn ich ihm verspreche, dass ich leise bin. Aber dann hat es wieder so weh getan, und ich musste weinen. Er hat gesagt, dass er sehr enttäuscht von mir ist. Wenn ich ihm etwas verspreche, dann muss ich es auch halten. Ich habe ihm gesagt, dass ich das nicht will und dass ich es Mama und Papa sagen werde, wenn er nicht aufhört. Aber er hat geantwortet, dass er dann sehr böse mit mir sein würde. Weil er dann Mama und Papa sehr weh tun müsse, damit sie unser Geheimnis nicht verraten. Und das wolle er nicht, schließlich sei Papa doch sein Cousin, und jemandem aus der Familie dürfe man nichts Böses tun.

Als Lisa zu Ende gelesen hatte, starrte sie auf den friedlich vor ihr liegenden Schreventeich. Die Äste der alten Uferweiden hingen bis ins Wasser hinab. Zwei Schwanenpaare drehten gemächlich ihre Runden, die Sonne glitzerte auf der Oberfläche des stillen Gewässers. Ein Entenpaar kam ans Ufer geschwommen und watschelte eilig zu der kleinen Bank, auf der Lisa saß. Aufgeregt schnatterten sie um ihre Füße herum, of-

fensichtlich in Erwartung von Brotstücken oder ähnlichen Leckerbissen. Als sie merkten, dass nichts für sie abfallen würde, wackelten sie mit lautem Protestgeschnatter weiter in Richtung des Gehwegs und verschwanden im Schatten einer Baumgruppe.
Schon oft hatte Lisa sich in diese grüne Oase inmitten der Stadt zurückgezogen. Immer wenn ein Fall sie beschäftigte und sie nicht mehr weiterwusste, kam sie hierher. Aber heute konnte dieser Ort, der trotz des in Kiel stattfindenden Großereignisses erstaunlich leer war, ihr keine Ruhe vermitteln.
Werner Mertens hatte keine sexuelle Spielart ausgelassen. Er hatte Kerstin nicht nur zum Oral-, sondern auch zum Analverkehr gezwungen. Weil seine Frau auch das nicht mögen würde. Seite um Seite hatte Kerstin aufgeschrieben, was Mertens ihr angetan hatte. Erst nach dieser Lektüre wurde Lisa das ganze Ausmaß von Kerstins Martyrium wirklich bewusst. Nach einer Weile griff sie zum Handy und informierte Luca, dass sie die Fahndung verändern würden. Ab sofort werde nicht mehr nach einer unbekannten Person gesucht, sondern gezielt nach Werner Mertens.

Die Beerdigung von Kerstin Wiesner dauerte eine knappe Stunde. Lisa hatte sich in die hinterste Reihe gesetzt, von wo aus sie die Trauergäste im Auge behalten und Ausschau nach Auffälligkeiten halten konnte. Auf dem Parkplatz neben der Kapelle stand ein schwarzer VW-Bus, in dem einige Kollegen des K6 hinter getönten Scheiben ausharrten, um eine Videodokumentation zu erstellen. Alle Trauergäste waren bei ihrer Ankunft aufgenommen worden. Zwei weitere Kollegen durchstreiften mit unauffällig plazierten Kameras das Friedhofsgelände, um jeden Besucher zu erfassen.

Die Anzahl der Personen, die gekommen waren, um von Kerstin Abschied zu nehmen, war erschreckend gering.
Susanne Wiesner und Jana Williams, beide in Schwarz, die Gesichter blass und versteinert. Saskia Tannenberg, die in einer wahren Tränenflut versank. Peter Lannert, der sich auf Lisas Bitten hin um die junge Frau kümmerte. Und Fehrbach. Er kam, als die Trauergesellschaft sich auflöste und Lisa Lannert gerade erklärt hatte, dass sie sich nicht von ihm nach Hause bringen lasse, sondern zurück ins Büro fahre. Sie verspürte dabei den Anflug eines schlechten Gewissens, denn sie mochte Lannert, aber mit seiner offen zur Schau gestellten Sympathie und vor allen Dingen seiner Fürsorge konnte sie schlecht umgehen.
Als sie allein waren, sprach Lisa Fehrbach an. »Warum sind Sie gekommen? Gibt es etwas, das ich wissen sollte?«
»Ich habe Dr. Sievers heute Morgen darüber informiert, dass ich den Fall weiter bearbeiten werde.« Obwohl Fehrbachs Stimme fest klang, wirkte er unsicher.
»Luca und ich haben schon so was vermutet.« Lisa musste unwillkürlich lachen. »Dann sind wir also wieder ein Team. Wenn Sie mit in die Blume kommen, bringe ich Sie auf den neuesten Stand. Wir können auch ins K6 gehen und nachschauen, ob die Kollegen irgendwelche unerwarteten Besucher vor die Linse bekommen haben.«
Auf der Fahrt in die Bezirkskriminalinspektion sah Lisa wieder Fehrbachs überraschten Gesichtsausdruck vor sich. Offensichtlich war er davon ausgegangen, dass sie seine Entscheidung trotz ihrer Aussprache nicht begrüßen würde. Aber genau das tat sie. Es war verrückt.
Sie hätte nicht gewusst, wie sie die Ereignisse der letzten Nacht ohne Fehrbachs Hilfe überstanden hätte, ohne seine

Entschlusskraft und Unterstützung, als schnelle Hilfe und Entscheidungen gefordert waren. Aber etwas anderes war fast noch wichtiger gewesen. Er hatte sie nicht im Stich gelassen. Sie hatte offen mit ihm sprechen können. Erst im Nachhinein hatte sie sich gefragt, wieso sie ihm auf einmal dieses Vertrauen entgegengebracht und ihre Ängste offenbart hatte.

Sie fragte sich, was Fehrbach ihr im Krankenhaus hatte erzählen wollen. Nachdem der Arzt sie verlassen hatte, war er nicht mehr darauf zurückgekommen. Es musste etwas gewesen sein, was ihn sehr belastete, denn so verletzlich hatte sie ihn noch nie gesehen. Noch immer kannte sie von seiner Biographie nur Bruchstücke. Von Gerlach hatte sie erfahren, dass Fehrbach zehn Jahre lang verheiratet gewesen war. Vor einem halben Jahr war seine Frau gestorben. Wie es dazu gekommen war, hatte Gerlach nicht gewusst. Vielleicht hatte Fehrbach damals angefangen zu trinken.

Während Lisa und Fehrbach eine halbe Stunde später die Treppen der BKI hinaufstiegen, erzählte sie ihm von Kerstins Tagebuch, das sie im Briefkasten ihrer Mutter gefunden hatte. Auch Fehrbach vermutete, dass Wiesner es dort hineingesteckt hatte, aber keiner von ihnen verstand, warum er es Lisa nicht direkt gegeben hatte.

»Ich habe das Tagebuch ins Labor bringen lassen«, sagte Lisa. »Vielleicht finden sich ja noch irgendwelche Spuren daran. Die Kollegen der Kriminaltechnik haben übrigens in der Zwischenzeit eine Zahnbürste und einen Kamm von Mertens sichergestellt und machen einen Abgleich mit den Spuren, die im Haus der Wiesners gefunden wurden. Ein Ergebnis dürfte allerdings nicht vor dem Wochenende vorliegen.« Sie hatten

das Büro von Alexander Behring erreicht. Lisa öffnete die Tür. »Hast du schon was für uns?«
Behring nickte und deutete auf die Stühle vor dem Monitor. Während Lisa und Fehrbach sich setzten, verdunkelte der Leiter der Kriminaltechnik den Raum.
»Willst du die Ankunft der Trauergäste sehen?«
Lisa schüttelte den Kopf. »Das können wir uns sparen. Zeig mir lieber, was du sonst noch hast.«
Behring drückte den Startknopf. »Ich sag dir gleich, die Ausbeute ist nicht berauschend.«
In den nächsten Minuten konnten sie drei alte Frauen bei der Pflege unterschiedlicher Gräber beobachten, ein Ehepaar mittleren Alters, das vor einem Grabstein mit der Aufschrift »Warum so früh?« stand, und einen älteren Mann, der gerade dabei war, das Grablicht auf einem Doppelgrab zu erneuern. Dann folgte ein Schwenk über eine Rasenfläche, auf der eine ausladende Trauerweide stand.
»Jetzt schau mal genau hin«, forderte Behring Lisa auf.
Im ersten Moment sah sie nur das Grün der bis zum Boden hängenden Zweige. Sie rückte näher an den Bildschirm heran.
»Hier.« Behring deutete auf einen kaum wahrnehmbaren Schatten, der hinter dem Laubwerk zu erkennen war. »Da sitzt jemand.«
»Kannst du das vergrößern?«
»Sicher kann ich das. Es reicht aber leider nicht aus.« Behring setzte sich an die Tastatur. Nach ein paar Handgriffen war eine Gestalt unter der Weide zu sehen, die offensichtlich auf einer Bank saß.
»Ich brauche das Gesicht, Alexander.«
»Keine Chance, ich habe schon alles ausprobiert.« Behring

deutete auf das Bild auf dem Monitor. »Das ist das Endergebnis.«

Frustriert schaute Lisa auf den Bildschirm. Eine dunkle, verschwommene Gestalt unter einer Weide, von der man nicht einmal sagen konnte, ob es sich um einen Mann oder eine Frau handelte.

»Ist das die einzige Aufnahme von dem heimlichen Besucher?«, fragte Fehrbach.

»Leider ja. Wer immer da saß, die Kollegen haben ihn nicht entdeckt. Er war einfach zu gut versteckt. Erst als wir uns hier die Aufnahmen vorgenommen haben, sind wir auf ihn aufmerksam geworden.« Behring hob die Hände in einer entschuldigenden Geste. »Ich hab ja gesagt, die Ausbeute ist nicht toll. Und was das Zaubern angeht, sind unsere Möglichkeiten nun mal begrenzt.«

Lisa erhob sich. »Trotzdem danke. Es war einen Versuch wert.«

Sie verabschiedeten sich von Behring und traten auf den Flur hinaus, als Lisas Handy zu klingeln begann. Sie lauschte dem Anrufer mit wachsender Anspannung, bis ein erleichtertes Lächeln ihr Gesicht überzog. »Wenigstens eine gute Nachricht«, sagte sie, nachdem sie das Gespräch beendet hatte. »Das war das Krankenhaus. Ich muss sofort hinfahren. Sie wollen den Aufwachprozess einleiten.«

»Soll ich Sie begleiten?«, fragte Fehrbach.

Erstaunt sah Lisa ihn an.

»Gerne«, sagte sie dankbar.

Der Erdhügel über dem zugeschütteten Grab bot einen trostlosen Anblick. Ganze vier Kränze waren darauf abgelegt, viel zu wenig, um die gesamte Fläche zu bedecken. Quadratisch angeordnet, die Schleifen sorgsam zurechtgerückt und drapiert, als hätte ein mitfühlender Friedhofsgärtner versucht, den Mangel an Masse durch eine liebevolle Anordnung wieder ein bisschen wettzumachen. Ein großer Strauß aus leuchtend gelben Sonnenblumen lag weiter vorn, zum Gehweg hin. Der Rest der Fläche war leer, nur bedeckt von schwarzer, aufgeworfener Erde.

Niklas Mertens erhob sich von der kleinen Bank, auf der er die letzten zwei Stunden verbracht hatte. Er hatte den Platz am Morgen entdeckt und festgestellt, dass die tiefhängenden Zweige der alten Trauerweide, die die Bank wie einen schützenden Vorhang umgaben, ihn vor den Blicken der anderen verbergen würden. Durch die geöffneten Fenster der Kapelle hatte er die Musikstücke hören können, welche die Predigt des Pastors immer wieder unterbrachen.

Irgendwann war Niklas auf die beiden Männer aufmerksam geworden, die so unauffällig über den Friedhof streiften, dass sie seinen Verdacht erregten. Hieß es nicht immer, dass die Polizei bei Beerdigungen von Mordopfern die Trauergäste und jeden, der sich zu dieser Zeit auf dem Friedhof aufhielt, beobachtete und auf Video aufnahm? Oder war das nur eine Erfindung von Krimi- und Drehbuchautoren?

Niklas hatte beschlossen, kein Risiko einzugehen. Er hatte gewartet, bis die Männer einen hinter der Friedhofsauffahrt geparkten Wagen bestiegen hatten und weggefahren waren.

Trotzdem sah er sich noch einmal nach allen Seiten hin um, bevor er sich auf den Weg zu Kerstins Grab machte, aber es waren keine auffälligen Personen mehr zu entdecken.

Niklas beugte sich nach vorn und versuchte sein schmerzendes Bein zu ignorieren. »Sie müssen sich darauf einstellen, dass es für immer steif bleiben wird«, hörte er wieder die

Stimme des Arztes. »Auf der anderen Seite können Sie froh sein, dass nicht mehr passiert ist. Wenn man Sie nicht rechtzeitig gefunden hätte, wären Sie jetzt tot.«
Niklas schüttelte den Kopf, als könnte er so die Stimme verscheuchen, und legte die mitgebrachten Blumen neben den Sonnenblumen ab. Vierundzwanzig langstielige schwarze Rosen, die er erst nach langem Suchen in einer kleinen Gärtnerei etwas außerhalb von Kiel gefunden hatte.
Bevor er ging, warf er einen langen Blick auf das Grab. »Du hast es nicht anders verdient«, flüsterte er. »Ab jetzt werde ich lernen, dich zu hassen.«

Fehrbach war im Warteraum der Intensivstation zurückgeblieben. Als sich nach einer halben Stunde die Tür öffnete und er Lisas verzweifeltes Gesicht erblickte, war er davon überzeugt, dass Horst Wiesner gestorben war. Rasch stand er auf.
»Was ist passiert?«
Lisa brachte kein Wort hervor.
»Was ist mit Horst Wiesner?«
Lisa starrte ihn an, dann drehte sie sich um und hastete auf den Flur hinaus. Fehrbach folgte ihr und sah, dass sie in Richtung des Treppenhauses lief. Wie von Sinnen rannte sie die Stufen hinunter. Zweimal geriet sie ins Stolpern, nur ein rascher Griff ans Geländer bewahrte sie vor einem Sturz. Als sie den Parkplatz vor dem Klinikgebäude erreicht hatten, gelang es Fehrbach endlich, sie einzuholen. Er griff nach ihrem Arm.
»Was ist passiert?«
»Dieser verdammte Arzt hat mich nicht zu Horst gelassen. Er hat mir einen medizinischen Vortrag gehalten, von dem ich kein Wort verstanden habe, und dann hat er gesagt, dass ich wieder gehen soll.«

»Dann haben Sie also noch gar nicht mit Horst Wiesner sprechen können?«

Lisa schüttelte resigniert den Kopf und ging zu einer Bank, die am Rand einer kleinen Rasenfläche stand. Sie setzte sich, zog die Beine eng an den Körper heran und umschlang sie mit beiden Armen. »Ich verstehe das nicht. Sie haben Horst aus dem künstlichen Koma geholt, aber es darf trotzdem noch keiner zu ihm.«

»Das muss doch nichts Schlimmes bedeuten.« Fehrbach versuchte Zuversicht in seine Stimme zu legen. »Horst Wiesner wird einfach noch sehr schwach sein. Da ist es nur verständlich, dass die Ärzte ihn abschirmen.«

»Danke«, sagte Lisa, ohne aufzusehen. »Danke, dass Sie da sind.«

Fehrbachs Handy klingelte. Im ersten Moment wollte er den Anrufer wegdrücken, aber dann warf er doch einen Blick aufs Display und erkannte die Nummer des Krankenhauses in Eutin.

Der Anrufer war sein Bruder. Mit knappen Worten teilte Andreas ihm mit, dass ihr Vater aus dem Koma erwacht sei.

Lisa bestand darauf, dass Fehrbach sofort zu seinem Vater fuhr. Es war, als hätte es den Moment ihrer Schwäche nie gegeben.

»Und wie kommen Sie in die BKI zurück?«

Sie legte die Stirn in Falten und versuchte ein schiefes Lächeln. »Vielleicht mit einem Taxi?« Dann wurde sie wieder ernst. »Ich komme hier allein klar. Wenn irgendwas Wichtiges ist, melde ich mich bei Ihnen.«

»Versprochen?« Fehrbach streckte ihr seine Hand entgegen. Lisa ergriff sie und drückte sie fest. »Versprochen.«

Gegen zwanzig Uhr traf Fehrbach im Kreiskrankenhaus ein. Diesmal nahm ihn eine Schwester in Empfang, die er noch nicht kannte. Sie wies auf eine Tür mit der Aufschrift Privat. »Warten Sie bitte einen Augenblick, Dr. Steinke möchte mit Ihnen sprechen.« Bevor Fehrbach eine Frage stellen konnte, war sie bereits wieder verschwunden.
Die Wartezeit zerrte an seinen Nerven. Es dauerte über eine halbe Stunde, bis der Arzt den Raum betrat.
»Bevor Sie zu Ihrem Vater gehen, muss ich Ihnen noch etwas sagen.« Dr. Steinke reichte Fehrbach die Hand und zog einen Stuhl heran.
»Was ist mit ihm?« Eine eiskalte Hand griff nach Fehrbach.
»Ihr Vater hat einen linksseitigen Gesichtsfeldausfall erlitten.«
Verständnislos schüttelte Fehrbach den Kopf.
»Ein Gesichtsfeldausfall bedeutet, dass der Patient große Teile dessen, was er normalerweise sieht, nicht mehr wahrnehmen kann. In einzelnen Bereichen des Gesichtsfelds sind nur noch schwarze oder graue Felder vorhanden, das heißt, es gibt kein vollständiges Bild mehr. Vieles wird nur noch verzerrt gesehen. Das ist eine sehr große Beeinträchtigung, zumal er bei Ihrem Vater irreparabel ist.« Dr. Steinke sah Fehrbach mitfühlend an. »Es tut mir sehr leid.«
Fehrbach hatte das Gefühl, in einem Alptraum gefangen zu sein. »Ich möchte meinen Vater sehen.«
Sie hatten Johannes von Fehrbach im Bett aufgesetzt. Als Fehrbach seine Hand ergriff, spürte er heiße Tränen hinter seinen Augen. Er versuchte einen Blickkontakt herzustellen, aber er konnte nicht einschätzen, ob sein Vater ihn wahrnahm. Manchmal schien es, als sähe er ihn direkt an, doch seine Augen wirkten, als wäre bereits alles Leben daraus gewichen.

»Thomas?«

Fehrbach hatte nicht bemerkt, dass Andreas und Barbara eingetreten waren.

»Hast du schon mit dem Arzt gesprochen?«, hörte er Barbara fragen. Sie trat neben ihn und legte eine Hand auf seine Schulter. Die Berührung reichte aus, um ihn endgültig aus der Fassung zu bringen.

»Was willst du hier? Lass mich mit meinem Vater allein!« Fehrbach stürmte in den Flur hinaus, drehte sich dann aber noch einmal zu seiner Stiefmutter zurück. »Ich gebe dir fünf Minuten, Barbara. So lange warte ich draußen. Und Gnade dir Gott, wenn du bis dahin nicht verschwunden bist.« Ungestüm schlug er auf den Türöffner ein und drängte sich durch die Tür, bevor sie vollständig geöffnet war.

Andreas folgte ihm auf dem Fuß. Als sie in den Wartebereich gekommen waren, riss er ihn mit einer heftigen Bewegung zurück. »Sag mal, bist du jetzt vollkommen übergeschnappt?«

»Sie hat kein Recht, da drin zu sein. Verstehst du das denn nicht? Das ist doch alles bloß Theater, was sie da spielt. Die liebende Ehefrau, dass ich nicht lache.«

»Sie ist Vaters Frau, sie hat alles Recht der Welt, bei ihm zu sein. Was faselst du hier eigentlich rum? Was soll der Blödsinn, dass sie Theater spielt?«

Natürlich verstand Andreas es nicht. Er war damals noch ein Kind gewesen.

»Erklär mir endlich, was los ist. Warum hast du so einen Hass auf Barbara? Ist sie der Grund, warum du Lankenau den Rücken gekehrt hast?« Als Fehrbach schwieg, fuhr Andreas fort: »Seit dreißig Jahren gehst du uns jetzt aus dem Weg. Weißt du, wie oft du in dieser Zeit auf Lankenau warst? Es waren genau siebenmal. Und jedes Mal hast du versucht, es so schnell

wie möglich hinter dich zu bringen. Was ist denn bloß geschehen, dass dich deine Familie nicht mehr interessiert?«
Er musste Andreas endlich alles erklären, aber er wusste nicht, wie. Es totzuschweigen war immer der leichtere Weg gewesen. »Nicht jetzt, Andreas. Wir müssen uns um Vater kümmern.«
»Wir? Jetzt heißt es auf einmal wieder wir. Was bist du doch für ein kaltschnäuziges Arschloch. Wie es Vater geht, hat dich doch die letzten dreißig Jahre auch nicht gekümmert.« Andreas ballte die Hände zu Fäusten. »Dir geht es doch nur um dein Erbe. Nur deshalb mimst du jetzt den besorgten Sohn.«
»Hör auf mit deinen ewigen Vorwürfen!« Fehrbach schrie es heraus. »Ich kann machen, was ich will, immer ist es in deinen Augen das Falsche. Du bist so selbstgefällig und arrogant, du glaubst, dass du die Wahrheit für dich gepachtet hast. Dabei weißt du überhaupt nichts. Nichts von mir und meinem Leben. Und schon gar nichts davon, was Vater mir bedeutet.« Fehrbach holte tief Luft und versuchte die Kontrolle zurückzugewinnen. »Wieso hast du mich überhaupt benachrichtigt?«
»Barbara wollte es. Sie meinte, die Familie müsse jetzt zusammen sein. Ich hätte es bestimmt nicht getan.«

Als Lisa auf das Haus von Jakob Solberg zueilte, achtete sie nicht auf den kleinen schwarzen Fiat, der zwischen anderen Fahrzeugen in einer Parkbucht in einiger Entfernung stand. Schon vor geraumer Zeit war der Wagen dort abgestellt worden, aber nur ein aufmerksamer Beobachter hätte mitbekommen, dass der Fahrer bis jetzt noch nicht ausgestiegen war und Solbergs Villa achtsam im Auge behielt.
Gerda und Solberg waren sehr erleichtert, sie endlich zu se-

hen. Sie bestürmten sie mit Fragen und wollten wissen, wie es Horst Wiesner ging. Lisa vertröstete sie und sprach stattdessen mit den beiden Kollegen, die am späten Nachmittag den Personenschutz übernommen hatten. Sie war erleichtert, als sie hörte, dass es keine besonderen Vorkommnisse gegeben hatte.
Schließlich ging sie zu Gerda und Solberg zurück und beantwortete deren Fragen. Als ihre Müdigkeit nicht mehr zu übersehen war, fragte ihre Mutter Solberg, ob er etwas dagegen habe, wenn Lisa die Nacht ebenfalls in seinem Haus verbringe. Natürlich hatte er nichts dagegen, er freute sich sogar, einen weiteren Gast zu beherbergen. Nachdem er Lisa in eines seiner Gästezimmer gebracht hatte, legte sie sich sofort ins Bett. In dem Moment, in dem ihr Kopf das Kissen berührte, schlief sie bereits, in der sicheren Gewissheit, dass ihrer Mutter nichts passieren konnte.

Freitag, 27. Juni

Der Morgen brachte Wind und Sturm, ein bleigrauer Himmel lag über dem Land. Das Wasser der Förde war aufgewühlt, das Ehrenmal in Laboe verschwand fast hinter einem Regenvorhang. Lisa fröstelte, als sie aus Solbergs Haus trat und sich auf den Weg nach Kiel machte.
Uwe sah aus, als hätte er die Nacht im Büro verbracht. »Senile Bettflucht«, meinte er nur lakonisch, als seine Kollegen ihn auf die Ringe unter seinen Augen ansprachen. »Die hat mir ein paar neue Informationen über Baudin beschert.«
»Okay«, sagte Lisa und verstaute ihren Rucksack im Schrank. Sie schenkte sich einen Kaffee ein und biss ein Stück von der mitgebrachten Banane ab. Das Frühstück bei Solberg war köstlich und reichlich gewesen, aber außer einer Tasse Tee hatte sie nichts hinuntergebracht. »Dann lass mal hören.« Sie lehnte sich auf dem Stuhl zurück und streckte die Füße aus.
»2005 ist Baudin aktenkundig geworden. Es hat einen Vorfall in einem Bordell namens Eden Palace gegeben. Das ist einer dieser Schuppen gleich neben dem NDR. Eine Prostituierte wurde zusammengeschlagen, es hat einige Tage auf der Kippe gestanden, ob sie durchkommen wird. Die Inhaberin des Bordells hat Anzeige erstattet, und zwar gegen Baudin.«
»Also wurde ein Verfahren gegen ihn eingeleitet?«, fragte Luca.
»Von wegen. Am nächsten Tag ist die Dame aufs Revier marschiert und hat ihre Anzeige zurückgezogen. Sie hat angegeben, dass sie sich in der Person geirrt habe.«
»Wieso das?«, fragte Luca erstaunt.

»Weil sich Baudin das Schweigen aller Beteiligten eine stattliche Summe hat kosten lassen. Kurze Zeit nach der Kieler Woche hat die vergammelte Außenfassade des Puffs einen neuen Anstrich bekommen. Und drinnen wurde auch alles auf Hochglanz gebracht.«
»Woher weißt du das? Das stand ja wohl kaum im Internet.«
»Das steht in den alten Akten, Lisa. Du hättest dir bloß mal die Mühe machen müssen, ein bisschen intensiver nachzuforschen. Aber du jagst ja lieber hinter Mertens her.« Als Lisa die Spitze unkommentiert ließ, fuhr Uwe fort: »Die Kollegen, die den Fall damals bearbeitet haben, sind natürlich misstrauisch geworden, als die Anzeige so schnell zurückgezogen wurde. Deshalb sind sie drangeblieben.«
»Konnte irgendwas davon nachgewiesen werden?«, wollte Luca wissen.
»Leider nicht. Die Inhaberin blieb dabei, dass sie sich geirrt habe. Das zusammengeschlagene Mädchen hat ausgesagt, dass der Mann an diesem Abend zum ersten Mal bei ihnen gewesen sei.« Uwe griff nach der Keksdose mit den Amarettini nach einem Geheimrezept von Lucas Mutter. Seitdem er sie das erste Mal probiert hatte, war er süchtig danach. »Eine Phantomzeichnung wurde zwar erstellt, aber die hat nicht das Geringste hergegeben. Das war ein Allerweltsgesicht darauf. Und bei der Befragung der anderen Mitarbeiter kam ebenfalls nichts raus.«
»Was hat Baudin gesagt?«, fragte Lisa. Sie wirkte nachdenklich.
»Er hat wohl einen ziemlichen Aufstand gemacht. Das übliche empörte Theater. Er hat angegeben, dass er an dem Abend bei einer Veranstaltung war, die ein privater Investor für einige Teilnehmer der Kieler Woche veranstaltet hatte. Das

stimmte auch, es war eine Charity-Gala, die im *Kieler Kaufmann* stattgefunden hat. Baudin ist dort gewesen, das haben die Kollegen überprüft. Aber da haben sich auch noch an die hundert andere Leute aufgehalten. Es wäre ein Leichtes für ihn gewesen, zwischendurch mal zu verschwinden.«
»Hat der Puff denn keine Videoüberwachung?«, fragte Luca irritiert.
»Doch, aber die war schon am Tag davor ausgefallen.«
»Also konnte Baudin nichts nachgewiesen werden.«
»So ist es. Ich habe mit den Kollegen gesprochen, die den Fall damals bearbeitet haben. Sie haben Baudin überprüft, ob er vorher schon mal auffällig geworden war, aber Fehlanzeige. Der Mann war ein unbeschriebenes Blatt.« Uwe holte ein Bild aus dem Ordner und reichte es seinen Kollegen. »So sah das Mädchen aus, bevor es Baudin in die Hände fiel. Ihr müsst zugeben, dass die Ähnlichkeit zwischen ihr, Sabine Grossert und Kerstin Wiesner sehr groß ist. Ich glaube nicht mehr an einen Zufall. Ich glaube, dass Baudin rumgeht und Frauen zusammenschlägt, die Sabine Grossert ähnlich sehen. Irgendwas hält ihn davon ab, sich direkt an ihr zu rächen.«
Lisa hatte begonnen, im Zimmer auf und ab zu tigern. Schließlich beendete sie ihre Wanderung und blieb vor Uwe stehen. »An deiner Theorie ist was dran. Lasst uns in den Kieler Yacht Club fahren. Wir nehmen uns Baudin noch mal vor.«
Aber sie hatten kein Glück. Bei ihrer Ankunft im Hotel erfuhren sie, dass Baudin Kiel am vergangenen Freitag verlassen hatte, dem Tag, an dem er von ihnen vernommen worden war.
»Ich bin echt sauer, das können Sie mir glauben«, sagte Connert aufgebracht. »Am Samstag war ich in Flensburg und habe mir ein Schiff angesehen. Als ich abends zurückkam, war Dietmar weg. Ohne mir eine Nachricht zu hinterlassen.

Die vom Hotel haben gesagt, dass er am Freitagabend ausgecheckt hat.«
»Und warum haben Sie mir das nicht gesagt, als wir uns am Sonntag über den Weg gelaufen sind?«, fragte Uwe erbost.
»Keine Ahnung«, erwiderte Connert unfreundlich. »Vielleicht wollte ich ihn nicht in die Pfanne hauen. Sie hätten doch bestimmt gleich sonst was vermutet.«
»Heute haben Sie doch auch keine Skrupel.«
»Heute habe ich auch diesen Brief bekommen.« Connert pfefferte ein DIN-A4-Blatt auf den Tisch. »Das ist Dietmars fristlose Kündigung. Er schreibt, dass er mir alles Gute wünscht, mich aber nicht weiter trainieren kann. Ohne Angabe von Gründen.« Connert versetzte der Bodenvase einen Tritt, dass sie in die Zimmerecke flog. »Und das kurz vor Olympia. Wo soll ich denn jetzt so schnell einen neuen Trainer herbekommen?«
Lisa sah, dass Uwe eine wütende Antwort auf der Zunge lag. Sie stoppte ihn mit einer kurzen Handbewegung und konfrontierte Connert mit dem Verdacht gegen Baudin.
»Haben Sie jemals etwas davon mitbekommen, dass Baudin Frauen zu nahe getreten ist? Oder, besser gesagt, einem bestimmten Typ von Frauen? Vielleicht bei Wettbewerben oder anderen Gelegenheiten, bei denen Sie zusammen waren?«
»Was ist denn das für ein Quatsch?«, entrüstete sich Connert. »Dietmar ist ja ein ziemlich verschrobener Typ, aber der geht doch nicht durch die Gegend und schlägt Frauen zusammen.«
»Haben Sie versucht, Baudin nach seiner Abreise zu erreichen?«, fragte Lisa weiter.
»Natürlich«, antwortete Connert gereizt. »Was glauben Sie denn? Aber er geht nicht ans Handy, und beim Festnetzanschluss läuft der Anrufbeantworter.«

Connert erzählte, dass Baudins Aufbruch sehr hastig erfolgt sein musste, denn er hatte sein Boot im Düsternbrooker Sportboothafen liegen lassen. Es dauerte einige Zeit und bedurfte mehrerer Telefonate, bis Lisa und ihre Kollegen herausbekamen, dass Baudin am vergangenen Freitag ein Taxi nach Hamburg genommen hatte und von dort mit dem Zug nach Magdeburg gefahren war.

Ehe sie weitere Schritte einleiten konnten, erhielt Lisa einen Anruf, bei dem sie weiche Knie bekam. Am Tag von Baudins Verschwinden war in den frühen Morgenstunden in der Nähe eines heruntergekommenen Bordells in Kiel-Russee eine schwerverletzte junge Frau aufgefunden worden. Es handelte sich um eine Prostituierte, die seit einigen Jahren dort arbeitete. Die Besitzerin hatte Anzeige gegen den letzten Freier der jungen Frau erstattet, von dem sie zwar nicht den Namen kannte, den sie dafür aber sehr gut beschreiben konnte.

»Sie hat ausgesagt, dass der Mann immer nur zur Kieler Woche kommt. Sie vermutet, dass er ein Tourist ist oder zu dem ganzen Seglertross gehört. Bis jetzt ist er noch nie einer Frau zu nahe getreten.« Die Stimme des Kollegen aus Russee wurde lebhaft. »Es war gut, dass Sie heute ein Foto von diesem Baudin mit den entsprechenden Angaben ins Intranet gestellt haben, Frau Sanders. Wir haben es vorhin gesehen und damit jetzt endlich einen ersten Hinweis. Die Ähnlichkeit mit dem Phantombild ist verblüffend. So wie es aussieht, hat dieser Baudin die Prostituierte zusammengeschlagen. Wissen Sie, ob er sich noch in der Stadt aufhält?«

Umgehend klärte Lisa den Kollegen auf. Dann informierte sie Luca und Uwe über die Neuigkeit. »Wir müssen Sabine Grossert sofort unter Polizeischutz stellen«, sagte sie und versuchte, sich ihre Aufregung nicht anmerken zu lassen.

Noch während sie sprach, hatte Uwe bereits zum Handy gegriffen und gab die nötigen Anweisungen durch. Plötzlich war sie ihm dankbar, dass er mal wieder so verdammt eigenmächtig gehandelt hatte, denn das Foto von Baudin und die dazugehörigen Hinweise konnte nur er ins System gestellt haben.
Bei ihrer Ankunft in der Blume begann Lisas Handy zu klingeln. Es war ein Kollege aus Magdeburg.
Baudin war gefasst worden. Die Polizei hatte ihn in der Wohnung von Sabine Grossert und deren Freundin verhaftet. Beide Frauen waren erst am Morgen aus Boltenhagen zurückgekehrt. Viel hätte nicht gefehlt, und die Kollegen wären zu spät gekommen. Unter dem Vorwand, es gebe eine defekte Gasleitung im Haus, hatte Baudin sich Zutritt zur Wohnung verschafft, in der sich Sabine Grossert allein aufhielt. Sie hatte versucht auf den Balkon zu flüchten, aber Baudin hatte sie ins Zimmer zurückgezerrt. Dort hatte er auf sie eingeschlagen, bis die Polizei die Wohnung gestürmt und ihn nach einem heftigen Kampf festgenommen hatte. Baudin sei wie von Sinnen gewesen, sagte der Einsatzleiter. Als sie versucht hatten, ihn aus der Wohnung zu bringen, hatte er sich mit allen Kräften gewehrt, so dass mehrere Männer nötig gewesen waren, ihn zu bändigen.
»Dann war er also der Stalker, der Sabine Grossert verfolgt hat?«, fragte Uwe.
»Ja«, bestätigte Lisa. »Baudin hat es zugegeben. Er wollte sich an ihr rächen, ist aber trotzdem immer noch davor zurückgeschreckt, ihr körperliche Gewalt anzutun. Deshalb hat er sich seit Jahren Prostituierte gesucht, die eine große Ähnlichkeit mit Sabine Grossert aufwiesen, und einige von diesen hat er dann an ihrer Stelle zusammengeschlagen.« Lisa blieb vor

dem Eingang zur BKI stehen. »Sabine Grossert ist schwerverletzt, aber zum Glück nicht lebensbedrohlich.« Sie legte Uwe eine Hand auf den Arm. »Ich soll dir ausrichten, dass sie sich bei dir bedankt. Sie hatte die Hoffnung schon aufgegeben, dass ihr noch einmal ein Polizist glauben würde.« Lisa zog die Hand zurück, weil ihr diese Geste plötzlich doch zu vertraut für ihr bisheriges Verhältnis erschien. »Die Kollegen gehen davon aus, dass Baudin bereits seit seiner Ankunft in Magdeburg auf der Lauer lag.«
»Was für ein Glück, dass sie in Urlaub war«, sagte Luca mit einem tiefen Ausatmen.
»Was für ein Glück, das Uwe so hartnäckig war«, sagte Lisa mit Nachdruck. »Du hast ihr das Leben gerettet. Wenn du nicht so ausdauernd weiter gebohrt hättest, dann wäre Sabine Grossert jetzt tot.«
»Kommt Baudin denn jetzt für dich auch als Mörder von Kerstin Wiesner in Frage?«
Lisa hatte mit dieser Frage von Uwe gerechnet und nickte. »Wir können es nicht ausschließen. Deshalb möchte ich, dass du morgen nach Magdeburg fährst und bei den Vernehmungen der Kollegen dabei bist.«

Am Nachmittag führte Fehrbach ein weiteres Gespräch mit Dr. Steinke. Er wollte wissen, was es mit dem geplanten Luftröhrenschnitt auf sich hatte, von dem am Vortag ein anderer Arzt gesprochen hatte.
»Wollen Sie meine ehrliche Meinung hören?«
Fehrbach nickte und hielt dem eindringlichen Blick des Arztes stand.
»Bestehen Sie nicht auf der OP. Lassen Sie Ihren Vater in Frieden sterben. Ersparen Sie ihm ein langes Leiden.«

»Aber der Luftröhrenschnitt bedeutet doch Hoffnung. Es hieß doch gestern …« Fehrbach brach ab und starrte den Arzt voller Entsetzen an.

»Ich will versuchen, es Ihnen zu erklären.« Dr. Steinke nahm seine goldumrandete Brille ab und betrachtete sie eingehend, bevor er seinen Blick wieder auf Fehrbach richtete. »Bei uns liegen viele Patienten mit irreparablen Schäden. Junge Kollegen entscheiden sich häufig dafür, sie unter allen Umständen am Leben zu erhalten, auch wenn diese Menschen nur noch dahinvegetieren. Für uns ist es oft ein schmaler Grat. Wir dürfen keine Sterbehilfe leisten und müssen deshalb immer wieder über die nächste lebenserhaltende Maßnahme nachdenken, zumal es die Angehörigen auch häufig von uns verlangen. Sie begreifen zwar, dass der Mensch, den sie lieben, nie mehr zurückkommen wird, aber trotzdem können viele ihre Lieben einfach nicht gehen lassen. Doch für den Patienten ist es eine einzige Qual. Ein menschenwürdiges Sterben wird ihm unmöglich gemacht. Deshalb ist es so wichtig, dass man eine Patientenverfügung erstellt. Aber noch wichtiger ist es, dass die Angehörigen diese Verfügung auch akzeptieren, denn das verlangt, dass man nicht mehr an sich und den bevorstehenden Verlust denkt, sondern nur noch an den Menschen, der darauf vertraut hat, dass man ihm einmal in dieser Situation beistehen wird.« Dr. Steinke setzte die Brille wieder auf und sah Fehrbach mit einem beschwörenden Blick an. »Es gibt keine Hoffnung mehr für Ihren Vater. Mit dem Eingriff würden wir sein Sterben nur unnötig verlängern. Das habe ich auch Ihrer Stiefmutter gesagt. Sie hat mir bestätigt, dass ihr Mann keine lebensverlängernden Maßnahmen wünscht. Sie will mir seine Patientenverfügung vorbeibringen.« Er stand auf und legte Fehrbach die Hand auf die Schulter.

»Nehmen Sie Abschied von Ihrem Vater. Lassen Sie ihn gehen.«

Nachdem der Arzt gegangen war, blieb Fehrbach noch einige Zeit sitzen. Blicklos starrte er aus dem Fenster, bis er sich schließlich schwerfällig erhob und die Räume der Intensivstation ein weiteres Mal betrat.

Jeder Schritt zum Krankenbett kostete ihn Überwindung. Regungslos blickte er in das eingefallene Gesicht, die geschlossenen Augen, die tief in ihren Höhlen lagen, auf den abgezehrten Körper, die Knochen, die spitz an den Ellbogen hervortraten, die gekrümmten Hände, denen etwas Klauenartiges anhaftete. Die Haut, die dünn und brüchig wie altes Pergament wirkte, war mit unzähligen Altersflecken übersät.

Das letzte Mal hatte er seinen Vater an dessen siebzigstem Geburtstag gesehen. Mit federndem Gang und dem geraden Rücken eines Mannes, der schon seit frühester Kindheit auf dem Pferderücken zu Hause war, war Johannes von Fehrbach von Gast zu Gast gegangen und hatte sich lebhaft mit allen unterhalten. Er hatte gescherzt und gelacht und immer wieder auf seinen Ehrentag angestoßen.

Nach einer Weile zog Fehrbach einen Stuhl heran und setzte sich neben das Bett. Er griff durch die Gitterstäbe und umschloss die Hände seines Vaters. Er wusste nicht, ob Koma-Patienten mitbekamen, was um sie herum geschah. Bei seinen vorherigen Besuchen hatte er zwar den Eindruck gehabt, dass sein Vater seine Anwesenheit auf irgendeine Art und Weise wahrgenommen hatte, der Verstandesmensch, der er nun einmal war, hatte sich aber geweigert, dem eine allzu große Bedeutung beizumessen. Bis jetzt. Denn jetzt ließ er zu, dass sich die Worte des Arztes in seinem Bewusstsein verankerten. Und das erforderte ein Umdenken.

»Nehmen Sie Abschied von Ihrem Vater. Lassen Sie ihn gehen.«
Aber wie nahm man Abschied von einem Sterbenden?
Zum ersten Mal in seinem Leben verließ Fehrbach sich nur auf sein Gefühl. Er verbannte jede rationale Überlegung und begann dem vor ihm liegenden Menschen all das zu erzählen, wozu er vorher niemals den Mut aufgebracht hatte.
Auf einmal war es ganz leicht.

Auch an diesem Abend fuhr Lisa wieder nach Strande. Zum wohl hundertsten Mal überprüfte sie das Display ihres Handys, ob es Nachrichten enthielt, die ihr entgangen waren. Sie überlegte, ob sie noch einmal im Krankenhaus anrufen sollte, aber dann verwarf sie den Gedanken. Bereits bei ihrem letzten Anruf vor einer Stunde hatte man sie eindringlich gebeten, endlich mit diesem Telefonterror aufzuhören. Wenn Horst Wiesner vernehmungsfähig sei, werde man sie informieren.
Als sie Solbergs Haus erreichte, schwirrte ihr der Kopf vor Müdigkeit. Also sprach sie nur kurz mit ihrer Mutter und Solberg und den beiden Kollegen von der Nachtschicht, dann ging sie zu Bett und hoffte, dass sie eine ruhige Nacht vor sich haben würden.
Der Anruf von Staatsanwalt Missberg kam um halb neun. Er klang verärgert und wollte wissen, warum sie es nicht für nötig befunden habe, ihn auf den neuesten Ermittlungsstand zu bringen.
»Wenn mir nicht zufällig Södersens Sekretärin über den Weg gelaufen wäre, dann hätte ich ja nicht mal was von der Fahndung gegen diesen Mertens erfahren«, schnarrte Missbergs Stimme durch den Hörer. »Und was soll der Quatsch mit der Nachrichtensperre? Wer hat diesen Mist angeordnet?«

Lisa fragte sich, was für eine Laus dem Staatsanwalt über die Leber gelaufen war. So aufgebracht kannte sie ihn nicht. Bei ihrer Erklärung ging sie so behutsam wie möglich vor. Sie erwähnte eine Zeugin, ohne zu sagen, dass es sich dabei um ihre Mutter handelte, und bemühte sich nach Kräften, Fehrbachs Namen aus allem herauszuhalten, denn dass er sie angelogen hatte und entgegen der Anordnung von Sievers handelte, stand jetzt ja wohl außer Frage.
Bei Missbergs nächsten Worten glaubte Lisa sich verhört zu haben. »Sie haben was?«
»Ich habe die Nachrichtensperre aufgehoben«, wiederholte Missberg. »Wenn Mertens' Bild erst mal in den Zeitungen und im Fernsehen erscheint, geht uns der Kerl mit Sicherheit bald ins Netz.«
Nur mit Mühe widerstand Lisa der Versuchung, Missberg anzubrüllen. Ihre Einwände, warum es diese Nachrichtensperre gab, interessierten ihn nicht. Er verstieg sich sogar zu der Äußerung, dass sich die Vertreter der Presse mit Sicherheit ihrer Verantwortung bewusst seien, sollten sie den Namen der Zeugin herausbekommen. Dann beendete er das Gespräch und ließ eine wütende Lisa zurück, die in dieser Nacht keinen Schlaf finden sollte.

Samstag, 28. Juni

Die Kieler Woche des Jahres 2008 würde die Polizei der Landeshauptstadt mit Sicherheit nicht so schnell vergessen.
In der fünften Jahreszeit, wie die letzte Juniwoche teils liebevoll, teils spöttisch genannt wurde, herrschte wie jedes Jahr der Ausnahmezustand in der Stadt. Was kein Wunder war, beherbergte Kiel in dieser Zeit doch mehr als sechsmal so viel Besucher wie Einwohner. Es war eine Woche, die die Sicherheitskräfte der Polizei weit über ihre Belastungsgrenze hinausführte. Es herrschte absolute Urlaubssperre, und der Berg der Überstunden, den die Beamten sowieso schon vor sich herschoben, wuchs ständig weiter an. Und dieses Jahr kam dann auch noch ein Ereignis dazu, das alles andere in den Schatten stellte.
Großfahndung nach einem bekannten Schauspieler, der im Verdacht stand, auf den Wissenschaftler Horst Wiesner geschossen zu haben, und vielleicht sogar der Mörder von dessen Tochter war.
Aus ganz Schleswig-Holstein waren weitere Sicherheitskräfte angefordert worden. Sie und die Kieler Kollegen waren rund um die Uhr im Einsatz. Als in der Nacht zum Samstag bekannt wurde, dass Mertens an der dänischen Grenze gefasst worden war und am Morgen nach Kiel überstellt werden sollte, gab es bei allen ein erleichtertes Aufatmen.

Beim Frühstück teilte Lisa ihrer Mutter und Solberg mit, dass Mertens ergriffen worden war. Sie war so unglaublich erleichtert, dass der Alptraum nun endlich ein Ende hatte. Der Gedanke, in welcher Gefahr sich ihre Mutter befand, hatte sie nicht mehr zur Ruhe kommen lassen. Angst hatte Gerda nicht gezeigt, im Zurückhalten der Gefühle war sie wesentlich kontrollierter als Lisa, aber es war eine Unruhe um sie gewesen, die Lisa nicht kannte. Allerdings hatte sie auch noch etwas anderes bemerkt. Ihre Mutter mochte Jakob Solberg, und zwar sehr. Was auf Gegenseitigkeit beruhte, denn Solberg ließ keine Gelegenheit aus, Gerda zu verwöhnen. Außerdem schien ihre Mutter sich zunehmend wohler in Solbergs Haus zu fühlen.

»Dann steht unserem Ausflug zum Schiff ja nichts mehr im Weg«, unterbrach Solberg Lisas Gedanken. Er strahlte Gerda an, trank den letzten Schluck Kaffee und faltete seine Serviette mit einer energischen Bewegung zusammen.

Neugierig schaute Lisa von einem zum anderen. Sie bemerkte, dass ihre Mutter Solbergs Blick erwiderte und dann kurz zu ihr hinübersah.

»Kann es sein, dass ihr mir etwas verheimlicht?«

»Herr Solberg hat mich auf die MS Kiel eingeladen«, antwortete Gerda mit schuldbewusster Miene. »Sie liegt doch heute im Hafen. Natürlich haben wir gewusst, dass es nichts werden wird, solange dieser Mertens noch frei herumläuft. Deshalb haben wir dir auch nichts davon gesagt. Aber jetzt ...«

Gerda sah hilfesuchend zu Solberg, der ihr augenblicklich beisprang und Lisa aufklärte.

»Wenn die MS Kiel während der Kieler Woche im Hafen liegt, veranstalte ich immer ein Open Ship, genauso, wie es die Schiffe der Marine machen. Den Bereich um den Swimmingpool reserviere ich allerdings für meine Gäste und mich. Ab und zu will ich mich ja auch mal an meinem schönen Schiff erfreuen.« Solberg schmunzelte. »Ich wollte auf jeden Fall, dass Ihre Mutter dabei ist. Wie es aussieht, spricht doch jetzt nichts mehr dagegen, oder? Was meinen Sie, können Ihre Mutter und ich auf das Schiff gehen, oder soll ich die Veranstaltung absagen?«

Lisa zögerte, doch als sie in die erwartungsvollen Gesichter von Gerda und Solberg blickte, warf sie ihre Bedenken über Bord. Mertens war verhaftet, die Bedrohung für Gerda war vorbei. Das komische Gefühl in ihrem Magen war nur der Nachhall der ausgestandenen Angst. »Natürlich können Sie auf das Schiff gehen.« Sie freute sich über das glückliche Gesicht ihrer Mutter und fasste einen spontanen Entschluss. »Haben Sie etwas gegen eine weitere Begleitung einzuwenden? Ich würde mir die MS Kiel nämlich auch gerne mal ansehen. Bis Mertens in Kiel ankommt, habe ich noch ein bisschen Zeit.«

»Das ist eine phantastische Idee!« Solberg strahlte über das ganze Gesicht. »Jetzt freue ich mich schon auf die neidischen Gesichter meiner anderen Gäste, wenn sie meine beiden hübschen Begleiterinnen sehen.«

Lisa stieß ein befreites Lachen aus. Jetzt würde alles wieder gut werden. Die Gefahr für ihre Mutter war vorbei, und das Krankenhaus hatte ihr vor einer halben Stunde mitgeteilt, dass Horst bei vollem Bewusstsein und ansprechbar war. Heute Nachmittag konnte sie ihn besuchen.

Die Fahrt zum Kieler Hafen verging in entspannter Atmosphäre. Lisa hatte ihren Wagen in Strande stehen lassen, von wo aus ihn später einer von Solbergs Mitarbeitern abholen und zur Bezirkskriminalinspektion bringen würde. Sie war mit Gerda und Solberg in den luxuriösen Firmenmercedes gestiegen, den der Reeder für ihren Transport zum Kieler Hafen angefordert hatte. Solberg bat den Fahrer, die Abfertigungs-

halle des Bollhörn-Kais zu umfahren und sie direkt neben dem Schiff abzusetzen, wo die Catering-Firma ein weißes Zelt aufgebaut hatte. Hier würden später die geladenen Gäste mit einem Sektempfang begrüßt und anschließend durch einen extra für sie reservierten Einstieg an Bord des Schiffs gebracht werden. Der Fahrer hatte seine liebe Mühe, durchzukommen, so viele Menschen hatten sich mittlerweile auf dem Bereich der Kaianlagen eingefunden. Die Fähre der Stena Line hatte vor kurzem am benachbarten Schwedenkai angelegt. Mittlerweile verließen die ersten Passagiere das Schiff. Sie vermischten sich mit den Menschen an Land, die hinter dem um die MS Kiel errichteten Absperrzaun darauf warteten, endlich einmal ein richtiges Traumschiff betreten zu dürfen.
»Mein Gott, ist die groß!« Lisa stieg aus, legte den Kopf in den Nacken und ließ ihre Augen die Bordwand hinaufschweifen. Sie bemühte sich, die Dimensionen des Bildes vor ihr mit dem in Einklang zu bringen, was sie bisher nur von Fotos kannte.
»Genau das hat Ihre Mutter beim ersten Mal auch gesagt.« Solberg blickte auf die Digitalkamera, die Lisa aus ihrer Tasche zog, und schüttelte den Kopf. »Das wird nichts.«
Aber Lisa hatte ihren eigenen Kopf. »Vielleicht komme ich ja aufs Dach vom Hafenhaus. Von dort aus müsste ich das ganze Schiff aufs Bild bekommen.« Sie winkte Solberg kurz zu. »Bin gleich wieder da.«
Sie begann sich durch die Menschenmassen zu drängeln. Als sie schließlich vor dem Eingang des Hafenhauses angekommen war, warf sie einen Blick aufs Display. Mist, der Akku war leer. Enttäuscht wandte sie sich um und kehrte zum Schiff zurück. Erst später würde ihr klarwerden, dass sie mit dieser

Entscheidung wahrscheinlich das Leben ihrer Mutter gerettet hatte. Denn als sie wieder den Absperrzaun erreichte, bot sich ihr ein Anblick, der sie im ersten Moment an eine Halluzination glauben ließ.
Nur wenige Meter vor sich erblickte sie Werner Mertens, der mit schnellen Schritten auf ihre Mutter zuging. Gerda stand zum Catering-Zelt gewandt und drehte Mertens den Rücken zu.
Die Polizistin in Lisa reagierte blitzschnell. Noch während sie ihre Waffe zog, die sie seit einigen Tagen nur noch zum Schlafen ablegte, war sie schon an der weit offenen Tür des Zauns angelangt. Sie rannte hindurch und dann hinüber zum Eingang des Catering-Zelts, an dem Mertens gerade versuchte ihre um Hilfe rufende Mutter in seine Gewalt zu bekommen. Roh hatte er Gerda gepackt und bot seine ganze Kraft auf, um sie mit sich zu zerren. Für den Bruchteil einer Sekunde sah Lisa den Schrecken im Gesicht ihrer Mutter und in den Gesichtern der beiden Männer, die sich nach Gerdas Schrei erschrocken umdrehten und erst jetzt mitbekamen, was vor sich ging. Dann richtete sie ihre Waffe auf Mertens. »Lass sie los.« Als dieser nicht reagierte, entsicherte sie die Pistole und zielte direkt auf seine Stirn. »Du sollst sie loslassen, hab ich gesagt.«

Noch lange Zeit später fühlte Lisa sich jedes Mal aufs Neue in einen Alptraum versetzt, wenn sie an die Ereignisse dieses Samstags im Juni zurückdachte.
Während sie die Waffe auf Mertens gerichtet hielt, sah sie das Flackern in seinen Augen. Im nächsten Moment stieß er ihre Mutter mit voller Kraft zu Boden. Sie hörte Gerdas gellenden Schrei. Aus dem Augenwinkel sah sie, dass sich Solberg und

der Wachmann aus ihrer Erstarrung gelöst hatten und zu ihrer Mutter hinunterbeugten. Instinktiv tat sie dasselbe, und diesen kurzen Moment nutzte Mertens. Als Lisa sich wieder aufrichtete, sah sie ihn in der Menschenmenge hinter dem Absperrzaun verschwinden. Sie verfluchte sich für ihr unprofessionelles Verhalten, aber jetzt war es zu spät. Eilends wies sie den Wachmann an, sich um Gerda und Solberg zu kümmern, dann rannte sie los. Im Laufen leitete sie über Handy die Fahndung ein, orderte einen Streifenwagen, der ihre Mutter und Solberg nach Strande zurückbringen sollte, sowie erneuten Personenschutz. Dann informierte sie Luca und Uwe, der bereits auf dem Weg zum Bahnhof gewesen war. Sie sollten sich mit den Kollegen der Schutz- und Bereitschaftspolizei an die weiträumige Absperrung des Kaibereichs machen.
In welche Richtung war Mertens gelaufen? Lisas Hirn arbeitete auf Hochtouren, scannte jede erdenkliche Möglichkeit durch. Am Ende kam sie zu dem Ergebnis, dass er sich noch in der Nähe aufhalten musste. Sie wusste nicht, warum sie so sicher war, aber sie beschloss, ihrem Bauchgefühl zu vertrauen.
Und musste feststellen, dass es sie auch diesmal nicht im Stich ließ, denn als sich eine kurzfristige Lücke im Gedränge auftat, entdeckte sie Mertens' hochgewachsene Gestalt in einiger Entfernung vor sich. Rücksichtslos bahnte er sich seinen Weg durch die Menge. Lisa folgte ihm und bemühte sich, ihn nicht aus den Augen zu verlieren. Immer wieder glitten ihre Blicke über die Menschen um sie herum, ob sich schon Kollegen unter ihnen verbargen, die ihr zu Hilfe eilen konnten.
Und dann war plötzlich alles außer Kraft gesetzt.
Lisa blieb stehen, so abrupt, als hielte eine unsichtbare Kraft ihre Füße am Boden fest.

Britt?
Lisa blinzelte einmal, zweimal voller Unglauben angesichts der Frauengestalt, die in vielleicht fünf Metern Entfernung vor ihr aufgetaucht war. Sie konnte sie nur von der Seite sehen, inmitten eines Pulks schnatternder Frauen, deren offensichtliche Anführerin gerade mit lauter Stimme um Ruhe bat, um dann zu verkünden, dass man sich jetzt auf den Weg zur NDR-Bühne am Ostseekai mache.
»Britt!«
Die Frau neigte den Kopf ein Stück zur Seite, aber die Bewegung erweckte nicht den Anschein, als hätte sie Lisas Ruf vernommen und sähe sich jetzt nach der Verursacherin um.
»Britt!«
Auch Lisas zweiter Ausruf brachte kein Ergebnis, obwohl er so laut gewesen war, dass die Umstehenden sie irritiert zu mustern begannen. Diejenige, der er gegolten hatte, hatte sich mittlerweile in Bewegung gesetzt, weg von Lisa und, wie es den Anschein hatte, in ein angeregtes Gespräch mit ihrer Nachbarin vertieft.
Lisa versuchte hinter ihr herzulaufen. »Britt! Jetzt warte doch! Ich bin's, Lisa!« Sie stemmte sich gegen die auf sie zukommenden Menschen, aber sie hatte keine Chance. Als würde ein unerbittlicher Sog sie erfassen, wurde sie abgedrängt und mitgezogen, hinunter in Richtung des Wassers. Als es ihr gelang, sich noch einmal umzudrehen, war die Frau, in der sie ihre Schwester zu erkennen geglaubt hatte, in der Menge verschwunden.
Alles in Lisa begehrte dagegen auf, sich geschlagen zu geben, und wollte doch noch zu versuchen in Richtung der Straße zu gelangen, wohin die Frauengruppe sich offenbar aufgemacht hatte. Aber wie sollte sie sie in diesem Menschengetümmel

wiederfinden? Und selbst wenn, war es doch überhaupt nicht sicher, ob es sich bei der Frau in ihrer Mitte um Britt gehandelt hatte. Lisa hatte ja nicht einmal ihre Kleidung gesehen, nur einen Kopf, ein Halbprofil, in dessen Bewegungen sie Vertrautes wahrzunehmen geglaubt hatte.

Es bedurfte Lisas ganzer Professionalität, ihre Gedanken zu Mertens zurückzuzwingen. Sie durfte ihn nicht entkommen lassen, bloß weil sie einer Hoffnung nachjagen wollte. Sie drehte sich zurück und wurde vom gleißenden Blitzen des Wassers geblendet. Der Menschenstrom hatte sie hinunter zum Hafen geführt.

Am Bollhörnkai-Süd hatte eine Anzahl von Schiffen festgemacht, die die Windjammerparade begleiten sollten. Sie lagen im Päckchen, die Rümpfe eng aneinandergedrängt. Da ihre Fahrt in einer halben Stunde beginnen sollte, waren die meisten von ihnen voll besetzt.

Zuerst staunten die Passagiere angesichts des Polizeiaufgebots, das plötzlich vor ihnen stand. Nachdem sie aufgefordert wurden, die Schiffe umgehend zu verlassen, und dann auch noch eine Personenkontrolle über sich ergehen lassen mussten, wurden viele von ihnen laut. Als sie hörten, dass die geplante Fahrt nicht zustande komme, verlangten die meisten ihr Geld zurück.

Lisa beteiligte sich an der Durchsuchung der Schiffe und kletterte gerade auf eine Brigantine in der hintersten Reihe, die als Nächste geräumt werden sollte. Plötzlich lenkte etwas auf dem Nachbarschiff ihre Aufmerksamkeit auf sich. Sie wusste nicht, was es gewesen war, eine Bewegung, ein Geräusch oder einfach nur eine Ahnung. Sie sah sich das Schiff genauer an. Es war ein historisches Holzschiff mit weißen Decksaufbauten und einem schwarzen Rumpf, an dem sie den Namen

Skipper entdeckte. Das Schiff war das Letzte in der Reihe, alle Passagiere waren noch an Bord. Da entdeckte sie Mertens. Fast zeitgleich wurde er auf sie aufmerksam. Lisa sah, dass er erschrak, aber nur Augenblicke später steckte er die rechte Hand in die Tasche seiner hellen Windjacke. Sie bemerkte eine Ausbuchtung darin und fühlte, wie es ihr eiskalt den Rücken hinunterlief. War es möglich, dass Mertens eine Waffe bei sich trug?
Lisas erster Impuls war, ihren Kollegen ein Zeichen zu geben. Doch dann hörte sie, wie Mertens ihren Namen rief. Sie sah, dass er den Kopf schüttelte. Er hob die in der Tasche versteckte Hand etwas höher und richtete sie auf den Mann neben sich, der gerade mit einer Frau sprach und ihn nicht beachtete. Lisa war klar, dass sie handeln musste. Es war möglich, dass Mertens nur bluffte, aber falls nicht, setzte sie das Leben unschuldiger Menschen aufs Spiel, wenn sie jetzt ihre Kollegen zu Hilfe rief. So schnell es ging, kletterte sie auf die Skipper hinüber. Sie musste mit Mertens sprechen und ihn zur Aufgabe bewegen. Nicht auszudenken, was passieren würde, wenn sie dabei versagte.

Keiner von Lisas Kollegen achtete auf sie. Niemand bekam mit, dass Mertens sie hinter den Kajütaufbau zwang und mit inzwischen gezogener Waffe dazu nötigte, ihre Pistole und das Handy ins Wasser zu werfen. Selbst die an Bord befindlichen Passagiere bemerkten nichts. In einer großen Menschentraube standen sie an der Steuerbordseite und starrten wie gebannt auf das Geschehen, dass sich auf den anderen Schiffen abspielte. Erst als lautes Motorengeräusch erdröhnte und beißender Qualm die Luft erfüllte, wurde den Passagieren auf der Skipper klar, dass etwas nicht stimmte. Auch die Polizis-

ten auf den Oberdecks der anderen Schiffe wurden jetzt aufmerksam. Aber da war es bereits zu spät, denn zu diesem Zeitpunkt konnten sie nur noch hilflos mit ansehen, wie das offensichtlich voll besetzte Schiff immer mehr an Fahrt gewann und hinaus in den Kieler Hafenbereich steuerte.
Mit einer Kripo-Kollegin an Bord, die einige von ihnen kannten. Den Mann, der mit gezogener Waffe neben ihr stand, kannte mittlerweile allerdings jeder der Beamten aus dem Fernsehen und von den Fahndungsfotos, die in jeder Dienststelle vorlagen.

Was Fehrbach dazu gebracht hatte, innezuhalten, vermochte er im Nachhinein nicht mehr zu sagen. War es die Spannung in den Gesichtern der Menschen gewesen, die sich im Eingangsbereich des Krankenhauses um einen Fernseher versammelt hatten, oder die hektische Stimme des Moderators, dem alle gebannt zuhörten? Fehrbach zögerte, wandte sich dann aber an einen älteren Mann in einem weißen Bademantel und fragte ihn, ob etwas passiert sei.
»Ich weiß es nicht so genau«, erwiderte der Angesprochene. »Ich bin auch eben erst dazugekommen. Ich hab nur gehört, dass es in Kiel eine Geiselnahme gegeben hat. Da hat wohl irgend so 'n Irrer ein Boot gekapert und schippert damit jetzt über die Förde. Die haben die Windjammerparade abgesagt, das muss man sich mal vorstellen. Das hat's doch noch nie gegeben.«
Für einen Moment stand Fehrbach wie erstarrt, dann begann er sich durch den vor ihm stehenden Menschenpulk zu drängen. Unbeherrscht setzte er Hände und Ellbogen ein und ignorierte die aufgebrachten Bemerkungen der Umstehenden. Schließlich erreichte er den beim Empfang aufgestellten

Fernseher und blieb wie angewurzelt stehen. Fassungslos schaute er auf den Bildschirm und den Mann, der vor dem Eingang der Landesstudios des Norddeutschen Rundfunks einem Reporter Rede und Antwort stand. Es handelte sich um einen Pressesprecher der Polizei. Als Fehrbach genauer hinsah, erkannte er in ihm den Mann, den er vor wenigen Tagen auf der Pressekonferenz kennengelernt hatte.
»Herr Gerster, Sie haben gerade gesagt, dass Sie anhand der Buchungen, die für die Skipper vorliegen, davon ausgehen, dass sich ungefähr vierzig Geiseln an Bord des Schiffes befinden«, sagte der Reporter. »Haben Sie eine Verbindung zum Schiff, weiß man, wie es diesen Menschen geht? Ist es richtig, dass es sich bei dem Geiselnehmer um den seit gestern gesuchten Werner M. handelt? Es hieß doch, er sei in der Nacht verhaftet worden.«
»Ersten Erkenntnissen zufolge handelt es sich um die von Ihnen genannte Person«, räumte der Pressesprecher ein. »Aber ansonsten kann ich Ihnen zurzeit nicht mehr sagen. Wir haben im Moment keine Verbindung zur Skipper.«
Als die Kamera in Richtung Wall schwenkte und den Blick auf das Geschehen am Hafen freigab, bekam Fehrbach eine Ahnung davon, was sich gerade in Kiel abspielte. Überall liefen schwer bewaffnete Polizisten herum, aus einem gerade heranfahrenden Einsatzwagen stiegen mehrere in ihre volle Kampfmontur gekleidete SEK-Beamte. Wie gebannt starrte Fehrbach auf die Einsatzkräfte, als er wieder die Stimme des Reporters vernahm.
»Eine Frage noch, Herr Gerster. Wissen Sie, was mit der Beamtin ist, die sich an Bord der Skipper befindet?«
Das Gesicht des Pressesprechers behielt den unverbindlichen Ausdruck bei. »Haben Sie bitte Verständnis, dass ich Ihnen

auch dazu im Moment nichts Näheres sagen kann.« Ein kurzes Nicken folgte, dann wandte sich der Beamte ab.
Der Reporter richtete seinen Blick wieder in die Kamera. »Zurzeit ist die Polizei dabei, den Hafenbereich weiträumig abzusperren. Die Windjammerparade wurde abgesagt, aber natürlich befinden sich noch immer viele der teilnehmenden Schiffe auf der Förde. Und meiner Einschätzung nach ist das im Moment auch das größte Problem für die Polizei. Denn wenn es nicht gelingt, diese Schiffe so schnell wie möglich aus der Förde hinauszubekommen, dann sind nicht nur die Menschen an Land, sondern auch die auf den Schiffen in Gefahr. Wie wir erfahren haben, soll der Geiselnehmer im Besitz von Waffen, Handgranaten und Sprengstoff sein. Wir können nur hoffen, dass es der Polizeibeamtin, die sich ebenfalls an Bord der Skipper befindet, gelingt, ihn zur Aufgabe zu bewegen.« Der Reporter stockte und nestelte an dem kleinen Funkgerät in seinem Ohr. Dann nickte er und blickte erneut in die Kamera. »Ich höre gerade, dass Polizei und Staatsanwaltschaft für zwölf Uhr eine Pressekonferenz geplant haben. Natürlich werden wir live dabei sein.« Als der Abspann und die dazugehörige Musik einsetzten, leierte der Reporter die üblichen Verabschiedungsformeln herunter. Fehrbach hörte sie nicht mehr, denn er bahnte sich einen Weg durch die immer größer gewordene Menschenmenge zurück zum Eingang. Dann rannte er zu seinem Wagen.

Mertens hatte Lisas Hände mit ihren eigenen Handschellen gefesselt und sie anschließend mit einem Kabelbinder an die Reling gekettet. Danach trieb er die geschockten Passagiere zusammen und sperrte sie in der Kabine ein. Lisa war erleichtert, dass keiner von ihnen versuchte, den Helden zu spielen.

Ihr war klar, dass sie im Moment keine Chance hatte. Also versuchte sie, so ruhig wie möglich auf Mertens einzuwirken. Sie musste verhindern, dass er sich in die Enge getrieben fühlte und durchdrehte.

»Geben Sie auf, Mertens. Sie machen doch alles nur noch schlimmer. Wenn Sie sich jetzt stellen, haben Sie wenigstens die Chance, noch halbwegs unbeschadet aus der Sache rauszukommen.«

Aber Mertens lachte nur hämisch auf. »Halten Sie mich eigentlich für einen kompletten Idioten? Ihr alle hier seid meine Lebensversicherung.« Er wandte sich ab und stieg die Stufen zum Oberdeck hinauf. Der Kapitän hielt das Ruder umklammert und sah ihm mit zusammengebissenen Zähnen entgegen. Mertens herrschte ihn an, dass er die Hände auf das Steuerrad legen solle. Er griff in seine Jackentasche, holte einen weiteren Kabelbinder hervor und fesselte die Hände an den hölzernen Griff.

Ein unheilvoller Gedanke begann sich in Lisas Kopf zu formen. Als Mertens wieder herunterkam, sprach sie ihn an.

»Haben Sie den Anruf von Ihrer angeblichen Festnahme gemacht?«

Großspurig lachte er auf. »Ich hätte nicht gedacht, dass es so leicht ist, euch Bullen hinters Licht zu führen.« Er trat ganz nah an Lisa heran, und seine Augen funkelten. »Sie haben ja nicht mal gemerkt, dass ich Sie und Ihre Mutter die ganze Zeit über beobachtet habe.«

Lisa brauchte einen Augenblick, um die Nachricht zu verdauen. »Sie sind also nicht gleich geflohen«, stellte sie dann fest.

»Nein. Ich hab Ihre Mutter auf dem Balkon stehen sehen. Allerdings wusste ich da noch nicht, um wen es sich handelt. Ich bin zur Haustür gelaufen, weil ich ihren Namen rausfinden

wollte. Als die Kavallerie dann anrückte, hab ich mich versteckt.« Er lachte höhnisch auf. »Ich hätte gar nicht so vorsichtig sein müssen. Ihr merkt ja nicht mal, wenn jemand direkt vor euch liegt.« Mertens grinste. »War gut, dass ich dageblieben bin. So habe ich nicht nur mitbekommen, dass die Alte Ihre Mutter ist, sondern auch, wohin ihr sie bringt.«
»Sind Sie dem Streifenwagen gefolgt?«
»Das musste ich nicht. Ihre Kollegen haben ja laut genug herumposaunt, wohin sie gebracht wird. Es war eine Kleinigkeit, herauszufinden, wo Jakob Solberg wohnt.«
Lisa schloss für einen kurzen Moment die Augen. Wenn das stimmte, mussten sie sich alle ein gewaltiges Armutszeugnis ausstellen lassen.
»Wollten Sie meine Mutter töten?«
Mertens sah sie schweigend an. Als Lisa ihn fragte, warum er auf Horst Wiesner geschossen habe, wurde er wütend.
»Was würden Sie denn tun, wenn Sie jemand zu sich bittet, weil er angeblich mit Ihnen reden will, und dann plötzlich mit einer Waffe vor Ihnen rumfuchtelt? Würden Sie warten, bis er Sie abknallt?« Mertens nahm einen breitbeinigen Stand an und bemühte sich, die Bewegungen des Schiffs auszugleichen. »Horst hat mich angerufen und gesagt, dass er sich mit mir aussprechen will. Er glaube nämlich nicht, dass die gegen mich erhobenen Vorwürfe stimmen. Und ich Idiot bin zu ihm gegangen. Kaum war ich im Haus, hat er mich mit einer Waffe bedroht. Er habe ein Tagebuch von Kerstin gefunden, in dem alles drinstehe, was ich ihr angetan hätte. Das Tagebuch sei schon bei der Polizei. Ich hab versucht ihm zu erklären, dass ich Kerstin nie angerührt habe, dass sie diejenige war, die versucht hat, mich zu verführen. Da hat er plötzlich wie ein Wilder losgebrüllt und auf mich geschossen. Gott sei Dank

konnte ich rechtzeitig zur Seite springen, sonst wäre ich jetzt tot. Ich hab versucht, ihm die Waffe zu entwenden, und dabei hat sich ein Schuss gelöst.«
»Wollen Sie sich jetzt allen Ernstes auf Notwehr rausreden?«
»Ich habe nicht erwartet, dass Sie mir das glauben«, entgegnete Mertens. »Es ist mir ehrlich gesagt auch scheißegal. Ich habe nämlich nicht die Absicht, diese Unterhaltung fortzusetzen.« Er trat zu Lisa und löste den Kabelbinder. »Ich möchte Ihnen etwas zeigen.« Er machte eine auffordernde Bewegung in Richtung des Oberdecks. »Nach Ihnen, Frau Hauptkommissarin.«
Mit unsicheren Schritten setzte Lisa sich in Bewegung. Als das Schiff plötzlich zu schaukeln begann, wäre sie um ein Haar gefallen. Das Hochsteigen der Treppe erforderte ihre ganze Konzentration, weil sie nicht wusste, wie sie die Balance halten sollte. Es erschien ihr wie eine Ewigkeit, bis sie endlich oben ankam. Sie warf einen Blick auf den Kapitän. Dieser schaute angstvoll zwischen Mertens und ihr hin und her.
»Immer schön Kurs halten, Kaptein«, sagte Mertens mit jovialer Stimme. »Kommen Sie ja nicht auf die Idee, das Schiff zu stoppen, bevor ich es sage.«
Lisa lehnte sich an das Geländer, um einen sicheren Stand zu bekommen. Erneut versuchte sie, Mertens zur Aufgabe zu bewegen. Als er plötzlich nah an sie herantrat, versteifte sie sich. Der Ausdruck in seinen Augen ließ sie schaudern. Mit einer schnellen Bewegung hob Mertens die Hand und verpasste ihr einen kräftigen Schlag auf die Wange. Ihr Kopf flog zur Seite, Tränen stiegen ihr in die Augen. Im nächsten Moment legte er den Lauf der Pistole unter ihr Kinn und drückte ihren Kopf nach hinten. Lisa bemühte sich, dagegenzuhalten, und spannte die Halsmuskeln an, aber Mertens war stärker.

Sie spürte die Kühle des Metalls auf der Haut, versuchte so ruhig wie möglich gegen den Druck zu atmen und fühlte, wie sich ihre Nackenmuskeln verkrampften. Mertens' Gesicht war so nah, dass Lisa seinen Atem auf ihrem Gesicht spüren konnte. Plötzlich trat er einen Schritt zurück. Er wies auf eine hellgraue Abdeckplane, die halb verdeckt unter einer der Sitzbänke lag. »Wollen Sie mal sehen, was ich da versteckt habe?« Mit einer schnellen Bewegung bückte er sich, hob die Plane und öffnete den darunterliegenden Rucksack, den er schon bei seinem Angriff auf ihre Mutter getragen hatte.
Wortlos starrte Lisa auf die Ansammlung von Handgranaten und Sprengkapseln, die Mertens auf dem Boden auszubreiten begann. Das musste die Munition sein, die damals in Potsdam gestohlen worden war. Sie erblickte auch eine Pistole, die sie anhand einer weißen Markierung am Griff sofort als die Glock 17 von Horst Wiesner identifizierte, sowie sieben Magazine, von denen jedes mindestens sechs Schuss enthielt.
Mertens verstaute die Sachen wieder im Rucksack und zog sein Handy aus der Jackentasche. »Wie ist die Nummer Ihrer Kollegen?« Als Lisa nicht antwortete, drängte er sie an das Geländer und drückte ihr den Lauf der Pistole direkt auf die Halsschlagader. Es tat weh, sie schnappte nach Luft und presste die Nummer der BKI hervor. Während des Telefongesprächs verstärkte Mertens den Druck. Wie durch ein Rauschen hörte Lisa, dass er Anweisung gab, seinen Sohn zu ihm zu bringen. Außerdem warnte Mertens vor der Erstürmung des Schiffs. Zum Abschluss des Telefonats lockerte er seinen Griff und hielt Lisa das Handy ans Ohr. »Sagen Sie Ihren Kollegen ein paar nette Worte, sonst denken die noch, ich hätte Ihnen was getan.«
Lisa wusste nicht, wer sich am anderen Ende der Leitung be-

fand. Sie holte tief Luft und blinzelte gegen die roten Blitze an, die vor ihren Augen tanzten. Mit heiserer Stimme stammelte sie ihren Namen und ihre Dienstbezeichnung und bat darum, Södersen zu verständigen. »Und richten Sie Uwe Grothmann aus, dass er zu seiner kranken Mutter nach Potsdam fährt. Ich will nicht, dass er die Reise wegen dieser Sache hier verschiebt.«

Als Mertens das Handy mit einer schnellen Bewegung wegriss, dachte Lisa voller Schrecken, dass der Hinweis in ihren Worten zu offensichtlich gewesen war. Aber nach einem Blick in sein Gesicht stellte sie erleichtert fest, dass er nicht misstrauisch schien. Er steckte das Handy ein und gab dem Kapitän die Anweisung, das Schiff zu stoppen. Die Maschinen drosselten die Fahrt, und Mertens machte eine weit ausholende Bewegung. »Sehen Sie sich um, Frau Sanders. Das ist doch ein schöner Platz für einen kleinen Stopp. Hoffentlich halten sich Ihre Kollegen an meine Anweisungen, denn sonst wird es hier ein tolles Feuerwerk geben. Das wird dann mal ein ganz anderer Abschluss der Kieler Woche.«

Zum ersten Mal, seit sie an Bord gegangen war, hatte Lisa einen Blick für das, was außerhalb der Skipper vor sich ging. Voller Entsetzen starrte sie auf die Schiffe, die sie umgaben. Die Gorch Fock, die sie in einiger Entfernung an der Backbordseite ausmachen konnte. Das Segelschulschiff der Deutschen Marine, das in diesem Jahr seinen fünfzigsten Geburtstag feierte, sollte die Parade anführen. Fast unmittelbar vor ihnen befand sich der schwarze Rumpf der Sedov, schräg dahinter entdeckte Lisa die grünen Segel der Alexander von Humboldt. Und die unzähligen anderen Schiffe, die zu beiden Seiten der Skipper dümpelten.

Wieso waren noch immer so viele Schiffe auf der Förde? Hatte man sie nicht aufgefordert, so schnell wie möglich das Ufer anzulaufen? Seit ihrem Auslaufen war doch bestimmt schon über eine Stunde vergangen. Panik überfiel Lisa, als sie daran dachte, dass vielleicht doch niemand etwas mitbekommen hatte. Aber dann erinnerte sie sich, dass einige ihrer Kollegen zur Skipper hinübergeschaut hatten, als diese ablegte. Und als sie genauer hinsah, entdeckte sie zwei Boote der Küstenwache, die halb versteckt hinter der Alexander von Humboldt lagen. Sie konnte nicht erkennen, wie viele Personen sich an Deck befanden, aber sie glaubte auf beiden Schiffen einige vermummte Gestalten auszumachen. Ebenso wie auf dem Boot der Wasserschutzpolizei, das sie jetzt auf der Steuerbordseite bemerkte. Es bekam gerade Verstärkung von zwei weiteren Schiffen.

Uwe Grothmann stand an einem Fenster im zwölften Stock des Hafenhauses und ließ das Fernglas sinken. Er versuchte den Geräuschpegel hinter sich auszublenden und sich auf das vor ihm liegende Bild zu konzentrieren.
Auf der Innenförde wimmelte es von Schiffen. Mehr als einhundert Großsegler und Traditionsschiffe waren zur großen Windjammerparade gekommen, die wie jedes Jahr den traditionellen Abschluss der Kieler Woche bilden sollte. Begleitet wurden sie von Ausflugsschiffen, unzähligen kleinen Booten und Jachten und dem einzigen Schaufelraddampfer auf der Förde, der Louisiana Star.
An den Kais war jeder Anlegeplatz besetzt. Am Sartorikai war die Cap San Diego, das Museumsschiff aus Hamburg, vor Anker gegangen. Die am Schwedenkai liegende Fähre der Stena Line war gegen neun Uhr am Morgen eingetroffen. Am schräg gegenüberliegenden Norwegenkai wurde um zehn

Uhr die tägliche Fähre der Color Line erwartet. Und wie immer in den Sommermonaten hatten auch heute wieder mehrere Kreuzfahrtschiffe den Weg nach Kiel gefunden. Auf zwei von ihnen hatte Uwe einen ungehinderten Blick. Am Bollhörnkai-Nord war die MS Kiel vor Anker gegangen, am zweiten Terminal des Norwegenkais die Voyager of Dreams. Am Bollhörnkai-Süd schließlich lagen einige der Schiffe, die sich mit vielen zahlenden Gästen in die Windjammerparade hätten einreihen sollen.
Vor einhundertsechsundzwanzig Jahren hatte die erste Kieler Woche stattgefunden. Die Windjammerparade war stets der krönende Abschluss gewesen. Nur während der beiden Weltkriege hatten die beiden untrennbar miteinander verbundenen Ereignisse nicht stattgefunden.
Und nun das.
Absage der Windjammerparade.
Um neun Uhr fünfundvierzig war der Einsatzbefehl ergangen. Als Standorte wurden das Hafenhaus am Westufer sowie der Schmidt-Bau auf der Ostuferseite festgelegt. Beide Gebäude waren hoch genug, um den Bereich der Kieler Innenförde auf eine weite Distanz hin zu überblicken. Aus Sicherheitsgründen hatte man sie so schnell wie möglich geräumt. Seitdem arbeiteten die Einsatzkräfte mit Hochdruck am Aufbau des Kommunikationsnetzes und kümmerten sich um logistische Probleme.
Die Einsatzleitung für die Schutz- und Bereitschaftspolizei hatte Ralf Södersen übernommen. In Zusammenarbeit mit SEK und MEK war die Einsatzplanung festgelegt worden. Die Spezialeinheiten sollten sich um die Skipper kümmern und die notwendigen Einsätze auf der Förde vornehmen. Sie würden sich auf unterschiedliche Schiffe verteilen und den

Versuch unternehmen, die Skipper zu isolieren. Wenn das geschehen war, sollten die Mitglieder der Verhandlungsgruppe versuchen, Mertens zur Aufgabe zu bewegen. Unterstützung jedweder Art würde durch die Wasserschutzpolizei und die Küstenwache erfolgen.

Für die Sicherheit an Land waren die Kollegen der Schutz- und Bereitschaftspolizei zuständig. Sie hatten schon vor einiger Zeit in Zusammenarbeit mit einer Einsatzhundertschaft damit begonnen die Bereiche am Ost- und Westufer abzusperren, was angesichts der vielen Menschen ein schwieriges Unterfangen gewesen war. Gerade im Bereich der Kiellinie fanden wie in jedem Jahr die meisten Aktivitäten statt. Es wurden Sicherheitszäune errichtet, und der gesamte Uferbereich wurde Stück für Stück hermetisch abgeriegelt.

Von den Besuchern hatten zu diesem Zeitpunkt noch die wenigsten mitbekommen, dass die Windjammerparade abgesagt worden war. Zum Glück. Eine Massenpanik war das Letzte, was sie jetzt brauchten.

Die weit über einhundert Schiffe, die sich auf der Förde befanden, wurden seit fast einer Stunde über Funk dazu aufgefordert, sofort einen geeigneten Platz am Ufer anzulaufen. Aber bevor diese Aktion endgültig abgeschlossen sein würde, konnte noch einige Zeit ins Land gehen, denn noch immer hatte man längst nicht alle Schiffe erreicht, vor allen Dingen nicht die kleinen Privatboote, die in keiner Aufstellung gelistet waren.

Im Gegensatz zu Lisa hatte Mertens die Polizeiboote noch nicht entdeckt. Er befahl ihr, wieder aufs Zwischendeck zu steigen und lachte boshaft auf, als er die Anstrengung sah, die es sie kostete. Mit einem höhnischen Unterton bot er ihr seine

Hilfe an und ergriff sie am Arm, aber Lisa schüttelte ihn ab. So gut es ging, versuchte sie, sich am Geländer festzuhalten und die Treppe seitwärts hinunterzusteigen. Bei einer plötzlichen Rollbewegung des Schiffs wurde sie auf das gegenüberliegende Treppengeländer geschleudert und wäre fast kopfüber auf einen der Behälter gestürzt, in denen die Rettungsinseln untergebracht waren. Im letzten Moment konnte sie sich abfangen.

Auf dem Zwischendeck kettete Mertens Lisa erneut an die Reling. Fast im selben Augenblick wurden sie auf die Polizeiboote aufmerksam, die sich der Skipper näherten. Als Mertens die vermummten SEK-Beamten sah, die ihre Waffen auf ihn gerichtet hatten, wich für einen Moment alle Farbe aus seinem Gesicht, aber dann entsicherte er seine Pistole und setzte sie Lisa an die Schläfe.

Lisa stand vollkommen regungslos und sah zu den Schiffen hinüber. Sie entdeckte die Präzisionsschützen, die Mertens durch das Zielfernrohr ihrer Waffen ins Visier nahmen. Eines der Boote drehte an der Steuerbordseite bei, und ein Polizeibeamter hob ein Megaphon an den Mund. Mit ruhiger Stimme erklärte er Mertens, dass er ein Mitglied der Verhandlungsgruppe sei und ihn bitte, mit seinem Kollegen an Bord kommen zu dürfen.

»Haut ab, ihr dreckigen Bullen!« Mertens drückte den Lauf der Waffe noch ein bisschen fester an Lisas Kopf. »Wenn einer von euch das Schiff betritt, ist sie tot.«

Der Polizist versuchte es erneut, aber plötzlich brüllte Mertens wie ein Verrückter los, dass man ihn mit diesem verdammten Psychoquatsch verschonen solle. Er wolle jetzt endlich seinen Sohn sehen, sonst werde er den ganzen Kahn in die Luft jagen.

Lisa sah, wie der Polizist zögerte. Unentschlossen blickte er zwischen ihr und Mertens hin und her und besprach sich schließlich mit einem Beamten, der neben ihm stand. Nachdem die Männer sich verständigt hatten, gab einer von ihnen dem Kollegen am Steuer ein Zeichen. Das Boot drehte ab.
Hilflos blickte Lisa ihnen hinterher. Sie hatte ihre ganze Hoffnung in die Kollegen der Verhandlungsgruppe gesetzt. Sie hoffte, dass sie in der Nähe bleiben und es erneut versuchen würden, und ihre Hoffnung wurde nicht enttäuscht. Die Boote positionierten sich in einiger Entfernung und legten eine Art Kordon um die Skipper.

In der Einsatzzentrale im elften und zwölften Stock des Hafenhauses herrschte ein ständiges Kommen und Gehen. Trotzdem war nichts von Hektik zu spüren.
Vollkommen außer Atem blieb Fehrbach vor der Tür stehen, hinter der sich Södersens provisorisches Büro befand. Er hatte nicht auf den Fahrstuhl gewartet, sondern war die Treppen hinaufgerannt. Mit beiden Händen stützte er sich an der Wand ab und wartete, dass sich sein rasender Pulsschlag wieder beruhigte. Dann betrat er das Büro. Seit seiner Abfahrt aus Eutin hatte er in ständigem Kontakt mit Södersen gestanden. »Was ist mit Frau Sanders? Gibt es mittlerweile eine Verbindung zum Schiff?«
Überrascht drehte Södersen sich um. »Du meine Güte, Herr Fehrbach. Sind Sie geflogen? Na, dann hoffe ich bloß, dass Sie nicht geblitzt worden sind.«
»Was ist mit Frau Sanders?«
»Der Leiter der VG hat gesagt, dass sie okay ist.« Södersen berichtete mit knappen Worten, was sie bis jetzt wussten.
»Ist Niklas Mertens schon auf dem Schiff?«

»Nein. Er ist gerade auf dem Weg hierher.«
»Was ist denn überhaupt passiert, dass es zu dieser Geiselnahme gekommen ist?« Fehrbach war auf einen Stuhl gesunken. Stirnrunzelnd sah Södersen ihn an. »Sagen Sie mal, wer von der Staatsanwaltschaft bearbeitet den Fall denn nun eigentlich? Ich blicke da langsam nicht mehr durch.« Nachdem er Fehrbachs Erklärung gehört hatte, schüttelte er besorgt den Kopf. »Sie machen trotz Sievers' Verbot weiter? Na, wenn Sie sich da mal nicht ziemlichen Ärger einhandeln. Ihr Vorgesetzter sitzt nämlich gerade zwei Stockwerke unter uns und hält mit Missberg und dem Leiter der BKI die Pressekonferenz ab.«

Der Ärger für Fehrbach ließ nicht lange auf sich warten. Kurz nach der Ankunft von Niklas Mertens betrat auch Norbert Sievers Södersens Büro. Als Sievers Fehrbach erblickte und realisierte, dass dieser mit Niklas zur Skipper aufbrechen wollte, stellte er sich ihm in den Weg. Mit mühsam beherrschter Stimme untersagte er Fehrbach jede weitere Einmischung. Das war der Moment, in dem Fehrbach die Nerven durchgingen. »Ich habe dir schon einmal gesagt, dass ich das Ganze hier zu Ende bringen werde. Wenn du mich danach rausschmeißen willst, bitte sehr.« Er packte Niklas unsanft am Arm. »Aber jetzt geh mir aus dem Weg!«
Während der Fahrt ins Erdgeschoss ließ Fehrbach sich noch einmal das Gespräch mit den beiden Schutzpolizisten durch den Kopf gehen, die Niklas geholt hatten. Sie hatten berichtet, dass dieser sich anfangs beharrlich geweigert hatte, sie zu begleiten. Was war der Grund dafür? Trotz intensiven Nachfragens war es Fehrbach und Södersen nicht gelungen, ihn herauszubekommen. Wenigstens hatte Niklas sich schließlich

ihren Argumenten gebeugt, dass seine Weigerung, an Bord zu gehen, unter Umständen schlimme Folgen haben könnte.

Am Schwedenkai wurden Fehrbach und Niklas von Luca und Uwe erwartet, die sich bereits an Bord eines Polizeiboots befanden. Nachdem sie abgelegt hatten, fragte Fehrbach Niklas ein weiteres Mal, warum er ein Gespräch mit seinem Vater ablehnte. Auch diesmal blieb er ihm die Antwort schuldig, und Fehrbach kamen zum ersten Mal Zweifel, ob es richtig war, ihn zu seinem Vater zu bringen. Er besprach sich mit Luca und Uwe.

»Irgendwas muss zwischen den beiden ja vorgefallen sein«, meinte Luca. »Aber ich glaube, dass wir keine Wahl haben. Wenn wir Niklas nicht zu Mertens bringen, kann er austicken, doch das kann auch passieren, wenn er Niklas sieht oder mit ihm spricht.«

Uwe schloss sich Lucas Meinung an. Es war unmöglich, vorherzusagen, wie die Begegnung zwischen Vater und Sohn verlaufen würde. Fehrbach nahm sich Niklas noch einmal vor und bat ihn, bei dem bevorstehenden Gespräch die Ruhe zu bewahren und seinen Vater nicht durch unbedachte Äußerungen zu provozieren. Niklas nickte, aber das ungute Gefühl bei Fehrbach blieb.

Als sie sich der Skipper näherten, versuchte Fehrbach Lisa auszumachen. Der Leiter der Verhandlungsgruppe hatte ihnen gesagt, dass sie an der Reling der Backbordseite festgekettet war. Im nächsten Moment entdeckte Fehrbach sie. Mit weit aufgerissenen Augen starrte sie zu ihnen herüber. Sie sah blass und erschöpft aus, auf ihrer linken Wange zeichnete sich ein großes Hämatom ab. Mertens stand neben ihr und hielt die Waffe auf ihren Kopf gerichtet.

Fehrbach hatte mit Lisas Kollegen besprochen, dass er eben-

falls versuchen wollte auf die Skipper zu gelangen. Nachdem das Polizeiboot neben dem Schiff beigedreht hatte, zögerte Niklas. Unwillkürlich hielt Fehrbach den Atem an. Nach einer endlos wirkenden Zeit ging ein Ruck durch Niklas' Körper, und er begann an Bord des gekaperten Schiffs zu klettern. Es kostete ihn einige Mühe, aber als Fehrbach ihm zu Hilfe kommen wollte, wehrte Niklas ihn mit einer unwilligen Handbewegung ab.
»Danke, dass du gekommen bist, Nicky.« Mertens kam seinem Sohn entgegen. Er machte eine ungelenke Geste, als ob er Niklas umarmen wollte, ließ seine Hände dann aber wieder sinken.
Vielleicht war dies der richtige Augenblick. Mertens wirkte aufgewühlt, Fehrbach sah, dass seine Augen voller Tränen standen. »Herr Mertens, mein Name ist Thomas Fehrbach. Ich bin der Leitende Staatsanwalt und würde gerne mit Ihnen sprechen. Ich bin mir sicher, dass wir gemeinsam eine Lösung finden, wie wir das Ganze hier beenden können, ohne dass jemand zu Schaden kommt.«
Mertens würdigte Fehrbach keines Blickes. Erst als dieser Anstalten machte, ebenfalls auf die Skipper zu klettern, richtete er die Waffe auf ihn. »Bleiben Sie, wo Sie sind. Wagen Sie es ja nicht, das Schiff zu betreten.«
Fehrbach versuchte erneut auf Mertens einzuwirken, aber es war vergebens. Mertens fuchtelte wie ein Irrsinniger mit der Pistole vor Fehrbachs Gesicht herum und brüllte ihn an, dass er endlich abhauen solle. Aber erst, nachdem ein weiteres Polizeiboot beidrehte und ein Mitglied der Verhandlungsgruppe mit Fehrbach sprach, gab dieser nach. Er kam sich vor wie ein Verräter, dass er Lisa allein zurückließ.

Die Umrisse des abdrehenden Boots verschwammen vor Lisas Augen. Sie hinterfragte nicht den Umstand von Fehrbachs plötzlichem Auftauchen. Er war hier, das war alles, was zählte. Mit äußerster Willenskraft blinzelte sie die Tränen fort. Schwäche war das Letzte, was sie jetzt zeigen durfte. Sie blickte hinüber zu Vater und Sohn, die in einiger Entfernung von ihr standen. Werner Mertens hatte ihr den Rücken zugewandt, aber sie konnte das Gesicht von Niklas erkennen, auf dem sich die widersprüchlichsten Gefühle spiegelten.
Sie fragte sich, ob er freiwillig gekommen war, und überlegte, ob sie im Laufe der Ermittlungen etwas über das Verhältnis zwischen Mertens und seinem Sohn herausgefunden hatten. Aber ihr Gedächtnis verweigerte seinen Dienst. Zumindest schien es ihr, dass Mertens Niklas sehr liebte.
Aber was war mit Niklas?
Lisa sollte die Antwort sehr bald bekommen.
»Glaub ja nicht, dass ich freiwillig hier bin.« Niklas sah seinen Vater mit einem hasserfüllten Blick an. »Wenn die nicht gesagt hätten, dass du hier Menschen bedrohst, wäre ich niemals gekommen. Was aus dir wird, ist mir scheißegal. Von mir aus können sie dich erschießen. Aber ich werde nicht zulassen, dass du noch weitere Menschen ins Unglück reißt. Du hast schon genug Schlimmes in deinem Leben angerichtet.« Niklas fuhr sich mit der Hand über die Augen. Lisa sah, dass er zitterte. »Du wirst jetzt die Geiseln freilassen. Das sind unschuldige Menschen, die haben dir nichts getan.«
Mertens schien die Worte seines Sohnes nicht wahrzunehmen. »Nicky, bitte, lass mich jetzt nicht im Stich. Ich hab doch nur noch dich.« Er hob seine Hände in einer hilflosen Geste. »Warum gehst du mir seit Wochen aus dem Weg? Warum antwortest du nicht auf meine Anrufe? Mein Gott, Junge,

was ist denn bloß passiert? Weshalb wolltest du nicht mit nach Amrum kommen? Nach dem langen Krankenhausaufenthalt hätte dir ein bisschen Abwechslung doch gutgetan. Und wir hatten dort früher doch auch immer so viel Spaß. Erinnerst du dich noch an unseren ersten Herbsturlaub auf der Insel? An den Drachen, den wir gebaut haben? Was haben wir gezittert, ob er flugtüchtig ist. Weißt du noch unseren Schreck, als plötzlich die Leine riss und er wegflog?« Etwas in Niklas' Gesicht ließ Mertens innehalten.
»Ja, ich erinnere mich. Das war das Jahr, als wir nach Kiel gezogen sind. Das Jahr, in dem du Kerstin missbraucht hast.« Lisa hielt den Atem an. Der Gleichmut in Niklas' Stimme war erschreckend.
»Was sagst du da?«, flüsterte Werner Mertens. Er war kreideweiß geworden und stützte sich mit einer Hand an der Kabinenwand ab.
»Du willst wissen, warum ich nichts mehr mit dir zu tun haben will?« Niklas' Gesicht war vollkommen ausdruckslos.
»Lass die Geiseln frei, dann werde ich es dir sagen.«
Mertens stierte seinen Sohn mit offenem Mund an. »Das kann ich nicht, das weißt du.«
»Okay, dann eben nicht.« Niklas wandte sich zur Reling. »Du hast es nicht anders gewollt.«
»Nicky, bitte bleib hier.«
»Herr Mertens, Ihr Sohn hat recht.« Lisa fühlte ihr Herz bis zum Hals, der Pulsschlag pochte hinter ihren Augen, dass ihr schwindlig wurde. »Die Menschen hier haben nichts mit alldem zu tun. Lassen Sie sie bitte frei. Sie haben doch mich als Pfand.«
Unentschlossen blickte Mertens zwischen Lisa und seinem Sohn hin und her. Erst als Niklas ein weiteres Mal drohte, das

Schiff zu verlassen, gab er klein bei. Er winkte dem Polizeiboot, das der Skipper am nächsten lag. Als es kurze Zeit später neben dem Schiff beidrehte, erklärte Mertens, dass er die Geiseln freilassen werde. Alle, bis auf Lisa Sanders.
In den nächsten zwanzig Minuten wurden die Geiseln von mehreren Polizeibooten aufgenommen und an Land gebracht. Bevor das letzte Boot abdrehte, sprach der Leiter der Verhandlungsgruppe Mertens noch einmal an.
»Geben Sie auf, Herr Mertens. Bis jetzt ist noch niemand zu Schaden gekommen. Sie können ...«
»Hau ab, verdammt noch mal«, brüllte Mertens ihn an. Speichel troff von seinem Mund. Lisa sah, dass er kurz davorstand, durchzudrehen.
»Fahren Sie bitte«, schaltete sie sich ein. Eisern drückte sie die Angst nieder, die sie wie eine stählerne Faust umklammert hielt. Sie bemerkte, dass der Kollege sie zweifelnd ansah, aber zu ihrer großen Erleichterung kam er ihrer Aufforderung nach. Er gab dem Mann am Steuer ein Zeichen, und das Boot drehte ab.
Nachdem sie allein waren, blickte Mertens seinen Sohn an.
»Ich habe alles getan, was du wolltest, Nicky. Sprichst du jetzt endlich mit mir? Ich halte diese Ungewissheit nicht länger aus.«
Niklas humpelte zur Reling, wo er sich mit beiden Händen festklammerte. Sein Gesicht war blass, Schweiß perlte auf seiner Stirn.
Er wirkt panisch, dachte Lisa, als Niklas sich zu ihnen zurückdrehte. Aber nicht wegen dieser Ausnahmesituation, sondern eher ... Er hat Angst, an Bord eines Schiffs zu sein, wurde ihr plötzlich klar. Seine Haltung war auf Flucht ausgerichtet, eine vibrierende Unruhe umgab ihn. Vielleicht hing es

mit dem Segelunfall zusammen, von dem er gesprochen hatte. Sein Vater hatte einen langen Krankenhausaufenthalt erwähnt. Was war passiert, dass das Betreten eines Schiffs Niklas so zusetzte? Hatte es womöglich etwas mit ihrem Fall zu tun? Bevor Lisa den Gedanken vertiefen konnte, begann Niklas zu sprechen.

»Kerstin hat mir erzählt, was du ihr angetan hast. Sie hat mir auch das Tagebuch gezeigt, dass sie während dieser Zeit geschrieben hat. Ich schäme mich, dass ich so ein perverses Schwein wie dich zum Vater habe. Deshalb habe ich den Kontakt zu dir abgebrochen, Papa.« Das letzte Wort spie Niklas hinaus. »Und soll ich dir noch was sagen, bevor du hoffentlich bis an dein Lebensende in den Bau gehst? Kerstin ist nicht wegen des Jobs nach Kiel zurückgekommen.« Niklas lachte bitter auf. »Sie ist gekommen, weil sie sich endlich an dir rächen wollte. Dafür hat sie sich etwas ganz Besonderes ausgedacht. Sie hat versucht, mich umzubringen. Der Segelunfall, du erinnerst dich? Das war ihr Werk.«

Eine lastende Stille legte sich über das Schiff. Alles um sie schien erstarrt, die Luft, das Wasser, selbst das Kreischen der Möwen war für einen Moment verstummt.

Niklas hatte sich abgewandt und war hinter dem Kajütaufbau verschwunden. Während seine Worte in Lisas Bewusstsein sickerten, löste Mertens sich aus seiner Erstarrung und rannte seinem Sohn hinterher. Plötzlich hörte Lisa ein Poltern und dann einen dumpfen Aufprall. Nur Sekunden später kam Werner Mertens hinter der Kajüte hervorgerannt. Völlig außer Atem blieb er vor ihr stehen.

»Sie müssen mir helfen … Mein Sohn, er rührt sich nicht mehr …«

Mertens schien mit sich zu ringen, aber dann schloss er mit

der linken Hand Lisas Handschellen auf. In der rechten hielt er noch immer die Pistole.
Seine Aufregung erwies sich als völlig überzogen. Niklas war gerade dabei, sich mit einem lauten Fluch hochzurappeln, als sie um die Kajüte herumkamen. Ein Eimer hatte sich aus seiner Befestigung gelöst und schien die Ursache für Niklas' Sturz gewesen zu sein. Offensichtlich hatte er sich am Kopf verletzt, denn er strich mehrmals über seine Schläfe und verzog dabei schmerzhaft das Gesicht. Als er seinen Vater erblickte, humpelte er so schnell es ging zur Reling und winkte zu den Polizeibooten hinüber.
In seiner Erleichterung vergaß Mertens jede Vorsicht. Er steckte die Pistole in den hinteren Hosenbund und eilte hinter Niklas her. Das war der Moment, auf den Lisa gewartet hatte. Mit einer schnellen Bewegung sprang sie vor und griff nach der Waffe. Als Mertens sich erschrocken zu ihr umdrehte, hatte sie diese bereits entsichert und auf ihn gerichtet. Dann zog sie ihr zweites Handy aus dem Versteck in ihrer Stiefelette und rief Fehrbach an.

»Was ist passiert, Herr Fehrbach?«
Ungläubig starrte Fehrbach auf das Handy in seiner Hand. Vor wenigen Minuten hatten sie wieder am Kai angelegt. Södersen hatte sie zurückbeordert, weil Gudrun Mertens aufgetaucht war. Sie hatte von der Geiselnahme im Radio gehört und bestand darauf, zur Skipper gebracht zu werden. Södersen hielt es für keine gute Idee und hatte sich deshalb mit Fehrbach verständigen wollen.
»Es ist Frau Sanders gelungen, Mertens die Waffe abzunehmen.« Erst in diesem Moment begriff Fehrbach es wirklich.
»Ich hab doch immer gesagt, dass sie ein Teufelsweib ist.«

Luca atmete zweimal tief durch, dann räusperte er sich. »Dann wollen wir mal wieder zurückfahren.«
Bevor sie ihre Absicht in die Tat umsetzen konnten, drängelten sich zwei Reporter zu ihnen durch. Sie hatten Fehrbachs Worte aufgeschnappt und wollten eine Stellungnahme von ihm. Mit einer raschen Bewegung ergriffen Luca und Uwe die Männer und bedeuteten Fehrbach, allein zur Skipper zu fahren.
In Windeseile verbreitete sich die gute Nachricht an Bord. Überall waren erleichterte Gesichter zu sehen. Doch als sich das Polizeiboot dem gekaperten Schiff näherte, waren plötzlich laute Schreie zu hören.

»Helfen Sie mir! Sie will mich umbringen!«
Schrill hallte Werner Mertens' Stimme über das Deck. Mit schreckgeweiteten Augen starrte er Fehrbach an. Mertens stand mit dem Rücken an die Wand der Kajüte gepresst, sein Sohn befand sich einige Schritte von ihm entfernt.
Und direkt vor Werner Mertens, die Pistole in der erhobenen rechten Hand, stand Lisa. Mit der anderen Hand drückte sie ein Handy ans Ohr. »Danke, dass Sie mich informiert haben.« Ihre Stimme bebte. Das Handy glitt zu Boden, ohne dass sie es zu bemerken schien.
»Warum hilft mir denn keiner?« Mertens zitterte am ganzen Körper, als er an der Kabinenwand hinunterzurutschen begann. »Stoppen Sie doch endlich diese Verrückte.«
Fehrbach konnte nicht glauben, was er sah. Erst vor wenigen Minuten hatte er mit Lisa telefoniert, und da hatte sie einen vollkommen ruhigen Eindruck gemacht. Jetzt sah er, wie sie auch die linke Hand zur Waffe hob und direkt auf Mertens' Kopf zielte. Ihr Körper zitterte, sie hatte Mühe, die Hände ruhig zu halten.

»Frau Sanders, bitte geben Sie mir Ihre Waffe.«
Mit wenigen Schritten erreichte Fehrbach Niklas Mertens, der die Szene wie erstarrt beobachtete. Er ergriff Niklas am Arm und führte ihn zur Reling, wo ihn einer der Beamten in Empfang nahm und ihm auf das Polizeiboot hinüberhalf.
»Geben Sie mir Ihre Waffe, Lisa.«
Sie entgegnete nichts, sondern hielt ihren Blick auf Mertens gerichtet. Der Mann hockte wie ein Häufchen Elend am Boden und gab unverständliche Laute von sich, die an das Winseln eines Tiers denken ließen.
»Es ist vorbei, Lisa. Geben Sie mir Ihre Waffe. Wir werden dieses Schiff jetzt verlassen und dafür sorgen, dass Mertens hinter Gitter kommt.«
An dieser Stelle reagierte sie zum ersten Mal. »Hinter Gitter?« Ein kurzes Auflachen, das zwischen Bitterkeit und Schluchzen schwankte. »Sein Anwalt wird auf Notwehr plädieren oder eine schwere Kindheit hervorholen oder sonst was aus dem Hut zaubern. Und selbst wenn Mertens verurteilt wird, in ein paar Jahren ist er doch wieder draußen.«
»Lisa, bitte. Sie dürfen das Recht nicht in Ihre Hände nehmen. Sie sind eine sehr gute Polizistin. Ich glaube, dass Sie diesen Beruf ergriffen haben, weil Sie den Menschen helfen wollen. Sie glauben an Recht und Ordnung, und deshalb haben Sie einmal einen Eid geschworen, dass Sie diese Tugenden verteidigen werden.«
»Aber da habe ich noch nicht gewusst, dass das Einzige, was in diesem Land großgeschrieben wird, der Täterschutz ist«, stieß Lisa hervor. »Wie es den Opfern geht, interessiert keinen. Aber wehe, einer rührt so ein Schwein wie das hier an, dann geht es uns doch gleich an den Kragen. Was hat denn das mit Gerechtigkeit zu tun?«

Fehrbach gestand sich ein, dass er es ähnlich sah. Auch er war mit großen Idealen gestartet, aber in über zwanzig Berufsjahren hatte er begriffen, dass sie nicht mit der Realität übereinstimmten. Doch das würde er Lisa jetzt nicht sagen.

»Wir werden Mertens die Verbrechen, die er begangen hat, nachweisen, das verspreche ich Ihnen. Wir werden ihn dafür bestrafen.«

Zum ersten Mal, seitdem er das Schiff betreten hatte, sah Lisa ihn an. Ihre Augen standen voller Tränen. »Daran kann ich nicht mehr glauben.«

»Doch, das können Sie, Lisa. Das weiß ich.«

Erneut richtete Lisa ihren Blick auf Mertens, der immer noch am Boden hockte.

»Ich möchte Sie bitten, einen Augenblick an Ihre Mutter zu denken. Sie hat ihre Tochter zu einem charakterfesten Menschen erzogen, der sich nicht so leicht aus der Bahn werfen lässt. Wie würde Ihre Mutter sich fühlen, wenn sie erfahren muss, dass ihre Tochter auf einen wehrlosen Menschen geschossen hat? Wie soll sie es schaffen, damit weiterzuleben?«

Nach Fehrbachs Worten herrschte Schweigen. Mertens schaukelte seinen Körper wie in Trance hin und her. Fehrbach hielt den Atem an und überlegte verzweifelt, was er noch tun oder sagen konnte. Da ließ Lisa ihre Waffe sinken, und er wusste, dass er die richtigen Worte gefunden hatte.

»Ich hätte geschossen!« In Lisas Stimme lag Entsetzen.

Sie waren allein in der engen Kabine der Skipper, in der Fehrbach sie gefunden hatte. Die kleinen rechteckigen Fenster waren beschlagen, die Luft hing stickig im Raum. Auf einer verschlissenen Sitzbank lag eine hellblaue Windjacke, vergessen

beim hastigen Aufbruch der Menschen, gegenstandslos geworden im Moment der Befreiung.
»Reden Sie keinen Unsinn.« Die überstandene Angst ließ Fehrbachs Stimme schärfer klingen als beabsichtigt. »Sie sind Polizistin, Sie hätten niemals auf einen wehrlosen Menschen geschossen.«
»Horst ist tot.« Lisa hatte die Arme um ihren Körper geschlungen. »Dabei hatte der Arzt doch gesagt, dass ich ihn heute Nachmittag besuchen kann. Und jetzt ist er tot.«
Jetzt verstand Fehrbach. Durch das Telefonat bei seinem Eintreffen war sie über Wiesners Tod informiert worden.
»Ich hätte geschossen!« Lisa drehte sich zu ihm herum. Ihre Augen waren riesengroß in dem blassen Gesicht. Mit einer Halt suchenden Bewegung griff sie nach der Tischkante und umklammerte sie mit beiden Händen. »Wenn Sie mich nicht daran gehindert hätten.«
»Das glaube ich Ihnen nicht.« Er musste sie hier rausbringen. Sie gehörte in die Hände eines Arztes und brauchte eine Beruhigungsspritze. »Wenn Sie das wirklich gewollt hätten, hätte keines meiner Worte Sie davon abhalten können.« Fehrbach trat neben sie. »Sie sind keine eiskalte Mörderin.« Er ergriff ihren Arm. »Kommen Sie, ich bringe Sie an Land.«
»Ich kann nicht.« Lisas Stimme war nur noch ein Flüstern. »Ich kann da nicht raus.« Weiß hoben sich ihre Fingerknöchel gegen das dunkle Holz des Tisches ab.
»Lisa ... bitte ...« Behutsam begann Fehrbach ihre Finger von der Tischkante zu lösen. »Kommen Sie.«
Die Berührung rief etwas in ihm hervor. Einen langen Augenblick zögerte er, registrierte den Widerstand, der einzig der Angst entsprang. Dann gab er auf und zog Lisa in seine Arme. Er spürte ihren Körper an seinem und nahm einen schwachen

Duft ihres frischen Parfüms wahr. Er fühlte ihr Zittern. Oder war es sein eigenes?
»Es geht schon wieder«, hörte er Lisa irgendwann murmeln. Sie versuchte sich von ihm zu lösen, aber er ließ es nicht zu. Zu groß war seine Sehnsucht mittlerweile. Sie halten, fühlen, berühren. Begreifen, dass ihr nichts passiert war.
Ihre Lippen waren kalt.
Seine waren voller Verlangen.

Fehrbach hätte nicht zu sagen vermocht, wie lange sie so standen.
Als er das Zucken spürte, das Lisas Körper durchlief, wiegte er sie wie ein kleines Kind und sprach leise Worte des Trostes.
»Thomas ... hilf mir ... bitte. Ich kann nicht mehr.«
Besorgt blickte Fehrbach auf sie hinunter und sah die Tränen, die über ihr Gesicht liefen. Die Wimperntusche hatte sich verschmiert, die salzige Flüssigkeit zeichnete schwarze Spuren auf die blassen Wangen.
Schwarze Spuren ...
Rote Spuren ...
Ein anderes Bild schob sich darüber, ein anderes Gesicht. Verschmiert von Tränen und Blut. Blut, mein Gott, überall so viel Blut. Hände, die sich ihm hilfesuchend entgegenstreckten.
»Thomas ... bitte ... hilf mir.« Die Stimme so schwach, dass er die Worte nur mit Mühe verstanden hatte.
»Nein!« Lisa taumelte, so fest hatte Fehrbach sie zurückgestoßen. Mit unsicheren Schritten ging er zum Tisch hinüber und stützte sich schwer atmend auf der Tischplatte ab. »Ich kann das nicht.« Seine Stimme klang selbst in seinen Ohren fremd. Heiser presste er die Worte noch einmal heraus. »Ich kann das nicht.« Fluchtartig verließ er die Kabine.

Nach seiner Rückkehr ins Büro hatte Södersen als Erstes eine Untersuchung darüber angeordnet, wie es zu der verhängnisvollen Fehlinformation von Mertens' angeblicher Verhaftung kommen konnte. Wütend stauchte er den Leiter der Einsatzzentrale zusammen, als dieser ihm erklärte, dass der junge Kollege, der dafür verantwortlich war, in der letzten Nacht seinen ersten Einsatz gehabt hatte. Schließlich knallte Södersen den Hörer auf die Gabel und blickte Lisa, die gerade sein Büro betreten hatte, aufgebracht entgegen. »Ausreden, nichts als Ausreden. Es ist zum Kotzen.« Als er ihren abwesenden Ausdruck bemerkte, hielt er inne. Er kam um den Schreibtisch herum und schloss sie fest in seine Arme. »Meine Güte, Mädchen, was hast du mir für einen Schrecken eingejagt.« Er sah sie prüfend an. »Ist alles in Ordnung mit dir?« Lisa nickte, woraufhin Södersen ohne Übergang fortfuhr: »Ich wollte dich vom Kai abholen lassen, aber du warst schon weg.« Er schob sie auf einen Stuhl und erzählte ihr seine Vermutung. »Es sieht so aus, als hätte Mertens selbst den Anruf gemacht.« Lisa nickte müde. »Das stimmt. Er hat es zugegeben.«
»Erzähl mir, was passiert ist«, forderte Södersen sie auf. »Von Anfang an.«
Es dauerte einige Zeit, bis Lisa die Ereignisse geschildert hatte. Alle bis auf eines. So hatte sie vielleicht noch eine Gnadenfrist bis morgen, in der sie Mertens und seinen Sohn vernehmen konnte.
»Kerstin Wiesner hat versucht, Niklas umzubringen? Damit rückt er dann ja auf unserer Liste der Tatverdächtigen an die erste Stelle.« Södersen runzelte die Stirn, als er Lisa aufstehen sah. »Wo willst du hin?«
»Ihn vernehmen.«
»O nein, junge Dame, du wirst niemanden vernehmen. Du

gehst jetzt nämlich zu unserem Psychologen. Und danach gehst du nach Hause oder, besser noch, zu deiner Mutter und ruhst dich aus. Das war alles ein bisschen viel für dich. Ich will dich frühestens am Montag wieder hier sehen.«
Lisa weigerte sich, aber Södersen fertigte sie ohne große Umstände ab. Damit war jede Chance vertan, Mertens und seinen Sohn zu vernehmen. Spätestens morgen würde Södersen wissen, was passiert war, und dann wäre sie den Fall endgültig los. Schlimmer noch, sie würde suspendiert werden, denn selbst wenn ihr Vorgesetzter Verständnis für ihr Verhalten aufbringen würde, musste er sich an die Dienstvorschriften halten.
Nachdem sie Södersens Büro verlassen hatte, flüchtete Lisa auf die Toilette. Sie ließ eiskaltes Wasser über ihre Handgelenke laufen, bis es schmerzte. Sie füllte das Waschbecken mit Wasser und tauchte ihr Gesicht hinein. Nach Luft schnappend kam sie wieder hoch und schaute in den Spiegel. Die Frau, die ihr entgegenstarrte, kannte sie nicht. Mechanisch wischte sie die letzten Spuren der Wimperntusche von ihren Wangen.
Nach Hause gehen und sich ausruhen – wie sollte das funktionieren? Horst war tot. Er hatte sie ebenso verlassen wie Britt, die vor wenigen Stunden ein zweites Mal gegangen war. Oder war die Frau am Hafen doch eine andere gewesen?
Und Fehrbach? Lisa presste die Hand vor den Mund, um ein Aufschluchzen zu unterdrücken.
Als sie an Deck zurückgekommen war, hatten die Beamten des SEK ihr mitgeteilt, dass Fehrbach das Schiff verlassen hatte. In der Zwischenzeit waren auch Luca und Uwe eingetroffen, die sie wortlos in den Arm nahmen und eine ganze Weile einfach nur festhielten. Sie sprachen mit den Beamten des

SEK, die das Schiff nach weiterem Sprengstoff durchsuchen wollten. Solange man nicht wusste, an welchen Stellen Mertens noch etwas deponiert hatte, war das Risiko, das Schiff zurück in den Hafen zu bringen, zu groß.
Luca und Uwe entschlossen sich, die SEKler bei ihrer Arbeit zu unterstützen. Das Polizeiboot brachte Lisa an Land zurück. Das Aufgebot an Einsatzkräften führte ihr zum ersten Mal vor Augen, in welcher Gefahr sie sich in den letzten Stunden befunden hatten. Viele helfende Hände streckten sich ihr entgegen, aber sie wies alle zurück. So schnell es ging, hatte sie sich einen Beamten geschnappt und ihn gebeten, sie in die Bezirkskriminalinspektion zu bringen.

Nach seiner Rückkehr an Land hatte Fehrbach Niklas Mertens ins Hafenhaus begleitet. Er sollte ebenso wie sein Vater in die BKI überstellt werden. Bevor es so weit war, kam es zu einem unschönen Vorfall. Wie aus dem Nichts stand plötzlich Gudrun Mertens vor ihnen und fiel ihrem Sohn um den Hals. Sie machte einen vollkommen aufgelösten Eindruck. Als allerdings wenige Minuten später Werner Mertens die Eingangshalle betrat, verwandelte sie sich in eine Furie. Außer sich vor Zorn ging sie auf ihn los, so dass Fehrbach den Beamten, die sie von Mertens zu trennen versuchten, zu Hilfe eilen musste. Gudrun Mertens schrie, dass sie froh sei, dass ihr Mann endlich zur Rechenschaft gezogen werde. Er widere sie an, sie wünschte, die Polizei hätte ihn erschossen.
Werner Mertens ließ den Ausbruch seiner Frau wie versteinert über sich ergehen. Selbst als sie auf ihn einschlug, kam keinerlei Gegenwehr von ihm. Er starrte nur zu Niklas hinüber, der in einiger Entfernung zwischen zwei Polizisten stand und den Vorfall scheinbar emotionslos verfolgte. In

Mertens' Blick lag etwas Verzweifeltes, das sich angesichts der Regungslosigkeit seines Sohnes noch zu verstärken schien.

Nachdem sich die eilig herbeigerufenen Sanitäter um Gudrun Mertens kümmerten, begab sich Fehrbach auf die Suche nach Södersen. Er erfuhr, dass dieser bereits in sein Büro gefahren war. Södersen hatte Fehrbach ausrichten lassen, dass er umgehend nachkommen solle, damit sie mit den Vernehmungen beginnen konnten.

Als Fehrbach schließlich in der Blumenstraße eintraf und erfuhr, dass Södersen Lisa nach Hause geschickt hatte, vermutete er, dass dieser bereits von dem Zwischenfall an Bord wusste. Er selbst hatte nicht die Absicht, ein Wort darüber verlauten zu lassen, aber es blieb die Frage, was mit den anderen war, vor allen Dingen mit Lisa selbst.

Fehrbachs innerer Zwiespalt verstärkte sich. Auf der einen Seite drängte alles in ihm, Lisa zu sehen. Er war ihr eine Erklärung schuldig, wusste aber auch, dass er ihr zurzeit nicht in die Augen schauen könnte. Erst als er hörte, dass ein Psychologe sich um sie kümmerte, wurde er ruhiger und las Lisas Aussage über die Geschehnisse an Bord der Skipper durch, die Södersen protokolliert hatte.

»Ich weiß allerdings nicht, wie lange ich Frau Sanders ihre wohlverdiente Auszeit gönnen kann.« Södersen hob zwei dicke Aktenordner von seinem Schreibtisch und klemmte sie sich unter den Arm. »Ich bin natürlich drin in dem Fall, aber ich hätte sie trotzdem gerne dabei.«

Fehrbach hielt Södersen zurück. »Es tut mir leid, dass Sie vorhin Zeuge meiner Auseinandersetzung mit Dr. Sievers geworden sind. Normalerweise brülle ich nicht derart unbeherrscht in der Öffentlichkeit herum.«

»Halb so schlimm«, winkte Södersen ab. »Im Moment gehen wir alle mit den Nerven zu Fuß.«

Niklas Mertens wirkte, als hätte er sich in sein Schicksal ergeben.
Von der Aggressivität, die sein Verhalten der letzten Stunden gekennzeichnet hatte, war nichts mehr geblieben. Mit brüchiger Stimme gab er zu Protokoll, dass Kerstin und er sich schon als Kinder gemocht hatten. Eine Teenagerliebe, die allerdings nie über Petting hinausgegangen war. Natürlich hatte Niklas gemerkt, dass Kerstin sich irgendwann immer mehr veränderte. Er hatte sich Sorgen gemacht und sie darauf angesprochen, aber Kerstin hatte stets abgewiegelt. Dass sie vorhatte, ihr Elternhaus zu verlassen, hatte Niklas nicht gewusst. Erst einen Tag nach ihrer Abreise hatte er davon erfahren. Er war traurig und verletzt gewesen und hatte versucht, Kerstin zu vergessen.
»Vor zwei Jahren hat sie mir plötzlich eine E-Mail geschickt«, fuhr er fort. »Daraus ist dann ein regelmäßiger Kontakt entstanden. Anfang des Jahres schrieb Kerstin, dass sie nach Kiel zurückkommen werde, weil sie eine Anstellung bei GEOMAR bekommen habe. Sie hat sich offenbar riesig darüber gefreut.«
Niklas lächelte verlegen. »Ich mich auch.«
»Haben Sie Ihren Eltern davon erzählt?«, wollte Fehrbach wissen.
»Ja.«
Fehrbach und Södersen tauschten einen kurzen Blick. Dann hatte Werner Mertens bei seiner Aussage, er habe nichts von Kerstins Rückkehr gewusst, also gelogen.
Nachdem sie sich wiedergesehen hatten, waren Kerstin und

Niklas ziemlich schnell im Bett gelandet. Niklas gab zu, dass er verrückt nach ihr gewesen war.
»Und dann kam dieser Tag im April. Seitdem war nichts mehr wie vorher«, sagte er leise.
»Was ist an dem Tag passiert?«, fragte Södersen.
»Kerstin hat vorgeschlagen, einen Segelausflug zu machen. Ich hatte ihr schon ein bisschen was beigebracht, nachdem die Saison begonnen hatte. Kerstin hat nämlich behauptet, eine blutige Anfängerin zu sein. Was nicht stimmte. Aber das hat sie erst nach dem Anschlag auf mich zugegeben.« Niklas streckte die Arme auf dem Tisch aus und verschränkte die Hände. »Zuerst wollte ich nicht rausfahren, denn die Wetterprognose für den Nachmittag war nicht so toll. Aber Kerstin hat es wie immer geschafft, mich zu überreden. Wir sind von Mönkeberg losgesegelt. Der Vater eines Freundes hat dort ein Boot liegen, das wir benutzen durften. Als wir die Kieler Bucht erreicht hatten, begann das Wetter umzuschlagen. Ich wollte umkehren und einen Anlegeplatz suchen, aber Kerstin hat gemeint, dass wir es bestimmt noch bis Marina Wendtorf schaffen. Ich weiß nicht, wieso ich ihr wieder nachgegeben habe.« Niklas vergrub den Kopf in den Händen. Es dauerte einige Zeit, bis er ihn wieder hob. »Und dann ging alles ganz schnell. Ich wollte eine Halse fahren, als ich plötzlich den Baum an den Kopf bekam und über Bord ging. Das Letzte, woran ich mich erinnere, war der Anblick des Ehrenmals von Laboe in der Ferne. Die nächste Erinnerung ist das Aufwachen im Krankenhaus.« Er schluckte. »Wenn mich nicht ein Motorboot aufgefischt hätte, würde ich jetzt nicht mehr leben. Der Schlag mit dem Baum hatte eine Hirnblutung verursacht, und außerdem muss ich mit dem rechten Knie irgendwo dagegengekracht sein. Hinterer Kreuzbandriss, wenn ich

Pech habe, bleibt das Bein steif. Hinzu kam, dass ich ungefähr eine Stunde bewusstlos im Wasser getrieben habe, bevor die Besatzung des Motorboots mich entdeckt hat. Ich war massiv unterkühlt und bin sofort von einem Rettungshubschrauber in die Uni-Klinik geflogen worden. Man hat mir gesagt, dass es einige Zeit auf der Kippe stand, ob ich überleben würde. Vor drei Wochen hat man mich entlassen. Es steht allerdings noch eine weitere Knie-OP an.«

»Sie haben Ihrem Vater gegenüber erwähnt, dass Kerstin Wiesner diesen Unfall absichtlich herbeigeführt hat, um Sie zu töten. Was bringt Sie zu dieser Annahme? Hat sie es Ihnen gegenüber zugegeben?«

Als Niklas wieder zu sprechen begann, war es, als hätte er Fehrbachs Frage nicht gehört. »Einen Tag, nachdem ich das Bewusstsein wiedererlangt hatte, hat Kerstin mich im Krankenhaus besucht. Ich habe sie gefragt, was passiert sei, da ich immer noch keine Erinnerung hatte. Sie hat gesagt, dass unser Schiff in die Hecksee der Fähre nach Klaipeda geraten sei. Ob ich das nicht bemerkt habe. Und bei dem Versuch, die Jacht wieder unter Kontrolle zu bekommen, sei ich über Bord gegangen. Sie habe mir nicht helfen können, weil das Schiff sehr schnell abgetrieben sei. Nach einer ganzen Weile sei dann endlich ein Boot aufgetaucht und ihr zu Hilfe gekommen. Sie hätten umgehend die Seenotrettung verständigt und dabei erfahren, dass die Besatzung eines Privatboots auf der Höhe von Wendtorferstrand einen bewusstlosen Mann aus dem Wasser gefischt habe. Er sei in die Uni-Klinik nach Kiel gebracht worden. Sie sei sofort dorthin gefahren und überglücklich gewesen, als sie gesehen habe, dass ich es sei. Ich habe so wahnsinnige Angst um dich gehabt, hat sie gesagt und mich geküsst. Dann hat sie mich wieder gefragt, ob ich mich

wirklich an nichts erinnern könne. Als ich mit Nein geantwortet habe, schien sie irgendwie erleichtert, aber ich habe mir nichts dabei gedacht. Misstrauisch bin ich erst geworden, als sie nach diesem Besuch nicht mehr kam. Sie ging auch nicht ans Telefon. Obwohl ... misstrauisch ist nicht das richtige Wort. Ich war verunsichert, verletzt.«
Fehrbach wiederholte seine Frage. »Wieso sind Sie der Meinung, dass es sich nicht um einen Unfall gehandelt hat?«
»Weil Kerstin es zugegeben hat. Ich bin sofort zu ihr gegangen, nachdem ich entlassen worden war.«
»Wann war das?«, fragte Södersen.
»Einige Tage vor ihrem Tod.«
»Was ist bei diesem Zusammentreffen geschehen?«
Niklas sah Fehrbach an. Sein Blick wirkte stumpf. »Kerstin war total abweisend. Als ich sie darauf ansprach, warum sie mich nicht besucht habe, hat sie versucht sich mit einer Krankenhausphobie rauszureden. Außerdem habe sie in der Firma viel zu tun gehabt. Es ... es klang alles so falsch. Ich wollte wissen, was mit ihr los sei. Ich durfte sie ja nicht mal in den Arm nehmen und küssen. Sie hat mich sofort abgewehrt. Ich hab das nicht verstanden und bin schließlich gegangen. Den ganzen Tag hab ich immer wieder über alles nachgedacht. Und plötzlich bin ich über etwas gefallen. Kerstin hatte gesagt, dass unser Schiff in die Hecksee der Fähre nach Klaipeda geraten sei, aber ich konnte mich nicht erinnern, eine Fähre vor uns gesehen zu haben. Also hab ich im Internet den Fahrplan recherchiert und festgestellt, dass Kerstin mich angelogen hatte. Der Unfall ist an einem Donnerstag passiert. An diesem Tag verlässt die Fähre Kiel erst um zwanzig Uhr.«
»Gibt es nur diese eine Fährverbindung?«, fragte Fehrbach.

»Ja«, bestätigte Niklas. »Eine pro Tag. Ich hab überhaupt nichts mehr verstanden und mich daraufhin bei den Seenotrettern erkundigt, ob es an dem bewussten Tag einen Einsatz in der Kieler Bucht gegeben habe. Fehlanzeige.«
»Dann war alles, was Kerstin Wiesner Ihnen gesagt hatte, gelogen, die Geschichte mit dem abgetriebenen Boot und die angeblichen Maßnahmen zu Ihrer Rettung?«
»Alles. Kerstin hat es zugegeben, nachdem ich am nächsten Tag noch einmal zu ihr gegangen war. Ich hatte ja immer noch gehofft, dass ich mich irre und sich alles nur ...«, er zuckte hilflos mit den Schultern, » ... als großer Irrtum herausstellt, dass ich irgendetwas durcheinanderbekommen habe.« Seine Lippen zitterten. »Kerstin ist ausgeflippt, als ich sie darauf angesprochen habe. Sie hat mir ins Gesicht geschrien, dass sie mich umbringen wollte. Sie sei nämlich nur nach Kiel zurückgekommen, um sich endlich an meinem Vater zu rächen. Als sie sich wieder etwas beruhigt hatte, hat sie mir von dem Missbrauch erzählt und davon, dass mein Vater damals gedroht hatte, sie und ihre Eltern umzubringen, sollte sie jemals darüber sprechen. Sie hat mir auch das Tagebuch zu lesen gegeben, das sie damals geführt hat, damit ich ihr glaube. Kerstin hat gesagt, dass mein Vater schuld daran sei, dass sie niemals eine normale Beziehung aufbauen konnte. Durch den Missbrauch hat sie jahrelang unter autoaggressivem Verhalten gelitten. Ich habe die Narben an ihrem Körper gesehen. Dafür und für alles andere hasse sie meinen Vater bis an ihr Lebensende.«
»Aber warum hat sie Ihren Vater denn nicht wenigstens jetzt angezeigt«, fragte Fehrbach. »Der Missbrauch war doch noch nicht verjährt.«
»Sie hatte keine Beweise. Es gab doch nur dieses alte Tagebuch, aber das hätte vor Gericht doch überhaupt keinen Be-

stand gehabt. Kerstin war klar, dass die Chancen, meinen Vater zu überführen, gleich null waren. Also hat sie sich entschlossen, anders Rache zu nehmen. Sie wusste, was für ein enges Verhältnis mein Vater und ich hatten. Mit mir hat sie sich seine Achillesferse ausgesucht.«
»Warum haben Sie Kerstin Wiesner nicht angezeigt? Immerhin hat sie Ihnen gegenüber einen Mordversuch zugegeben. Hatten Sie keine Angst, dass sie es ein zweites Mal versuchen wird?«
»Ich konnte es nicht. Ich konnte es einfach nicht.«
Niklas gab an, dass er nach diesem Gespräch jeden Kontakt zu Kerstin abgebrochen hatte. Noch am selben Tag war er in sein Auto gestiegen und so lange Richtung Norden gefahren, bis der Benzintank leer gewesen war. Er konnte nicht einmal sagen, wo genau er sich befand, als er die halbverfallene Hütte am Strand entdeckte. Seine letzte halbwegs klare Erinnerung war ein Schild an der Landstraße, auf dem »Esbjerg, 10 km« stand.
Dänemark also, dachte er. Warum nicht? Ein letzter Spaziergang am Strand, ein letztes Mal die Sonne im Meer versinken sehen und dann …
Schluss. Aus. Ende. Es war nichts mehr geblieben, für das es sich zu leben lohnte. Fast eine Woche lang trug er die Schlaftabletten, die er in der Apotheke des nahegelegenen Ortes gekauft hatte, mit sich herum. Dann hatte er sie ins Meer geworfen, sich in seinen Wagen gesetzt und war nach Kiel zurückgefahren.
»Ich weiß nicht, warum ich es nicht getan habe«, sagte Niklas mit tonloser Stimme. »Ich hatte das Gefühl, dass mir nichts mehr geblieben war. Ich habe Kerstin so sehr geliebt, ich wollte sie heiraten und eine Familie mit ihr gründen. Meinen

Vater habe ich immer vergöttert, und auch er hat mich belogen und betrogen.«
Fehrbach sah, dass Södersen genauso erschüttert war wie er.
»Was ist mit Ihrer Mutter? Sie haben sie nicht erwähnt.«
»Unser Verhältnis war nie so eng. Meine Mutter ist eine sehr kalte Frau. Selbst in meiner Kindheit habe ich nie erlebt, dass sie groß Gefühle gezeigt hat. Außerdem schien sie mir immer eifersüchtig auf meinen Vater, weil ich mich mit ihm so viel besser verstanden hab.«
»Haben Sie Ihrer Mutter erzählt, was Kerstin getan hatte?«, fragte Fehrbach.
Niklas schüttelte den Kopf.
»Wie war danach der Kontakt zu Ihrem Vater?«, wollte Södersen wissen.
»Ich habe den Kontakt abgebrochen.« Niklas erzählte, dass sein Vater immer wieder versucht habe, ihn zu erreichen. Zuerst telefonisch, und nachdem er auf keine seiner Nachrichten reagiert habe, sei sein Vater eines Abends vor seiner Wohnungstür aufgetaucht. Ohne ein Wort der Erklärung habe er ihm die Tür vor der Nase zugeschlagen. Auch in den Tagen und Wochen danach habe sein Vater nicht aufgegeben. Immer wieder habe er ihm aufgelauert, vor seiner Wohnung, an der Uni, und ihn angefleht, endlich zu sagen, was los sei. Er habe seinen Vater jedes Mal wortlos stehen lassen. Natürlich war ihm klar gewesen, dass es auf Dauer nicht so weitergehen konnte.
»Haben Sie sich deshalb zuerst geweigert, die Polizisten zu begleiten?«, fragte Fehrbach.
»Ja«, gab Niklas zu. »Ich war noch nicht so weit, mit meinem Vater zu reden, und wollte mich nicht auf diese Art und Weise von ihm erpressen lassen. Als er dann aber auf dem Schiff vor mir stand, hatte ich plötzlich das Gefühl, dass ich ersticke,

wenn ich es ihm nicht sage. Ich wollte ihn leiden sehen. Ich wollte, dass er sich schuldig fühlt.« Niklas fuhr sich mit beiden Händen durch die Haare und schloss für einen kurzen Moment die Augen. Als er sie wieder öffnete, sah er Fehrbach und Södersen mit einem hilflosen Blick an. »Jetzt muss ich für Sie doch auch ein Verdächtiger sein.«
»Das sind Sie«, bestätigte Södersen.
»Dann bin ich also verhaftet?«
»Haben Sie Kerstin Wiesner umgebracht?«, fragte Fehrbach.
»Nein«, sagte Niklas. Seine Augen schimmerten feucht. »Ich habe Kerstin für das gehasst, was sie mir angetan hat, aber gleichzeitig habe ich sie immer noch geliebt. Man kann Gefühle doch nicht einfach so auf Knopfdruck abschalten.«

Fehrbach und Södersen zogen sich zu einer kurzen Beratung zurück. Am Ende kamen sie überein, dass sie keine andere Wahl hatten, als Niklas festzunehmen. Keiner von ihnen glaubte, dass er Kerstins Mörder war, aber im Moment hatte er das stärkste Tatmotiv.
Die Vernehmung von Werner Mertens wurde durch seinen Anwalt torpediert. Wolter empfing Fehrbach und Södersen vor der Tür des Vernehmungszimmers und teilte ihnen mit, dass sein Mandant keine Aussage machen werde, ehe er nicht mit ihm gesprochen habe. Fehrbach maß den Anwalt mit einem abschätzenden Blick, bevor er ihn stehen ließ und den Raum betrat.
Werner Mertens saß zusammengesunken auf einem abgeschabten Stuhl. Sein Gesicht war eingefallen und blass, regungslos starrte er vor sich hin. Wolter war Fehrbach gefolgt und ging sofort zu Mertens hinüber. Er legte ihm die Hand auf die Schulter und sah den Oberstaatsanwalt wütend an.

Fehrbach wandte sich an Mertens. »Herr Mertens, wollen Sie eine Aussage machen?«

»Herr Mertens wird keine Aussage machen, solange ich nicht mit ihm gesprochen habe«, schnarrte Wolter.

Fehrbach würdigte den Anwalt keines Blickes, sondern stellte die Frage erneut.

»Jetzt ist es genug«, sagte Wolter. Aufgebracht ging er Södersen entgegen, der gerade den Raum betrat. »Wo kann ich mich ungestört mit meinem Mandanten unterhalten?«

Södersen sah aus, als hätte er große Lust, den Anwalt mit einem Tritt vor die Tür zu befördern. Mit einem unfreundlichen Nicken bedeutete er Wolter, dass er mit Mertens in den Nebenraum gehen könne.

Es dauerte einen Augenblick, bis Mertens sich erhob. Seine Bewegungen wirkten schwerfällig. Neben Fehrbach blieb er stehen. Seine Augen flackerten unruhig. »Wie geht es meinem Cousin? Wird er durchkommen?«

»Horst Wiesner ist heute Vormittag gestorben«, erwiderte Fehrbach mit harter Stimme.

Mertens stöhnte auf, und auch Södersen gab einen erstickten Laut von sich. Fehrbach wurde klar, dass er noch nichts davon gewusst hatte.

Wolter drängte Mertens zur Tür, aber dieser sprach Fehrbach noch einmal an. »Danke, dass Sie vorhin dazwischengegangen sind. Wenn Sie nicht gewesen wären, hätte Frau Sanders mich kaltblütig erschossen.«

»Was ist auf dem Schiff passiert, Lisa?«

Lisa hielt Södersens Blick stand und verwünschte sich, dass sie entgegen seiner Anordnung doch im Büro geblieben war.

»Mertens hat gesagt, dass du einen Anruf bekommen hast

und danach durchgedreht bist. Er behauptet, dass du ihn erschießen wolltest.«

»So, behauptet er das?«

Eine dicke Ader pochte auf Södersens Stirn. »Jetzt hör mir mal zu, Lisa. Du weißt, dass ich dich sehr mag. Ich habe bis jetzt immer zu dir gehalten, egal, wie dicke es manchmal kam. Und das werde ich auch weiterhin tun, aber dazu muss ich wissen, was passiert ist. Also mach endlich den Mund auf.«

Lisa zögerte, aber schließlich erzählte sie Södersen alles. Ihr war klar, dass sie sich Mertens gegenüber niemals so hätte hinreißen lassen dürfen. Und trotzdem war sie sich im Moment fast sicher, dass sie ein zweites Mal genauso reagieren würde. Es erschreckte sie, und sie fragte sich, ob sie mit diesem Wissen überhaupt noch in der Lage war, ihren Beruf weiterhin auszuüben.

»Natürlich bist du das. Hör auf, solchen Unsinn zu reden«, sagte Södersen unwirsch. »Wenn du erst mal zur Ruhe gekommen bist, wird dir klarwerden, dass du niemals auf Mertens geschossen hättest. Ich würde meine Hand dafür ins Feuer legen.«

»Das wäre sehr leichtsinnig von dir.«

»Nein, das wäre es nicht.« Södersen kratzte sich am Kinn. »In gewisser Weise kann ich dich ja verstehen. Fehrbach hat mir erzählt, dass Horst Wiesner heute Morgen gestorben ist. Ich bin nicht so gut in solchen Dingen, das weißt du ja, aber ich wollte dir sagen, wie leid mir das tut.«

»Der Arzt hat gesagt, dass es eine Lungenembolie war.« Die Worte klangen abgehackt, heiser. »Und was passiert jetzt?«

»Du weißt, dass ich das nicht unter den Tisch kehren kann. Ich muss dich suspendieren und eine Untersuchung einleiten. Aber ich werde alles tun, damit du ohne allzu große Blessuren

da rauskommst. Du warst in einer emotionalen Ausnahmesituation. Das ist zwar keine Entschuldigung, aber vielleicht finden wir einen verständnisvollen Richter.« Södersen stand auf. »Und sprich mit Fehrbach. Er hat den Vorfall nämlich etwas anders geschildert als du.«
»Was meinst du damit?«
»Fehrbach hat gesagt, dass du Mertens lediglich mit der Waffe in Schach gehalten hättest. Mertens' Behauptung, dass du kurz davor gewesen warst, ihn zu erschießen, sei eine dreiste Lüge.« Södersen sah Lisa ernst an. »Fehrbach ist bereit, das zu beschwören. Ihr müsst eure Aussagen abstimmen. Wolter hat sich nämlich jetzt nicht nur auf dich, sondern auch auf Fehrbach eingeschossen, weil ihm überhaupt nicht passte, wie der für dich in die Bresche gesprungen ist.« Södersens Blick forschte in Lisas Gesicht. »Ich weiß nicht, was zwischen dir und Fehrbach vorgefallen ist. Bis jetzt hatte ich den Eindruck, dass immer noch Krieg zwischen euch herrscht. Aber Fehrbach hält dir die Stange, und ich möchte nicht, dass Wolter ihm ans Bein pinkelt. Sieh also zu, dass du dich mit Fehrbach auf eine Linie verständigst.«
Bevor Södersen ging, legte er Lisa noch einmal eindringlich nahe, zum Psychologen zu gehen. Diesmal nicht als dienstliche Anweisung, sondern als Bitte eines Menschen, dem etwas an ihr liege. Nachdem Södersen die Tür hinter sich geschlossen hatte, trat Lisa ans Fenster und starrte hinaus.
Fehrbach war bereit, zu ihren Gunsten auszusagen. Ein zynisches Lachen stieg in ihr auf. Auch eine Möglichkeit, ein schlechtes Gewissen in den Griff zu bekommen. Wenn er denn überhaupt so etwas wie ein Gewissen besaß.
Was bildete dieser Mann sich eigentlich ein? Sie brauchte seine Hilfe nicht. Bei einer Anhörung würde sie die Vorfälle an

Bord der Skipper schildern, und dann würde sie hoffen und beten, dass sie einigermaßen heil aus der ganzen Sache rauskäme. Und falls nicht, nun gut, dann eben nicht. Dann musste sie die Folgen ihres Verhaltens eben tragen. Natürlich würde sie sich einen anderen Job suchen müssen. Aber bestimmt gab es unzählige Sicherheitsdienste in Kiel und Umgebung, die eine erfahrene Polizistin wie sie mit Kusshand nehmen würden.
An diesem Punkt angelangt, brach endlich der Damm. Die Tränen begannen zu strömen, haltlos schluchzend klammerte Lisa sich am Fensterbrett fest.

Fehrbach hatte in Södersens Büro gewartet. Er wunderte sich, dass dieser so sicher gewesen war, Lisa noch anzutreffen.
»Hatten Sie recht mit Ihrer Vermutung?«
»Natürlich hatte ich recht.« Södersen ließ sich auf seinen Stuhl fallen. Er sah müde und erschöpft aus. »Ich kenn doch meine Lisa. Bei ihr muss man manchmal sehr energisch werden.«
»Wie geht es ihr?«, fragte Fehrbach angespannt.
»Nicht gut«, antwortete Södersen. Fehrbach nahm den besorgten Ton in seiner Stimme wahr. »Beim Psychologen war sie natürlich noch nicht, allerdings hat sie mir versprochen, ihn jetzt aufzusuchen. Über diese Brücke gehe ich aber noch nicht. Ich hoffe nur, dass sie nachher zu ihrer Mutter fährt und sich nicht allein in ihrer Wohnung verkriecht.«
In der nächsten Stunde versuchten die beiden Männer ein Resümee zu ziehen. Es fiel nicht ermutigend aus.
Die Spurensicherung hatte ein vorläufiges Ergebnis geschickt. Bei der an Bord der Skipper gefundenen Glock 17 handelte es sich um Wiesners Waffe. Es waren zwei Schüsse daraus abge-

geben worden, einer auf Wiesner, das zweite Projektil hatten die Ermittler in einer Wand des Wohnzimmers gefunden. Somit bestand die Möglichkeit, dass Mertens' Behauptung, sein Cousin habe auf ihn geschossen, der Wahrheit entsprach. Es sei denn, Mertens hatte den Schuss selbst abgegeben, um eine falsche Fährte zu legen. Die Untersuchungen hierzu dauerten noch an. Auf der Waffe waren sowohl die Fingerabdrücke von Wiesner als auch von Mertens gefunden worden. Mertens Hände sowie seine Kleidung wurden gerade auf Schmauchspuren untersucht. Die Auswertung der Telefondaten hatte ergeben, dass Wiesner seinen Cousin am Mittwoch um zwanzig Uhr fünfzig angerufen hatte. Auch das stützte Mertens' Behauptung, dass Wiesner ihn zu sich bestellt habe.

»Wissen Sie, ob Horst Wiesner vor seinem Tod noch eine Aussage gemacht hat?«, fragte Södersen.

Fehrbach schüttelte den Kopf. »Leider ist es nicht mehr dazu gekommen.«

»Verdammter Mist.«

»Wir können die Tatsache, dass Mertens die Wahrheit sagt, nicht leugnen. Mit dem Tagebuch hatte Horst Wiesner endlich den Beweis, dass sein Cousin den Missbrauch begangen hatte. Gut möglich, dass Wiesner sich an Mertens rächen wollte. Vielleicht wollte er ihm aber auch nur ein Geständnis abringen. Dabei ist die Situation eskaliert. Ich habe die Obduktion von Horst Wiesner angeordnet und darauf hingewiesen, dass der Leichnam ebenfalls auf Schmauchspuren untersucht werden soll. Wenn wir Glück haben, wissen wir danach mehr.«

Das Labor hatte ebenfalls einen Bericht geschickt. Auf Kerstins Tagebuch waren keine verwertbaren Spuren nachgewiesen worden. Was dessen Inhalt anging, würde Mertens'

Anwalt mit Sicherheit versuchen, ihn als die übersteigerte Phantasie eines pubertären Mädchens darzustellen, das von dem angeschwärmten Mann zurückgewiesen worden war.
Alles, was sie hatten, war die Aussage von Niklas Mertens. Aber auch dieser hatte nur durch Hörensagen von der Vergewaltigung erfahren.
»Immerhin können wir Mertens wegen der Geiselnahme drankriegen. Aber was das Tötungsdelikt Kerstin Wiesner angeht, sind wir wieder am Anfang.« Södersen versuchte ein Lächeln. Es fiel gequält aus.
Die neue Erkenntnislage erforderte eine erneute Vernehmung von Gudrun Mertens. Damit würden sie sich allerdings bis zum nächsten Tag gedulden müssen, vielleicht sogar noch länger, denn nach ihrem Wutanfall hatte Mertens' Frau einen Zusammenbruch gehabt. Seitdem lag sie in der Uni-Klinik und war laut Aussage des behandelnden Arztes noch nicht vernehmungsfähig.
»Lassen Sie uns für heute Schluss machen.« Södersen versuchte vergeblich, ein Gähnen zu unterdrücken. »Der Tag hat uns einiges abverlangt.« Er sah Fehrbach aufmerksam an. »Sie haben auch schon mal besser ausgesehen, wenn ich das so direkt sagen darf. Gehen Sie nach Hause und schlafen sich aus. Morgen sehen wir weiter.«

Peter Lannert stellte die Kanne mit dem heißen Kakao auf einem Beistelltisch ab und füllte einen Becher mit dem dampfenden Getränk. Er rührte noch einmal um und ging dann hinüber zu dem großen Sofa im Wintergarten, auf dem Lisa lag.
Lannert hockte sich neben sie und sah sie prüfend an. Ihr Gesicht hatte wieder etwas Farbe bekommen, aber sie schien

noch immer zu frieren, denn sie hielt die Wolldecke eng um sich geschlungen.
Lannert hatte im Radio von der Geiselnahme gehört und sich sofort auf den Weg in die BKI gemacht. Er hatte Lisa in ihrem Büro gefunden und sie sofort in die Uni-Klinik gebracht, wo sie nach einer ausführlichen Untersuchung eine Beruhigungsspritze bekam. Nachdem die Auswirkungen des Schocks langsam nachließen, hatte Lannert Lisa mit zu sich nach Hause genommen.
»Hier.« Er reichte ihr den Becher. »Ein bisschen Nervennahrung.«
»Danke.« Lisa versuchte ein Lächeln und trank einen großen Schluck. »Das tut gut.«
Ihre Hände begannen zu zittern. Krampfhaft bemühte sie sich, nichts von dem Getränk zu verschütten. Vorsichtig nahm Lannert ihr den Becher aus der Hand. »Lassen Sie mich das machen.« Behutsam führte er das Gefäß zu ihrem Mund, bis sie alles ausgetrunken hatte. Er stellte den Becher auf den Tisch und hüllte sie wieder in die flauschige Wolldecke ein.
»Versuchen Sie ein bisschen zu schlafen.«
Ruckartig kam Lisa wieder hoch. »Ich muss meine Mutter anrufen. Ich habe ihr vorhin Bescheid gegeben, dass ich heute Abend zu ihr komme.«
»Das erledige ich«, versprach Lannert. Er ließ sich die Nummer geben und drückte Lisa sanft in die weichen Kissen zurück. »Und jetzt wird geschlafen.«
Schlafen.
Sie zog die Decke fest um ihren Körper und ließ den Kopf in das Kissen sinken.
Endlich schlafen. Sie war so müde.

Strande machte an diesem Abend einen geradezu verwunschenen Eindruck. Obwohl nur zwanzig Kilometer vom Zentrum der Landeshauptstadt entfernt, schien nichts von den schrecklichen Ereignissen in der Kieler Innenstadt hierhergedrungen zu sein. Die kleine Gemeinde an der äußersten Spitze der Halbinsel Dänischer Wohld war von einer Stille und einem Frieden erfüllt, die alles andere in den Hintergrund treten ließen.
Fehrbach parkte den Wagen in einer Seitenstraße und ging zum kleinen Sportboothafen hinunter. Am Beginn der Mole blieb er stehen und atmete tief durch. Noch immer spürte er das Adrenalin, das durch seinen Körper jagte. Mit langsamen Schritten begann er die Mole entlangzugehen. Der Hafen war voll, die wenigen freien Liegeplätze kaum auszumachen. Ein fauliger Geruch drang in seine Nase. Er entdeckte Tang auf dem Wasser, Abfälle, die der Wind in das Hafenbecken getrieben hatte. Auf der Außenförde fuhr ein großes Containerschiff in Richtung Kieler Bucht. Schwarzer Rauch quoll aus dem Schornstein am Heck. Gedankenverloren sah Fehrbach ihm nach und ging schließlich an Land zurück. Er überquerte die Strandstraße und lenkte seine Schritte zu Solbergs Haus. Durch ein kurzes Telefonat hatte er erfahren, dass sich Gerda Sanders noch immer bei seinem Freund aufhielt und sie damit rechneten, dass Lisa am Abend vorbeikam. Doch Fehrbach konnte ihren Wagen nirgends entdecken. Auch die Auffahrt zu Solbergs Haus war leer. Als er das offen stehende Küchenfenster erreichte, hörte er eine weibliche Stimme.
»Lisa kommt doch nicht mehr.«
Vorsichtig trat Fehrbach näher und entdeckte Gerda Sanders hinter der dünnen Küchengardine. Sie hielt ein Handy in ihrer Hand.

»Das war gerade ein Freund von ihr, Peter Lannert. Er hat gesagt, dass er Lisa mit zu sich nach Hause genommen hat und sich um sie kümmert. Sie schläft jetzt. Ich soll mir keine Sorgen machen.« Gerda schüttelte den Kopf. »Komisch, ich kann mich nicht erinnern, dass sie mir schon einmal von ihm erzählt hat.«
Fehrbach hörte ein herzhaftes Lachen aus dem Hintergrund und erblickte Solberg, der durch die Küchentür kam. »Also, liebe Frau Sanders! Ihre Tochter ist eine erwachsene Frau. Haben Sie Ihrer Mutter immer von Ihren Freunden erzählt? Sie sollten sich freuen, dass es außer Ihnen noch jemanden gibt, der sich für Lisa verantwortlich fühlt. Das ist doch schön.«
Unbewegt beobachtete Fehrbach, wie Solberg und Gerda die Küche verließen. Dann ging er zu seinem Wagen und machte sich auf den Rückweg nach Kiel.

Lisa war eingeschlafen, als Lannert das nächste Mal nach ihr sah. Aber es schien kein friedlicher Schlaf zu sein, denn sie hatte ihre Hände in die Wolldecke gekrallt und bewegte den Kopf unruhig hin und her.
»Ganz ruhig, alles ist gut.« Behutsam setzte Lannert sich neben sie. Abrupt schreckte sie hoch und schien im ersten Moment nicht zu wissen, wo sie war. Doch dann kam die Erinnerung zurück, und ihre Augen füllten sich mit Tränen. Lannert wollte sie in den Arm nehmen, aber sie stieß ihn zurück und lief in den Garten hinaus.
Lannert ließ ihr Zeit. Erst nach einer Weile folgte er ihr und fand sie in einem kleinen Pavillon, dessen filigrane Messingstäbe nahezu vollständig von den sternförmigen Blüten einer rosafarbenen Clematis verdeckt waren.

»Es ist schön hier«, sagte sie leise. Sie saß auf einem kleinen Stuhl und strich mit der Hand über die Oberfläche des vor ihr stehenden Tisches, die aus buntgemusterten Mosaiksteinen bestand. Ihre Augen waren vom Weinen geschwollen, aber ihr Blick wirkte wieder klar. »Und so ruhig. Als ob die Welt stehengeblieben wäre.«
Lannert setzte sich auf die Stufe zu ihren Füßen. »Das ist auch mein Lieblingsplatz.« Er begann zu erzählen, wo er die Sachen entdeckt hatte. Wie viel Spaß es ihm bereite, auf seinen Reisen nach Südfrankreich und in die Toskana über die Flohmärkte zu streifen und immer wieder kleine Kostbarkeiten aufzustöbern.
Lisa erwiderte nichts, aber sie hörte aufmerksam zu. Als Lannert geendet hatte, wollte er wissen, ob sie wieder mit ins Haus komme.
»Ich würde gerne noch ein bisschen hierbleiben.« Sie blickte auf einen Spatz, der sich vor ihren Füßen niedergelassen hatte und sie neugierig beobachtete.
»In Ordnung«, sagte Lannert und stand auf. »Dann werde ich uns mal was zu essen machen. Sie haben bestimmt Hunger.«
Lisa wurde klar, dass sie es nicht länger hinauszögern konnte. Lannert hatte ein Recht darauf, die Wahrheit zu erfahren. »Kerstin ist nicht wegen des Jobs nach Kiel zurückgekommen. Jedenfalls war es nicht der Hauptgrund.«
Lannert sah sie fragend an, und so erzählte sie ihm, was Niklas Mertens auf dem Schiff offenbart hatte. Außerdem klärte sie Lannert über ihre Beziehung zu den Wiesners auf und darüber, was Werner Mertens Kerstin damals angetan hatte.
Als Lisa endete, war es Nacht geworden. Sie war froh, dass sie Lannert alles erzählt hatte, auch wenn sie damit Interna preisgegeben hatte. Sie wollte nicht, dass er Kerstin in ausschließ-

lich schlechter Erinnerung behielt. Was Kerstin Niklas angetan hatte, war ein schweres Verbrechen und durch nichts zu entschuldigen. Aber es war wichtig, dass Lannert erfuhr, was sie an diesen Punkt gebracht hatte.
Sie gingen zum Haus zurück. Lannert bestand darauf, Lisa heimzufahren. Bevor er den Wagen startete, schaltete er die Innenbeleuchtung ein und öffnete das Handschuhfach. »Ich möchte Ihnen noch etwas geben.« Er brauchte einen Augenblick, bis er das Gesuchte fand. Lisa sah, dass er eine CD-Hülle in der Hand hielt. Lannert drückte auf den Player am Armaturenbrett und verankerte die ausgeworfene Disc in der Hülle. »Diese Musik hat Ihnen doch auf meiner Vernissage so gut gefallen. Leider konnte ich die CD nirgendwo mehr bekommen. Ich würde mich sehr freuen, wenn ich Ihnen meine schenken darf.«
Es waren Arien von Anna Netrebko. Krampfhaft suchte Lisa nach einem intelligenteren Wort als danke, da bemerkte sie, dass etwas Glitzerndes auf dem Boden vor ihr lag. Es musste aus dem Handschuhfach gefallen sein. Als sie es aufhob, stieß Lannert einen verwunderten Ausruf aus.
»Du liebe Güte, den hab ich ja völlig vergessen.«
Lisa überlegte, woher sie das goldene Schmuckstück kannte. Dann fiel es ihr ein. Es war ein Skarabäus aus der Trollbeads-Kollektion.
»Den wollte ich Kerstin schenken.« Lannert förderte ein samtenes Schmuckkästchen aus dem Handschuhfach zutage. Er legte den Anhänger hinein und drückte fest auf den Verschluss. »Kerstin hatte sich eines dieser Trollbeads-Armbänder gekauft, mit sechs Eisbären und sechs Seehunden. Vor vier Wochen hatte sie einen der Seehunde verloren. Ich habe ihr dann den Skarabäus bestellt, den hätte sie sich bei ihrem

Gehalt nicht leisten können. Ich wollte ihr eine kleine Freude machen, denn sie war sehr deprimiert zu der Zeit.« Er stockte, als wäre ihm ein Gedanke gekommen. »Vielleicht hing es mit dem zusammen, was Sie mir vorhin erzählt haben.«
»Was meinen Sie?«
»Kerstin hat in den letzten Wochen unter extremen Stimmungsschwankungen gelitten. Es ist doch möglich, dass ihr der Anschlag auf Niklas viel mehr zugesetzt hat, als alle jetzt glauben. Ich kann mir nicht vorstellen, dass sie so einfach einen eiskalten Mord geplant hat. Vielleicht ist ihr erst im Nachhinein bewusst geworden, was sie da getan hat.«
»Ich würde gerne glauben, dass sie es bereut hat und sich vielleicht sogar stellen wollte. Aber leider werden wir das nicht mehr erfahren.« Lisa sah Lannert fragend an. »Warum liegt der Anhänger in Ihrem Handschuhfach, wenn Sie ihn Kerstin schenken wollten?«
»Es gab Lieferschwierigkeiten. Ich habe ihn erst an dem Morgen bekommen, bevor Ihre Kollegen mir von Kerstins Tod erzählt haben. Ich hatte völlig vergessen, dass er noch hier im Wagen lag.«
»Hatte Kerstin außer den Seehunden und Eisbären noch andere Beads an ihrem Armband?«
Lannert schüttelte den Kopf. »Nein.«
»Sind Sie da ganz sicher?«
»Ja«, sagte Lannert, »das bin ich.«
Das fehlende Puzzleteilchen war an seinen Platz gefallen. Lisa bat Lannert, sie in ihr Büro zu bringen.

Sonntag, 29. Juni

Kurz nach Mitternacht fuhr Lisa ihren Computer hoch. Erleichtert seufzte sie auf, als sie die beiden Dateiordner entdeckte, die die Vernehmungen von Niklas und Werner Mertens enthielten, denn bevor sie ihren Verdacht aussprach, musste sie erst wissen, was die beiden Männer zu Protokoll gegeben hatten.
Dass Werner Mertens von seinem Anwalt an einer Aussage gehindert worden war, überraschte sie nicht. So wie sie Wolter kannte, würde er nichts unversucht lassen, aus der Anklage gegen seinen Mandanten ein Medienereignis erster Klasse zu machen. Mit Sicherheit würde auch eine Hetzjagd gegen sie auf seinem Programm stehen.
Während Lisa Niklas' Aussage las, kamen ihr die Tränen. Auf dem Schiff war sie zu geschockt gewesen, um seine Worte richtig zu verarbeiten. Sie versuchte ihre Gefühle einzuordnen. Auf der einen Seite war Kerstin noch immer das unschuldige Opfer für sie, auf der anderen hatte sie eine unglaubliche Wut auf Horsts Tochter. Wie konnte sie einem unschuldigen jungen Mann, der sie über alles liebte, etwas so Schreckliches antun? Hatte sie der damalige Missbrauch zu einem Menschen gemacht, dem jedes Gefühl abhanden gekommen war? Lisa schauderte bei dem Gedanken, dass sie es irgendwann Susanne erzählen musste, und für kurze Zeit war sie fast dankbar, dass Horst dieses Wissen erspart bleiben würde.
Bevor sie das Büro verließ, sprach sie Fehrbach eine Nachricht aufs Handy. Ihr graute bei dem Gedanken an eine Begegnung mit ihm, aber sie brauchte seine Unterstützung.

Gegen vier Uhr morgens kehrte Fehrbach in seine Wohnung zurück, müde und erschöpft von einer Nacht, die ihn an seine Grenzen geführt hatte.

Er hatte Abschied von seinem Vater genommen, der am späten Abend gestorben war. Diese letzte Begegnung war ihm sehr schwergefallen. Das Schuldgefühl war übermächtig gewesen, das Wissen, dass es zu spät für eine klärende Aussprache war.

»Aber Sie haben sich doch überhaupt nichts vorzuwerfen«, sagte Dr. Steinke und sah ihn verständnislos an.

Fehrbach war klar, dass er dem Arzt eine Erklärung schuldete. Ein Wort gab das andere, und auf einmal wurde ihm bewusst, dass er gerade dabei war, einem fremden Menschen sein Herz auszuschütten.

»Warum quälen Sie sich so, Herr Fehrbach?« Obwohl Dr. Steinke längst Feierabend gehabt hatte, war er geblieben. »Wir alle machen Fehler im Leben, aber wir müssen auch lernen, nicht nur anderen zu verzeihen, sondern auch uns selbst. Sprechen Sie sich mit Ihrem Bruder und vor allen Dingen mit Ihrer Stiefmutter aus, denn wie Sie gerade gesagt haben, haben Sie ihr ja noch nie die Chance für eine Erklärung gegeben.«

Er hatte es nicht gekonnt, weil er sich sicher gewesen war, dass Barbara von Anfang an ein falsches Spiel mit ihm getrieben hatte.

Barbara Weltersbach hatte damals gerade das Journalistikstudium beendet und ihre erste Stelle bei einer kleinen Lokalzeitung in Plön angetreten. Dort arbeitete sie an einem Artikel über Gutsbesitzer in Schleswig-Holstein und wandte sich zu diesem Zweck auch an die von Fehrbachs. Da sich Johannes von Fehrbach gerade in England aufhielt, musste sein ältester

Sohn die Entscheidung treffen, ob man der jungen Journalistin helfen wollte. Er lud Barbara nach Lankenau ein. So hatte es begonnen.
Fünf Monate lang wusste niemand etwas von ihrer Beziehung. Bis zu Fehrbachs neunzehntem Geburtstag. An diesem Tag stellte er Barbara seinem Vater vor. Nur zwei Wochen später erwischte er die beiden im Bett. Bereits am folgenden Tag zog er zu einem Freund nach Kiel, wo er blieb, bis er eine eigene Wohnung gefunden hatte. Alle Versuche von Johannes und Barbara, Kontakt mit ihm aufzunehmen, würgte er ab. Ihre Briefe verbrannte er ungelesen. Zu tief war er verletzt über den Verrat, den die beiden an ihm begangen hatten. Denn das war es für ihn gewesen, ein Verrat. Nicht nur an ihm, sondern auch an seiner Mutter, die drei Monate nach Bekanntwerden des Verhältnisses Selbstmord begangen hatte.
»Ich habe mich in der letzten Zeit immer häufiger gefragt, ob ich die Dinge nicht zu einseitig sehe«, sagte Fehrbach bedrückt. »Vielleicht habe ich mir wirklich ein Bild zusammengebastelt, das nicht der Wahrheit entspricht, weil ich Schuldige gebraucht habe, denen ich die Verantwortung zuschieben konnte.«
»Manche Dinge passieren im Leben«, entgegnete Dr. Steinke. »Sie wissen selbst, dass es nicht nur Schwarz und Weiß gibt. Deshalb sollten Sie die Angelegenheit endlich klären, denn sonst kommen Sie nie zur Ruhe. Und hören Sie mit den Selbstvorwürfen wegen Ihres Vaters auf. Sie haben ihm in den letzten Tagen das größte Geschenk gemacht, das man einem Menschen überhaupt machen kann. Sie haben ihn im Sterben begleitet und sich nicht abgewandt, wie das die meisten Menschen in solchen Fällen tun. Und Sie wissen, dass Ihr Vater Ihre Gegenwart mitbekommen hat, auch wenn Sie anfangs so

skeptisch waren. Er hat alles gehört, was Sie ihm Freitagnacht erzählt haben, glauben Sie mir. Bis dahin hatte ich immer noch den Eindruck, dass er auf etwas gewartet hat, etwas zum Abschluss bringen wollte, bevor er gehen konnte. Aber jetzt hatte er seinen Frieden gefunden. Er hat das Geschehene akzeptiert, und er hat Ihnen verziehen. Es war nichts mehr offen zwischen Ihnen. Sie haben Ihrem Vater die Möglichkeit gegeben, loszulassen und in Frieden zu sterben.«

Als Fehrbach aus der Dusche kam, schaltete er sein Handy ein und rief die Mailbox ab. Eine neue Nachricht.
Beim Klang der vertrauten Stimme stieg eine wilde Hoffnung in ihm auf. Doch während er die Mitteilung abhörte, wurde ihm klar, dass nicht die Privatperson Lisa Sanders, sondern die Polizistin ihn angerufen hatte. Sie teilte ihm mit, dass sie einen entscheidenden Hinweis erhalten habe und ihn bitte, am Morgen sofort in ihr Büro zu kommen.

Um fünf Uhr war auch Lisa endlich zu Hause und versuchte noch ein wenig zu schlafen. Doch schon nach kurzer Zeit merkte sie, dass es ihr nicht gelingen würde. Sie ging in die Küche und kochte sich einen starken Kaffee. Nachdem er fertig war, schenkte sie sich einen großen Becher ein und setzte sich dann in den blauen Ohrensessel am Wohnzimmerfenster. Die ersten Sonnenstrahlen fanden den Weg in die Beseleralle, die zu dieser frühen Morgenstunde still und verlassen zu ihren Füßen lag.
Die Begegnung mit Fehrbach stand ihr bevor. Also zwang sie sich, das Geschehene vollkommen rational zu betrachten. Aber es gelang ihr nicht. Immer hilfloser fühlte sie sich angesichts ihrer überschäumenden Emotionen, die nicht nur et-

was mit Fehrbachs Zurückweisung zu tun hatten. Auch der Gedanke an ihr eigenes Verhalten, an die Leidenschaft, mit der sie seine Küsse erwidert hatte, erschreckte sie zutiefst. Sie verstand nicht, was plötzlich passiert war, dass sie wie ausgehungert auf die Zärtlichkeiten dieses für sie immer noch fremden Mannes reagiert hatte. Noch vor einer Woche hätte sie Fehrbach am liebsten auf den Mond geschossen.
Um halb sieben duschte sie und bereitete sich darauf vor, ins Büro zu gehen. Als sie anstelle der üblichen Jeans ein tief ausgeschnittenes Sommerkleid aus dem Schrank zog, hielt sie erschrocken inne und fragte sich, ob sie noch alle Tassen im Schrank hatte. Aufgebracht schleuderte sie das Kleid zurück und zog dann die verwaschendste Jeans und das älteste T-Shirt an, die sie finden konnte. Ungeschminkt verließ sie das Haus.

»Was gibt es denn so Dringendes, dass Sie es mir nicht am Telefon sagen konnten? Soweit ich informiert bin, sind Sie suspendiert, Frau Sanders. Was haben Sie also hier verloren?«
Fehrbach war bewusst, dass er überreagierte, aber es war für ihn im Moment die einzige Möglichkeit, Lisa zu begegnen.
»Guten Morgen, Herr Fehrbach«, sagte Luca mit einem deutlichen Unterton.
Fehrbach gewahrte den kurzen Blickwechsel, der zwischen Lisa und Luca stattfand. Bevor er eine Entschuldigung anbringen konnte, begann sie zu sprechen.
»Ich glaube, ich weiß jetzt, wer Kerstin umgebracht hat. Aber um das zu beweisen, brauche ich Ihre Hilfe.«
Sie erzählte von dem Verdacht, der ihr beim Anblick des Skarabäus gekommen war. Fehrbach sah sie entgeistert an.
»Unsere Recherche hat ergeben, dass es vier Juweliere in Kiel

gibt, die Trollbeads-Armbänder verkauft.« Lisa griff nach den Ausdrucken auf ihrem Schreibtisch, die sie vor Fehrbachs Ankunft erstellt hatte, und drückte Uwe zwei davon in die Hand. »Du nimmst dir die beiden vor, ich suche die anderen auf. Luca kümmert sich wie besprochen um die Angestellten.« Sie reichte Fehrbach eine Visitenkarte. »Das ist die Adresse des Anwalts. Mir gegenüber hat er sich auf seine Schweigepflicht berufen. Deshalb möchte ich Sie bitten, mit ihm zu sprechen. Ich hoffe, dass er der Staatsanwaltschaft gegenüber auskunftsfreudiger ist.«
»Einen Augenblick, bitte.« Fehrbach hatte das Gefühl, von Lisas Elan überrollt zu werden. »Sie sind suspendiert, Frau Sanders. Ist Ihnen nicht klar, dass Sie Ihren Job verlieren können, wenn Sie diese Sache jetzt durchziehen?«
»Und was ist mit Ihnen?«
Also wusste sie mittlerweile Bescheid. »Haben Sie wenigstens Ihren Vorgesetzten informiert?«
»Er hat noch geschlafen. Seine Frau hat es nicht übers Herz gebracht, ihn aufzuwecken, denn er war ziemlich kaputt. Ich habe ihr gesagt, dass sie ihn ausschlafen lassen soll.«

Gegen Mittag kam auch Uwe zurück. Die anderen warteten bereits ungeduldig auf ihn.
»Bingo!« Er hängte seine Lederjacke über den Stuhl und schenkte sich einen Kaffee ein, bevor er an seinem Schreibtisch Platz nahm. Dann begann er das Ergebnis seiner Nachforschungen mitzuteilen.
»Sie ist am Montag, den 16. Juni, also einen Tag nach dem Mord an Kerstin Wiesner, im Juweliergeschäft Lübbecke erschienen und wollte einen K-Bead kaufen. Es war allerdings keiner vorrätig. Herr Lübbecke hat dann für sie in den ande-

ren drei Geschäften nachgefragt, die die Trollbeads-Kollektion im Sortiment haben. Aber auch dort hatte niemand den Anhänger auf Lager. Also hat sie ihn doch bei Lübbecke bestellt. Er hatte ihr zugesichert, sie sofort zu benachrichtigen, wenn der Bead eingetroffen sei. Trotzdem hat sie mehrere Male am Tag telefonisch nachgefragt. Am 19. 6. ist das Teil dann endlich gekommen, und Lübbecke hat es sofort in ihre Praxis bringen lassen.«

»Und da habe ich ihn gesehen«, sagte Lisa. »Während ich warten musste, ist mir der durchsichtige Plastikbeutel auf dem Tresen aufgefallen. Ich konnte den Anhänger darin genau erkennen. Außerdem fuhr bei meiner Ankunft gerade ein Wagen vom Juweliergeschäft weg.« Wütend schlug Lisa mit der flachen Hand auf den Schreibtisch. »Ich könnte mich ohrfeigen, dass ich nicht sofort eine Verbindung hergestellt habe, zumal ich schon am Tatort stutzig geworden war. Das Armband plus elf Anhänger liegen auf der Brücke, aber ein einzelner Bead wird in einiger Entfernung neben Kerstins Leiche gefunden. Ganz abgesehen davon, dass er überhaupt nicht in die Sammlung passte. Wie konnte ich diesen Aspekt so vernachlässigen?«

»Lass gut sein, Lisa«, sagte Luca. »Wir mussten davon ausgehen, dass der neben Kerstins Leiche gefundene Anhänger zu ihrem Armband gehört. Die Initiale K darauf ließ doch gar keinen anderen Schluss zu.«

»Trotzdem«, beharrte Lisa. »Als ich den Bead in der Praxis gesehen habe, hätte ich einen Zusammenhang herstellen müssen.«

»Das Ding in der Praxis hätte auch für jeden ihrer Angestellten sein können. Du bist doch nicht mit hellseherischen Fähigkeiten ausgestattet. Hör bitte auf, jetzt dir die Schuld zu geben.«

»Ihr Kollege hat recht«, mischte Fehrbach sich ein. »Es macht doch keinen Sinn …«
»Es ist meine Schuld«, fuhr sie Fehrbach über den Mund. Sie zog ihre Waffe aus der Schreibtischschublade und steckte sie ins Holster. »Lasst uns fahren. Sie ist wieder zu Hause. Das Krankenhaus hat mir mitgeteilt, dass sie vor einer Stunde auf eigenen Wunsch entlassen wurde.«
Sie mussten nicht weit gehen. Unmittelbar nachdem sie das Gebäude verlassen hatten, erblickten sie Gudrun Mertens, die ihnen von der anderen Straßenseite entgegengelaufen kam.
»Was ist mit meinem Sohn? Wo ist er?«
»Wir haben Ihren Sohn verhaftet.«
Gudrun Mertens wurde blass. »Verhaftet?«, echote sie. »Aber warum denn? Niklas hat doch nichts getan.«
Lisa ergriff sie am Arm. »Ich denke, wir sollten das nicht auf der Straße besprechen. Lassen Sie uns hineingehen.«
Im Vernehmungsraum wies Lisa auf den Stuhl, auf dem Mertens' Frau bereits vor wenigen Tagen gesessen hatte. Als sie hörte, wie sich die Tür hinter ihr öffnete, drehte sie sich um und erblickte Södersen. Sein drohender Gesichtsausdruck verhieß nichts Gutes.
Schnell ging sie auf ihn zu. »Es ist gut, dass du da bist. Wir müssen reden.« Ohne ein weiteres Wort trat sie in den Nebenraum.
Södersen folgte ihr. »Sag mir auf der Stelle, wieso ihr Gudrun Mertens hergebracht habt.«
»Weil ich davon ausgehe, dass sie Kerstin getötet hat«, sagte Lisa und setzte Södersen über die Ermittlungsergebnisse des Morgens in Kenntnis. Sein Blick war skeptisch, aber schließlich nickte er.
»Das klingt logisch. Gute Arbeit.« Er bedeutete Fehrbach,

ihm in den Vernehmungsraum zu folgen, aber Lisa trat ihm in den Weg.

»Lass mich mit ihr sprechen. Bitte, Ralf. Ich bin so lange in die falsche Richtung gelaufen. Wenn ich mich nicht so auf Werner Mertens fixiert hätte, dann wären wir vielleicht schon früher auf diese Spur gekommen, und Horst hätte nicht sterben müssen.«

Es war Södersen anzusehen, wie schwer ihm die nächsten Worte fielen. »Du bist suspendiert. Ich werde da reingehen.«

»Schick mich nicht weg. Verstehst du denn nicht, dass ich mir beweisen muss, dass ich noch eine gute Polizistin bin? Ich muss es zu Ende bringen, Ralf. Wie soll ich denn sonst …«

»Ich denke, dass Sie in diesem Fall einmal eine Ausnahme machen sollten, Herr Södersen«, fiel Fehrbach ihr ins Wort. »Wenn Frau Sanders nicht gewesen wäre, dann säße Gudrun Mertens jetzt nicht hier. Sie wissen selbst, dass es in den bisherigen Ermittlungen nichts gegeben hat, was auf Frau Mertens hingewiesen hätte.«

Södersen sah Fehrbach zweifelnd an, dann gab er sich einen Ruck. »Also gut. Bei so einem Fürsprecher kann ich ja schlecht nein sagen.«

»Wussten Sie, dass Kerstin Wiesner versucht hat, Ihren Sohn umzubringen? Als Rache für den Missbrauch durch Ihren Mann?«

»Was sagen Sie da?« Gudrun Mertens starrte Lisa an. Als ihr die Aussage ihres Sohnes vorgelesen wurde, schluckte sie. Eine weitergehende Reaktion blieb zu Lisas großer Enttäuschung aus.

»Haben Sie es gewusst, Frau Mertens?«, wiederholte sie ihre Frage.

»Nein.« Gudrun Mertens sah sie aus zusammengekniffenen Augen an. »Haben Sie Niklas deshalb verhaftet? Weil Sie glauben, dass er etwas mit Kerstins Tod zu tun hat?«
»Zuerst hat es für uns tatsächlich so ausgesehen, aber mittlerweile haben wir neue Erkenntnisse gewonnen.«
Nach Lisas Worten überzog für einen kurzen Moment ein Ausdruck der Erleichterung Gudrun Mertens' Gesicht.
»Mein Mann hat Kerstin umgebracht. Ich verstehe nicht, wieso Sie so lange gebraucht haben, das zu erkennen.« Sie stand auf. »Ich möchte zu meinem Sohn. Haben Sie seine Entlassung schon veranlasst?«
»Sie werden nirgendwo hingehen, Frau Mertens«, sagte Lisa. »Ich verhafte Sie wegen des dringenden Tatverdachts, Kerstin Wiesner ermordet zu haben.«
Mit offenem Mund starrte Gudrun Mertens Lisa an. »Sind Sie verrückt geworden? Was ...«
»Unsere neuen Erkenntnisse richten sich nicht gegen Ihren Mann, Frau Mertens, sondern gegen Sie.«

Gudrun Mertens hielt erstaunlich lange durch.
Als Erstes konfrontierte Fehrbach sie mit dem neben Kerstin Wiesners Leiche gefundenen Trollbead. Gudrun Mertens bestritt, dass das Schmuckstück ihr gehöre, sie habe niemals ein solches Armband besessen. Auch die Erwähnung von Juwelier Lübbecke und die Konfrontation mit der von ihm gemachten Aussage konnten sie nicht aus der Ruhe bringen. Sie behauptete, dass der Juwelier sich irren müsse. Allem Anschein nach liege hier entweder eine Verwechslung oder eine Namensgleichheit mit einer anderen Person vor.
»Nein«, sagte Lisa. »Mein Kollege hat Herrn Lübbecke mehrere Fotos von Ihnen gezeigt. Dank der Homepage Ihrer Pra-

xis hatten wir ja eine größere Auswahl davon. Herr Lübbecke hat Sie eindeutig wiedererkannt.«

»Das kann nicht sein«, fuhr Gudrun Mertens auf. »Der Mann lügt.«

»Das tut er nicht«, gab Lisa mit erzwungener Ruhe zurück. »Ich habe Sie am Morgen des 19. Juni in Ihrer Praxis aufgesucht. Als ich ankam, fuhr gerade ein Wagen des Juweliergeschäfts Lübbecke fort. Während ich auf Sie gewartet habe, ist mir auf dem Tresen der Plastikbeutel mit dem Anhänger aufgefallen, den der Kurier für Sie abgegeben hatte.«

»Ich habe nichts bei diesem Juwelier bestellt. Wenn so eine Lieferung an meine Praxis kam, dann war sie für einen meiner Angestellten.«

»Das habe ich zuerst auch gedacht, weil ich den Buchstaben K nicht mit Ihnen in Verbindung bringen konnte. Aber dann habe ich mir noch einmal Ihre Daten angesehen und festgestellt, dass Ihr zweiter Vorname Kornelia lautet. Kornelia mit K, genau wie der Name Ihrer Mutter. Ich bin mir sicher, dass wir auf Ihrem Armband auch noch einen Anhänger mit der Initiale G finden werden. Gudrun Kornelia.«

»Eine meiner Angestellten heißt Konstanze. Vielleicht sollten Sie einmal in diese Richtung ermitteln, bevor Sie hier diese ungeheuerlichen Anschuldigungen erheben«, sagte Gudrun Mertens mit bissiger Stimme.

»Mein Kollege hat Ihre Angestellten heute Morgen befragt«, entgegnete Lisa ruhig. »Natürlich auch Konstanze Meerwald. Weder sie noch ein anderer Ihrer Mitarbeiter besitzen ein Trollbeads-Armband, aber alle haben übereinstimmend ausgesagt, dass Sie eines tragen. Die Lieferung war für Sie bestimmt, Frau Mertens. Sie hatten den Anhänger bei Kerstins Leiche verloren und mussten ihn so schnell wie möglich wieder ersetzen für den Fall, dass wir Ihnen auf die Spur kommen.« Lisa griff nach einer Plastikhülle und deutete auf das darin befindliche DIN-A4-Blatt. »Dies ist ein Durchsuchungsbeschluss für Ihr Haus in Kitzeberg und Ihre Praxis. Ich bin mir sicher, dass wir dort sehr schnell fündig werden.« Sie streckte die Hand aus. »Würden Sie mir bitte die Schlüssel geben.«

»Sie verrennen sich, Frau Sanders. Ich habe Kerstin Wiesner nicht getötet. Mein Mann ist ihr Mörder.«

»O doch, das haben Sie, Frau Mertens. Und von unserer ersten Begegnung an haben Sie versucht, den Verdacht auf Ihren Mann zu lenken. Was Ihnen auch gelungen ist.«

»Mein Mann hat Kerstin Wiesner umgebracht«, wiederholte Gudrun Mertens mit tonloser Stimme. »Wenn Sie das nicht endlich begreifen, sind Sie blind und taub.«

Lisa griff nach den Notizen, die sie sich nach Fehrbachs Rückkehr gemacht hatte. »Oberstaatsanwalt Fehrbach hat heute Morgen mit dem Anwalt Dr. Schmollke gesprochen. Sie haben ihm vor elf Jahren einen ersten Besuch abgestattet. Genauer gesagt am 7. Oktober 1996, also knapp zwei Wochen, nachdem Kerstin Wiesner in die Staaten geflohen war. Sie wollten damals wissen, wie es finanziell für Sie im Falle einer Scheidung aussehen würde, vor allen Dingen angesichts des Erbes, das Sie irgendwann zu erwarten hatten. Dr. Schmollke hat Ihnen geraten, einen Ehevertrag aufzusetzen, in dem festgelegt wird, dass Ihr Erbe nicht dem Zugewinnausgleich unterfällt. Das haben Sie getan. Seit 2001 können solche Verträge allerdings als sittenwidrig erklärt werden, wenn sie eine allzu einseitige Lastenverteilung enthalten. Falls Sie jetzt also eine Scheidung angestrebt hätten, mussten Sie damit rechnen, Ihrem Mann wesentlich mehr Geld zu zahlen. Dr. Schmollke

hat Herrn Fehrbach gegenüber auch angemerkt, dass sie immer noch in Kontakt miteinander stehen und er Ihnen am Freitagabend eine Mail geschickt hat. Er hat die Fahndung gegen Ihren Mann im Fernsehen verfolgt und Sie darauf hingewiesen, dass man im Falle der Haftstrafe eines Ehepartners eine Härtefallscheidung ohne Trennungsjahr durchführen könne. Ich muss sagen, Ihr Anwalt ist wirklich sehr um seine Mandanten bemüht. Seine Vorschläge sind ja im wahrsten Sinne des Wortes Gold wert, denn auf diese Weise wären Sie nicht nur Ihren Mann losgeworden, sondern hätten auch Ihr ganzes schönes Geld behalten können.«
Gudrun Mertens lachte hämisch auf. Eine generelle Anfrage wegen einer Scheidung sei ja wohl kein Grund für eine Festnahme. Und für Mails, die ihr Anwalt ihr schicke, könne man kaum sie zur Rechenschaft ziehen.
Da war etwas Wahres dran. Krampfhaft überlegte Lisa, nach welcher Strategie sie jetzt weiter vorgehen sollte, als es an der Tür klopfte und ein junger Beamter den Raum betrat. Mit einem Kopfnicken bat er Södersen hinaus. Bevor sich die Tür hinter den beiden schloss, hörte man allerdings laut und vernehmlich die ersten beiden Sätze seiner Nachricht.
»Mertens hat sich erhängt. Die haben gerade aus der JVA angerufen.«
Gudrun Mertens sprang auf. Der Stuhl fiel mit einem lauten Poltern zu Boden. »Was ist mit meinem Sohn?« Sie lief auf den Beamten zu und hielt ihn fest. »Was ist mit Nicky?« Als sie keine Antwort erhielt, begann sie, wie von Sinnen auf den vor ihr stehenden Mann einzuschlagen.
Der Beamte versuchte, den wütenden Schlägen auszuweichen und ihre Arme zu ergreifen. Dabei kamen ihm Södersen und Fehrbach zu Hilfe. Gemeinsam packten sie Gudrun Mertens

und hielten sie fest. Unterdessen sprach Lisa mit dem Kollegen und erfuhr, dass er von Werner Mertens gesprochen hatte. Lisa sprach Gudrun Mertens an, aber erst nachdem sie ihr eine schallende Ohrfeige versetzt hatte, drang sie zu ihr durch. Das Missverständnis brachte den Wendepunkt. Gudrun Mertens gab auf. Fehrbach sorgte dafür, dass sie ein kurzes Telefonat mit Niklas in der JVA führen konnte, der bereits vom Selbstmord seines Vaters erfahren hatte. Nach diesem Gespräch erklärte Gudrun Mertens, dass sie eine Aussage zu machen habe.

Kiel, 29. Juni
Vernehmung Gudrun Mertens
Die Vernehmung wird durchgeführt von KHK'in Sanders
Beginn der Vernehmung: 11:32 Uhr

»Werner war von der ersten Sekunde an verrückt nach Kerstin. Bei jeder Gelegenheit hat er versucht, sie in den Arm zu nehmen oder sonst irgendwie anzufassen, und wenn er ihr nur übers Haar gestrichen hat.«
»Wie hat Kerstin auf die Annäherungen Ihres Mannes reagiert?«
»Es war ihr unangenehm. Sie hat versucht, ihm aus dem Weg zu gehen.«
»Warum haben Sie nicht eingegriffen?«
»Ich hab Werner gesagt, dass er es lassen soll, aber er hat sehr erstaunt getan. Er sei doch bloß freundlich zu Kerstin.«
»Was war mit Kerstins Eltern? Ist es denen auch aufgefallen?«
»Nein, die haben nichts mitbekommen. Wie sollten sie auch? Als wir bei ihnen gewohnt haben, war Horst selten zu Hause. Und Susanne war nur mit ihrer Krankheit beschäftigt. Sie war

oft im Krankenhaus. Ich habe mich in dieser Zeit um den Haushalt gekümmert, von allem anderen ganz zu schweigen. Wir mussten uns eine Wohnung suchen, und ich brauchte dringend einen Job. Wenigstens einer in der Familie musste doch ein geregeltes Einkommen haben.«
»Warum sind Sie überhaupt von Berlin nach Kiel gezogen?«
»Anfang 1996 hat Werner das Angebot für die Hauptrolle in einer dreizehnteiligen Serie bekommen, mit der Option auf weitere Staffeln, falls das Format beim Publikum ankommt. Die Serie sollte in Hamburg und Kiel gedreht werden. Und da es uns in Berlin sowieso nicht mehr gefiel, haben wir beschlossen, nach Kiel zu ziehen. Niklas wollte unbedingt an die Förde. Außerdem hatte Horst uns angeboten, in der ersten Zeit bei ihnen zu wohnen. Mein Gott, ich verfluche den Tag, an dem wir bei den Wiesners eingezogen sind.«
»Wie ist es nach Ihrem Umzug weitergegangen?«
»Wir sind Anfang April nach Kiel umgesiedelt, und knapp eine Woche nachdem wir bei Horst und Susanne eingezogen waren, kam die Mitteilung, dass sich das Serienprojekt auf unbestimmte Zeit verschoben habe. Das ist nicht unüblich in der Branche, aber für mich war das damals eine Katastrophe. Wir hatten alle Zelte in Berlin abgebrochen, außerdem war unser Erspartes langsam aufgebraucht.«
»Das müssen Sie mir erklären, Frau Mertens. Sie sagten, dass die Absage für Sie eine Katastrophe war. Und was war mit Ihrem Mann? Schließlich betraf sie doch ihn.«
»Mein lieber Mann hat das ausgesprochen gelassen aufgenommen. Wenn der Dreh nämlich zustande gekommen wäre, hätte er Kerstin kaum mehr gesehen. Schauspieler haben keinen Achtstundenjob, jedenfalls nicht, wenn sie die Hauptrolle spielen.«

»Soweit ich weiß, war Ihr Mann damals sehr schlecht im Geschäft. Dann bekommt er endlich die Chance, auf die er so lange gewartet hat. Und jetzt wollen Sie mir allen Ernstes weismachen, dass ihn die Absage nicht sonderlich getroffen hat. Ich muss sagen, dass es mir ziemlich schwerfällt, das zu glauben.«
»Aber genauso war es. Seit Werner Kerstin kennengelernt hatte, war er total verändert. Ich hatte das Gefühl, dass sein Job ihn überhaupt nicht mehr interessierte. Es war, als ob alles und jeder bedeutungslos für ihn geworden wäre. Für ihn schien nur noch Kerstin zu existieren.«
»Wieso haben Sie das hingenommen? Ihr Mann stellt einem zwölfjährigen Mädchen nach, und Sie unternehmen nichts?«
»Ich habe gehofft, dass es nur eine vorübergehende Gefühlsverirrung von Werner ist.«
»Und damit war die Sache für Sie erledigt?«
»Nein, das war sie nicht. Aber was sollte ich denn machen?«
»Haben Sie mit Kerstin darüber gesprochen?«
»Um Himmels willen, nein. Was hätte ich denn sagen sollen?«
»Haben Sie niemals Angst gehabt, dass Ihr Mann weitergehen und Kerstin seinen Willen aufzwingen könnte?«
»Ich hab Werner niemals gewalttätig erlebt. Es gab einmal eine Zeit, in der Niklas sehr aufsässig war. Aber selbst da hat Werner unseren Sohn kein einziges Mal geschlagen.«
»Frau Mertens, hören Sie auf, die Naive zu spielen. Vergewaltigung und vielleicht hier und da mal eine Ohrfeige bei der Kindererziehung sind zwei völlig verschiedene Paar Schuhe. Ist es nicht eher so gewesen, dass Sie es sich nicht vorstellen wollten? Weil Sie dann hätten eingreifen müssen?«
»Sie wissen nicht, wie das damals war. Durch die Absage der Serie waren wir in einer schlimmen Situation. Ich wusste

nicht, wie es finanziell weitergehen sollte, aber wir konnten doch nicht ewig bei den Wiesners wohnen bleiben. Ich hatte so die Hoffnung, dass mit Werner wieder alles in Ordnung kommt, wenn wir eine eigene Wohnung finden und er Kerstin nicht mehr jeden Tag sieht.«

»Das haben Sie wirklich gehofft?«

»Ja, Frau Sanders, stellen Sie sich vor, das habe ich wirklich gehofft.«

»Wussten Sie von der Vergewaltigung an Kerstins zwölftem Geburtstag? Und kommen Sie mir jetzt nicht mit der Version, die Ihr Mann uns aufgetischt hat, von wegen Kerstin habe versucht, ihn zu verführen.«

»Ich habe nichts davon gewusst. Mir wurde nur klar, dass an diesem Tag etwas geschehen sein musste.«

»Ich habe Sie zu den Fotos befragt, die an diesem Geburtstag aufgenommen wurden. Ich frage Sie jetzt noch einmal. Was haben Sie damals gesehen?«

»Werner hatte vorgeschlagen, Blindekuh zu spielen. Mir war sofort klar, worauf das Ganze hinauslaufen sollte. Wer würde etwas sagen, wenn er während eines harmlosen Kinderspiels an Kerstin herumtatschte? Ich habe versucht, es zu verhindern, aber die anderen haben mich überstimmt. Kerstin hatte noch einige Mitschüler eingeladen, aber da sie schon immer eine Außenseiterin war, ist natürlich niemand gekommen, bis auf ihre einzige Freundin. Ich glaube, die hieß Saskia. Kerstin war sehr enttäuscht. Die Stimmung war an diesem Tag ziemlich gedrückt. Als Werner dann das Spiel vorschlug, hat Susanne sofort zugestimmt. Ich nehme an, dass sie gehofft hatte, die Feier damit etwas aufzulockern.«

»Und während dieses Spiels hat Ihr Mann Kerstin angefasst?«

»Er hat über ihre Haare und ihr Gesicht gestrichen. Dann hat

er versucht, einen Finger in ihren Mund zu drängen, bis Kerstin die Lippen ganz fest zusammengepresst hat. Sie ist stocksteif geworden und hat versucht, sich ihm zu entwinden, aber Werner hat sie eisern festgehalten.«
»Wieso hat niemand von Ihnen eingegriffen?«
»Ich war allein mit den beiden im Garten. Susanne war mit Kerstins Freundin ins Haus gegangen, weil sie sich um den Kaffeetisch kümmern wollten.«
»Wieso haben Sie nichts unternommen? Ihr Mann fummelt an einem minderjährigen Mädchen herum, und Sie stehen seelenruhig daneben und schauen zu?«
»Ich wusste nicht, was ich machen sollte. Kerstin hat zu mir herübergeschaut. Ihre Augen waren voller Panik. Ich stand da wie angewurzelt. Erst als Werner anfing, Kerstins Brüste zu begrapschen, hab ich ihm die Binde vom Kopf gerissen und gesagt, dass er endlich aufhören soll.«
»Gesagt?«
»Ich konnte doch nicht laut werden und riskieren, dass die anderen etwas mitbekommen.«
»Wie hat Ihr Mann reagiert?«
»Er hat verwundert getan. Das sei doch nur ein harmloses Spiel, und das Anfassen gehöre dazu. Man müsse doch schließlich erraten, wen man da vor sich habe. Es war ekelhaft.«
»Was hat Kerstin getan?«
»Nachdem Werner sie losgelassen hatte, ist sie ins Haus gerannt. Im ersten Moment habe ich gedacht, dass sie alles ihrer Mutter erzählen wird. Aber das hat sie nicht getan. Als Susanne wenig später rauskam, hat sie gesagt, Kerstin habe Migräne und sich hingelegt.«
»Sie haben gesagt, dass Sie mit Kerstin und Ihrem Mann allein im Garten waren. Aber wer hat dann die Fotos gemacht?«

»Das war diese Saskia. Sie muss aus dem Haus gekommen sein, kurz nachdem Kerstin hineingelaufen war. Ich hatte zu Werner geblickt, deshalb habe ich sie zuerst nicht gesehen. Er schon, denn plötzlich fing er an zu lachen und legte einen Arm um meine Schulter. Es klang vollkommen unnatürlich, als ob er eine unsichtbare Regieanweisung bekommen hätte. Ich wollte mich losreißen, und dabei habe ich mich umgedreht und gesehen, dass Saskia mit einem Fotoapparat in einiger Entfernung stand. Ich wollte nicht, dass sie etwas mitbekommt, deshalb habe ich mich zusammengerissen. Aber nachdem sie zwei Fotos von Werner und mir gemacht hatte, bin ich sofort ins Haus gegangen.«

»Was ist danach passiert?«

»Susanne hat den Kaffeetisch im Garten aufgebaut. Als Kerstin wegblieb, ist sie hineingegangen, um nach ihr zu sehen. Als sie zurückkam, hat sie gesagt, dass Kerstin eingeschlafen sei. Wir haben ihren Geburtstagskuchen dann ohne sie gegessen.«

»Sie haben danach tatsächlich noch etwas essen können?«

»Ich habe nichts angerührt. Ich hatte das Gefühl, ich müsste an meinem Ekel ersticken, erst recht, als ich sah, dass Werner herzhaft zulangte. Zum Glück hat sich die Geburtstagsgesellschaft danach ziemlich schnell aufgelöst. Kerstins Freundin ist gegangen, und Susanne und ich haben Klarschiff gemacht. Werner hat sich im Garten gesonnt. Als wir fertig waren, bin ich nach oben gegangen. Wir hatten zwei Zimmer im ersten Stock, ein kleines Wohnzimmer und das Gästezimmer, in dem wir geschlafen haben. Ich habe eine Schlaftablette genommen und bin ins Bett gegangen. Erst am nächsten Morgen bin ich wieder aufgewacht.«

»Haben Sie Ihren Mann noch einmal auf den Vorfall angesprochen?«

»Nein.«
»Und was war mit ihm? Wie hat er sich verhalten?«
»Oh, er war ausgesprochen munter in den nächsten Tagen, aber womit das zusammenhing, habe ich dumme Kuh erst einige Tage später begriffen. Eines Nachts bin ich aufgewacht, und Werner war nicht im Bett. Mir wurde schlagartig klar, wo ich ihn finden würde. Ich bin aufgestanden und zu Kerstins Zimmer rübergeschlichen, das neben unserem Wohnzimmer lag. Ich habe ihr unterdrücktes Schluchzen gehört und dann Werners Stimme. So habe ich ihn noch nie reden hören. Er klang unendlich zärtlich und liebevoll. Und wissen Sie, was er gesagt hat? Er hat sich bei Kerstin entschuldigt. Dafür, dass er ihr weh tun müsse. Er wolle das nicht, aber das sei manchmal so, wenn zwei Menschen sich lieben würden. Vor allen Dingen, wenn der eine noch so jung und unerfahren sei. Einen Augenblick später habe ich einen erstickten Aufschrei gehört und dann Werners Stöhnen. Als es endlich vorbei war, hat er ihr gesagt, dass er sie über alles liebe. Es klang wie aus einem schlechten Film.«
»Haben Sie das Zimmer betreten?«
»Ich konnte es nicht.«
»Das ist eine sehr billige Entschuldigung.«
»Wenn ich es gesehen hätte, dann hätte ich meinen Mann sofort anzeigen müssen. Das hätte das Ende unserer Ehe bedeutet. Das konnte ich nicht.«
»Aber mit einem Vergewaltiger und Kinderschänder weiterleben, das konnten Sie?«
»Sie wissen doch überhaupt nichts.«
»Dann erklären Sie es mir, Frau Mertens. Wie konnten Sie mit diesem Wissen weiterleben? Mit der Schuld gegenüber Kerstin, der Sie hätten helfen können?«

»Wenn ich gesprochen hätte, wäre das auch mein Ende gewesen. Die Leute hätten mit dem Finger auf mich und meinen Sohn gezeigt. Ganz abgesehen davon, dass eine Scheidung auch finanziell nicht zu verkraften gewesen wäre.«
»Jetzt hören Sie endlich auf, mir etwas vorzumachen. Nach dem Tod Ihrer Eltern haben Sie sechs Millionen Euro geerbt. Warum haben Sie sie nicht um Hilfe gebeten?«
»Und damit zugegeben, dass sie mit allem recht gehabt hatten? Meine Eltern haben mich immer vor Werner gewarnt. Schauspieler, das war doch kein Beruf für sie. Sie hätten mich nicht unterstützt. Sie hätten gesagt, du hast dir die Suppe eingebrockt, also sieh jetzt auch zu, wie du sie wieder auslöffelst. Ich hätte auf der Straße gestanden. Und das wollte ich nicht.«
»Also haben Sie vor allem die Augen verschlossen und zugelassen, dass Ihr Mann über Monate hinweg einem minderjährigen Mädchen Gewalt antut.«
»Ich wollte nicht, dass meine Ehe zerbricht. Ich hatte Angst vor dem Alleinsein, ich kannte das ja überhaupt nicht. Bis zur Heirat mit Werner hab ich doch bei meinen Eltern gelebt.«
»Wie ging es weiter, nachdem Kerstin nicht mehr da war?«
»In der Woche von Kerstins Abreise war Werner auf mehreren Castings in Köln und München. Als er zurückkam, war sie bereits weg. Ich dachte, Werner dreht durch. Ich habe übrigens auch nicht mitbekommen, dass Kerstin ihre Abreise plante.«
»Diese Abreise war eine Flucht, Frau Mertens. Kerstin ist vor Ihrem Mann geflohen. Sie wusste sich nicht mehr anders zu helfen.«
»Mag sein, ich weiß es nicht. Ich war nur froh, dass sie endlich weg war.«
»Im Gegensatz zu Ihrem Mann.«

»Werner war überhaupt nicht mehr ansprechbar. Tagelang hat er einfach nur stumm dagesessen und vor sich hin gebrütet. Und dann hat er plötzlich gesagt, dass er in die Staaten fliegen wird, um Kerstin zurückzuholen. Er liebe sie, wie noch niemals eine Frau zuvor. Eine Frau! Kerstin war ein zwölfjähriges Mädchen, und er sprach von einer Frau. Ich habe ihn angebrüllt und ihm auf den Kopf zugesagt, dass ich weiß, was er all die Monate mit Kerstin gemacht hat. Er hat es sogar zugegeben. Aber gleichzeitig hat er gesagt, dass Kerstin alles freiwillig mitgemacht habe. Weil sie ihn genauso liebe wie er sie. Mir ist schlecht geworden, als ich ihn reden gehört hab. Er kam mir vor, als ob er in eine Traumwelt abgedriftet wäre. Er war total besessen und schien wirklich zu glauben, dass Kerstin alles freiwillig mitgemacht hatte.«
»Ist er in die Staaten geflogen?«
»Nein, obwohl ich eine Zeitlang jeden Tag damit gerechnet habe. Aber dann sind wir in die Wohnung gezogen, die ich mittlerweile gefunden hatte. Werner hatte eine kleine Rolle bei einem Tourneetheater bekommen und war drei Monate lang in Deutschland auf Tour. Als er zurückkam, hatte ich das Gefühl, dass er sich wieder gefangen hatte. Ich glaube nicht, dass er noch häufig bei den Wiesners war, ich jedenfalls habe damals den Kontakt auf null runtergeschraubt. Ich wusste nicht mehr, wie ich ihnen begegnen sollte. Und Werner und ich haben irgendwann nicht mehr über die ganze Sache gesprochen. Wir haben versucht, uns in unserem neuen Leben einzurichten. Werner hat mir wieder mehr Aufmerksamkeit geschenkt und gesagt, dass er über Kerstin weg sei. Es sei eine Verfehlung gewesen, die er überhaupt nicht mehr verstehen könne. Er hat versucht, alles wiedergutzumachen.«
»Und sie lebten glücklich bis an ihr seliges Ende.«

»Sie können sich Ihren Sarkasmus sparen, Frau Sanders.«
»Ach, wissen Sie, Frau Mertens, das hat weniger etwas mit Sarkasmus zu tun als vielmehr mit meinem totalen Unvermögen, mir diese Situation plastisch vorzustellen. Wie kann man mit einem solchen Mann weiterleben? Wie kann man jeden Abend neben ihm einschlafen und jeden Morgen neben ihm aufwachen? Wie kann man Sex mit ihm haben, ohne jedes Mal daran zu denken, dass er in Wirklichkeit vielleicht immer mit einer anderen schläft? Oder haben Sie nicht mehr miteinander geschlafen?«
»Wir haben ein ganz normales Eheleben geführt, mit allem, was dazugehört.«
»Ein ganz normales Eheleben. Das ist hübsch. Friede, Freude, Eierkuchen. Alles vergeben und vergessen.«
»Ich habe nichts vergessen. Und ich habe auch nichts vergeben.«
»Aber Sie haben Ihren Mann auch nicht verlassen.«
»Nein.«
»Warum haben Sie sich dann überhaupt bei Ihrem Anwalt nach Scheidungsmodalitäten erkundigt?«
»Vielleicht wollte ich einfach gewappnet sein.«
»Gewappnet? Soll ich Ihnen sagen, wie es war? Sie sind irgendwann an den Punkt gelangt, an dem Sie Ihren Mann nicht mehr ertragen konnten. Sie wollten ihn loswerden, aber Sie wussten nicht, wie. Bei einer Scheidung hätten Sie ihm viel Geld zahlen müssen, und das wollten Sie nicht.«
»Das ist mein ererbtes Geld. Werner hat nicht den geringsten Anspruch darauf.«
»Das sieht der Gesetzgeber etwas anders.«
»Leider. Mit dem Geld hatte ich die Chance, endlich ein neues Leben zu beginnen. Mit Nicky. Ich liebe meinen Sohn über

alles, auch wenn ich ihm das nie richtig zeigen konnte. Ich war immer eifersüchtig, weil er ein so enges Verhältnis zu seinem Vater hatte. Ich hab mich so oft wie das fünfte Rad am Wagen gefühlt.«

»Wie ist es dazu gekommen?«

»Mein Mann war aufgrund seines Berufs häufiger zu Hause als ich. Das hat dazu geführt, dass er einen großen Teil von Nickys Erziehung übernommen hat. Die beiden haben immer sehr viel miteinander unternommen. Sie sind zum Fußball gegangen und in jeder freien Minute zum Segeln, als wir dann in den Westen übergesiedelt sind. Segeln war ihre große Leidenschaft.«

»Warum haben Sie sie nicht begleitet?«

»Weil ich seekrank werde, sobald ich ein Schiff betrete. Irgendwann haben mich Werner und Nicky nicht mehr gefragt, ob ich mitkommen will.«

»Lassen Sie uns zu Kerstin Wiesner zurückkommen. Was haben Sie empfunden, als Sie von ihrer Rückkehr hörten?«

»Ich hatte Angst. Horst hatte zwar gesagt, dass Kerstin wegen des Jobs bei GEOMAR zurückkomme, aber trotzdem war ich voller Panik. Erst nachdem mehrere Wochen vergangen waren, habe ich mich wieder etwas beruhigt. Und dann stand sie plötzlich vor der Tür.«

»Wann war das?«

»Am 31. März. Das Datum hat sich in mein Gedächtnis eingebrannt.«

»Was wollte sie?«

»Sie ist ins Haus marschiert, ohne dass ich sie hereingebeten habe. Im Wohnzimmer hat sie auf mich gewartet und mir ohne die geringste Emotion mitgeteilt, dass sie die Absicht habe, sich an Werner und mir zu rächen. Sie würde uns dort

treffen, wo es uns am meisten weh tue. Sie hat mich ebenso angeklagt wie Werner, weil ich ihr damals nicht geholfen habe.«
»Wie haben Sie reagiert?«
»Ich war total geschockt. Ich saß in meinem Sessel und konnte mich nicht mehr rühren. Erst als ich hörte, dass die Haustür ins Schloss fiel, bin ich wieder zu mir gekommen. Ich bin nach draußen gelaufen, aber Kerstin war schon verschwunden.«
»Wie ging es dann weiter?«
»Ich hatte Angst und habe hin und her überlegt, wie sie ihre Drohung gemeint haben könnte. Dass sie Niklas für ihre Rache benutzen könnte, ist mir überhaupt nicht in den Kopf gekommen. Ich dachte, dass sie Werner anklagen würde, weil sie irgendwelche Beweise gegen ihn in der Hand hatte.«
»Haben Sie mit Ihrem Mann darüber gesprochen?«
»Nein.«
»Warum nicht?«
»Weil ...«
»Warum nicht, Frau Mertens?«
»Er hat Kerstin missbraucht. Da wäre es doch nur recht und billig gewesen, wenn er endlich seine Strafe bekommen hätte.«
»Was natürlich ein echter Glücksfall für Sie gewesen wäre. Also haben Sie wie damals abgewartet, dass sich die Dinge von allein regeln. Natürlich zu Ihren Gunsten. Und dieses Abwarten hat Ihren Sohn beinahe das Leben gekostet.«
»Hören Sie auf, verdammt noch mal! Glauben Sie nicht, dass ich mir selbst schon genug Vorwürfe gemacht habe?«
»Wie haben Sie sich gefühlt, nachdem Sie von Niklas' Segelunfall erfahren haben? Haben Sie ihn in Zusammenhang mit Kerstin Wiesners Drohung gebracht?«

»Ja, das habe ich. Niklas konnte sich an nichts erinnern. Er hat mir gegenüber auch nie erwähnt, dass Kerstin mit auf dem Boot war. Also habe ich Nachforschungen angestellt und herausbekommen, dass er beim Ablegen in Mönkeberg zusammen mit einer jungen Frau gesehen worden war. Die Beschreibung passte auf Kerstin.«
»Haben Sie Ihren Sohn darauf angesprochen?«
»Nein. Was hätte ich ihm sagen sollen? Dass ich Kerstins Drohung ignoriert und damit sein Leben aufs Spiel gesetzt hatte? Niklas und ich haben nie einen engen Kontakt gehabt. Danach hätte er sich endgültig von mir abgewandt. Und das wollte ich nicht.«
»Haben Sie zu diesem Zeitpunkt wenigstens endlich mit Ihrem Mann darüber gesprochen?«
»Nein.«
»Obwohl Sie Angst haben mussten, dass Kerstin Wiesner es wieder versuchen wird?«
»Ich habe nicht mit meinem Mann gesprochen!«
»Warum haben Sie keine Anzeige gegen Kerstin Wiesner erstattet, nachdem Ihnen klarwurde, dass sie für den Segelunfall verantwortlich war?«
»Weil dann endgültig alles bekanntgeworden wäre, was damals passiert ist.«
»Und da Sie das natürlich verhindern wollten, haben Sie beschlossen, Kerstin Wiesner zu töten. Damit sie Ihnen und Ihrer Familie nicht mehr gefährlich werden kann.«
»Das habe ich nicht beschlossen. Je mehr Tage vergingen, umso stärker wurde mein Bedürfnis, mit Kerstin zu reden. Ich wollte wissen, warum sie Nicky das angetan hat. Sie hätte doch andere Möglichkeiten gehabt. Sie hätte Werner und mich anzeigen können. Stattdessen rächt sie sich an dem Men-

schen, der mit der ganzen alten Geschichte nicht das Geringste zu tun hat.«

»Ihr Sohn hat es so ausgedrückt, dass Kerstin sich mit ihm die Achillesferse ihres Mannes ausgesucht habe.«

»Und meine.«

»Was haben Sie unternommen?«

»Ich bin zu Kerstins Wohnung gegangen. Durch Horst hatte ich erfahren, wo sie wohnt. Sie hat mir die Tür vor der Nase zugeschlagen. Ich war außer mir, aber ich wollte kein Aufsehen erregen. Also bin ich wieder gegangen. Ein paar Tage später war Horst zu einer Massage bei mir und hat mir von der Feier bei GEOMAR erzählt. Ich entschloss mich, Kerstin dort abzufangen. Ich habe in einiger Entfernung zum Eingang geparkt und gewartet. Es hat lange gedauert, aber schließlich kam Kerstin heraus. Ich bin langsam hinter ihr hergefahren. Sie lief zur Kiellinie hinunter. Ich habe eine Möglichkeit zum Parken gesucht. Das hat einige Zeit gedauert, und als ich ebenfalls am Wasser ankam, war Kerstin verschwunden. Ich habe überlegt, wohin sie gegangen sein könnte und mich dann auf den Weg Richtung Blücherbrücke gemacht. Dort hätte sie vorbeigehen müssen, wenn sie nach Hause wollte. Kurz vor der Brücke hab ich sie wieder entdeckt. Zuerst sah es so aus, als ob sie am Landtag vorbei zum Hindenburgufer laufen wollte, doch dann ging sie auf einmal die Brücke hinunter. Ich bin ihr gefolgt, und als ich das Ende der Brücke erreicht hatte, kam sie mir vom Queranleger entgegen.«

»Wie hat sie reagiert, als sie Sie gesehen hat?«

»Sie hat mich gefragt, ob ich sie verfolge. Ich bin nicht darauf eingegangen, sondern habe gesagt, dass ich mit ihr reden muss. Sie hat nur höhnisch gelacht und ist an mir vorbeigegangen. Ich bin hinter ihr her und habe nach ihrem Arm gegriffen. Sie hat versucht sich zu befreien und muss dabei mit dem Fuß in eine Taurolle am Boden geraten sein. Sie ist hingefallen und mit dem Kopf auf den Asphalt geknallt. Ich hab gesehen, dass sie bewusstlos war. Und wie sie da lag, ist auf einmal alles wieder hochgekommen, der Hass auf meinen Mann und seine kranke Besessenheit nach ihr. Und der Hass auf Kerstin, auf das, was sie Niklas angetan hatte. Irgendwann wurde mir bewusst, dass ich neben ihr knie und ihr die Kehle zudrücke. Dann hörte ich sie stöhnen. Ich hatte Angst, dass sie womöglich anfängt zu schreien, und habe so lange zugetreten, bis sie sich nicht mehr gerührt hat. Dann habe ich sie zu den Mülltonnen am Ende der Brücke gezogen und dazwischen versteckt.«

Ende der Vernehmung: 13:37 Uhr

Sie sind eine Frau. Sie werden mich verstehen. So hatte Gudrun Mertens' Begründung gelautet, als sie darauf bestand, ihre Aussage vor Lisa zu machen.

Während der Vernehmung waren Södersen und Lisas Kollegen zusammen mit Fehrbach im Nebenraum geblieben. Der Umstand, dass Gudrun Mertens mit Lisa allein sprechen wollte, hatte keinem von ihnen behagt, aber sie hatten keine Wahl gehabt. Ohne Lisa hätte sie die Aussage verweigert. Endlich öffnete sich die Tür, und die beiden Frauen traten heraus. Gudrun Mertens wurde von einem Beamten in Empfang genommen, der sie nach der Vorführung beim Haftrichter in die JVA nach Lübeck überstellen würde.
»Sie hat ein vollständiges Geständnis abgelegt«, sagte Lisa erschöpft.

»Gut.« Södersen reichte ihr einen Brief. »Das solltest du lesen.«
Der Bogen trug den Briefkopf der Kanzlei Wolter, Kronenberg & Cie. und war aus feinstem Büttenpapier. Erschrocken blickte Lisa Södersen an.
»Keine Panik, das hat nichts mit dir zu tun. Werner Mertens hat einen Abschiedsbrief geschrieben. Sinnigerweise auf dem Papier seiner Anwaltskanzlei. Wolter hat schon zugegeben, dass er Mertens Papier und Stift dagelassen hat. Mertens hat gesagt, dass er etwas braucht, um sich Notizen zu machen, die er Wolter zur Vorbereitung der Verteidigung geben kann.« Södersen tippte sich an die Stirn. »Dieser Wolter ist wirklich ein selten dämlicher Idiot. Der hätte doch auch mal zwei und zwei zusammenzählen können, dann wäre er vielleicht darauf gekommen, dass Mertens etwas ganz anderes vorhat.«

»Nicky, mein über alles geliebtes Kind.
Ich weiß, dass jedes Wort, jede Bitte um Vergebung nichtig ist im Angesicht meiner Schuld. Trotzdem muss ich versuchen, es Dir zu erklären, auch wenn ich weiß, dass Du mich danach noch mehr verachten wirst.
Ich liebe Dich, Nicky, mehr als irgendjemanden auf der Welt. Von dem Moment an, als ich Dich das erste Mal in meinen Armen hielt, hast Du mein Leben verändert. Du hast es mit Licht und Wärme erfüllt.
Ich höre Deine Mutter schon höhnisch lachen, sollte sie diese Zeilen jemals lesen. Jetzt gibt er wieder den großen Tragöden, wird sie sagen. Aber das stimmt nicht. Ich habe noch niemals etwas so ernst gemeint.
Gudrun war immer eifersüchtig auf das, was uns beide verband. Ich muss es Dir nicht erklären, Du hast ja all die Jahre

über mitbekommen, wie sie versucht hat, Dich gegen mich aufzuhetzen. Aber Du hast Dich niemals beeinflussen lassen, Nicky, und Du hast Dich auch nicht von ihren Geschenken kaufen lassen.
Deine Mutter ist kein herzloser Mensch. Es wird Dich verwundern, dass ausgerechnet ich das sage, obgleich Gudrun mir doch bei jeder sich bietenden Gelegenheit ihre Verachtung gezeigt hat. Die Schuld dafür liegt bei mir. In den ersten Jahren unserer Ehe habe ich wirklich geglaubt, Gudrun zu lieben. Aber dann habe ich Kerstin kennengelernt und begriffen, dass ich nur sie lieben kann. Trotzdem war diese Liebe nicht vergleichbar mit der, die ich für Dich empfinde. Die Liebe zu dem eigenen Fleisch und Blut wird immer die allumfassendste sein.
Ich habe mit Kerstin geschlafen. Für Dich und alle anderen war es Missbrauch an einem minderjährigen Mädchen. Doch ich habe Kerstin nie als Kind gesehen, sondern immer als die Frau, nach der ich mich mein Leben lang gesehnt habe. Ich habe mir so sehr gewünscht, dass sie lernt, mich zu lieben, und begreift, dass ihre Angst nicht durch mich verursacht wurde, sondern nur die Angst vor dem Neuen und Unbekannten ist.
Aber Kerstin hat mich verlassen. Die Polizei sagt, dass sie vor mir geflohen ist. Das habe ich nicht gewollt.
Ich hätte nie gedacht, dass ich Kerstin einmal hassen könnte. Wie konnte sie Dir das antun? Du hast in Deinem ganzen Leben noch nie einem Menschen etwas Böses getan. Wenn ihr Hass auf mich so groß war, warum hat sie sich dann nicht an mir gerächt? Ich weiß nicht, wer sie umgebracht hat, aber nach Deinen Worten auf dem Schiff habe ich mir gewünscht, ich wäre es gewesen.

Du hast gesagt, dass Du nie mehr etwas mit mir zu tun haben willst. Ich kann Dich verstehen. Glaub mir, Nicky, ich empfinde einen genauso großen Ekel vor mir wie Du.
Ich habe unendliche Schuld auf mich geladen. Und mir ist klargeworden, dass ich damit nicht weiterleben kann.
Zum Abschied habe ich eine einzige Bitte an Dich. Vergiss mich nicht, Nicky. Lass das Böse nicht in den Vordergrund treten, sondern erinnere Dich auch an die schöne Zeit, die wir miteinander hatten.
Ich liebe Dich,
Dein Vater«

Langsam ließ Lisa den Bogen sinken. »Hat Niklas ihn schon gelesen?«
»Nein.« Södersen steckte das Blatt Papier in einen Umschlag. »Ich habe ziemliche Skrupel, ihm den Brief zu geben. Der Junge wird in der nächsten Stunde entlassen. Er hat doch schon mal mit dem Gedanken gespielt, sich das Leben zu nehmen. Jetzt steht er ganz allein da. Ich darf gar nicht darüber nachdenken.«
»Hat man ihm psychologische Hilfe angeboten?«, fragte Fehrbach.
»Ja«, antwortete Södersen. »Er hat sich auch bereit erklärt, sie anzunehmen. Aber trotzdem ...« Er wandte sich an Lisa. »Wissen wir, ob es Freunde gibt, die sich um ihn kümmern können?«
»Mir sind keine bekannt.« Sie fasste einen Entschluss. »Ich werde mit Niklas sprechen. Vielleicht kann ich ihm helfen.«
»Bist du dir sicher, dass du das schaffst?«, fragte Södersen besorgt.
Lisa nickte und stand auf. »Ich geh mal ein paar Schritte. Das

Vernehmungsprotokoll schreibe ich später.« Im Vorübergehen streifte sie Fehrbach mit einem kurzen Blick.
In der nächsten halben Stunde führten Fehrbach und Södersen ein längeres Gespräch, in dem Fehrbach unter anderem auch begründete, warum er die Vorbereitung der öffentlichen Klage an Missberg abgebe. Es war ihm wichtig, Södersen reinen Wein einzuschenken, denn er hatte den Leiter der Mordkommission schätzen gelernt.
Södersen zeigte ehrliche Bestürzung, aber er machte Fehrbach Mut und verkündete, dass er sich schon auf die nächste Zusammenarbeit freue. Ihre Verabschiedung war sehr herzlich.

Wieder waren der Schreventeich und die kleine Bank am Ufer Lisas Ziel. Die Tatsache, dass Werner Mertens Selbstmord begangen hatte, drang erst jetzt in ihr Bewusstsein. Sie versuchte herauszufinden, was sie bei diesem Gedanken fühlte.
Erleichterung? Genugtuung, dass er seiner gerechten Strafe nicht entkommen war? Dass es keinem Anwalt der Welt mehr gelingen würde, ihn mit fadenscheinigen Tricks vor einer Verurteilung zu bewahren? Sie wusste es nicht. Das Einzige, was sie empfand, war das Gefühl von Verlassenheit. Sie entschloss sich, ins Büro zurückzukehren und das Protokoll zu schreiben. Bei der Vorstellung, dass sie ab dem nächsten Tag beschäftigungslos und ihren Gedanken ausgeliefert zu Hause herumsitzen würde, wurde ihr elend.
Luca war allein im Büro und kam mit ausgebreiteten Armen auf sie zu. »He, nun guck doch nicht so bedripst aus der Wäsche. Das wird schon wieder.«
»Und wenn nicht?«
»Jetzt hör mir mal zu. Ich kann ja verstehen, dass du grade ein

bisschen durch den Wind bist, aber du darfst dich da nicht so reinsteigern. Wir werden nicht zulassen, dass dir jemand was anhängt. Jeder von uns wird für dich aussagen.«
»Aber keiner von euch war auf dem Schiff dabei.«
»Das ist doch völlig egal. Bei so einer Untersuchung wird auch über dein bisheriges Dienstleben gesprochen, und das ist tipptopp. Mein Gott, ich muss dir doch nicht erklären, wie so was abläuft. Außerdem wird Fehrbach für dich aussagen, und der war dabei.«
Mühsam unterdrückte Lisa die Bitterkeit, die in ihr aufstieg, das plötzliche Gefühl von Verlust.
Luca sah sie nachdenklich an. »Du machst dir Sorgen wegen der Presse, stimmt's?«
Lisa nickte. Schon die Fahndung nach Mertens war das Topthema gewesen. Um wie viel größer würde das Interesse nach der Geiselnahme und seinem Selbstmord sein. Mertens' Anwalt Wolter würde die Sache ausschlachten. Wie immer in solchen Fällen war damit zu rechnen, dass die Polizei den Schwarzen Peter zugeschoben bekam, umso mehr, als Wolter mit Sicherheit keine Gelegenheit versäumen würde, Lisas Rolle herauszustellen. Die Mordermittlerin, die in blinder Wut fast einen Menschen erschossen hätte. Die Hoffnung, dass ihr Name dabei unerwähnt bliebe, hegte Lisa nicht.
Sie dehnte das Schreiben des Protokolls so lange aus, wie sie nur konnte. Normalerweise hasste sie diese Tätigkeit, aber jetzt gab sie ihr die Gelegenheit, ihre Umgebung noch einmal tief in sich aufzunehmen. Das einfache Büro mit den altersschwachen Möbeln, das viel zu beengt für drei Personen war. Die Blumenleichen auf der Fensterbank unter der Dachschräge, die sie in unregelmäßigen Abständen wieder zum Leben zu erwecken versuchte. Die vorsintflutliche Kaffeemaschine

auf einem der Aktenschränke, die in der letzten Zeit selbst auf gutes Zureden kaum noch reagierte. Würde sie all das jemals wiedersehen?
Entschlossen konzentrierte Lisa sich auf die letzten Zeilen des Protokolls. Dann nutzte sie eine kurze Abwesenheit von Luca, um zu verschwinden.
Als sie sich ihrer Wohnung näherte, stach ihr sofort der dunkelgraue BMW ins Auge, der im Parkverbot vor ihrer Eingangstür hielt. Sie unterdrückte den Impuls, durchzustarten, und fädelte sich stattdessen in eine Parklücke auf der gegenüberliegenden Straßenseite ein. Bevor sie ausstieg, atmete sie mehrere Male tief durch und bemühte sich, ein unbeteiligtes Gesicht aufzusetzen. Während sie die Straße überquerte, sah sie, wie Fehrbach sich aus dem Schatten seines Wagens löste und auf sie zukam.
Er wirkte angespannt. »Lisa, endlich. Ich muss mit dir sprechen.«
Sie erschrak vor der Zärtlichkeit, die sie empfand, dem unerwarteten Wunsch, er möge sie in seine Arme nehmen und nicht wieder loslassen.
»Was den Vorfall zwischen uns auf dem Schiff betrifft ...«
Fehrbach starrte auf die Hauswand hinter ihrem Rücken. Es dauerte einige Sekunden, bis er Lisa wieder ansah. »Ich weiß nicht, wie ich es dir erklären soll.«
Ein Vorfall. Mehr war es also nicht für ihn gewesen. Lisa straffte die Schultern. »Herr Fehrbach, ich denke, wir sollten diesem Vorfall, wie Sie ihn nennen, keine Bedeutung beimessen.« Sie schaffte es, ihn hocherhobenen Hauptes anzusehen. »Wir wissen doch beide, wie Menschen nach überstandenen Gefahrensituationen reagieren können. Ich glaube, die Psychologen nennen das Übersprungshandlung. Herr Farinelli

könnte das sicher besser erklären, schließlich hat er einmal Psychologie studiert.«
Fehrbachs Augen verdunkelten sich, aber er ging mit keinem Wort auf ihre zynische Bemerkung ein. »Ich möchte mich für mein Verhalten entschuldigen. Es lag nicht in meiner Absicht, dich zu verletzen.« Seine Stimme klang belegt. »Meine Frau ist vor einem halben Jahr gestorben. Ihre letzten Worte waren fast dieselben, die du auf dem Schiff zu mir gesagt hast. Plötzlich ist alles wieder hochgekommen. Ich war völlig machtlos gegen diese Flut von Bildern.«
»Das tut mir sehr leid«, sagte Lisa mit gepresster Stimme. Als sie hörte, wie jemand ihren Namen rief, fuhr sie hastig herum. »Lisa.« Peter Lannert kam über die Straße gelaufen. Er musterte Fehrbach kurz, bevor er Lisa in die Arme schloss. »Ich habe mir Sorgen gemacht.« Er sah sie prüfend an. »Alles in Ordnung?«
Endlich war die ersehnte Möglichkeit zur Flucht da. »Alles in Ordnung.« Bevor Lisa die Haustür aufschloss, wandte sie sich noch einmal an Fehrbach. »Ich wünsche Ihnen alles Gute. Und jetzt entschuldigen Sie mich bitte.« Mit einer schnellen Bewegung hakte sie Lannert unter und verschwand mit ihm im Innern des Gebäudes.

Nach seiner Rückkehr in die Staatsanwaltschaft rief Fehrbach Dr. Clausen an. Er rechnete damit, dass der Arzt ihm nahelegen würde, sich eine andere Klinik für seinen Entzug zu suchen. Zu seiner großen Überraschung war dies jedoch nicht der Fall. Clausen hatte die Geschehnisse im Fernsehen verfolgt und volles Verständnis dafür, dass Fehrbach unter diesen Umständen den Entzug unterbrochen hatte. Fehrbach versprach, am nächsten Morgen in die Klinik zurückzukehren.

Im Anschluss begann er, die erforderlichen Unterlagen für Missberg zusammenzustellen, aber seine Gedanken schweiften immer wieder ab.
Lisa schien seine Worte vollkommen missverstanden zu haben. Und er hatte plötzlich nicht mehr den Mut aufgebracht, mit ihr über seine Gefühle zu sprechen, die ihn noch immer erschreckten. Vielleicht war es besser so, denn wie es aussah, hatte Lisa sich sowieso schon entschieden.
Es dauerte einige Zeit, bis Fehrbach alles erledigt hatte. Bevor er das Büro verließ, sah er sich noch einmal um. Obwohl er erst wenige Stunden in diesem Raum verbracht hatte, war er ihm schon vertraut geworden. In diesem Moment schwor er sich, zurückzukehren. Dann machte er sich auf den Weg nach Lankenau.
Es war an der Zeit, die Versprechen einzulösen, die er am Sterbebett seines Vaters gegeben hatte.

Am Abend kam der Anruf, den Lisa erhofft und gleichzeitig gefürchtet hatte. Michael Hesse teilte ihr mit, dass die Obduktion von Horst Wiesner abgeschlossen sei und sie Abschied nehmen könne. Sie fuhr in die Rechtsmedizin, wo sie von Hesse in Empfang genommen wurde. Er begleitete sie zu einem kleinen Raum, in dem Wiesner aufgebahrt worden war.
»Was hat die Obduktion erbracht?«, fragte Lisa, als sie die Tür erreichten. Sie sah, dass Hesse zögerte. »Ich muss es wissen, Michael. Habt ihr Beweise gefunden, dass Mertens die Wahrheit gesagt hat?«
»Es liegt im Bereich des Möglichen«, räumte Hesse ein. »An Wiesners Hand waren Schmauchspuren, er hat also ebenfalls geschossen. Die KT ist noch dabei, den Ablauf zu rekonstruieren.« Er tätschelte Lisas Arm und wirkte etwas hilflos.

»Mach dich jetzt nicht verrückt mit solchen Überlegungen. Das bringt nichts.«
Lisa schwieg. Vielleicht hatte sie in den nächsten Tagen die Möglichkeit, mit Lucas Hilfe an das Obduktionsprotokoll und den Abschlussbericht der KT zu gelangen.
Nachdem Hesse gegangen war, betrat Lisa das Zimmer und ging zu der Bahre hinüber, die in der Mitte des Raums stand. Ein weißes Tuch bedeckte Wiesners Körper, nur das Gesicht war frei. Es war blass, trug aber einen Ausdruck des Friedens, den sie schon seit Jahren nicht mehr darin wahrgenommen hatte. Die harten Falten um Mund und Nase und die tiefen Furchen auf der Stirn waren geglättet. Behutsam strich Lisa mit der Hand darüber. Sie zog einen Stuhl heran und setzte sich. Sie hätte gerne nach Wiesners Hand gegriffen, aber sie hatte Angst, dass dabei das Tuch verrutschen und sie den durch die Obduktion verunstalteten Körper sehen würde.
Nach einer Weile begann sie zu sprechen – von ihrer Liebe, dem ungeborenen Kind, von ihrer Dankbarkeit über ihre Freundschaft, ihrer Angst vor einer Zukunft ohne ihn. Sie bat um Verzeihung für ihre Verwirrung, versuchte zu erklären, warum sie plötzlich doch gezweifelt hatte.
Als es zaghaft an der Tür klopfte, schreckte sie hoch und erblickte Michael Hesse. Sie hatte sich längst allein gewähnt. Hesse wollte sie nach Hause bringen, aber Lisa bat ihn, noch einen Augenblick zu warten. Nachdem er gegangen war, stand sie auf und stellte den Stuhl vorsichtig an die Wand zurück, als müsste sie jedes laute Geräusch vermeiden. Dann beugte sie sich zu Wiesner hinunter und gab ihm einen Kuss auf die Lippen.
»Wir sehen uns wieder. Und wehe, du bist nicht da, wenn es bei mir so weit ist.«

Eine Woche später

Das ungewohnte Nichtstun begann Lisa bereits am zweiten Tag zu zermürben, also entschloss sie sich, für einige Tage nach St. Peter-Ording zu fahren.
Fünf Tage lang unternahm sie endlose Spaziergänge am Strand und erkundete die Halbinsel Eiderstedt. Sie schlief mindestens sieben Stunden pro Nacht, nahm endlich wieder geregelte Mahlzeiten zu sich und kam langsam zur Ruhe.
Nur die Erinnerung an die Begegnung im Hafen ließ sich nicht beiseiteschieben. Inzwischen war Lisa davon überzeugt, dass sie keiner Täuschung erlegen war. Bei der Frau hatte es sich um Britt gehandelt. Sie hatte bestimmt nur deshalb nicht reagiert, weil sie Lisas Rufen nicht gehört hatte.
Aber wenn sie in Kiel war, warum setzte sie sich dann nicht mit Gerda und ihr in Verbindung? Warum war sie nicht gemeldet? Trug sie jetzt einen anderen Namen? Oder wollte sie nichts mehr mit ihrer Familie zu tun haben?
Lisa beschloss, nach ihrer Rückkehr mit Södersen zu sprechen. Es musste eine Möglichkeit geben, die Suche nach Britt wieder zu intensivieren.
Auch die Gedanken an Fehrbach belasteten sie. Zu deutlich stand ihr immer noch die letzte Begegnung vor Augen und die Scham, die sie dabei empfunden hatte. Auch gegenüber Lannert, der ein mehr als willkommener Notnagel für sie gewesen war. Ihre Entscheidung, ein paar Urlaubstage an der Nordsee zu verbringen, hatte er mit einem verständnisvollen Nicken zur Kenntnis genommen. Sie hatte die Befürchtung gehegt, dass er anbieten würde, sie zu begleiten. Zu ihrer gro-

ßen Erleichterung hatte er es nicht getan. Sie mochte Peter Lannert, und sie hätte es bedauert, wenn sich ihre Wege nach Abschluss der Ermittlungen getrennt hätten, aber zu mehr war sie nicht bereit.

Nach fünf Tagen beschloss Lisa, nach Kiel zurückzukehren. Es kam ihr vor, als würde sie einen Zivilisationsschock erleben. Fünf Tage lang hatte sie Fernseher und Radio gemieden, geschweige denn eine Zeitung angerührt. Viermal hatte sie in dieser Zeit telefoniert, einmal mit ihrer Mutter und ein weiteres Mal mit Luca, der sie über den Termin der Beerdigung von Horst Wiesner informiert hatte. Susanne Wiesner ziehe für einige Zeit zu Jana, erzählte Luca. Sie hoffe, so den dringend benötigten Abstand zu gewinnen.

Das dritte Gespräch hatte Niklas Mertens gegolten. Lisa hatte ihn vor ihrer Abreise getroffen und machte sich trotz seiner Zusicherung, er sei okay, Sorgen um ihn. Wenigstens hatte Luca versprochen, sich während ihrer Abwesenheit um Niklas zu kümmern. Am vorletzten Tag ihres Urlaubs hatte Södersen ihr schließlich mitgeteilt, dass die Untersuchung gegen sie eingeleitet sei und sie nach ihrer Rückkehr bei der Internen antreten müsse.

Als Lisa den Wohnungsschlüssel bei ihrer Nachbarin abholte, wies die alte Dame sie darauf hin, dass sie wieder vergessen hatte, die *Kieler Nachrichten* abzubestellen. Sie hatte alle Exemplare für sie aufgehoben.

Die Versuchung, die Zeitungen zu entsorgen, war groß, aber Lisa war sich bewusst, dass sie mit dieser Vogel-Strauß-Politik nicht weiterkam. Sie musste sich dem stellen, was sie erwartete.

Das Medieninteresse am Fall Mertens hatte die von ihr vorhergesehenen Ausmaße angenommen. In nahezu jedem Arti-

kel war auch die Rede von Lisa S., der Polizistin, die Mertens fast erschossen hätte.
Lisa faltete die Zeitung vom Vortag zusammen, als ihr Blick auf eine Schlagzeile auf der Boulevardseite fiel.

»Abschied von Johannes von Fehrbach«

Darunter entdeckte sie einen Artikel über die Beisetzungsfeierlichkeiten sowie ein Foto, das den Trauerzug auf dem Weg zur Grabstätte zeigte. Der Sarg befand sich in einer offenen Kutsche, die von vier Rappen gezogen wurde. Dahinter gingen laut Bildunterschrift Barbara, Thomas und Andreas von Fehrbach.
In zwei weiteren Artikeln wurde darüber spekuliert, wie es mit dem Gestüt Lankenau weitergehen würde. Es war mittlerweile bekannt geworden, dass auch der älteste Sohn Thomas ein Drittel des Gestüts geerbt hatte, was in Expertenkreisen mit einiger Verwunderung zur Kenntnis genommen worden war. So stellten denn auch im zweiten Artikel, der mit der Überschrift »Ein Oberstaatsanwalt als Pferdezüchter?« versehen war, einige bekannte Züchter die Frage, was es für ein renommiertes Gestüt wie Lankenau bedeuten würde, wenn jetzt womöglich eine Person Entscheidungen traf, die von Pferdezucht nicht das Geringste verstand. Wobei offensichtlich jeder davon ausging, dass Thomas von Fehrbach das Erbe annahm und seinen Beruf als Oberstaatsanwalt aufgab. Davon, dass er zurzeit beurlaubt war und sich im Alkoholentzug befand, war nirgendwo die Rede. Dabei war Lisa sicher gewesen, dass Gerlach mit der Sache an die Presse gehen würde.
Die gegenüberliegende Seite brachte ein großes Porträt von Fehrbach, in dem der Leser erfuhr, dass er eine exklusive Aus-

bildung in den besten Internaten erhalten und sein Jurastudium nicht nur in England, sondern auch in den Vereinigten Staaten absolviert hatte.

Die Hälfte des Artikels war Fehrbachs verstorbener Frau Eva gewidmet, die durch einen brutalen Mord mitten aus dem Leben gerissen worden war. Vor einem halben Jahr war sie von zwei Einbrechern erschossen worden, die sie im Haus der Fehrbachs an der Ostsee überrascht hatte. Fehrbach hatte seine Frau gefunden.

Ein Foto zeigte Eva von Fehrbach mit ihrem Mann auf einem großen Ball. Der Text wies darauf hin, dass es sich um eine Spenden-Gala zugunsten eines Waisenhauses in Nepal handelte.

Langsam ließ Lisa die Zeitung sinken. Sie fühlte sich wie betäubt.

Fehrbachs Frau war ermordet worden. Und keiner von ihnen hatte es gewusst.

Als Lisa das Foto betrachtete, das Fehrbach mit seiner Frau zeigte, spürte sie einen Stich. Sie hatte sich niemals besondere Gedanken um ihr Aussehen gemacht, hatte die Bemerkungen, sie sei hübsch, stets mit einem leichten Schulterzucken zur Kenntnis genommen. Nicht aus Verlegenheit, sondern weil sie der Meinung war, dass ein hübsches Äußeres nicht das Wichtigste im Leben war. Aber angesichts dieser überwältigenden Schönheit an Fehrbachs Arm, die in die Kamera strahlte und ihr tief ausgeschnittenes schwarzes Abendkleid mit einer geradezu selbstverständlichen Noblesse trug, fühlte Lisa sich plötzlich klein, hässlich und unbedeutend.

Sie spürte, wie ihr die Tränen in die Augen stiegen.

Danksagung

Mein erster Dank gilt der österreichischen Kriminalautorin Isabella Trummer, die mir im Mentoring-Programm 2011 der »Mörderischen Schwestern« bei der Überarbeitung des vorliegenden Buchs zur Seite gestanden hat. Danke, Isabella! Du hast mir die Augen für so vieles geöffnet. Ich stehe in deiner Schuld.
Einen Kriminalroman zu schreiben ist nicht möglich ohne die Hilfe von Experten. Hier geht ein riesengroßes Dankeschön an Imke Kalus von der Polizeidirektion Bad Segeberg, Polizeioberkommissar Michael Jarchow und an Stefan Winkler, Erster Kriminalhauptkommissar und Leiter der Mordkommission Kiel, der Lisa und ihren Kollegen Einlass in die Räume des K1 gewährt hat. Alle drei waren trotz ihrer knappen Zeit immer da, wenn ich sie brauchte, und haben sich mit nie nachlassender Geduld bemüht, mir die Arbeit der Polizei näherzubringen. Falls sich dennoch Fehler eingeschlichen haben, gehen diese auf meine Kappe oder sind der Dramaturgie geschuldet.
Danke an Janine, Lizanne, Ralf, Susan und Lotti. Ich bin sehr glücklich, dass es euch in meinem Leben gibt.
Ein weiteres Dankeschön geht an meine Testleserinnen und lieben Freundinnen Andrea Rösch, Babette Brandes, Gabriele Albrecht, Ingelore Görlitz und Ruth Kaiser. Mädels, ihr seid die Größten! Ihr habt mitgefiebert, mitgelitten, Durchhaltevermögen bewiesen und nie nachgelassen, an mich zu glauben und mir die Daumen zu drücken. Und weil mir eure Ratschläge so wertvoll sind, müsst ihr auch beim nächsten Buch ran. Auch meine Kolleginnen und Kollegen beim NDR

und in der ARD möchte ich an dieser Stelle nicht vergessen. Danke für euren Zuspruch und eure Begeisterung. Dank auch an Albert für nervenberuhigende Teemischungen und so vieles mehr.

Mein ganz besonderer Dank gilt der Buchplanung Dirk R. Meynecke und Christine Steffen-Reimann vom Droemer Knaur Verlag sowie Dr. Gisela Menza für das einfühlsame Lektorat.

Pierre Martin

Madame le Commissaire und der verschwundene Engländer

Kriminalroman

Die erfolgreiche Kommissarin Isabelle Bonnet muss nach einer gescheiterten Ehe und einer Explosion, die sie fast das Leben kostete, neu anfangen. Sie bewirbt sich auf die frei gewordene Kommissarstelle in ihrem Geburtsort Fragolin im Hinterland der Côte d'Azur, um endlich wieder Ruhe zu finden. Doch mit der Ruhe ist es sehr schnell vorbei, denn erst verschwindet ein reicher Engländer spurlos aus seiner Villa, und dann wird am Strand von Saint-Tropez eine Frauenleiche gefunden. Ihr glänzender Ruf als Ermittlerin scheint ihr inmitten der skurrilen Typen, die Fragolin bevölkern, und angesichts jeder Menge Vorurteile nichts zu nützen.